십계도
十界圖

십계도 十界圖

송하훈 장편소설

문학나무

마음의 짐을 부려놓는다

나는 20대 초에 입산을 할 것인지 말 것인지 혹독한 갈등을 겪은 적이 있었다. 그만큼 청춘의 고독이 심했다고나 할까. 하지만 입산은커녕 호구지책을 위해 젊은 날을 보내면서 불화를 그리는 친구를 만나게 되었는데 그의 막힘없는 자유로운 행동에 경이감이 생겼다. 그를 주인공으로 단편소설을 써보았다. 다시 장편을 써보고자 했지만 불법의 문턱에도 가보지 못한 나로서는 은산철벽이었다.

하면 된다는 말을 믿기가 어렵다. 싯다르타는 6년 고행을 통해서 도를 깨쳤지만, 10년 세월을 보내도 손에 잡히질 않아서 더욱 소설이 어렵다는 것을 절감할 수밖에 없었다.

그런데 기적 같은 일이 생겼다. 2010년 로마에 갔다가 이탈리아 5대 성당의 하나인 오르비오트 성당을 방문하게 되었는데, 그 외곽 벽면에 조각된 십계(十界)를 보게 되었다. 충격이었고 법열이었다. 주인공으로 하여금 저 십계를 그리게 하면 되겠다는 생각에 금방 써질 것 같아서였다.

　그러나 또 7년이 흘렀다. 다른 소설 쓰느라 많은 세월을 보낸 것은 사실이지만 이제 한 권의 불교소설을 묶어 세상에 내놓으니 마음의 짐을 부려놓은 것 같다.

　입산도 못했고 불법을 가까이 하지 못했지만 불교소설을 썼다는 사실에 다행스럽고 행운이라는 생각이 든다. 넘보기가 어려운 영역을 감히 다녀온 느낌마저 들기 때문이다.

　십계도(十界圖)의 클라이맥스를 위해 멧돼지 사냥 이야기를 넣었다. 한 번의 사냥도 경험해 보지 못한 나로서는 엉터리일 수도 있겠지만 그 또한 주제를 빛내기 위해서였다.

　작품의 주인공인 친구는 내게 이렇게 말했다.

　"더 이상 나를 만날 생각 말라."

　많은 시간을 할애해서 도와주었는데도 글이 써지질 않을 때마다 자꾸만 보채는 내게 한 말이었다.

그런데 그 친구도 진정한 불화를 그리기 위해 출가한 지 많은 세월이 흘렀다. 부처님의 생음(生音)이 들리는 작품을 만들고자 출가한 그의 용기에 진정한 박수를 보내며 뒤늦게나마 이 작품을 그에게 바친다. 책을 잘 만들어준 문학나무와 제호, 표지화를 훌륭히 그려준 친구 시원에게도 감사드린다.

2018년 1월
송하훈

차례

삼계도

제1장

화실

십리 숲길은 꿈속이었다.

5톤 트럭을 개조해서 만든 캠핑카 보리호(號)를 몰고 해탈문 앞 부도 밭을 지나갔을 때, 앞 유리창으로 잎사귀들을 뚫고 들어온 햇살이 불소나기처럼 내리꽂히기 시작했다. 잡목으로 뒤덮인 숲의 터널을 달리는 동안, 용탕을 만들기도 하고 흰 메밀꽃을 일으키기도 하면서 낭자하게 흘러가는 계류에도 햇살은 사금파리처럼 반짝거렸다. 그래서인지 계류 가까이에서 숟가락을 낀 소주병을 딸랑딸랑 들까불며 아예 덩실덩실 어깨춤을 쳐대는 행락객들의 무르익은 놀이판 역시 꿈속이었다.

남도의 맨 끝자락에 산세가 호로병처럼 생겼다는 대둔산(大屯山) 대흥사(大興寺)를 이제 훌훌 떠나는 중이었다. 그 산내 암자인 백화암에서 석존(釋尊)의 일대기인 팔상도(八相圖)를 그리느라 여름부터 가을까지 꼬박 두 계절을 보냈던 것이다.

이윽고 법계와 속계를 구분 짓는 일주문이 우뚝 나타나자 비로소 숲이 열렸다. 나는 꿈속을 빠져나오듯 십리 숲길을 벗어나 일주문 앞 현무교를 건너 관광시설지로 향했다. 아마도 그녀는 그곳 어디쯤에서 보리호가 어서 나타나기만을 기다리고 있을 것이었다. 내가 만일 백화암에서 그녀와 조우(遭遇)하지 않았더라면 한 며칠 설악산이나 동해안에서 지내기 위해 곧장 떠났을지도 모른다. 아니면 남해 보리암, 강화 보문사, 양양 홍련암의 3대 관음 성지를 순례코자 했을런지도. 탱화나 벽화를 그리기 위해 몇 달씩 고치 속의 누에처럼 갇혀 지내다 보면 어디론가 훌쩍 떠나고 싶은 충동이 고질병처럼 도졌던 것이다.

하지만, 당장 그녀를 따라나서겠다고 결심한 것은 화실(畵室) 때문이었다. 현대판 로빈슨 크루소가 되어 인적 드문 곳에서 맘 편히 작업할 수 있겠다는 기대감이 작용했던 것이다. 그러잖아도 지난 연초에 넉 점의 탱화를 그려주기로 한 약속이 뿌리혹처럼 사뭇 내 목덜미를 짓누르고 있었다. 물론 그 약속을 지키기 위해 두어 달에 걸쳐 104위 신중도(神衆圖) 한 점을 먼저 그렸는데, 주문자는 어이없게도 장엄함은 있으되 새로운 구도와 색채가 너무 강렬하다며 마뜩잖아했던 거였다. 무엇보다도 화광삼매(火光三昧)에 빠져 있는 여래화현신통제일의 예적금강(穢跡金剛)이, 세 개나 되는 범의 머리와 여러 마리의 뱀이 요대에 감겨져 있어 지나치게 무섬증을 준다는 게 그 이유였다. 삼보와 불자들을 지키는 신중에게서 오금저리는 무서움이 없다면 어찌 삿된 것들을 물리칠 수 있으리. 그래서 노기와 위엄과 용맹의 형상으로 무섭게 그렸던 것인데 막상 퇴짜를 맞자 이만저만 맥이 풀리지 않을 수 없었다.

그래도 어쩌랴. 제아무리 잘 그린 불보살의 초상도 그것에 예배하는 자가 신심(信心)을 일으키지 못하면 이미 헌 종이만도 못하는 법. 그래서 나는 일단 그것을 보류한 채 때마침 주문이 들어온 팔상도에 매달렸던 것이고, 이제 다시 슬슬 그 일을 시작해 볼 요량이었지만 결국 화실이 문제였다. 아쉬운 대로 3년 남짓 화실로 이용한 탐진박씨 제실(祭室)도 낡은 지붕을 벗겨내는 등 당장 개축을 서둘러야겠다는 늙은 문장(門長)의 말에 지난봄 짐을 꾸리고 말았던 것이다.

풍광 좋은 곳에 편히 안주할 그날은 언제쯤 올 수 있을까. 하다 못해 몸 하나 눕힐 만한 자그만 아파트라도……. 하지만, 이름 석 자를 어디에 쑥 내놓기가 낯간지러운 화명(畵名)도 그렇고, 그래서 그런지 탱화의 주문 또한 들쑥날쑥하다 보니 화실 장만은 아직 꿈, 그것일 따름이었다.

그런데, 단순히 화실을 얻어 보겠다는 속내보다도 어쩌면 그녀에게 야릇한 호기심이 더 컸던 게 아니었을까. 이상하게도 그녀는 사람을 끌리게 하는 묘한 흡인력이 있었다.

그러니까 내가 처음 그녀를 만난 곳은 팔상도 작업을 사흘쯤 남겨둔 백화암에서였다. 하루 작업도 끝나가는 해질 무렵, 젊은 여자가 불쑥 불사소(佛事所) 안으로 들어왔다. 일체 잡인출입을 금한다는 금단방(禁斷房) 경고문도 미처 발견하지 못한 모양이었다. 여자는 한참 동안 팔상도를 하나하나 감상하는 듯싶더니 신음처럼 낮게 중얼거렸다.

"작품이 전반적으로 필력이 있어 보이긴 하는데……. 그러나 형편없이 그려진 작품도 보이는군."

순간, 나는 불쾌감과 함께 자존심이 휴지조각처럼 구겨지는 것을 느꼈다. 일면식도 없는데 무턱대고 내뱉는 반말지거리도 그랬지만, 타인의 작품을 면전에서 악평하는 사람을 만나보는 것도 처음이었다.

나는 붓질을 멈춘 채 힐끔 여자를 쳐다보았다. 헐렁헐렁한 스웨터에 빛바랜 청바지를 입고 얼굴만 달랑 나올 만큼 모자를 깊게 눌러쓴 그녀는, 꾀죄죄한 걸망까지 짊어지고 있어서 아무래도 이 절 저 절 떠돌아다니는 행객(行客)쯤으로 짐작되었다.

"어디가 잘못됐는데요?"

나는 애써 담담하게 물었다. 무례와 불손을 느끼기보다는 뭔가 빨아들이는 듯 깊은 눈빛이 여간 예사롭지 않아서였다.

"여섯 번째 그림을 한 번 봐요."

그녀는 여전히 아랫사람 대하는 말투로 여덟 폭 작품 중에서 수하항마상을 가리켰다. 장 반 크기의 그 그림은 마왕 파순이 싯다르타 태자의 성도(成道)를 방해하기 위해 자신의 딸들로 하여금 강렬히 유혹하는 내용이었다. 그래서 욕비(欲妃)와 열피(悅彼)와 쾌락(快樂)의 세 마녀들은 희고 매끈한 살갗이 죄 내비치는 투명한 백색 사라를 걸쳐 입고 두 팔을 내뻗치며 싯다르타를 향해 하늘하늘 다가가고 있었다.

고행일랑 그만두고 쾌락만이 있는 천상으로 함께 가자며 마녀들은 속살거렸지만, 보리수나무 아래의 싯다르타는 업경대(業鏡臺)를 든 채 오연히 앉아 있었다. 업경대에는 하얗게 새어버린 흰 머리칼과 듬성듬성 빠진 이빨, 피죽처럼 생긴 주름살로 인해 이미 늙은 파파할멈이 되어버린 마녀들의 모습이 고스란히 비춰지고 있었다.

> 살과 뼈와 가죽이
> 다 부서져 없어지더라도
> 기어이 '샴막삼보리'를 이루어
> 생사고해를 초월하지 않고서는
> 결단코 이 자리에서 일어나지 않으리라.

싯다르타는 몸뚱어리가 성냥개비처럼 비쩍 말랐는데도 수미산처럼 요지부동이었다.

"어떤 부분인데요?"

내가 의아해하자 그녀는 수하항마상 앞으로 좀 더 다가가더니 쾌락이란 마녀를 가리켰다. 세 마녀 중에서 가장 관능미가 뛰어난 그녀는, 바라보기만 해도 두 다리가 힘이 풀리고 심장의 박동이 멈춰질 만큼 아름다운 미인이었다. 게다가 길고 검은 머리카락으로 은밀한 부분을 아슬아슬하게 가린 채 당장 쇳물처럼 뜨거운 욕정으로 싯다르타를 녹여버릴 태세였다.

"그런데, 왜 젖가슴을 아래로 처지게 그렸을까? 아이 낳은 여인네나 젖가슴이 축 처진다는 것을 모르는 모양이지?"

여자는 쾌락이란 마녀의 젖가슴을 손가락 끝으로 쿡쿡 쥐어박으며 입술을 삐죽거렸다.

"허!"

나는 그녀의 말에 어처구니가 없어 웃음이 픽 새어나왔다. 뭔가 한 마디 정곡을 찌를 줄 알았는데 기껏 지적한다는 게 마녀의 젖가슴이라니……. 처음 당돌한 태도와는 전혀 다른 순 엉터리가 아닌가.

그런데, 그녀의 입에서 황당무계한 말이 스스럼없이 튀어나왔다.

"내 것을 한 번 보여 줄까?"

"……뭐라구요?"

"자, 직접 한번 보라구. 그래야 저 그림이 잘못 그려졌다는 것을 알 테니까."

내가 잠시 얼떨떨해 있는 사이, 그녀는 자신의 목까지 스웨터를 바짝 끌어올렸다. 다음 순간, 두 개의 대접젖이 커다란 수박덩이처럼 불쑥 솟구치듯 튀어나왔다. 그녀의 말대로 처져 있기는커녕 금방이라도 터질 것 같은 팽팽함 그것이었다. 그리고 그 젖꽃판 위에는 덜 익은 오디처럼 불그무레한 유두가 앙증맞게 박혀 있었다.

"어……!"

내 비명 소리에도 아랑곳없이 그녀는 레이싱 모델처럼 젖버듬히 허리를 젖히면서 더욱 대접젖을 내밀었다. 나는 몸이 부르르 떨려왔다. 벌건 대낮에 천년 묵은 여우에게 홀리고 있는 것은 아닌가 싶었다. 일러서 '절 여우'니 '절 도깨비'니 한다더니 바로 이런 여자를 가리키는 것인가.

"당장 나가!"

내가 벽력같이 소리를 쳤는데도 그녀는 전혀 놀라는 기색이 없었다. 오히려 쿡쿡 웃으며 화를 내는 나를 비웃는 것이었다. 참으로 한심한 일이 아닐 수 없었다.

― 옛날에는 화사가 탱화를 그릴 때 미리 목욕재계하고 새 옷으로 갈아입고 금토(禁土)를 뿌리고 신장공양(神將供養)을 올린 후에 붓을 들었느니라. 일체 말을 하지 않았고 무엇보다도 여자는 쳐다보지도 않았느니…….

갑자기 해월 노화사(海月老畵師)의 목소리가 떠오르면서 등줄기에 식은땀이 맺혔다. 해월 노화사는 나를 만날 때마다 반드시 불화(佛畵)의 법식을 한 마디씩 해주곤 했던 것이다.

"어서 나가라니까요!"

나는 재차 큰소리를 쳤다.

"왜 이러시나? 내가 뭘 잘못했다구."

그녀는 천천히 옷매무새를 고쳐 입고 나서 뻔뻔스럽게 나를 쳐다보았다. 그리고 오히려 목소리를 높여 나를 꾸짖듯 말했다.

"여체가 어떻다는 것도 모르고 어떻게 수하항마상을 그린다고 그러시나? 더구나 싯다르타를 유혹하는 마왕의 딸들을 그리면서 말이지."

"궤변 같은 말 그만하고 나가라니까!"

"참으로 이해를 못하겠군. 세 마녀는 싯다르타를 유혹했을 때 서른두 가지 교태를 부리며 꾀꼬리처럼 노래를 불렀지. 봄바람 화창도 한 이 좋은 시절, 나뭇잎 향기도 한창이어라. 인생의 즐거움도 그 한때이니 청춘이 한 번 가면 다시는 못 오리, 하면서 말이지."

바로 그때였다.

육안성취상(肉眼成就相) 육안청정상(肉眼淸淨相) 육안원만상(肉眼圓滿相)…….

천안성취상(天眼成就相) 천안청정상(天眼淸淨相) 천안원만상(天眼圓滿相)…….

혜안성취상(慧眼成就相) 혜안청정상(慧眼淸淨相) 혜안원만상(慧眼圓滿相)…….

밖에서 나직하게 들려오던 송주 법사(誦呪法師)의 염불소리가 뚝 그치더니 그가 안으로 들어왔다. 송주 법사는 팔상도를 그리는 동안, 영(靈)의 기운을 불어넣어 주겠다며 점안불상(點眼佛像)의 염불이나 천수경(千手經)을 조석으로 한 차례씩 독송해오고 있었다.

"웬 여자가 여길 들어왔을꼬?"

송주 법사가 여자의 위아래를 훑어보더니 나를 바라보았다.

"아 아무 일도 아닙니다, 스님."

나는 커닝을 하다가 들킨 학생처럼 얼굴이 홧홧 달아올랐지만 애써 태연한 표정을 지었다.

"그런데, 이 여자가 왜 여기 있지?"

송주 법사의 눈꼬리가 살짝 올라가는가 싶더니 퉁명스레 중얼거렸다. 그러자 그녀가 얼른 허리를 굽히며 합장을 했다.

"스님. 절 알아보시겠지요?"

"내가 왜 그대를 모르겠나. 구례 삼일암(三日庵)에서도 보았고, 하동 칠불사(七佛寺)에서도 만나지 않았던가?"

"스님께서는 칠불사에 계실 때 새벽 예불을 모시기가 바쁘게 큰 돌 하나를 등에 짊어지고 쌍계사까지 다녀오시곤 했었죠? 비가 오나 눈이 오나……."

"방석에 앉아 있는 것만이 수행이 아니지. 어떤 틀도 부정하는 게 참선이 아니겠는가? 그런데 그대가 여기는 웬일이지?"

"행각 차 이곳에 들렸어요."

"그럼 구족계(具足戒)라도 받았단 말인가?"

송주 법사의 미간이 싸늘하게 굳어졌다.

"오래전에 저도 머리를 깎긴 깎았지요. 하지만 계첩(戒牒)을 받지 못해서 비구니가 되지 못했지만요."

그녀가 두 손을 이마에 올리는가 싶더니 모자를 훌렁 벗어보였다. 그러자 솔잎대강이의 머리가 톡 튀어나왔다.

"참으로 볼 것을 보지 못 보겠군."

송주 법사가 혀를 끌끌 차며 고개를 돌렸다.

"중노릇을 열심히 하든지, 아니면 집에 가서 신부수업이나 하든지……. 내가 언젠가 이런 말을 했었지. 그대가 맘 한 번 크게 먹고 부처님 제자가 된다면 쓸 만한 법기(法器) 하나 되겠다고 말이야."

"행운유수(行雲流水)가 되어 떠돌아다니면서 졸리면 잠자고, 배고프면 한 술 뜨고……. 그것도 평상심을 위한 공부겠지요."

"진짜 수도를 해야지, 수도를……. 부처님께서 왜 6년간 설산 고행을 하셨겠나? 절집을 그만큼 기웃거렸으면 알 만할 때도 됐겠는데, 쯧쯧. 암튼 여기는 불사를 하는 곳이야. 아무나 불쑥불쑥 들어오는 데가 아니라구."

송주 법사가 싸늘하게 꾸중을 하고나서 휭 하니 밖으로 나갔다.

"그만 나가시죠."

나는 떨떠름해 있는 그녀에게 다그치듯 말했다. 더 이상 작업을 할 기분도 아니었지만 때마침 저녁 공양을 알리는 목탁소리가 들려왔기 때문이었다. 그러나 그녀는 여전히 고개를 갸웃거리며 수하항마상을 뚫어지듯 바라보고 있었다.

"어서 나가자니까요."

거듭 재촉하는데도 그녀는 아랑곳하지 않고 기어이 염치도 좋게 몇 마디 더 던져왔다.

"……이미 싯다르타는 카필라성의 왕자로 태어나 인간으로서 누릴 수 있는 최고의 풍요로움을 누렸던 사람이었지 않은가. 특히 궁중의 아름다운 미인들과 여악(女樂)을 체험한 사람이었다구. 그런 그를 유혹하려면 당연히 요화(妖花) 중에 요화이어야 되겠지. 그런데 수밀도처럼 팽팽해야할 젖퉁이가 오뉴월 호박넌출처럼 축 늘어졌다면 싯다르타가 눈썹인들 까딱이나 하겠느냐구……?"

내가 두 번째로 그녀를 만난 것은 사흘 후였다. 팔상도 작업을 끝낸 다음날이었는데, 대흥사 사하촌인 장춘마을에 계시는 해월 노화사를 뵙고 돌아가던 길에서였다. 장춘마을은 두륜산 계곡과 그 주변 풍광이 뛰어나 구곡장춘(九谷長春)이라 부른 것에서 연유된 마을로 눈을 뜨면 초록이요, 귀를 열면 물소리였다.

그날도 해월 노화사는 여느 때처럼 붓질을 하고 있었다. 방바닥에는 물감그릇과 채색 중인 백의관음보살도가 놓여 있었다. 창문을 제외한 나머지 바람벽에는 한 번의 붓질로 그린 반신달마와 초서의 천수경이 예나 제나 걸려 있었다. 언제 보아도 선기(禪氣)가 선혈처럼 뚝뚝 떨어지는 작품이었다. 나는 삼배(三拜)를 공손히 올렸다.

"그래, 팔상도 작업은 다 끝냈느냐?"

붓을 손에 쥔 채 해월 노화사가 물었다.

"네."

"팔상도는 어디에 봉안하려는고?"

"새로 지은 백화암의 관음전 천정화입니다."

"옳거니. 천정화를 그려보는 것도 처음은 아닐 테지?"

"그렇습니다."

"정녕 초화(初畵) 4천장은 틀림없이 그려보고 나서 일을 하는 것이렷다?"

매번 찾아뵐 때마다 똑같이 반복되는 질문이었다.

"십왕초(十王草), 보살초(菩薩草), 여래초(如來草), 천왕초(天王草)를 각각 천 장씩 그린 지 오랩니다."

"호오, 당연히 그래야지."

이윽고 해월 노화사의 입가에 물수제비 같은 웃음이 잔잔히 번졌다. 팔순이 내일 모레인데도 카랑카랑한 목소리와 형형한 눈빛에서 쇠잔한 기색이라곤 전혀 느껴볼 수 없었고, 오히려 온통 머리에 내려앉은 흰 머리칼만 없다면 차라리 동안(童顔)이었다.

"친견(親見)도 많이 해보았다지?"

"이름 있는 절은 죄 가보았습니다."

그때 해월 노화사의 입안 가득 미소가 채워졌다.

"뭐니 뭐니 해도 친견을 많이 해봐야 하느니……. 그래서 좋은 탱화를 보면 직접 데생도 해보고 초화도 얻으면서 공부를 해야 돼. 그리고 탱화를 그릴 때에는 첫째도 정성, 둘째도 정성, 셋째도 정성이지. 일필삼례(一筆三禮)라. 붓질 한 번 하고 세 번 절하는 정성으로 그리는 것 외에는 달리 방법이 없느니……."

순간, 나는 바짝 긴장이 되면서 목덜미가 후끈 달아올랐다.

"……일백 살 하고도 스물다섯 해를 사신 부전(副殿) 스님이 대흥사 후불도(後佛圖)를 그릴 때 내게 들려준 얘기다. 함경남도 안변에 석왕사(釋王寺)란 절이 있었다. 이태조가 나라를 세우기 전, 무학 대사로부터 왕이 될 거라는 해몽을 듣고 기도를 위해 지었다는 유래가 전해져 오는 절이지. 그런 만큼 산세가 수려해서 수도하기에 안성맞춤인 도량이기도 하였는데, 그 절에 석옹 철유(石翁喆侑)란 화승(畵僧)이 계셨다. 화업(畵業)이 대단한 금어(金魚)였는데, 신중탱화 중에서도 가장 많은 신장님들을 모시는 104위 신중탱화를 그리기 위해 늘 고심하셨다. 신장님들이 얼마나 무서운지 직접 친견한 후 그려보고 싶은 간절한 마음에서 기도를 시작하셨다. 얼마나 정성껏 기도를 드렸던지 100일이 지나자 104위 신장님들이 현몽을 하셨다. 하지만 104위 신장님들이 한꺼번에 나타나는 바람에 다음날 도무지 기억을 할 수 없었다. 석옹 철유 화승은 신장님들이 한 분 한 분 모습을 보여 주십사 하는 기도를 다시 드렸다. 그러자 매일 꿈속에서 신장님들이 한 분씩 나타나셨고, 석옹 철유 화승은 꿈속에서 본 그대로 그렸다. 그분의 나이 스물다섯 살 때 일이다. 그것이 오늘날 104위 신중탱화의 표본이 되었느니……. 그러므로 금어는 오로지 일구월심(日久月深) 정성 그것밖에 없는 것이다."

내 손을 꽉 쥐어주는 해월 노화사의 얼굴이 늦가을 홍시처럼 달아올랐다.

"명심하겠습니다."

"그래, 이제 어떤 일을 할 참인고?"

"진즉 주문받은 작품이 몇 점 있어서 그것을……."

"무엇을 그리든지 마음을 다하고 정성을 다 해야 해."

나는 삼배를 올린 다음 물러나왔다. 장춘마을을 뒤로 하고 다시 백화암으로 가기 위해 숲길을 걸어 나갔다. 가시나무숲에서 흰배티티새가 날개를 퍼덕이며 늦가을 홍염의 수목 사이를 헤엄쳐 다니고 있었다. 거칠 게 없는 그의 날갯짓이었다. 내 눈은 무심코 흰배티티새를 쫓고 있었는데, 자유자재로 허공을 휘젓는 그놈은 전혀 발자국을 남기지 않고 있었다. 하지만 내 망막에는 놈의 날갯짓이 선(線)의 물결처럼 또렷이 그려지고 있었다.

나는 어느 틈에 울부짖고 있었다. 선(線)과 색(色)으로 이루어지는 것이 그림일진대, 아아 저 흰배티티새의 날갯짓처럼 유연한 선을 표출시킬 수만 있다면……. 결국 그것은 내가 걸어가야 할 궁극적인 목표일 터였다. 나는 울컥 치밀어 오르는 감정을 추스르며 다시 천천히 걸음을 옮기기 시작했다.

큰절의 해탈문이 저만치 바라다 보이는 부도 밭 앞 계곡 가까이에 여전히 캠핑카 보리호가 서 있었다. 팔상도를 그리는 동안 날마다 이용했던 보리호는, 5톤 트럭을 리모델링해서 만들었으므로 미니호텔처럼 편안하게 지낼 수 있는 나만의 공간이었다. 방 한 칸과 부엌 한 칸, 그리고 작업실이 마련된 보리호는 늘 아늑한 휴식처였던 것이다. 가스보일러와 가스온수기까지 설치되었기 때문에 계절에 관계없이 편히 지낼 수가 있었고, 화구(畵具)를 비롯한 물감그릇이며 자질구레한 생활용품 등을 챙겨 다니기에도 안성맞춤이었다.

게다가 보리호는 또 하나의 산가(山家)이기도 했다. 풍광이 아름다운 곳에 보리호를 세워두면 산천경개가 다 내 것이었다. 산신령의 입김과도 같은 일망무제의 운해(雲海)도, 하늘을 찌를 듯 아름드리 노송과 그 청송뢰(聽松籟)와 깎아지른 계곡이 어우러진 심산궁곡(深山窮谷)도 다 나를 위해 그곳에 존재하는 것 같았다. 먹빛 밤하늘을 수놓는 은하수의 물결까지도…….

그랬다.

내가 산인가, 산이 곧 나인가. 산과 내가 하나가 되어 몸뚱이에 달라붙는 속진(俗塵)의 때가 말끔히 씻겨지는 기분까지 맛볼 수 있었다. 그리하여 도(道)라는 것이 금방 손에 잡힐 듯 법열(法悅)에 빠져드는 때도 가끔은 있었던 것이었으니…….

"법능 화사(法能畵師)!"

바지를 걷어 올리고 청수처럼 맑은 물을 퍼 올리며 발을 씻고 있을 때 누군가가 등뒤에서 말을 걸어왔다. 힐끔 뒤를 돌아보니 사흘 전, 불사소에서 만났던 바로 그 여자였다. 그런데 처음 만났을 때 아예 그림의 기본기도 못 갖춘 사람으로 취급하는 것 같더니 이제는 화사라는 칭호를 붙여서 부르다니. 그리고 내 별호(別號)는 또 어떻게 알았단 말인가.

"이제 팔상도 작업이 다 끝난 모양이지?"

나는 한 마디 대꾸도 않은 채 수건으로 발의 물기를 닦았다. 그러자 그녀가 어느 틈에 내 곁에 다가와 쪼그려 앉더니 손끝으로 계곡물을 톡톡 튀겨가며 염불하듯이 말했다.

"부처님의 일대기를 나타내는 팔상도는, 첫 번째가 도솔래의 상으로 붓다가 도솔천에서 흰 코끼리를 타고 어머니의 뱃속으로 들어가는 꿈의 장면이고, 두 번째가 비람강생상으로 붓다가 룸비니 동산에서 탄생하는 장면이며, 세 번째가 사문유관상으로 붓다가 생로병사를 유람하는 장면이고, 네 번째가 왕궁을 탈출해 출가하는 유성출가상, 다섯 번째가 설산에서 6년간 수도하는 설산수도상, 여섯 번째가 보리수 아래서 마왕 파순과 군졸들에게 항복받는 수하항마상, 일곱 번째가 녹야원에서 설법하는 녹원전법상, 여덟 번째가 쌍림열반상이 아닌가?"

그녀는 처음 만났을 때처럼 여전히 반말지거리였다. 도대체 날 어떻게 보고 반말을 함부로 할 수 있단 말인가. 나는 은근히 부아가 끓어올랐지만 지그시 참았다. 그러잖아도 본디 산속의 절을 홀로 찾아다니는 여자치고 문제가 없는 여자는 없다는 말을 절 보살들로부터 자주 들어온 터였다.

"그야 신심 있는 불자라면 누구나 잘 아는 내용 아닐까요?"

나는 운동화 끈을 바짝 조이며 경멸하듯이 내뱉았다. 팔상도의 내용을 졸졸 말하는 것으로 보아 불교지식이 상당해 보였지만 반말지거리에 대한 불쾌감은 여전히 모욕을 느끼기에 충분했다.

"그런데 왜 성불상(成佛像)은 없을까? 특히 욕비를 비롯한 세 마녀들의 유혹을 물리친 다음 먼동이 틀 무렵 성도를 한 일은, 부처님의 일생 가운데 가장 큰 사건이라 할 수 있는데도 말이지."

"저도 그 점이 궁금해서 스승님께 물어본 적이 있었죠. 스승님께서는 이미 부처님은 전생에 축생까지 윤회하면서 중생을 위해 보살행을 해 오셨는데, 바로 그 보살행이 수행이며, 수행의 궁극적인 완성은 깨달음이라고 말씀하셨지요. 그래서 부처님은 6년의 설산수도와 마왕으로부터 항복을 받는 가운데 깨달음을 얻었기 때문에 굳이 성불상이 필요 없다고 하시던데요."

나는 해월 노화사로부터 들은 말을 기억해 내며 비꼬듯이 말했다.

"하긴 모든 절마다 모셔져 있는 부처님이 성불상이지."

그녀는 나직이 중얼거리고 나더니 대웅전 너머로 솟아오른 두륜봉을 바라보았다.

"그런데 난 마애불에 친근감이 더 들어서 북암에 계시는 석불(石佛)님께 3천배를 하고 왔어."

3천배라니? 행자 문턱에도 가보지 못한 주제에 머리통이나 빡빡 밀고 다니는 그녀의 그 엉뚱한 외모부터 비웃고 있는데, 3천배를 할 정도로 불심이 있다니. 도대체 그녀의 정체는 무엇이란 말인가.

"난 석불님께 기도하고 나서 엄청난 사실을 발견했어."

그녀는 목소리에 잔뜩 힘을 주며 말했다.

"뭘 발견했다는 겁니까?"

"저 두륜산을 한 번 쳐다보라구. 비로자나불이 누워 계시는 와불의 산세이지 않는가?"

그녀가 손가락 끝으로 두륜산 정상부를 가리켰다. 그러고 보니 그녀의 말대로 두륜산은 거대한 와불의 모습이었다. 백화암에서 팔상도를 그리는 동안 하루에도 몇 차례씩 바라보는 산이었는데도 설마 비로자나불을 닮았으리라는 생각을 해 본 적이 없었다. 두륜산 정상부에 솟아오른 바위덩어리는 비로자나불의 얼굴이요, 그 옆으로 솟구친 봉우리는 비로자나불의 수인(手印)이며 다시 시나브로 솟아오른 길고 큰 봉우리는 비로자나불의 발끝이었다.

"정말 그렇군요."

"신심이 절로 일어나는 모습이지. 더구나 비로자나불은 우주 만물의 창조신으로서 모든 우주만물을 탄생시켰다고 하질 않는가? 그래서 우주불(宇宙佛)로서 우주만물을 감싸 보호하는 청정 법신(淸靜法身)이기도 하고."

"대흥사의 별들인 십삼대종사와 십삼대강사가 왜 배출되었는지 알 것 같군요."

나는 잠시 고개를 돌려 일세를 호령하며 법의(法衣)를 휘날렸던 역대 고승들이 잠들어 있는 부도 탑을 바라보았다. 크고 작은 부도들이 한데 모여 있는 그곳은 해저처럼 무겁게 적막이 깔려 있었다. 그런데 그녀는 엉뚱하게도 말을 바꾸어,

"참, 요 아래에 사시는 해월 노화사는 잘 계시겠지?"

하고 갑자기 해월 노화사의 말을 끄집어냈다.

"아니, 어떻게 그분을 다 아십니까?"

"우연히 불교잡지에서 해월 노화사를 알게 되었고, 그래서 찾아간 적도 있었어."

"찾아가기까지 했어요?"

"그런데 여간 까다로운 분이 아니더군. 여자라서 탱화를 그릴 수가 없다고 딱 잘라 거절하더라구."

제자가 되겠다구? 내게 악평과 반말지거리를 해대는 여자의 정체가 이제야 벗겨지는 것인가. 나는 마른침을 꿀꺽 삼켰다.

"왜 그랬을까요?"

"……웃기는 얘기지. 불교에서는 여성도 성불할 수 있다고 가

르치고 있잖은가. 그런데도 여자는 탱화를 그릴 수가 없다?"

일순, 그녀의 얼굴이 무겁게 어두워지더니 다시 말을 이었다.

"……그러니까 어떻게 젖퉁이를 출렁거리면서 거룩한 존상화(尊像畵)를 그릴 수 있겠느냐는 것이었어. 한 마디로 불경스럽다는 얘기지."

탱화를 그릴 때에는 몸을 바짝 엎드려야 되고, 그러다 보면 자연스럽게 여자의 젖가슴이 부처님의 눈이며 코며 입술에 닿게 되기 때문에 해월 노화사는 그렇게 말했던 것일까? 아니면, 괘불같은 대작을 그릴 때 부처님 가슴 위조차 쪼그리고 앉는 경우가 있으므로 그렇게 말했던 것일까? 그녀의 말대로라면 불교는 결국 페미니즘의 종교가 아닌 셈이었다.

"여자는 생명을 잉태하는 성스러운 일을 하지 않는가. 마찬가지로 탱화를 그리는 일 또한 성스러운 일이겠지. 그런데도 해월 노화사는 고개를 절레절레 흔들더라구."

그녀가 일주문 밖으로 눈길을 던지며 한숨을 쉬었다. 그리고 갑자기 생각났다는 듯 뜻밖의 제안을 해왔다.

"우리 술이나 한 잔 하면 어떨까?"

"아니, 대낮에 술을 마셔요?"

"싫으면 말구……."

그녀는 내 대답도 듣지 않은 채 잰걸음으로 걸어 내려갔다. 따라오고 싶으면 따라오고 따라오기 싫으면 말라는 태도였다. 나는 잠시 망설이다가 바늘 끝에 매달린 실처럼 절로 발걸음이 옮겨졌다. 양파껍질처럼 벗기면 벗길수록 알 수 없는 비밀이 담겨 있을 것만 같아서였는데, 그만큼 끌어당기는 어떤 견인력이 있었다고

나 할까.

이윽고 그녀가 멈춘 곳은 장난감처럼 앙증맞게 생긴 철제다리 앞이었다. 그 다리 건너편에는 딱 한군데 술집이 자리잡고 있었다. 오래전 일이지만 큰절 턱밑까지 꾸역꾸역 밀고 들어와 일주문 아래로 즐비하게 늘어서 있던 음식점, 술집, 노래방 등의 여관거리가 모조리 철거되었는데, 목조건물의 여관 하나와 계곡 건너편의 술집은 용케도 살아남은 셈이었다. 술집에는 아름드리 은행나무 그늘에 전선드럼통을 옆으로 뉘어 비닐장판을 깔아놓고 식탁 대용으로 사용하고 있었다. 50대쯤으로 보이는 통통한 몸매의 아주머니가 나타나 동동주와 도토리묵 안주를 갖다 놓았다.

"지금까지 무작정 돌아다녔던 것 같애. 그러고 보니 바람 같은 방황이었어."

"방황은 말 그대로 갈팡질팡 그것이잖아요."

"그런데 나는 방황하면서 무엇을 그릴 것인가, 그것이 무엇인가, 그동안 퍽이나 고민해 보았고 쏘다니기도 많이 했던 것 같아. 해월 노화사를 찾아간 것도 그것에 다를 바 없었지만……."

그녀가 아랫입술을 꼭 깨물었다.

"듣고 보니 이해가 되는군요."

"그런데 법능 화사에게도 방황이 있었을까? 젊은 피가 타들어가는 가없는 방황이……."

동동주 한 병이 비워지자 그녀가 주인아주머니에게 더 주문했다. 나는 말없이 동동주를 들이켰다.

"왜 없었겠어요. 고등학교 때 수학여행을 갔는데, 토암산 석굴암의 본존불과 그 주변의 문수, 보현, 십일면관음보살상을 보는 순간 제 방황은 시작되었다고나 할까요. 완전히 제 넋을 빼앗아 버렸으니까요."

"그래서?"

"그래서라뇨? 당연히 그 같은 명공이 되고 싶은 전율을 느꼈지요. 그리고 고려불화에서도 물과 달의 수월관음도(水月觀音圖)를 친견할 때도 마찬가지로 숨이 멎는 듯한 감동을 느꼈죠. 투명한 백색 사라를 쓰고 있는 수월관음보살의 모습에서 감히 범접할 수 없는 신필의 경지를 느꼈으니까요. 게다가 천관(天冠)이며 가슴 걸이, 팔찌 등의 장신구는 그 정교함에서 빼어난 예술성과 아름다움을 느낄 수 있었는데, 그래서 지금도 백억 대가 넘는 고가에 경매되고 있잖아요. 고려불화도 그렇지만 조선시대 불화 사회탱도 미국 뉴욕 소더비 경매에서 6억여 원에 낙찰됐다는 신문보도를 본 적이 있었습니다. 그러니 그림을 그리는 사람이라면 우아하고 신비로운 그런 작품을 그려보고 싶은 것은 너무도 당연한 일 아니겠어요?"

"하지만 석굴암 부처님이나 수월관음도 모습만을 흉내 내겠다는 것은 창작(創作)이 아니라 모작(模作)에 그칠 뿐……. 수천 년이 흐른 오늘날에도 그것을 고집하다니 ……."

나는 기가 막혀 저절로 입이 벌어졌다. 차가운 돌에 생명을 불어넣은 예술 혼 앞에서 누구나 탄성을 자아내는 게 석굴암 본존불이며, 특히 십일면관음상은 숱한 작가들이 미의 여신으로 침이 마르게 찬양하지 않는가. 수월관음도 또한 보티첼리의 '비너스의 탄생'과 비교되고 있다. 수월관음 아래의 선재동자가 탄 연잎 밑 주변이 물결 모양의 영기문이 있듯이 비너스도 바다의 포말이 있는 큰 조가비에 서서 탄생하고 있으므로 그 메타포가 같다는 것이다.

"참으로 불경스러운 말을 서슴지 않는군요."

"불경스러운 말도 될 수 있겠지. 하지만 이제 절이 변하지 않고서는 안 돼. 전라도를 가나 경상도를 가나 부처님과 부처님 제자들만 그려져 있어. 이 절 저 절이 다 똑같다는 얘기지."

"그거야 너무나 당연한 일 아닌가요?"

갈수록 이해할 수 없는 말을 해대고 있었다. 전국에 쌀알처럼 산재되어 있는 유명 사찰의 영산회상도, 나한도, 팔상도, 신중도, 괘불 중에는 붓놀림이 신선과 같아서 호선(毫仙)이니 존숙(尊宿)이니 하는 칭호를 받는 금어나 화사의 작품들이 손가락으로 셀 수 없을 만큼 많은데 모작 운운하는 그녀의 말은 궤변 중에 궤변이 아닐 수 없었다.

"차라리 거울이 되지 그래?"

"거울이라뇨?"

나는 그녀의 갑작스런 말에 두 눈이 휘둥그레졌다.

"거울처럼 정확하게 사물을 똑같이 나타내는 게 어디 있을까?"

"그럼, 어떻게 그리는 것이 잘 한 일인가요?"

"천편일률적으로 똑같은 탱화……. 천년이 지난 지금에도 획하나 다르지 않은 불화……. 게다가 그런 불화는 너무 무섭고 엄숙해. 그러다 보니 자연 사람들이 가까이 하기가 어렵다는 것이지. 요즘 젊은 사람들한테 물어봐. 절이 무섭지 않느냐구? 특히 명부전이나 지옥전은 섬뜩한 느낌마저 주고 있어. 당장이라도 저

승엘 데려갈 것처럼 말이지. 그래서 나는 책상에서 사무 보는 공무원 부처님, 시합에 몰두하는 운동선수 부처님, 물건을 파는데 정신없는 장사꾼 부처님, 부지런히 농사짓는 농부 부처님, 바다에서 고기 잡는 어부 부처님……. 바로 그런 부처님을 그리고 싶더라구. 그리고 그런 부처님이 후불탱화가 되어야 한다고 생각해. 한마디로 현대판 부처님의 모습이라고나 할까."

나는 술잔을 들다말고 물끄러미 그녀의 얼굴을 쳐다보았다. 여전히 취기라곤 전혀 엿볼 수 없는 얼굴인데도 그녀는 서슴없이 상상도 할 수 없는 말을 내뱉고 있었다. 그녀는 술 한 모금을 가볍게 들이키더니 다시 입을 열었다.

"그런데 내 생각처럼 환골탈태 중인 절도 보여서 희망적이라고 생각해. 어떤 절은 설법전에 여러 가지 밝은 빛깔로 사리자(舍利子)·관음보살·지장보살·문수보살·보현보살·사천왕 등의 얼굴이 그려진 대형 벽화를 설치해 놓았더라구. 그러니까 조명을 켜면 나타나게 되는 대형벽화인데, 오른쪽에서 왼쪽으로 죽 읽을 수 있도록 반야심경(般若心經) 270자를 사이사이에 넣었더라구. '반야심경도'라고 말할 수 있는 부처님 그림을 보면서 뭔가 불교가 변하고 있다는 생각이 들었다는 거지."

이 호랭이 물어갈 놈아! 또 그런 그림을 그릴 것이여?
학교가 파하면 곧장 집으로 돌아온 내가 아무 종이에 부처의 얼굴을 그리고 있을 때 어머니는 두 눈에 쌍심지를 켰다. 눈만 뜨면 오색 단풍잎 같은 탱화만을 보며 자란 내가 흉내를 내보는 일은 어쩌면 당연한 일이었다.

— 앞으론 안 할께라우. 절대루…….

하지만 한뎃솥에서 불을 때던 어머니는 통통한 부지깽이로 여지없이 내 아랫도리를 내리쳤다.

— 너도 니 아부지처럼 될 겨? 니 아부지처럼 되어서 이 에미 속을 숯껌댕이로 맹글 것이여?

나는 두 손을 싹싹 비비며 잘못을 빌었고, 끝내 어머니는 옷소매로 눈두덩을 찍으며 울음을 터뜨렸다.

— 이노무 자식아! 네 아부지 따라 살면서 이 에미는 생과부가 된 거여. 너도 잘 알지 않느냐? 네 아부지가 한 번 절에 가시면 몇 달씩 계시다 오는 거……. 세상천지에 말도 못하고 듣지도 못하는 양반이 부처님 얼굴 그린다고 집안일은 나 몰라라 하고 사는 것을 모르느냐고? 그란디, 될 성 싶은 사람은 떡잎부터 알아본다고 네가 벌써부텀 그런 그림을 그려대면 이 에미 속이 어쩌것냐? 아이고, 서방 복도 없는 년이 자식 복인들 있을라구…….

다시는 그리지 않겠다고 골백 번 다짐하고 나서야 비로소 어머니의 넋두리는 끝이 났다. 하지만 몇 차례 부지깽이로 얻어맞은 뒤로는 집으로 돌아오다가 땅바닥에 막대기로 부처님의 얼굴을 그려보는 일이 잦았다. 어쩌면 그게 더 좋은 것 같았다. 어머니의 눈치를 볼 필요가 없다는 점도 좋았지만 그렸다가 지우고, 지웠다가 다시 그릴 수 있었으므로.

그랬다. 어머니의 말대로 아버지는 전혀 말을 할 수도 들을 수도 없는 분이었다. 다섯 살 때 장딴지에 종기가 났었는데 침을 잘못 맞아 그만 귀가 멀었고, 그 통에 말까지 할 수 없게 된 아버지였다. 사실 나는 어렸을 때부터 그런 아버지를 두었다는 사실에

늘 우울했다. 항상 얼굴에서 엷은 미소가 떠나지 않는 인자한 아버지였지만 아버지를 아버지라고 부를 수 없었고, 나를 부르는 아버지의 음성 또한 들을 수 없었다. 한마디로 그림자 같은 아버지였다고나 할까.

그런 아버지는 후줄근한 승복차림에 왜 괴상한 도깨비 그림만을 그리는 것일까. 어린 시절, 나는 친구들 집에는 놀러 가면서도 그들을 집으로 불러들일 수 없다는 것에 항상 자괴감이 컸었다.

"젊은이, 왜 나를 따라오는가?"

어느 날 우리 집을 방문한 해월 노화사를 어디까지고 따라갈 요량으로 뒤를 밟았다. 이윽고 버스에서 내린 해월 노화사가 대흥사 일주문 앞에서 내린 후 무릉도원 같은 장춘마을을 향해 막 발걸음을 떼려다가 뒤따르는 나를 발견하고 물었다.

내가 해월 노화사를 따라나선 것은 한 마디로 산신각에 앉아 계시는 산신령이 현시한 것 같은 느낌 때문이었다. 아버지가 금어였으므로 우리 집엔 승려들이나 불화와 관련된 사람들이 이따금씩 찾아오곤 하였는데, 해월 노화사는 여느 방문객과는 전혀 달라보였던 것이다. 흰 눈이 수북이 쌓인 것처럼 새하얀 머리털에서는 성성한 기운이 뿜어져 나왔고, 주름살 하나 보이지 않을 만큼 깨끗하고 단아한 얼굴은 가을 하늘에 떠 있는 낮달이었다.

특히 해월 노화사의 눈썹은 퍽이나 인상적이었는데, 한껏 곤두서서 휘날리는 것처럼 보였다. 더구나 한 치도 흐트러짐이 없이 허리를 곧추세운 자세를 보고 상당한 화력(畵力)을 지닌 분임을 짐작할 수 있었다. 바로 저런 모습을 지닌 사람이 벽에 그려진 소나무에 참새가 앉으려다가 머리를 부딪쳐 떨어졌다는 황룡사(皇

龍寺) 벽화를 그린 솔거 같은 분이 아닐까 여겨졌다. 그래서 자신도 모르게 따라나선 것은 대학을 졸업한 후 나침판 없는 항선(沆船)처럼 앞날에 대한 두려움으로 청춘을 맥없이 죽이고 있던 스물일곱 살 되던 해, 봄 어느 날이었다.

"왜 나를 따라오느냐고 묻질 않는가?"

거듭 재촉을 받고서야 나는 정중하게 머리를 숙이며 합장을 했다.

"탱화를 공부하고 싶습니다."

"호, 그래애?"

해월 노화사의 입가에 미소가 번졌다.

"그런데 부친이 호봉(虎峯), 그분이렷다?"

호봉은 아버지를 가리키는 말이었다. 우리 집에서 얼굴을 마주쳤는데도 확인하듯 묻고 있었다. 나는 고개를 끄덕거렸다.

"그렇다면 호봉한테 배우지 왜 내게……?"

도무지 이해가 안 된다는 눈빛이었다. 그러나 나는 아버지의 말이 나오자 잔뜩 화난 목소리로 대들 듯이 따졌다.

"어떻게 아버지한테 배울 수가 있겠습니까? 알고 계시다시피 아버지는 귀가 멀어서 말씀을 듣지 못하시고, 그러다보니 말씀 한 마디도 못하신다는 걸 잘 알고 계시지 않습니까?"

"공부하는 데 말이 필요할까? 나도 스승에게 배울 때 등 너머로 배웠는걸. 내가 가르쳐 달라고 하면 스승님은 알아서 배우는 것이지 일일이 가르쳐야만 배우느냐고 꾸중까지 하셨지."

해월 노화사의 얼굴에 다시 미소가 번졌다.

"그보다도 아버지는 제가 탱화 그리는 일을 싫어하십니다. 아니, 어머니 때문에 더욱 그러시는 것 같아요. 어머니는 지금까지 결사적으로 반대를 해 오셨으니까요."

내 말에 해월 노화사가 두 눈을 질끈 감았다가 다시 떴다. 나는 고개를 번쩍 치켜들고 다시 말을 이어갔다.

"……솔직히 예전엔 아버지가 싫었지요. 지금껏 커오면서 아버지란 콤플렉스 때문에 얼마나 고통스러웠는지 모릅니다. …… 아버지는 태고종 종정이셨던 송만암(宋蔓庵) 스님의 손자뻘이 되시는데, 그 같은 인연 때문에 아홉 살 되던 해부터 절에서 자라셨지요. 양친 모두 잃은 터라 천애고아이자 듣지도 말하지도 못한 불구자인 아버지를 석초 스님이란 분이 탱화를 하나하나 가르치기 시작해 오늘날 금어로 만드셨다 들었습니다. 절에서 20여 년을 보낸 아버지는 서른일곱 살 되던 해에 가까이 지내는 노스님 한 분이 절벽에서 그만 발을 헛디뎌 숨을 거두는 모습을 목격하셨답니다. 아버지는 자신이 죽고 나면 시신을 거두어 줄 자식 하나는 있어야겠다는 생각에 나이 사십이 되어서야 20년도 더 나이 차이가 나는 어머니와 결혼을 하셨답니다.

그런 아버지께서는 한평생 식솔을 위해 어느 하루 쉬는 일이 없이 꾸준히 탱화를 그려오셨지요. 탱화를 그려서 어찌 큰돈을 만질 수가 있었겠습니까만, 워낙 부지런한 분이다 보니 헐벗고 살지는 않았습니다. 아아, 그런데 왜 어린 시절, 아버지가 그렇게 싫었는지 모르겠습니다. 부끄러움 때문이었을 거예요. 누구네 아버지처럼 따뜻하게 말씀 한 마디 해줄 수 있는 아버지가 아니었으니까요. 그런데 지금 와서 아버지와 같은 길을 가겠다니……."

이미 격앙된 내가 하소연하듯이 말을 토해내자 해월 노화사가 염주를 천천히 굴리면서 자상하게 말했다.

"젊은이의 부친이야말로, 그러니까 호봉은 단순한 금어가 아니지. 관음(觀音)과 보현(普賢)의 보살정신이 살아 있는 불보살(佛菩薩)이라구. 젊은이 말대로 몸이 불편함에도 불구하고 그 같은 고통을 불심으로 이겨내서 인간문화재까지 되셨지마는, 어쨌든 호봉의 탱화는 참 좋아. 아암, 좋고 말구. 나도 40년간 탱화를 그려왔지만 호봉이 한 수 위라고나 할까. 도무지 세필만큼은 따라가지를 못하겠어. 그러니 다시 말하지만 부친에게 배우는 게 좋을 것이야."

아버지 호봉을 치켜세우는 해월 노화사의 말은 결코 틀린 말이 아니었다. 그만큼 아버지의 탱화는 안목 있는 스님들로부터 찬탄을 받아오고 있었고, 넓게는 불교계로부터 대단한 금어라고 인정을 받고 있는 터였다. 부산 동래사, 부안 내소사, 광주 원효사, 제주 황룡사 등 아버지 대표 작품들은 이름 있는 금어들조차 감동하고 있는 터였다.

"그러나 저는 싫습니다. 거듭 말씀드리지만 어머니께서 한사코 싫어하시기 때문에 탱화를 그리는 한 아버지와 함께 지낼 수가 없습니다. 그러니 절 인도해 주십시오."

나는 떼를 쓰듯이 애원했다.

"……탱화가 어찌 말로 공부하는 일이던가? 먼저 마음이 명경지수(明鏡止水)처럼 맑아야 돼. 그리고 부처님을 받드는 마음이 하늘에 닿아야만 되는 법. 젊은이의 뜻이 정 그렇다면 머리부터 깎아야지."

"아니, 승려가 되라구요?"

나는 아연 놀라지 않을 수 없었다. 출가를 한다는 것은 무엇보다도 세상과 인연을 끊는 일이고, 그래서 젊으나 젊은 청춘을 잿빛 승복에 친친 감아버리는 일이 아닌가. 반드시 승려가 되어야만 탱화를 그릴 수 있다는 해월 노화사의 말이 도무지 납득이 가질 않아서 잠자코 침묵을 지켰다. 그러자 갑자기 해월 노화사의 목소리가 축축해지면서 깊은 한숨을 토해냈다.

"오늘날, 신(信)이라곤 손톱만큼도 없으면서 찍어대듯 탱화를 그려대는 사람들이 많으니……. 그래, 젊은이 역시 붓장난이나 하는 환쟁이가 되고 싶은가? 아니면 부처님의 생음(生音)이 들리는 탱화를 그리고 싶은가?"

"아니 그림도 말을 다 하나요?"

"그럼, 하고 말고. 그래서 부처님을 그리면 부처님 말씀이, 아미타부처님을 그리면 아마타부처님 말씀이, 관세음보살님을 그리면 관세음보살님의 말씀이 들려오는 그런 탱화를 그려야지."

해월 노화사는 간곡히 출가할 것을 권했고, 기왕 금어가 되려고 한다면 출가 이상 더 좋은 길이 없음을 강조했다.

"출가를 하지 않아도 탱화를 그릴 수는 있지. 하지만, 그리면 그릴수록 더 어려워지는 게 탱화여서 종내는 신심(信心)에 의지하게 되어 있어. 젊은이 부친인 호봉도 비록 재가승이지만 탱화를 그리기 열흘 전부터 목욕재계하고 밤마다 부처의 꿈을 꾸기 위해 마음까지 청결히 하질 않는가? 옛날 어느 금어는 오른손이 부처님을 그리는 손이었다 하여 혹여 다른 일에 사용하면 불경스러울 수도 있겠다는 생각에 왼손만 사용한 분도 계셨느니. 그러므로 신심이 없으면 결국 한계가 오기 마련이지. 당장 큰절에 가서 머리를 깎고 와."

입산.

나는 해월 노화사의 말대로 산속의 절을 찾아갔다.

원주 스님이 방 하나를 주면서 입산을 할 것인지 그냥 돌아갈 것인지 일주일 동안 생각해 보라고 말했다. 그러나 사흘이 지나서 공양간 물을 긷고 쌀을 씻었다. 이른바 행자생활이 시작된 거였다.

보조 스님의 계초심학인문(誡初心學人文), 원효 스님의 발심수행장(發心修行章), 야운 스님의 자경문(自警文)을 읽으며 5년의 세월이 흘렀다. 짧은 세월도 아니고 그렇다고 긴 세월도 아닌 그 세월동안 나도 모르게 각 사찰의 많은 불교미술을 가까이에서 접할수 있었다.

사찰에는 부처님의 일대기가 그림 속으로 들어가 있었다. 세상에서 가장 존귀한 그분의 일생을 담은 그림들이 석탑에 조각되었는가 하면 벽화로도 표현되어 있었고, 해인사 대적광전과 범어사 팔상전 등에는 그림으로 표현되어 있었다.

사찰에는 불법을 수호하는 장승과 사자, 사천왕이 있었는데, 사천왕 발밑에는 권선징악의 교훈을 말해주는 생령좌(生靈座)가 있었다. 삼보를 옹호하고 불자를 지키는 신중의 모습은 노기와 분노의 형상이었다. 온몸은 화염에 뒤덮여 있는 가운데 위엄과 용맹의 신중은 누가 보아도 온몸이 떨리는 모습이었다.

사찰에는 사홍서원을 지키는 근육질의 힘센 두 남자도 있었고, 두 날개를 펴면 360만 리나 된다는 인도신화 속의 조류 가루라도 보였다.

사찰에는 극락정토에 살면서 아름다운 음성으로 부처님을 찬탄하는 가릉빈가가 있었고, 부처님의 으뜸 제자 가섭 존자와 부처님 10대 제자 중 하나인 아난존자도 보였다.

사찰에는 토끼며 용이며 호랑이며 원숭이의 모습도 있었는데, 불교가 깨달음의 종교이기 때문에 그림마다 근엄하면서도 해학적인 모습이라는 것을 느낄 수 있었다.

그리고 사찰에는 헤아릴 수 없이 많은 불상이 있었다. 나무로 만들어진 불상, 쇠붙이나 흙으로 만들어진 불상, 돌로 만들어진 불상이었는데, 불상만 있는 것이 아니고 부처님의 모양을 그린 탱화도 많았는데 스님들과 불자들은 그 불상과 탱화에 예배를 올리고 있었다.

부처님의 세계는 상상을 초월할 만큼 광대무변했다. 수미산을 중심으로 한 천상과 지옥, 그리고 우리가 살고 있는 일월(日月)의 세계를 한 세계라고 하는데, 이것이 1,000개이면 중천세계(中千世界)가 되고, 중천세계가 1,000개 모이면 대천세계(大千世界)가 되며, 다시 대천세계를 세 번 곱하면 삼천대천세계(三千大天世界)였다. 바로 이 삼천대천세계가 한 부처님이 교화를 담당할 세계의 단위였다.

부처님의 몸은 법신(法身), 보신(報身), 응신(應身) 또는 화신(化身)으로 나누어졌다. 법신은 우주의 진리 그 자체이고 인격화된 진리법칙을 나타내는데, 비로자나불이 여기에 속했다. 보신은 바라밀의 수행을 통해 중생구원을 서원해서 그 결과로 깨달음을 목적으로 하는 부처님을 말하는데, 서방정토 극락세계의 아미타불이나 중생들의 정신적 육체적 병고를 치료해주는 약사여래가 여기에 속했다. 응신과 화신은 2600년 전 인도 카필라국에서 태어난 석가모니 부처님을 가리키는데, 응신은 부처님의 육체적 덕목인 32상 80종호 등을 여법하게 나타내는 것을 말하고, 그와 반면에 화신은 부처님이 중생 · 아귀 · 축생 등 변화무쌍하고 다양한 모습을 내보일 수 있었다. 화신의 부처님과 같은 관세음보살은 33응신을 가지고 중생을 구제하는데, 부처님의 몸이 되었다가 제석천의 모습이 되었다가 벽지불의 모습이 되었다가 아수라의 몸이 되었다가 동남동녀의 몸이 되는 등 자유롭게 나투셨다. 지장보살 또한 중생교화가 바로 수행이므로 화신의 부처님으로 삼계육도를 다니며 중생을 구제하고 있었다.

그런데, 부처님은 정신적으로나 육체적으로 덕목을 지녔는데 여기에서 정신적 덕목은 부처님만이 지닌 18불공법(十八不共法)의 특징이 있고, 육체적 덕목은 32상 80종호가 있었다.

열 가지 힘이 있고, 어떤 상태에서도 두려움이 없고 자심감이 있으며, 사람들이 부처님을 지극 정성으로 신봉하거나 말거나 항상 잔잔한 고요와 지혜를 유지한다는 것이 18불공법, 그러니까 열여덟 가지 특징적 덕목이었다. 그리고 육체적 덕목을 나타내는 것이 32상 80종호였다.

32상 80종호.

서면 양팔의 길이가 무릎을 넘고, 생식기가 말의 것과 같아 감추어져 있으며, 신체의 균형이 맞고 단정하며, 치아가 희고 고르고 최상의 미각을 갖고 있으며, 혀는 얇고 연하고 길어서 입 밖으로 내밀면 얼굴은 물론 이마의 머리카락까지 덮으며, 미간에는 흰 털이 나 있는데, 이것을 펴면 다섯 자가 되는 것들을 일컬어 32상이라 했다.

걸음걸이가 엄숙하여 사자와 같고, 또한 걸음걸이가 조용하여 소의 걸음과 같으며, 남근의 무늬가 묘하고 위세가 구족하여 원만하고 청정하며, 배가 네모지고 반듯하여 앞으로 튀어나오지 않았고, 손금이 깊고 곧고 분명하여 끊어져 있지 않으며, 입술이 붉고 윤기가 있고, 목소리가 깊고 웅장하여 위엄이 있는데 그 소리가 사자와 같고, 코가 높고 곧아서 들창코가 아니며, 이가 깨끗하고 반듯하고 희며, 눈이 맑고 깨끗하며, 흰자위가 분명하고, 눈썹이 훤칠하고 빛나고 윤택하여 초승달과 같고, 귀가 두껍고 크고 길고 가지런하여 아무런 흠이 없고, 몸의 윗부분이 원만하여 사자의 위엄을 갖추었고, 키가 크고 단정하여 얼굴빛이 화평하여 웃음을 머금은 듯하고, 한 말소리로 법을 말씀하시되 여러 중생들이 각자의 근기에 따라 알아들으니 이것이 80종호였다.

20상이나 15상만 잘 그려도 대수확이니라.

해월 노화사는 이렇게 말했다. 부처님의 32상에서 그 절반만 잘 그려도 대단히 잘 그린 작품이라는 것이었는데, 막상 한 장의 종이에 부처님의 모습을 담는다는 것은 결코 쉬운 일이 아니었다. 15상은커녕 5상도 제대로 그려지질 않는 거였다. 그림을 시작하면서부터 십왕초, 보살초, 여래초, 천왕초의 초화를 제각기 1천 장씩 그려보았으므로 바로 그 초화에 채색만 하면 완성될 줄로 생각했던 것이다.

눈앞이 캄캄했다. 그것은 백척간두(百尺竿頭)에서 다시 한 발 떼는 마음이거나 매달린 절벽에서 손을 뗄 수 있는 그 무엇이 필요

했다.

나는 그 뭔가를 잡기 위해 선방에도 기웃거려 보았다. 참선하는 데는 모름지기 세 가지 요건을 갖추어야 하는데 첫째는 큰 신심이요, 둘째는 큰 분심이며, 셋째는 큰 의심이었다. 만약 하나라도 빠지면 다리 부러진 솥이 제대로 서 있을 수 없다는 것이었다. 큰 신심은 깨달음을 얻기 위한 결심이요, 확신이었다. 큰 분심은 자신이 여태껏 수행과 정진을 안일하게 하고 있다는 점을 분하게 여기는 일이었다. 큰 의심은 내가 누구인가의 화두에 깊이 빠져들어 의심하는 일이었다.

그러나 선방에서의 용맹정진은 죽을 맛이었다. 나는 분명히 졸지 않았는데도 어느 틈에 장군죽비는 내 어깻죽지를 사정없이 내리쳤고, 주먹질까지 서슴지 않았다. 화두가 잘 들면 신경이 날카로워지면서 섬세 미묘한 기분이 되었다. 그러다가 화두를 놓아버렸을 때는 다시 붙잡기가 힘들었다. 다른 생각으로 옮겨가지 말고 '이뭣고'를 붙들고 이 몸뚱이를 끌고 다니는 이놈은 무엇인가, 뭐라 대답해야 하는가, 언설이 끊어진 자리에서 화두와 씨름을 했다. 보름이 지나고 한 달이 될 때까지는 정말 죽을 맛이었다가 점차 몸이 적응하면서부터는 잠이 오질 않았고 반수면 상태에 빠져들었다. 공양 시간을 빼놓고는 시간이 정지되는 세계였다.

"절에서는 이판승이 있고 사판승이 있질 않습니까. 제각기 자신과 맞는 근기에 따라 수행을 해야겠지요. 법능 수좌는 아무래도 붓만 잡고 살아야지 이런 선방은 체질에 전혀 맞질 않는 것 같습니다."

선방 생활을 몹시 힘들어하는 나를 보고 늘 미소로만 대하던

법인 스님이 걸망을 짊어지고 하산하는 길에서 내게 말했다. 생사를 이겨보겠다고 다섯 손가락을 부처님께 소신공양한 대단한 스님이었다. 나는 아무런 말을 할 수 없었다.

"자기만의 삶을 살기 위해 우리가 입산한 게 아닐까요?"

법인 스님의 말은 진정한 죽비소리였다. 역시 내게 있어서 진정한 화두는 부처님을 그리고 또 부처님의 세계를 그리는 일이었다. 하안거나 동안거 때 선방을 찾을 것이 아니라 붓을 잡고 지내는 것이 진정한 삶이요, 화도(畵道)임을 일러준 스님이었다.

선방 생활을 청산한 나는 절에서 그림만 그렸다. 그림을 그리다가 붓이 잘 잡혀지지 않을 때면 관세음보살이 모셔져 있는 관음전엘 곧잘 들어갔다. 금방 마음이 편안해지면서 절로 굳어진 손목이 풀리곤 했다. 그런데 절에서 지내려면 누구나 한 가지 소임을 갖고 지내야만 했다. 그것은 어느 누구도 비켜갈 수 없는 불문율이었다. 하지만 주지 스님의 특별한 배려로 나는 열외였다. 새벽예불과 저녁예불만 참석하면 그만이었는데, 주지 스님조차 빠지지 않는 아침 청소며 울력 같은 것도 열외였다. 종일 무슨 일을 하든지 상관이 없었고 간섭하는 사람 또한 없었다. 그저 방 안에 틀어 박혀 탱화를 그리거나 또는 그 같은 일을 위해 잠시 절을 떠나 다른 곳에서 지내다 돌아오곤 했다. 국외자(局外者)처럼 지냈으므로 항상 자유로웠던 것이다.

그러나 뜻밖의 사건으로 나는 절을 떠나고 말았다. 본사(本寺)를 떠나 마곡사(麻谷寺)에서 한 계절 여러 화공들과 함께 대웅전 단청불사를 할 때였다.

"나랑 바람이나 쐬고 올까요?"

그날은 일요일이어서 모처럼 차분하게 쉬고 있는데 요사채 맨 끝 방에서 기거하는 박거사(居士)가 모처럼 말을 걸어왔다. 조그만 목불상(木佛像)을 조각하는가 하면 선묵화(禪墨畵)를 그리기도 하고 풍수에 깊은 조예가 있는 운상거인(雲上居人)이었다. 그러다 보니 명당자리를 봐달라고 찾아오는 사람들이 많았는데, 그럴 때면 패철(佩鐵)을 들고 의기양양하게 절 밖으로 나갔다 돌아오곤 하였다.

하지만 나와는 별로 대화가 없는 편이었다. 달포 남짓 다섯 사람의 화공들과 더불어 대웅전 단청불사를 하는 중이어서 더욱 그랬다. 그래서 겨우 공양을 할 때나 경내에서 어쩌다 마주치면 눈인사 정도나 하고 지내는 처지였다.

"무슨 바람을 쐬자고 그러십니까?"

"바람은 바람일 뿐, 바람에게도 이름이 있나요? 선암사(仙巖寺)나 한 번 다녀옵시다. 마침 볼일도 있고 하니……."

"좋습니다."

일주일 동안 딱 하루 쉬는 날에 때를 맞추어 그는 말을 걸어온 것인데 내심 은근히 반가웠다. 산문 밖으로 나간다는 것은 어쨌든 새장 속을 빠져나가는 듯한 기분이었다.

그런데 순천 선암사에 도착해서였다. 박거사와 함께 대웅전과 팔상전을 둘러본 후 지장전에 들어가 지장보살도(地藏菩薩圖)를 바라보고 있을 때였다. 나는 마른침을 삼키며 지장보살도를 바라보았다. 어쩌면 저렇듯 유려한 필치로 그렸으며 과연 저 탱화를 그린 이는 어떤 화사였을까, 잠시 감동에 빠져 있을 때 지장보살상 곁에서 우렁찬 음성이 흘러나왔다.

"나는 지장보살이니라……."

순간, 나는 귀를 의심했다. 하지만 지장보살님은 여전히 입을 다문 채 오른손에 보주(寶珠). 왼손에 석장(錫杖)을 들고 연화좌(蓮花坐) 위에서 중생을 내려다보고 있을 따름이었다.

"나는 지장보살이니라. 그대는 내게 잘 왔도다……!"

거듭 지장보살의 음성이 불덩이처럼 머리 위로 떨어졌다. 분명 그렇게 말하는 사람은 지장보살이 아니라 박거사의 목소리인줄 번연히 알면서도 온몸에 전율이 느껴졌다.

"……지, 장, 보, 살, 님!"

순간, 나는 무너지듯 지장보살상 앞에 무릎을 꿇었다. 그리고 머리를 깊숙이 숙였다. 지장보살의 친견이 이뤄지는 순간이었다. 부처님이나 보살님을 친견하고자 하는 마음이 사무치고 사무쳐서, 또 간절하고 간절했을 때 뵐 수 있다던가. 붓을 잡으면서부터 내가 그리는 석가모니불 미륵존불 아미타불 비로자나불 대일여래 약사여래 같은 부처님을 뵐 수만 있다면 얼마나 좋을까 생각하곤 했다. 관세음보살 지장보살 문수보살 보현보살을 그릴 때에도 단 한 번만이라도 뵐 수 있다면 일생일대의 광영이자 사건이 될 것이라고 생각했던 참이었다.

"그동안 고생이 많았구나. 나는 지장보살로서 너에게 숙의(宿意)를 말하노니 너는 장차 해동(海東)에서뿐 아니라 세계적인 불모가 될 것인즉, 더욱 용맹정진토록 하라……."

만일 한 사람의 중생이라도 구원받지 못했을 때에는 결코 성불하지 않겠다고 서원(誓願)을 세운 지장보살. 그래서 비증보살(悲增菩薩)이기도 하는 지장보살께서 내게 가피(加被)를 내리시다니…….

나는 그대로 엎드린 채 일어날 줄을 몰랐다. 어느 틈에 내 두 뺨에서는 뜨거운 한 줄기 눈물이 주르륵 흘러내렸다. 아아. 나는 반드시 해낼 수가 있겠구나. 그리하여 끝내는 부처의 얼굴을 그리고 그려서 성불도 할 수 있겠다는 생각에 갑자기 온몸의 피가 뜨거워지는 것 같았다.

나는 산문 밖 계곡으로 달려 나갔다. 둥싯둥싯 솟은 바위틈으로 맑고 시원한 청류가 흐르고 있었다. 두 발이 둥둥 구름 위를 걷는 듯 얼얼한 기분이었다. 사방에서 만다라의 아름다운 꽃잎이 우수수 떨어지는 것만 같았다. 환희 그것이었다. 제천선신(諸天善神)들이 오색운(五色雲)을 타고 내려와 나를 도와주고 있다는 생각이 들었다. 해질녘이 될 때까지 계곡을 오르내리며 한껏 달뜬 기분을 맛보다가 다음날 아침, 주지 스님에게 어제 일어났던 일을 은근슬쩍 자랑삼아 끄집어냈다. 그런데 내 말이 끝나기도 전에 주지 스님의 표정이 대번에 험상스러워지더니 여지없이 공박하고 나서는 것이었다.

"그 늙은이가 노망을 했군, 노망을 했어. 제 앞길도 추스르지 못한 주제에……."

낙심천만이었다. 얼굴이 홧홧 달아오르면서 쥐구멍이라도 있으면 당장 들어가고 싶었다.

"그게 아니라 지장보살님께서……."

"글쎄, 얼풍수 반풍수 주제에 신도님들을 현혹시키면서 지내더니 아예 이제는 지장보살님 흉내까지 내다니, 미쳐도 한참 미친 게 아니요?"

주지 스님의 말은 뜻밖이었다. 나는 뒤통수를 한 대 얻어맞은 듯 하루 종일 일이 손에 잡히질 않았다. 아니, 그 다음날도 그랬고, 그 다음다음 날도 그랬다. 도무지 붓끝이 제대로 움직여지질 않는 것이었다. 대웅전 단청불사를 함께 하는 다른 화공들이 눈치챌까봐 노심초사하며 하루하루를 견뎌내야만 했다.

그런데 일주일 후였다. 서울의 왕보살이 탄 승용차가 미끄러지듯 경내에 나타났다. 화려한 옷차림이었다. 돈 많고 신심이 깊은 왕보살은 대웅전 단청불사에 3억을 시주키로 약속을 한 터였다. 하지만 그 왕보살은 한꺼번에 돈을 내놓지 않고 가뭄에 콩 나듯이 찔끔찔끔 주었기 때문에 노임을 제대로 주지 못하고 있었다. 화공들은 노골적으로 불만을 털어놓았지만 한두 푼도 아니어서 어르고 다독거리며 진행할 수밖에 없었다.

왕보살은 흐뭇한 미소를 고무풍선처럼 머금고 경내 이곳저곳을 다니다가 대웅전 뒤 바람벽에 심우도(尋牛圖)를 그리고 있는 나를 불렀다.

"자, 얼마 안 되지만 맛있는 걸 사먹도록 해요."

번쩍번쩍 빛나는 핸드백에서 1백만 원짜리 수표 한 장을 거침없이 꺼내는 그녀의 손은 차라리 백옥이었다. 하지만 어떻게 손을 쑥 내밀며 받을 수가 있겠는가. 그래서 어정쩡한 태도로 머뭇거리고 있으려니까,

"어서 받아요. 고생들 하니까 주는 거예요."

하고 왕보살은 거듭 미소를 보내며 받기를 권했고, 나는 마지못해 넙죽 고개를 숙인 다음 수표를 건네받았다. 이 돈으로 화공들에게 회식자리 한 번 멋지게 만들어줘야겠다는 생각이 들었다.

왕보살을 수행하듯 따라다니는 주지 스님과 삼직(三職) 스님들이 흐뭇한 표정으로 지켜보고 있었다.

그런데 등을 돌리려는 순간, 들어서는 안 될 말이 귓등을 스쳐 지나갔다.

"그림도 별것 아니면서 뻐기기는……."

순간 나는 자신도 모르게 수표를 오그려 쥐고 있었다.

"보살님, 혹 저한테……."

나는 저만치 발걸음을 옮기고 있는 왕보살을 불러 세웠다.

"……왜? 돈이 적나요?"

"……그게 아니라 뻐긴다는 말이 뭡니까?"

갑자기 돌변해버린 왕보살의 말투에 적잖이 당황했지만 이미 내 목소리에도 불쾌한 감정이 깔려 있었다.

"그래, 뻐긴다고 했어. 내가 뭐 말을 잘못한 건 아니겠지?"

나는 몸이 부르르 떨려왔다. 사실 따지고 보면 노임만 쌓여가고 있는 판이라 일할 맛도 사라진 지 오래였다. 그렇다고 부처님 제자로서 어떻게 돈을 밝힐 수가 있겠는가. 그래서 힘들더라도 꾹 참고 여러 화공들을 달래가며 일을 하고 있는 중이었다.

"무슨 말씀을 그리 하십니까?"

나 역시 말꼬리가 살짝 올라가면서 왕보살을 노려보았다.

"건방지게 누굴 노려 봐? 노려보면 어쩔건대? 내가 뭐 돈을 쌓아놓고 사는 사람인 줄 알아? 왜 받았으면 고맙다는 말 한 마디도 안하는 거야?"

왕보살의 말은 곧 불화살이 되어 날아왔다.

"건방져요? 돈이면 다 합니까? 그 잘난 돈으로 사람의 마음까지 좌지우지 하려는 심사는 뭡니까?"

불사를 시작하면서부터 그 돈의 힘만을 믿고 거들먹거리는 왕보살의 오만함에 심한 구역질을 느끼고 있던 참이었다. 어쩌면 그 오만함은 여러 스님들을 비롯해서 공양주에 이르기까지 관세음보살처럼 떠받들기 때문인지도 모를 일이었다. 왕보살이 산문에 들어서면 벌써 주지 스님을 비롯한 여러 스님들이 앞 다투어 여왕 모시듯이 안내를 해왔던 것이다.

"뭐라구? 돈이면 다 한다구? 시방 내가 이 절에 시주한 돈이 얼만 줄 알기나 해? 환쟁이 주제에 하늘 높은 줄 모르고 막 까불고 있잖아!"

왕보살이 발을 동동 굴렀다. 안내하던 주지 스님의 얼굴이 백짓장처럼 하얘지면서 얼른 사과하라며 손짓을 보냈지만 나는 마구 토해내고 말았다.

"보살님이 절에 오시면 젤 먼저 누구에게 절을 합니까? 부처님이지요? 저는요, 바로 그 부처님의 얼굴을 그리는 불모라구요, 불모! 돈푼이나 받고 그림 파는 환쟁이가 아니란 말입니다. 내가 돈 자랑이나 하는 당신네들 좋으라고 이런 일하는 줄 아세요? 돈 없는 가난한 사람도 부처님 말씀대로 살면 행복하기 때문에 불모 노릇 하는 거라구요!"

백 번이고 참았어야 옳을 일이었다. 그런데 당당하기 짝이 없는 왕보살에게 다시 와르르 쏟아내고 말았으니……. 하지만 이미 내 가슴속에는 저지난달에 있었던 굴욕감도 함께 치밀어 올랐던 것인데, 그것은 귀퉁이 작은 벽에 찌금질을 할 때였다. 내가 그 빈 공간에 달마를 그려 넣은 것을 보고 왕보살이 당장 지우라고 호통을 치는 것이었다. 이미 그려놓은 그림을 삭적하듯이 지우다는 것은 솔직히 자존심 상할 일이었다. 연꽃이나 한 점 그리고 말 일이지 하필 귀퉁이에 달마를 그려 넣었느냐는 것이었지만 나는 기가 막힐 따름이었다. 달마를 그리면 어떻고 설산동자(雪山童子)를 그리면 또 어떨까. 다 부처님의 말씀을 나타내지 않는 벽화가 어느 절에 있었던가.

결국 하심이 없었던 나는 짐을 싸고 말았다. 하심이 곧 도(道)라고 했고, 출가해서 승려가 되는 것은 생사로부터 벗어나기 위한 것이며 번뇌를 끊기 위한 것이라는 서산대사 선가귀감(禪家龜鑑)의 말도 실천하지 못한 낙오자였다.

그러나 쌀과 된장만 있으면 어디선들 살 수 없으랴. 왕보살의 거침없는 독설 때문에 단호히 절을 떠났지만, 그것이 승복을 벗고 절 생활을 마감할 줄은 꿈에도 몰랐다. 그리고 정말이지 깊은 산속의 빈집에서 쌀과 된장만으로 살면서도 붓을 놓는 일은 없었다.

여자는 술을 잘 마셨다. 그렇다고 빠르게 마시지도 않았지만 천천히, 그러나 꾸준히 마셨는데 전혀 얼굴빛이 변하지 않았다.

"술이란 조곤조곤 마셔야지 급하게 먹으면 안 돼."

그녀는 다시 술잔에 입을 갖다 대며 말했는데, 이미 나는 관자놀이께가 벌겋게 달아오른 상태였다.

"참, 사흘 전에 만났던 송주 법사 얘길 좀 해볼까."

"백화암 불사소에서 만났던 무불(無佛) 스님 말씀인가요?"

"그 스님은 한때 구례 삼일암 암주(庵主)로 있었지. 나중에 들은 얘기지만 모친의 죽음에 허무를 느끼고 입산을 했다더군. 그런데 속가의 형이 갑자기 사망하자 스승이 하산해서 형수를 도와주라고 했다더군. 그래서 중장비 작업을 3년 남짓해서 가게 하나를 형수에게 차려주고 다시 입산했다더군."

"잘도 아시네요. 그런데 그 스님과 무슨 사연이라도 있었던가요?"

"들어 봐. 지난여름이었어. 그때도 나는 바랑 하나 달랑 짊어지고 그저 산 따라 강 따라 돌아다닐 때였지. 속마음으로는 지리산 전역을 돌아다녀볼 참이었어. 지리산이야말로 3도(三道) 8개군(郡)에 속해있을 뿐 아니라, 그 둘레만도 800여 리에 이르지 않는가.

……청학동을 둘러보고 하동을 거쳐 삼일암을 찾아갔을 때, 산등성을 넘어서자 갑자기 소나기가 마구 쏟아지더군. 몸뚱어리를 두들겨 패듯 쏟아지는데 무섬증이 들 정도였지. 비를 흠뻑 맞고 나자 그렇지 않아도 얇디얇은 블라우스며 청바지가 몸에 턱 달라붙으면서 영락없이 물에 빠진 생쥐 꼴이 되어버렸지. 하지만 그 상황에서 다시 내려갈 수도 없고 해서 내친 김에 삼일암을 찾아간 거야. 그런데 묘한 기분이 들더군. 내가 마치 황진이가 되어 생불(生佛)로 소문난 지족선사를 유혹하러 가는 건 아닌가 싶더라구. 절간은 조용했어. 부처님도 졸고 계셨고, 스님을 비롯한 절 식구 모두 졸고 있었어. 그래서 차마 스님을 부르지 못하겠더군. 그래서 요사 처마끝으로 하염없이 떨어지는 빗물을 망연스레 바라보고 있으려니까 으슬으슬 춥기도 하고, 배도 고파오더니 나도 모르게 그만 꾸벅꾸벅 졸고 있었던 모양이야."

그녀는 동동주 한 모금을 삼키고 나서 다시 말을 이었다.

"문득 눈을 떠보니까 무불 스님이 날 지그시 내려다보고 있더군. 자애로운 눈빛이 아니라 한없이 측은한 눈빛으로⋯⋯. 나는 황망히 허리를 세우고 합장을 했어. 그리고 배가 몹시 고팠으므로 방으로 들어와 공양을 하라는 말을 기다렸지. 그런데 전혀 뜻밖의 상황이 벌어진 거야. 무불 스님의 표정이 험상스럽게 변해지는가 싶더니 다짜고짜 내 뺨을 후려치는 게 아니겠어? 한 번, 두 번, 세 번⋯⋯. 눈앞에서 번갯불이 번쩍번쩍 일어나는가 싶더니 대번에 입술이 찢어지고 입안 가득 피가 고이더군. 그러더니 무불 스님은 큰 소리로 호통을 치는 것이었어. 비 맞은 옷차림으로 젖퉁이를 내보이며 청정한 도량을 함부로 다니면 되겠느냐구 말이지.

⋯⋯나는 여지없이 산문 밖으로 쫓겨나왔는데, 빗줄기는 더욱 거세어지면서 연거푸 뇌성벽력이 산 뿌리를 울리더군. 얼마쯤 내려가다가 다리 하나가 나타나길래 그 위에 벌렁 누워버렸지. 온몸을 때리는 빗줄기가 이상하게도 상쾌함을 느끼게 하더군. 아아, 그 무불 스님은 나를 방으로 들어오게 해서 옷을 말리게 하고 공양 한 그릇 먹여서 내보냈으면 안 되었을까?"

여자가 땅속이 꺼지는 듯 깊은 한숨을 내쉬었다. 이번엔 내가 동동주를 쭉 들이켰다.

"그런데 내 얘길 마저 들어 봐. 삼일암을 빠져나온 나는 구례 읍까지 터벌터벌 걸어갔어. 비는 계속 내리더군. 그러나 갈 곳이 있어야지. 마침 여비도 떨어졌었거든. 될 대로 되라, 하는 심정으로 어느 보석가게 앞에서 하염없이 내리는 빗줄기를 바라보고 있으려니까 그 보석가게 아저씨가 내 곁으로 다가오더라구. 뭘 도와줄 게 없느냐는 따뜻한 목소리였어. 배가 몹시 고프다고 하니까 가까운 국밥집으로 날 데리고 가더군. 게눈 감추듯 한 그릇을 해치우고 나니까 비로소 눈이 떠지는 것 같더라구. 꼬박 두 끼니를 굶었었거든. 보석가게 아저씨는 참으로 인정 많은 아저씨였던지 모텔 방을 잡아주더군. 밥도 먹었겠다, 잠잘 곳도 구했겠다, 이렇게 오늘 하루도 넘어 가는구나 싶더라구.

……그런데 샤워를 마치고 피곤한 몸을 막 눕히려는데 밖에서 노크 소리가 들려오지 않겠어? 누군가 하고 문을 열어보니 그 보석가게 아저씨가 친구와 함께 나타난 것이었어. 술이나 한 잔 하자고 그러더군. 술은 양주였어. 몇 잔 마셨더니 금방 머리가 어찔어찔 해오더군. 얼마 시간이 흐르지 않았는데 친구란 사람은 약속이 있다면서 슬그머니 자리를 떴고, 그 보석가게 아저씨는 거푸 두어 잔을 더 마시고나더니 나를 다짜고짜 쓰러뜨리는 것이었어. 전혀 반항을 하지 않은 채 하는 대로 내버려두었더니 순식간에 날 알몸으로 만들어버리더군. 그러더니 그가 허겁지겁 옷을 벗기 시작하더라구. 나는 얼른 일어나 가발을 벗어던지고 가부좌를 틀고 앉아 이렇게 말했지. 나를 조종하는 또 다른 놈이 있소. 그리고는 천수경을 외우기 시작했어. 정구업진언 수리 수리 마하수리 수수리 사바하……. 보석가게 아저씨가 나목처럼 서서 나를 물끄러미 바라보더니 내게 옷을 던져주더군. 그리고 자신도 주섬주섬 옷을 입고 나서 꿈꾸듯 중얼거리는 것이었어. 실은 자기 사촌 누이동생도 시방 비구니라구……. 지금쯤 어느 산 계곡에서 아침저녁으로 목탁을 두드리며 지낼 거라구…….

다음날 아침 일찍 모텔을 나서려니까 카운터에서 여주인이 나를 부르더군. 어젯밤 보석가게 아저씨가 주었다면서 봉투를 하나 건네주었는데, 이십만 원이 들어있더군."

그녀는 까르르 웃고 나더니 막걸리 한 잔을 단숨에 비웠다. 그리고 한숨처럼 말했다.

"여자는 어디를 가나 왜 말썽만 일어나는 것인지 모르겠어. 정녕 여자는 요물일까?"

동동주 세병이 비워졌다. 그러나 그녀는 얼굴색이 붉게 달아오르기는커녕 조금도 흐트러짐이 없었다.

"이제 그만 일어나시죠."

내가 자리를 털고 몸을 일으키자 그녀는 눈빛으로 다시 앉으라는 시늉을 했다. 그리고는 기어이 내 아픈 곳을 찔렀다.

"참, 이제 어디로 가실 참이지?"

"주문 받은 탱화가 몇 점 있어서 그걸……."

"화실이 어딘데?"

"……글쎄요."

"마땅히 갈 곳이 없는 모양이지?"

"……."

나는 고개를 끄덕이고 말았다. 머리를 깎아가면서까지 금어가 되겠다고 집을 뛰쳐나갔던 내가 다시 집을 찾아간다면 그처럼 한심한 꼬락서니는 없을 것이었다. 끼니때마다 며느리가 지어올린 따뜻한 밥 한 그릇과, 재롱떠는 손자 자식을 안겨드리는 효도를 한다면 혹 몰라도.

"무릇 그림 그리는 사람에게는 차분히 작업만 할 수 있는 작업실이 있어야겠지. 중이 선방이 있어야 참선을 할 수 있듯이……."

"그야 당연한 말이죠."

"맘 편히 그림을 그릴 데가 없다면 날 따라와도 좋아."

"거기가 어딘데요?"

"산 말고 더 좋은 데가 있을까?"

"산이요?"

나도 모르게 갑자기 목소리가 크게 나왔다.

"내 둘째 오라버니가 흑염소 농장을 하고 있다구. 이름은 박격포이고 별명은 타잔인데, 이름에 걸맞게 사냥도 어지간히 잘하지. 내 오라버니와 함께 이 겨울에 사냥도 함께하구, 그래서 별미를 맛보는 것도 오죽 좋은 일 아니겠어?"

"사냥이라면 짐승을 잡는다는 말 아니에요?"

"특히 멧돼지 사냥을 주로 하지."

그녀의 말에 제법 덩치 큰 멧돼지가 눈밭에서 선혈을 뿌리며 나뒹구는 모습이 떠올랐다.

"야생동물을 그렇게 함부로 죽여도 되나요? 최근에는 멸종위기에 처한 동물도 많아졌다던데……."

그녀는 제법 옳은 말을 한다는 듯이 두어 번 고개를 끄덕거렸다.

"당연한 말이지. 그러나 그놈의 멧돼지 때문에 인간들이 얼마나 피해를 입고 있는 줄 몰라. 호랑이나 늑대가 사라져서 생태계가 파괴된 까닭이겠지."

"그렇다고 어떻게 생명이 있는 것을……."

"물론 생명은 존귀하지. 하지만 죽자사자 촌로들이 일궈놓은 과수밭과 콩이며 배추며 옥수수를 가리지 않고 한순간에 초토화시켜버리는 야생동물 때문에 골치가 아픈가 봐. 산전 농사 고라니 좋은 일만 시킨다는 격으로 말이지. 그러다 보니 인간이 살기 위해 방어적인 차원에서 포획을 한다고나 할까."

나는 잠시 머리가 혼란스러워졌다.

"그렇다고 무턱대고 남의 신세를 어떻게……?"

나는 머뭇거렸고 선뜻 따라나서겠다는 말이 차마 입에서 떨어지지 않았다.

"실은 나도 이제 그만 방랑을 접을까 해. 더구나 금방 겨울이 다가오고 있잖아. 그런데 그곳엔 직접 불을 때는 온돌방이 있고 땔감은 지천으로 널려 있으니까 좀 좋겠어?"

"그렇게 좋은 환경이 주어졌는데도 왜 그리 방랑을 했습니까?"

"무엇을 그릴 것인가? 그게 내 화두였지. 부처님께 심신을 가탁하려는 생각 또한 갖게 된 것도 다 그것에 따른 방황이었던 것 같애."

그녀가 먼저 벌떡 일어나서 반달 모양의 철제 다리를 건너갔다. 나도 덩달아 그녀의 뒤를 따라갔다. 이제는 빠져나갈 수 없다는 어떤 힘에 의해 절로 발걸음이 옮겨지고 있었다.

"암말 말고 따라와 봐. 우리 오라버니가 서운케는 대하지 않을 테니까. 오히려 대환영을 할지도 모를 일이지. 그러잖아도 11월부터 내년 2월까지 수렵장을 이용할 수 있다더군. 멧돼지는 물론이고 고라니, 청솔모, 꿩, 멧비둘기, 청둥오리 등을 맘 놓고 잡을 수 있다더라구. 암튼 내일 정오에 관광시설지 앞에서 만나자구."

그녀는 아예 한 번도 뒤돌아보지 않은 채 걸어 나갔다. 한마디로 너 알아서 하라는 식이었다. 나는 어느 틈에 그녀의 뒤를 슬금슬금 따라가고 있었는데, 이미 거미줄 같은 끈으로 알게 모르게 묶어진 상태라고나 할까.

"참, 내 이름은 여강이라고 해. 박여강."

그녀가 저만치 걸어가다 말고 갑자기 뒤를 돌아보며 자신의 이름을 밝히더니 거듭 권했다.

"이번 겨울을 산에서 한 번 살아보자구. 자신의 일상에 뭔가 변화를 주는 것도 좋은 일 아니겠어? 더군다나 생전 해본 적이 없는 사냥 경험을 할 수 있으니 좀 좋지 않겠느냐구."

그러나 나는 살생에 가담해야 한다는 게 여간 부담스러웠다. 부처님을 그리는 사람이 살생이라니……. 불벌을 받아도 크게 받을 일이었다.

"암만 생각해도 짐승을 죽이는 사냥은 못할 것 같은데요."

내가 기어들어가는 목소리로 말하자 그녀가 입술을 비꼬며 말했다.

"진정 사냥은 환생을 못해 몸부림치는 짐승들을 구제하는 일인지 모르는 모양이군."

"구제라니요? 무참하게 살생하는 일을 두고……."

"살생이 아니라 보살행이지. 그래서 사냥꾼은 바로 그 짐승들을 도와주는 보살이구."

"여시축생발보심이란 말도 못 들어 보셨나요? 하찮은 동물일지라도 보리심을 일으키라는 말이지요. 그런데 보리심을 기르기는커녕 살생을 두고 보살행이라뇨?"

"죽어야만 새롭게 태어나기 때문이지. 축생의 윤회를 벗어나 다시 인간으로 환생케 하는 일이 사냥이라구. 그래서 오라버니는 사냥을 시작할 때 북어대가리와 과일을 차려놓고 환생하지 못한 불쌍한 짐승들이 나타나게 해달라고 간절히 기도를 하더군. 막상 짐승이 잡히면 그 녀석의 귀를 잘라 땅 속에 묻고 제발 이제는 환생해서 좋은 세상 한 번 살라고 다시 기도를 하더라니깐."

여자는 거침없이 말했고 나는 자꾸만 미궁 속으로 빠져들었다.

"법능 화사는 부처님께서도 전생에 축생까지 윤회하셨다는 사실을 모른다고는 하지 않겠지?"

여자는 홱 돌아서서 다시 걸어 나갔다. 나는 그녀의 말에 그만 입이 딱 벌어지고 말았는데, 이윽고 그녀의 뒷모습을 바라보며 혼자 중얼거렸다.

'……그래, 저 여자를 한 번 따라가 볼까? 화실도 화실이지만 본디 여자는 한 세계를 갖고 있다질 않는가. 그런데 저 여자에게는 여자란 사실 말고도 또 하나의 세계를 가진 것이 분명해 보이지 않는가.'

제2장
국사봉 농장

"얘들아!"

"얘들아!"

맷방석처럼 생긴 너럭바위 위에서 벌렁 드러누운 채 쪽빛 하늘을 쳐다보던 군복 차림의 사내가 벌떡 일어나더니 큰소리로 누군가를 부르고 있었다. 사내는 낮고 긴 골짜기가 너붓이 내다보이는 잡목 숲 너머를 향해 두어 차례 더 소리를 질렀는데, 한참 후에 놀랄 만한 광경이 당장 눈앞에 펼쳐지기 시작했다. 어림잡아 천여 마리쯤 되는 흑염소 떼가 복병처럼 일시에 산등성 위로 나타나더니 지축을 흔들며 낮은 곳의 축사를 향해 줄달음치는 것이었다. 흑염소 떼는 몇 마디의 말에도 잘 훈련된 병졸처럼 움직였고, 사내는 그 병졸들을 호령하는 장수였다.

"바로 저 사람이 국사봉(國師峯) 농장의 주인이자 내 둘째 오라버니지."

여강이 손가락으로 그 사내를 가리키며 의기양양하게 말했다.

기껏해야 몇 백 마리 정도의 흑염소를 키우는 소규모 농장으로 생각했는데 상상외로 큰 농장이었다. 조금 전에 캠핑카 보리호를 몰고 거대한 호수처럼 물이 잠긴 장흥댐을 지나자 오르막길이 구절양장처럼 이어졌고, 재빼기에서 다시 얼마쯤 산길을 달렸을 때 비로소 국사봉 농장이 나타났던 거였다. 사방이 분지처럼 아늑한 곳이었지만 발 아래로 펼쳐진 산들이 서로 어깨동무를 하며 강강술래를 하기도 하고, 저만치 줄달음치다가 다시 되돌아오기도 해서 그야말로 첩첩산중임을 실감할 수 있었다.

그런데, 예닐곱 마리의 사냥개들이 보리호에서 내린 우리를 발견하고는 길길이 날뛰며 으르렁거렸다. 대형 고무물통을 거꾸로 엎어 놓은 개집에 따로따로 묶여져 있고, 다시 굵은 철조망에 갇혀 있는데도 개들은 당장이라도 단단한 줄을 끊고 뛰어넘을 기세였다.

"영리하고 민첩하다는 저 개는 진돗개, 험상스럽게 생긴 저 개는 도베르만, 복종심이 뛰어나다는 저 개는 풍산개, 그리고 저 개는 핏불인데 진돗개와 핏불 테리어를 교배시켜서 만들었다고 하더군. 사냥개로서 이상적인 물치기를 만들기 위해 교배를 시키면 진돗개의 용맹함과 끈질김, 그리고 충성심이 뛰어나면서도 한 번 물면 절대 놓치지 않는 핏불의 파워를 겸비한 개가 된다나. 결국 최고의 사냥개가 된다는 말이겠지."

그녀는 친절하게도 개를 하나하나 가리키며 설명했지만 나는 아예 녀석들을 정면으로 쳐다볼 수가 없었다. 사나운 개들을 평소 접해보지 못한 탓인지 나도 모르게 두 다리가 후들후들 떨려왔던 것이다.

"사냥을 개들이 하는 모양입니다."

"사냥을 해야 개들을 가르칠 수가 있겠지. 그리고 개야말로 인간을 위해서 존재하는 것이 아닐까. 아니 코끼리며 낙타, 말, 개 따위는 인류가 전쟁을 할 때부터 활용했으니까."

"그러고 보니 이탈리아 화가 줄리오 로마노가 그린 '자마 전투'가 떠오르는군요."

기원전 202년 카르타고군이 북아프리카 평원에서 코끼리를 앞세워 로마군을 격돌하는 회화 작품이 '자마 전투'였다.

"'자마 전투'에서는 코끼리를 활용했지만 미군은 베트남 전쟁과 이라크 전쟁에서 수천 마리의 개를 활용했었지. 1차 세계대전에서는 소련이 독일군 탱크를 폭파시키기 위해 '탱크견'을 양성했다지. 개들을 며칠간 굶게 한 후 평소 탱크 밑에 음식을 놔두고 찾아 먹도록 훈련을 시켰다더군. 그리하여 개 등에 폭발물을 매달아놓고 적의 탱크를 향해 달려갈 수 있도록 했다지."

그녀는 개에 대해 찬양을 늘어놓았다. 우리가 잠시 대화를 나누고 있을 때 흑염소 떼들은 꾸역꾸역 자신의 집을 향해 줄달음질치고 있었다. 잘 생긴 뿔을 치켜들고 의기양양 달려가는 수놈 흑염소, 젖퉁이를 땅바닥에 닿을락 말락 덜렁거리며 달려가는 암놈 흑염소, 어미 뒤를 죽어라 뒤따라가는 새끼흑염소의 바지런한 발걸음…… 어떤 새끼흑염소 녀석은 달리다가도 뒷발을 걸어차며 공중제비라도 하겠다는 듯 풀쩍풀쩍 뜀박질을 했다.

"둘째 오라버니는 다섯 마리의 흑염소로 이만한 농장을 만들었지. 어렸을 때 오라버니는 부룩송아지였어. 도무지 책하고는 담을 쌓고 살았으니까. 그러다보니 공부는 아예 초등학교 4학년 때 때려치우고 산으로만 돌아다녔지. 돌 틈에 낀 가재나 잡아먹고, 오디나 따먹으며 지냈으니 아버지 애간장이 오죽했겠어? 아버지는 성질이 불같아서 밖으로만 빙빙 도는 오라버니를 몹시 미워하셨지. 한 번은 아버지 손에 기어이 잡히고 말았는데, 완전히 발가벗긴 다음 대나무밭 배롱나무에 대롱대롱 매달려 하룻밤을 보내게 하더라구. 다음날 아침, 오라버니 몸뚱이를 보니까 밤새껏 그 독하다는 대밭 모기에 얼마나 시달렸는지 숫제 붉은 물감을 칠해놓은 것 같더라구."

흑염소 떼들이 눈 깜박할 사이에 우르르 축사 안으로 들어가고 있었다. 일사불란한 움직임이었다.

"어쨌든 축산업으로 성공한 셈이군요."

"그렇다고 봐야겠지. 처음엔 형편이 어려우니까 흑염소 다섯 마리를 끌고 다니며 풍전야숙을 하다시피 지냈어. 남의 묘에 등을 기대고 종일 흑염소를 지켜보고 있노라면 뱀이 뱃가죽으로 들어온 때도 있었고, 밤에 한데서 잠을 잘 때면 손가락만 한 지네가 뺨 위로 기어 다닐 때가 수십 번도 더 있었다 하더라구. 오죽했으면 별명이 타잔이겠어. 산에서만 살다 보니 자연 타잔처럼 되어버렸겠지."

그때 축사에 자물쇠를 채우고 난 사내가 우리를 발견하고 성큼성큼 다가오더니 한 차례 내 위아래를 훑어 보고나서 반갑게 악수를 청했다.

"막내 동생한테 들었던 화가 양반인갑구만. 나 박격포란 사람이요. 그런데 사람들이 타잔, 타잔 하고 부릅니다. 거 뭐냐, 영화에 나오는 타잔 말이오."

타잔이란 별명을 가졌다고 스스로 말하는 것으로 보아 산을 안방처럼 생각하고 사는 사람처럼 보였다.

"법능입니다."

악수하는 그의 손이 어찌나 크고 우람한지 뼈가 으스러질 것 같은 느낌이었다. 게다가 아무렇게나 자란 머리털이며 턱수염이 얼굴을 가릴 만큼 더부룩해서 쉽게 말 붙이기가 망설여질 정도였다. 그런데 목소리는 여자처럼 여간 부드러운 게 아니어서 생김새와는 전혀 딴판이었다.

"법능 화가는 무슨 일로 큰 트럭을 다 몰고 다닌다요?"

그가 잔뜩 호기심을 머금은 눈빛으로 캠핑카 보리호를 가리키며 물었다. 이삿짐센터 운전사라도 되는 양 5톤 트럭을 몰고 다니느냐는 표정이었다.

"저 차는 캠핑카입니다. 잠도 자고 밥도 먹을 수 있는……."

"아, 그래서 냉동탑차처럼 제작을 하셨구랴."

그는 당장 캠핑카 내부를 봐야만 직성이 풀릴 모양인지 여러 가지 시설을 신기한 듯 꼼꼼히 살펴보고 나서 웃음을 지으며 말했다.

"올겨울 사냥도 여럿이 떠날 것인데 저 차를 이용하면 딱이겠소."

굳이 모텔이나 민가의 신세를 지지 않아도 네다섯 사람은 너끈히 잠을 잘 수 있고, 따끈따끈한 밥과 국을 얼마든지 먹을 수 있는 보리호였으니 사냥꾼이라면 누구나 욕심이 날 법도 할 일이었다.

"비싼 캠핑 트레일런가 뭔가 하는 것보다 훨씬 낫게 보이요.

깊은 산중이고 외시골이고 간에 어디를 가도 밥 먹고 잠자는 데는 이상이 없을 테니까 말이요."

그동안 미루어 온 탱화 넉 점을 완성하기 위해 이곳까지 찾아온 내 기분은 전혀 아랑곳없다는 그의 태도였다. 혹 떼러 왔다가 혹을 붙인 꼴이 아닌가 싶어 잠시 우울해 있는데, 그는 초면인데도 불구하고 아예 한 술 더 떴다.

"우리 법능 화가도 함께 총사냥 다닙시다."

"전혀 해 본 경험이 없어놔서……."

"누군 태어날 때부터 배웠다요? 꼭 총을 쏘지 않아도 사냥 맛을 즐길 수 있을 테니까 함께 가자는 거요. 사냥에는 총사냥만 있는 것이 아니고 개사냥, 덫사냥, 섶사냥이 있는데 그래도 그중 으뜸이 총사냥이요. 좌우지간 빠르고 스피드가 있는 멧돼지를 잡는다고 하는 것은 사나이로서 해볼 만한 일이요."

"……글쎄요."

나는 시큰둥하게 반응했다.

"꿩이며 고라니며 너구리를 잡는 맛도 그만이지만 솔직히 사냥터에 들어서면 모든 동물이 다 내 것이요. 무슨 동물이든 다 내 손을 못 빠져 나가니까."

그는 엽우라도 만난 것처럼 친근감 있게 사냥 애기를 늘어놓았다. 하지만 화실이 없어 여기까지 흘러온 처지에 면전에서 싫다는 표정을 지을 수가 없어 그저 가만히 입을 다물었다.

"일단 안으로 들어갑시다. 벌써 저녁 먹을 시간이 돼버렸구만."

나는 잠자코 그를 따라 집으로 들어갔다. 그런데 그의 집은 큰 농장을 경영하는 주인집치고는 몹시 초라하고 볼품이 없었다. 지붕 위에는 방수포가 바람에 날아가지 못하도록 크고 작은 폐타이어, 길고 굵은 쇠파이프, 검푸르게 녹슬어버린 고장난 농기구 등이 널브러져 있었고, 비바람이 들치지 않도록 낡은 슬레이트가 집 외벽에 어슷비슷 세워져 있었다.

“오라버니가 처음 산으로 들어올 때 황토 흙을 이겨서 뚝딱뚝딱 지은 흙집이지만 참 따뜻한 집이지.”

그러고 보니 약간 떨어진 곳에 붉은 벽돌로 지은 번듯한 양옥이 있는데도 애써 흙집을 사용하고 있었다. 그녀의 말대로 안으로 들어가자마자 향나무 냄새와 함께 흙내가 훅 달려들었다. 게다가 자글자글 끓는 방바닥이 엉덩이를 따끔거리게 했다.

“하나밖에 없는 여동생이 행여나 여승이 되면 으짤까 싶어 내 애간장께나 태워버렸소. 여동생이 몇 년 전부터 이 절 저 절 떠돌아다니기만 해서 말이요.”

그때 건넌방에서 붉은 고추를 다듬던 노파가 방문을 열어젖히며 알은체를 했다.

“우리 집에 온 손님이 누구라냐?”

“엄니. 앞으로 우리 집에서 지낼 사람이라요. 여강이처럼 그림을 그리는 화가 양반이다요.”

“오, 그란다냐?”

“엄니. 여강이 신랑감이라도 되면 좋겠지라?”

타잔이 정색을 하고 노파를 바라보며 말했다.

“워따, 말이라고 하냐? 저것 조깐 시집가면 시방 죽어도 원이 없것다.”

노파가 고개를 쑥 내밀고 나를 요모조모 뜯어보았는데 나는 얼른 일어나 공손히 무릎을 꿇고 절을 올렸다.

"참말로 얼굴이 좋게 생겼소야. 산중이라 누추하기 짝이 없소마는 잘 지내시오."

사뭇 정이 뚝뚝 떨어지게 말하는 노파는, 아직 머리카락이 허옇게 세지도 않았고 허리 하나 구부러지지 않은 정정한 모습이었다.

나는 잠자코 앉아서 방 안을 둘러보았다. 먼저 눈에 띈 것은 흰 눈이 뒤덮인 산정에서 백마를 탄 채 엽총을 든 모습의 사진틀이었다. 주인공은 바로 타잔이었다. 그런데 그 모습이 독립군 장군마냥 늠름해 보이는 것이어서 명포수답다고 생각했는데, 역시나 그 사진틀에는 여러 장의 사냥 사진이 끼어 있었다. 멧돼지를 거꾸로 매달아 둘이 둘러매고 하산하는 장면, 눈밭에 피를 흘린 채 죽은 멧돼지를 여럿이 빙 둘러서 지켜보는 장면, 사냥개들이 멧돼지의 다리를 물어뜯고 있는 장면, 포획물을 앞에 놓고 엽우들과 함께 찍은 장면의 사진들이었다. 그리고 그 곁에는 제법 필력이 있어 보이는 글씨 한 점이 사진틀 아래에 걸려 있었다.

'들짐승과 공중의 새와 땅 위를 기어 다니는 길짐승과 바닷고기가 너희의 지배를 받으리라. 살아 움직이는 모든 짐승이 너희의 양식이 되리라' 창세기 9장 말씀.

그러나 방 안 어디에도 성경책이나 찬송가가 한 권도 보이지 않는 것이어서 교회를 다니는 신자는 아닌 듯했다. 그때 방문이 열리면서 타잔의 안사람이 쟁반에 백숙 하나를 마닐마닐하게 삶아 가지고 들어왔다.

"인사드리소. 법능 화가라고 하는데 여강이 동생처럼 불화를 그리는 사람이라고 하네. 며칠 전에 당신한테 말했듯이 앞으로 우리 집에서 지내게 되었응께 잘해 드리소."

타잔이 자신의 안사람을 소개했다. 자그마한 체구였지만 햇볕에 그을린 피부가 좀 거칠긴 해도 이목구비가 뚜렷하고 선이 굵은 미인형이어서 산중에도 이런 여자가 있을까 싶었다.

"우리 아가씨만 특이한 그림을 그린 줄 알았등마는 특별한 사람을 또 만나게 되네요."

"법능이라고 합니다. 잘 부탁드리겠습니다."

나는 허리를 반쯤 굽혀 그녀에게 인사를 했다.

"산중이라 불편한 점이 한두 가지가 아닐 텐디……. 그래도 조용한 곳이니까 그림 그리기는 좋을 것이요."

"감사합니다."

그녀는 비닐장갑을 낀 손으로 먹기 좋게 살점을 뜯기 시작했다. 구수한 닭고기 냄새가 코를 찔렀고 배에서 꼬르륵 소리가 났다.

타잔은 붉은 머루 열매가 반쯤 채워진 머루주를 냉장고에서 가지고 오더니 술잔에 가득 따르며 말했다.

"풀어서 놓아기른 닭이라 육질이 쫄깃쫄깃하니 그만일 것이요."

"잘 먹겠습니다."

한 식구처럼 대해주는 타잔 식구들의 친절이 누런 빛깔의 닭껍질처럼 번질거렸다.

머루주와 함께 저녁을 마치고 밖으로 나왔을 때 여강은 내가 묵을 집으로 안내를 했다. 온돌방 한 칸과 부엌 한 칸으로 된 흙집이었다. 양쪽으로 돌을 놓고 다시 흙을 올리는 방식으로 토담 쌓듯 만든 웰빙 하우스였는데, 부엌을 통해 방으로 들어갈 수 있도록 구조된 흙집은 어떤 추위에도 견딜 수 있을 만큼 견고해 보였다. 부엌에는 한 달 이상 땔 수 있는 장작이 가지런히 쌓여 있었고, 그 곁에는 불쏘시개용 마른 솔가지도 놓여 있었다. 내가 양은솥이 얹혀 있는 아궁이에 불을 지피자 이내 부엌은 매캐한 연기로 가득 찼다.

"앞으로 땔감은 손수 장만해야 될 걸. 지천에 널려 있는 것이 땔감이긴 해도 쉬운 일만은 아니겠지만."

그러나 그녀가 염려하지 않아도 땔감 하나는 자신이 있었다. 탐진박씨 제각에서 3년간 지낼 때 이골이 날만큼 장작을 패며 살았던 것이다. 시내와는 그리 멀리 떨어져 있지 않으면서도 주변이 숲이었기 때문에 나무를 구하기가 쉬웠다. 참나무나 잡목을 엔진 톱으로 넘어뜨린 다음 토막을 내고 도끼로 패면 장작이 되었는데, 열흘 남짓 고생을 하고 나면 겨울 한철을 너끈히 보낼 수 있었다. 이렇듯 땔감 마련이 쉽다 보니 이듬해에는 작업실로 사용하는 행랑채를 나무보일러로 교체해 두 해 겨울을 참 따뜻하게 보낼 수 있었다.

그 무렵 나무보일러가 처음 생겨나 전국적으로 유행하고 있었다. 전통 온돌방은 아랫목만 자글자글 끓을 뿐이었지만 나무보일러는 방바닥 전체가 고루 따뜻했다. 게다가 뜨거운 물을 맘껏 사용할 수 있어 나무보일러 덕에 호사스러운 생활을 한다는 생각이 들 정도였다.

불땀 위에 장작을 서너 개 더 밀어 넣는 것으로 불을 때고 난 내가 방으로 들어갔을 때, 그녀는 방 안에 스무 점은 좋이 되어 보이는 크고 작은 그림들을 하나씩하나씩 챙기고 있었다. 그동안 작품들을 이곳에 보관해 놓았던 모양이었다. 그런데 작품마다 구도와 내용이 너무나도 엉뚱하고 발칙해서 내가 물었다.

"대체 무엇을 그린 겁니까?"

"보면 몰라? 모두 바보부처들이지."

바보부처라니? 나는 망치로 뒤통수를 세게 얻어맞은 것 같은 느낌이었다. 자신을 낮추고 하심을 갖는 이들에게 바보라는 닉네임을 붙이는 경우는 종종 보아온 터이지만, 그렇다고 인류의 스승이자 교주이신 석가모니 부처님을 바보라 칭하며 바보 형상까지 만든다는 사실은 도저히 용납될 수 없는 일이었다. 감히 거룩하신 부처님을 바보라 일컫다니……. 당장 무간지옥에라도 떨어질 그녀의 말에 소름이 돋았다. 하지만 그녀는 자신이 그린 그림을 이해하지 못하는 내가 바보라는 표정이었다.

작품마다 다소 멍청해 보이는 큰 눈과 뭉툭한 코, 헤벌어진 입술의 부처들이어서 그저 놀랍고 기가 막혔다. 그렇게 생긴 부처들은 하나같이 고뇌와 고통 따위는 아예 잊고 사는 한낱 중생의 모습이었다.

"따지고 보면 부처님처럼 바보도 없겠지. 좋은 궁궐에서 호의호식하며 예쁜 여자들과 쾌락을 즐길 수 있었는데도 그걸 버렸으니 바보요, 버린 것도 부족해 설산에서 6년간 고행을 마다하지 않았으니 바보요, 고행이 끝나자 제자들을 데리고 한평생 걸식을 하며 다녔으니 천하의 바보가 아니겠느냐구. 더군다나 젊은 피가 튀는 청춘들을 외로운 산사로 몰아넣고서 도를 깨쳐야 한다고 떠들어댔지만, 막상 그 청춘들은 도를 깨치기는커녕 마음의 병 때문에 허우적거리게 만들었질 않았는가."

그녀는 참으로 괴상하고도 그럴 듯한 궤변을 늘어놓았다.

"석굴암 부처나 수월관음도처럼 그린다는 것은 창작이 아니라 모작이라더니 그래서 바보부처를 그리는 겁니까?"

나는 톡 쏘아붙이듯 말했다. 정신적으로나 육체적으로 범부중생과는 다른 훌륭한 덕목들을 갖추고 팔만 사천 법문을 설하고 계시는 부처님의 모습을 그 어떤 이유로도 바보스럽게 표현될 수는 없는 일이었다. 그리고 그것은 사바세계의 교주이신 부처님을 아예 부정하는 일이기도 했다. 하늘에는 태양이 하나이듯 사바세계에서는 오직 한 분 석가모니 부처님만이 교주로서 있을 뿐이었다. 더구나 그런 바보부처님을 법당에 모셔놓으면 어떤 스님이 와서 조석예불을 할 것이며 사시마지를 올릴 것인가. 그리고 어떤 불자가 와서 복을 빌고, 소원을 빌 것인가.

나는 묘한 기분에 빠져들었다. 신라시대 석굴암 부처님이 아름답다고 계속해서 흉내 낸다는 것은 있을 수 없다고 치자. 그래서 해학적인 따뜻한 이미지의 부처 형상을 미의식과 함께 조형의식을 갖춘 작품이라면 얼마든지 이해할 수 있는 일이다. 또 시대에 따라 종교예술이 달라질 수도 있다지만 그녀는 아예 부처를 바보라는 교묘한 방법으로 농락하고 있었다.

"바보부처를 보더니 충격을 느낀 모양이군. 악마가 세 딸과 함께 '고행은 그만 두고 당장 돌아가라. 그래서 카필라 왕국의 왕이 되어 재가자로서 선업을 쌓고 천상에 태어나라'고 말했었지.

그것이 즐거움을 누리는 최상의 길이라고 겁박까지 했지만 부처님은 외면하고 말았어. 그래서 바보부처를 그리게 된 것이구."

"충격이 아니라 경악입니다."

"그래?"

그녀는 내 기분 따위는 아랑곳하지 않고 엉뚱하게도 남미륵사 대우 스님을 입에 담았다.

"참, 바보부처 얘기를 하다 보니 남미륵사 대우 스님이 생각나는군."

"아니, 대우 스님을 아세요?"

"나도 어지간히 돌아다닌 사람인데 모를 리가 있겠어? 대우 스님은 내가 갈 때마다 용돈을 주시곤 했었지. 그런데 그분이야말로 기인이라고 생각해. 어쩌면 불가사의한 분이라고나 할까. 그런데 한 세상 편히 살 수 있는데도 어마어마한 불사로 인해 고생을 하시니까 바보가 아니겠어? 큰 대(大) 어리석을 우(愚), 법명 그대로 말이지."

"대우 스님은 저도 잘 압니다."

"어떻게?"

"지난번 대우 스님으로부터 감사패까지 받았는걸요."

"웬 감사패?"

그녀가 놀랍다는 표정을 지으며 물었다.

"김교각 지장왕보살(金喬覺地藏王菩薩) 2만3천 불 봉안 점안식 및 만불전(萬佛殿) 낙성 대법회 때 받았지요. 그때 만불전 천정화를 달포 동안 제가 그렸거든요."

"그랬었군."

"법명은 대우 스님이지만 제가 보기에는 참으로 대단한 스님이던데요. 만불전 낙성 대법회 때에는 조계종 총무원장을 두 차례나 지낸 스님도 참석했을 정도였으니까요. 그분이 축사를 할 때 대우 스님을 극찬까지 했다구요."

"조계종 대통령이라는 전 총무원장이 친히 와서 극찬을 했다? 뭐라고 했는데?"

그녀가 재미있다는 듯 생글생글 웃으며 물었다.

"……천문지리에 통달하시고 인간의 희로애락과 길흉화복을 훤히 꿰뚫어보시는 대우 스님께서 화홍개우주(花紅開宇宙)처럼 대작불사(大作佛事)를 일으키셨으니 그 염력(念力)이 얼마나 대단하느냐, 이렇게 말입니다. 그리고 이러한 대작불사야말로 사바세계에 화엄장엄세계를 만드는 일로서, 대우 스님의 땀과 눈물과 고뇌가 점철되어 있기 때문에 신앙의 전당마다 대우 스님의 정신과 혼이 담겨져 있다는 사실을 느끼게 한다고 그러더군요."

"조계종 총무원장을 두 번씩이나 지낸 분이 오다니. 믿기지가 않는데……."

내가 차분히 설명을 해주는데도 그녀는 고개를 갸우뚱거렸다.

"흰 수염을 길게 늘어뜨린 도인 모습이던걸요. 그리고 그때 불교 TV가 와서 녹화까지 했거든요."

내가 대우 스님으로부터 만불전 천정화를 그려달라고 부탁을 받고 처음으로 남미륵사를 가보았을 때 역시 소문대로 대단한 스님이었다. 특히 높이가 36m인 아미타 황동좌불의 거대함에 우선 기가 질려버렸다. 서방정토 극락세계에서 법을 설파하고 계신다는 아미타 부처님이 산처럼 우뚝 현세에 나타나 중생들을 바라보는 그런 모습이었다. 그 황동좌불은 세계 최고를 자랑하는 중국의 연태 남산대불(大佛)과 비슷한 모습이었다. 남산대불이 세계 최고의 규모라면 남미륵사 황동좌불은 동양 최고의 규모였다.

게다가 11만 평의 부지에 이미 지어진 궁궐 같은 대웅전을 중심으로 명부전, 지옥전, 시왕전, 산신각, 용왕각, 쌍계루, 범종각, 33층 호국불사리탑, 해수관세음보살상 등으로 가람이 세워져 있었다. 게다가 때마침 봄철이어서 그 넓은 경내에 심어진 5만 그루의 철쭉을 보기 위해 관광객들이 엄청나게 찾아오고 있었다.

그런데 대우 스님은 그것도 부족해 콘크리트 건물의 만불전과 한옥 건물의 관음전까지 지어놓고 만불전은 천정화와 벽화불사를 하고자 했고, 관음전은 단청불사를 하고자 했던 거였다. 만불전은 김교각 지장왕보살이 2층 높이의 크기로 중앙에 모셔져 있고, 3면에 어른 주먹 크기의 황금부처 2만3천 불이 층층으로 모셔진 법당이었다. 그리고 관음전은 용무늬가 새겨진 37톤 돌기둥 15개를 세워 108평 2층 높이로 지어져 있었다. 그리고 그 내부는 중앙에 모셔진 석가모니불, 약사여래불, 대세지보살의 삼신불(三身佛)을 중심으로 33관세음보살이 제각기 다른 모습으로 앉아 있었는데, 모두 살아서 천 년 죽어서 천 년이라는 주목나무로 조성된 것들이었다. 어마어마한 크기의 주목나무였기에 나무 한 토막으로 관세음보살상을 만들고, 거기에 장타원형의 광배(光背)까지 화려하게 조각되어 있었다. 육중한 좌대에 비해 종이처럼 얇은 광배는 실금 하나 보이지 않은 완벽하고 화려한 관세음보살상이었다.

나는 다섯 사람의 화공들과 함께 만불전 천정화를 그리기 위해 부지런을 떨어야만 했다. 특히 복잡한 철골 구조물 임대료가 하루에 수십만 원씩 했기 때문에 작업을 쉬지 않고 서두를 수밖에 없었다.

"이 건물은 앞으로 김교각 지장왕보살 2만3천 불의 부처님을 모시게 됩니다. 그가 누굽니까? 신라 왕자로 태어나서 스님이 된 후 중국으로 건너가 명승산천을 두루 다니다가 구화산에 정착하여 불법을 펴신 분이지요. 김교각 지장왕보살로 추앙받아 중국불교 4대 성지 중 하나로 구화산 지장도량이 되었는데, 내가 그곳 중국풍 그대로 만불전을 지은 것입니다. 그래서 지붕 위에 황금빛 부처님이 앉아 계신 것도 그 때문입니다."

대우 스님은 일을 시작하기 전 만불전을 자랑스럽게 말했다. 아니나 다를까 대우 스님의 말대로 지붕 위에 부처님이 앉아 계신 것도 놀랄 일이었지만 대웅전은 한국풍, 만불전은 중국풍, 관음전은 인도풍이어서 특이한 불사 방법을 고집하고 있었다.

만불전 봉안 점안식 및 낙성 대법회 역시 거창했다. 세 분의 초청법사가 손잡이 종을 치면서 염불을 시작했는데, 이윽고 항마진언(降魔眞言)의 염불로 접어들자 중앙에 좌정하고 있던 대우 스님이 팥알을 사방에 뿌리기 시작했다. 팥알이 법당 바닥에 흩어지자 법당 가득 모여든 신도들이 그것을 줍기 위해 물고기처럼 파닥거렸다. 팥알에 복이 묻어 있다는 사실에 신도들은 복 하나라도 더 줍기 위해서였다.

염불이 목욕진언(沐浴眞言)으로 넘어가자 대우스님이 2만3천 불을 향해 향로수(香爐水)를 뿌렸고, 시수진언(施水眞言)을 할 때는 시주(施主)들을 향해 향로수를 솔가지에 묻혀 뿌리기 시작했다.

아금경설보엄좌 봉언일체관음전 원멸진로망상심 속원해탈보리좌 옴 가마라 승하 사바하 옴 가마라 승하 사바하 옴 가마라 승하 사 바하

드디어 점안의식이 끝나자 증명 법사가 벌떡 일어나 신도들을 향해 입을 열었다.

"오늘 우리는 김교각지장왕보살님을 비롯해서 2만3천 불을 모두 눈 뜨게 하였습니다. 아울러 3신(三身)·사지(四智)·5안(五眼)·6통(六通)·10호(十號)의 법신사리를 다 넣어드렸습니다. 그러므로 이제 2만3천의 부처님을 새롭게 모셔지게 되었는데, 그 모든 부처님께 혼을 불어넣어 드린 것입니다. 염불을 할 때 들어 보셨겠지만 육신의 눈, 하늘의 눈, 지혜의 눈, 진리의 눈, 깨달음의 눈이 열리기를 기도하였습니다. 육안(肉眼), 천안(天眼), 혜안(慧眼), 법안(法眼), 불안(佛眼)의 다섯 가지 눈이 성취되는 것은 말할 것도 없고, 청정하고 원만하기를 발원한 것입니다. 그리고 하늘의 눈으로 삼라만상을 단번에 볼 수 있는 천안통(天眼通), 중생들의 앞날을 훤히 볼 수 있는 천이통(天耳通), 중생의 마음이 번뇌에 있는지 지혜에 있는지를 볼 수 있는 타심통(他心通), 중생들 마음이 얽매임과 풀림 가운데 어디에 있는지를 알 수 있는 신족통(神足通), 중생의 지난날을 아는 숙명통(宿命通), 중생들의 번뇌가 아직도 다하지 못하고 있음을 아는 누진통(漏盡通) 등 육진통(六盡通)을 모든 불상에 스며들게 하였습니다."

신도들이 모두 엎드려 절을 올리고 또 올리기를 반복했다. 만불전이 좁다보니 마당에서조차 절을 올리는 신도들로 발 디딜 틈이 없었다.

관음전 낙성 대법회는 한 달 뒤 더욱 화려하게 진행되었다. 그날 산문은 아침 일찍부터 찾아오는 사람들로 몹시 북적거렸다. 관음전 앞마당은 신도회, 거사림회, 사암연합회, 그리고 대한불교종정협의회 의장과 타 종단 총무원장, 여러 사찰의 주지가 보낸 화환만도 이십여 개 남짓 되었다.

그런 관음전으로 올라가는 두 개의 돌계단과 양쪽 벽은 온갖 형형색색의 꽃으로 치장되었는데, 그 계단 중앙에는 천만 송이 장미꽃이 빼곡히 들어차 화려함을 한껏 뿜어내고 있었다. 또 관음전과 그 주변은 물론 도량 여기저기에 수백 개의 노란 국화꽃 화분이 놓여 있었다.

"나무아미타아불!"

"나무아미타아불!"

나무아미타불의 명호가 확성기에서 흘러나오는가 싶더니 종정협의회 의장을 선두로 열두 분의 종정 스님들 황금빛 가사를 입고 줄을 지어 나타났고, 신도들이 그 뒤를 따랐다.

관음전 계단 앞에는 오색 테이프가 걸쳐 있었다. 열두 분의 종정들과 국회의원과 군수, 군의회의장이 제각기 황금빛 가위를 들고 테이프 커팅을 마치고나서 관음전 안으로 들어갔다.

삼신불과 33관세음보살 앞 제단에는 떡과 과일이 푸짐하게 차려져 있고, 향은 끊임없이 타올랐다.

타 종단 종정 스님들과 주요 인사들이 삼신불 앞에 좌정하자

신도들이 일제히 삼신불을 향해 합장을 하며 앉았다. 신도회장이 마이크를 잡고 낙성 대법회의 시작을 알리자 불교 TV에서 나온 긴 카메라가 위아래를 오르내리며 장면을 담기 시작했다. 카메라는 삼신불과 33관세음보살의 모습까지 한 분 한 분 담고 있었다. 삼귀의가 끝나고 육법공양을 알리자 어린 꼬마 두 사람이 연꽃을 받쳐 들고 나타났고, 그 뒤를 이어 공양주가 천천히 걸음을 옮기며 삼신불 앞으로 다가갔다. 양쪽으로는 한복을 곱게 차려입은 보살들이 서 있다가 공양을 올린 후 제각기 법당 안을 한 바퀴 돌았다.

종정협의회장의 법문이 끝난 뒤로 타 종단 종정 스님의 축사는 1시간이 넘게 진행되었다. 그도 그럴 것이 각 종파의 종정 스님들이 대거 참석했기 때문인데, 세수 아흔일곱의 노구를 이끌고 온 종정 스님이 있는가 하면 강원도 먼 곳에서 온 종정 스님이 있었기 때문에 한 마디씩 축사를 하지 않을 수 없었다.

그런데 삼신불과 33관세음보살이 모셔진 마지막 끝자리에는 주장자를 손에 쥔 대우 스님의 좌상도 함께 모셔져 있었다. 퇴적암으로 만든 그 좌상은 나무를 깎아 만든 것처럼 보였다.

"여그 모셔진 대사(大師)는 누구시까잉. 참말로 생불(生佛)이구마."

전라도가 고향이라는 김보살이 관음전 낙성 법회가 끝나자 밖으로 나가면서 호들갑을 떨었다.

"우리 대우 스님이야 생불이지 않구……."

함께 온 윤보살이 대꾸를 했다. 아닌 게 아니라 호랑이 등에 앉아 있는 대우 스님의 좌상은 원효(元曉)나 사명대사(四溟大師)가

환생한 모습 같았다. 참으로 살아생전 이보다 더 귀하고 어마어마한 대접을 받는 사람은 일찍이 없었을 것이었다. 환갑의 나이도 되기 전, 궁궐처럼 웅장한 관음전 한 귀퉁이에 생불의 모습으로 턱 버티고 앉아 있는데 이 세상 어느 누가 부러울 것인가.

게다가 10여 년 전, 세계미륵대종 총본산 재단법인 남미륵사의 주지이면서 종파의 가장 큰 어른인 종정으로 추대되어 취임식까지 화려하게 치루지 않았던가. 불교계의 거물급 인사들이 대거 참석한 가운데 대종사로서의 대관식과 종정 추대패는 물론 성불증서까지 받아든 후, 비로소 주장자를 치켜들었으니 대대손손 가문의 영광이기도 할 것이었다. 그리고 이제는 드디어 법상(法床)에 앉아 수백여 명도 넘는 신도들의 열렬한 환영을 받으며 법문을 시작했으니 스님으로서는 최고의 자리에 올라앉은 것이었다.

"하긴 전 조계종 총무원장의 말이 맞긴 맞아. 천문학적인 돈을 썼으니까 대작불사를 할 수 있었겠지."

"천문학적인 돈이라뇨?"

"동양에서 가장 크다는 36m 높이의 아미타 황동좌불을 모신 대우 스님이 아닌가. 게다가 2만3천 불을 모신 만불전과 우리나라에서는 가장 크다는 관음전을 지었으니 당연히 천문학적인 돈이 들어가지 않았겠느냐구."

그녀는 남미륵사를 너무도 잘 알고 있었다.

"이번에는 88미터 42수 황동아미타대불(黃銅阿彌陀大佛)을 세우겠다고 그러던 걸요. 무게만도 700톤이 나간다나요. 중국 강소성 무석시의 향부사에 모셔진 청동석가모니불상과 똑같은 높이라고 하더군요."

"참으로 놀라울 일이군. 더구나 한 개인이 그 큰 불사를 해내고 있으니……. 국내 최고의 석불인 논산의 관촉사 은진미륵(恩津彌勒)도 높이가 18.12미터밖에 되지 않는데 88미터라니. 또 천문학적인 돈이 들어가겠군."

그녀는 거듭 천문학적인 돈이 들어갔다는 말을 강조했다.

"천문학적인 돈, 돈 하니까 묻는 말인데 대체 그 많은 돈은 어디서 생겼기에 어마어마한 불사를 해왔답니까?"

나는 안달이 난 사람처럼 절로 목소리가 커졌다. 농촌 시골의 늙은 할머니 보살들의 호주머니로는 어림도 없는 불사였기 때문에 누구나 궁금하게 여기는 일이었다. 관광객들이 매일 대형버스를 타고 전국 각지에서 몰려들고 있었지만, 그렇다고 그들이 보시함에 넣는 푼돈으로는 절 운영비나 가까스로 채울 것이었다.

"아니, 남미륵사 만불전 천정화를 그리기 위해 달포 동안 일을 했다면서 그것도 모르다니……. 내가 말을 해줘야겠군. 그러니까 일본에서 두 번째로 큰 재일교포 철강회사 회장이 그 많은 돈을 건네주는 걸로 알고 있어. 그리고 사실인지 아닌지는 모르겠지만 도쿄를 비롯해서 일본에 1천 명이나 되는 후원회까지 만들어졌다고 그러더군."

"그만한 이유가 있었을 게 아닙니까? 아무리 돈 많은 재벌이라고 해도 무작정 불사하겠다고 물 쓰듯 돈을 쓰는 사람이 이 세상에 어딨겠어요?"

나는 그녀의 눈을 빤히 쳐다보았다. 나 역시 몹시 궁금한 일이었다. 제주도에서부터 강원도에 이르기까지 여러 사찰의 불사에 동참해 보았지만 남미륵사처럼 개인의 힘으로 어마어마한 불사를 이룬 절은 여태껏 구경조차 해보지 못한 터였다.

　"……그러니까 20여 전 일인데, 일본 재일교포 철강회사 회장 부인과 하나밖에 없는 외아들이 갑자기 쓰러지더니 일어날 줄을 몰랐다더군. 유명하다는 대학병원을 찾아다니며 정밀검진을 해봐도 병명조차 나타나지 않았으니 기가 막힐 일이었겠지. 온갖 장기를 이식까지 해대는 현대의학이 아무 짝에도 소용이 없었으니까. 그런데 부인과 아들이 한 달 동안 일어나지도 못하고 있을 때 누군가의 권유로 회장이란 분이 직접 대우 스님을 찾아가게 되었다더군. 그리하여 대우 스님과 철강회사 회장은 마주앉게 되었는데, 대우 스님이 그 이유를 밝혀내고야 말았다더라구. 그러니까 한 달 전에 철강회사 회장 부친이 돌아가셨다나 봐. 그래서 풍수에 밝은 지관을 모셔다가 고향인 제주도 선산에 모셨는데, 그 시신이 없어졌다고 대우 스님은 진단을 한 게지. 철강회사 회장은 청천벽력과도 같은 대우 스님의 말을 도무지 믿을 수가 없었다더군. 더구나 유리관을 특별 제작해서 입관한 다음 하관을 하였는데, 한 달 만에 시신이 없어졌다? 법능 화사는 그 말을 믿겠어? 다음날, 당장 회장 부친의 봉분을 일꾼들이 파헤치기 시작했다더군. 한 달 전에 하관했던 유리관이 나타나자 마른 수건으로 흙을 벗겨내고 잠시 그 안을 들여다보았지 않았겠어?"

　그녀는 침을 꿀꺽 삼키면서 잠시 말을 멈췄다.

　"유리관이었다면 시신이 있는지 없어졌는지 금방 알 수 있었겠네요?"

　내가 물었다.

　"그런데 시신은 있었다더군. 더구나 시신은 꿈지럭꿈지럭 팔

다리를 움직이고 있었다더군. 얼마나 놀랐겠어? 철강회사 회장은 '오매, 우리 아버님이 살아계셨네!' 하고 비명을 질렀고, 일꾼들이 당장 유리관을 벗겨내려고 애를 썼지만 특별히 제작한 유리관은 쉽게 열리지 않았다더군. 하는 수 없이 하룻밤을 보내고 난 다음날, 일본에서 그 유리관을 제작했던 기술자들이 비행기를 타고 날아왔어. 그런데……."

그녀가 두 눈을 질끈 감았다가 다시 떴다. 두 눈썹이 잠시 파르르 경련을 일으켰다.

"……막상 유리관을 벗겨내자 팔뚝만큼 큰 구렁이 세 마리가 시신을 먹어치우고 있었는데, 머리카락과 손톱 발톱만을 남겨놓고 있었다더군. 그 구렁이의 꿈틀거림으로 인해 마치 시신이 살아서 움직이는 것처럼 보였던 게지. 철강회사 회장이 어찌나 놀랐는지 사시나무 떨듯 온몸을 부들부들 떨고 있을 때, 대우 스님은 당장 이장(移葬)을 해야 더 큰 희생을 막을 수 있다며 그날로 남은 시신의 잔해를 다른 곳에 모셨다더군. 그날 밤, 회장의 꿈에 눈처럼 흰 머리카락을 어깻죽지까지 늘어뜨린 백발도사가 나타나더니 '내일 진시(辰時)에는 네 부인이 일어날 것이고, 모레 미시(未時)에는 네 자식이 일어날 것이니라' 하는 것이었어. 당장 종합병원으로 달려가서 지켜보았더니 그 시각이 되자마자 부인과 자식이 차례로 일어났다더군. 한 달 이상 병상에서 누워만 지냈던 터라 힘이 빠져 움직이기가 불편하다고 호소하는 것 외에는 언제 그랬느냐는 듯 멀쩡하게 말이지."

"참으로 불가사의한 일이었군요."

나는 그녀의 말에 벌어진 입을 다물지 못했다.

"그 뒤로 회장은 천문학적인 돈을 대우 스님에게 건네주었고, 그 돈으로 불사를 시작한 것이 오늘날에 이르렀다는 것이지. 대형버스 고급 캠핑카도 그 철강회사 회장이 선물로 주었다지 아마? 운전사까지 딸려서 말이지."

"남미륵사에 그 대형버스는 보이지 않던데요?"

"대우 스님은 부산 앞 바다에서 바로 팔아버렸다더군. 불사가 더 급하다면서."

"그런데 어떻게 구렁이가 유리관 속으로 들어 왔을까요? 도무지 믿을 수가 없는 일이라서……."

가장 궁금하게 생각되는 그 점을 묻자 그녀는 이내 고개를 흔들었다.

"대우 스님도 그게 어찌된 영문인지 모르겠다고 그러더군. 그리고 유리관을 열었을 때에도 감쪽같이 사라져버렸다고 하더라구."

"정말 땅속의 일은 알 수가 없군요."

나는 그제야 비로소 대우 스님이 대작불사를 왜 할 수 있게 되었는지 조금은 알 수 있었다.

"그럼, 환희란 화사도 잘 알겠네? 그녀가 관음전 단청을 했다고 들었거든. 만불전 천정화를 그렸다면 모를 리가 없겠지."

"아니, 어떻게 환희란 사람을 아세요?"

"그녀는 비구니 출신이 아닌가?"

"맞아요."

나는 고개를 끄덕였다.

"서로 불화를 그리니까 가까운 사이였겠군."

"아니오. 남미륵사에서 어쩌다 만나게 되었지요."

"비구니로 있을 때에도 만나본 적이 있었지만 변해도 많이 변했더군. 사실 환희 화사는 서울의 명문대학을 나온 사람이지. 그런데 입산해서 부처님 제자로 잘 다듬어지는가 싶더니 하산을 하였고, 하산을 하였으나 그래도 장삼이사처럼 살지 않고 부처님 그늘에서 오롯이 살고 있다고 봐야지."

"한 번 부처님을 알아버린 사람은 부처님 곁을 떠나지 못 하는가 봅니다."

"그럴까? 결국 환희 화사나 법능 화사나 나나 세 사람 모두 부처님의 곁을 떠날 수 없는 사람들이군."

"여러 절을 다니다 보면 절의 분위기를 잊지 못해 몇 달씩 살다가 가는 사람들을 보았습니다. 속세에 살면서도 새벽이면 온 산에 울려 퍼지는 범종소리, 목탁소리를 못 잊어 그렇겠지요."

"그러겠지."

나는 문득 남미륵사에서 조우했던 환희 화사를 떠올렸다.

환희 화사는 한때 동학사(東鶴寺) 강원(講院)에서 공부를 했던 학인(學人)이었고, 그 후로 대흥사 말사인 옥련사(玉蓮寺)에서 부처님을 모시고 수도하는 청정한 비구니였다.

그녀는 학인의 신분이면서도 언젠가 내게 자못 심각한 어조로,

"갈수록 출가자가 줄어진다는 것은 우리 불교계에 큰 문제가 아닐 수 없어요. 절마다 중들로 넘쳐나야만 하는데 이제는 노장 스님만 늘어나고 있는 추세이다 보니 어떻게 불교의 발전을 기대할 수 있겠어요? 중이 없는 절은 절이 아니겠지요. 그래서 생각해보는 말씀인데요, 출가자의 나이를 제한시킬 것이 아니라 대폭

늘려야만 해요. 젊어서 출가하는 것도 좋지만 산전수전을 겪은 나이 든 분들이 더 불심이 좋을 수도 있다구요."

하고 말하는 것이어서 뭔가 남다른 생각을 갖고 있다고 여겼는데 남미륵사에서 뜻밖에도 다시 환희 스님을 만나게 될 줄이야 누가 꿈엔들 생각이나 했겠는가.

만불전 천정화를 그리기 시작한 며칠 후 열 명쯤 되는 화공들이 우르르 몰려들어 관음전 단청불사를 시작하는 것이었다. 관음전의 벽화는 건물을 지을 때부터 아예 안팎을 돌벽화로 했기 때문에 단청불사에만 매달리고 있었는데, 한꺼번에 열 명의 화공들이 일하는 모습을 보는 것도 그리 흔한 일은 아니었다. 그들은 개미 떼처럼 달라붙어 붓질을 쉬지 않고 해대고 있었다. 대우 스님은 단청불사를 하루라도 빨리 끝내기 위해 그 많은 화공들을 불러 모은 것이라고 자랑 삼아 얘기를 했지만, 문제는 누가 그렇게 동원능력이 있었을까 싶어 알아보았더니 뜻밖에도 여자였고, 뜻밖에도 내가 아는 사람이었다.

화공들은 팀장 격인 그녀의 지시에 따라 옹이나 송진 구멍을 인두로 지져서 거친 부분을 제거하는 바탕손질을 하는 사람, 바탕면에 딱 맞는 초안도를 작성하는 사람, 출초된 문양의 윤곽선을 따라 대바늘로 구멍을 뚫는 사람, 바탕에 초안도를 정확히 맞추고 백분이 담겨져 있는 뭉치로 타분하는 사람, 타분한 문양에 의해 본격적으로 채색하는 사람 등으로 나뉘어져 일사불란하게 단청 실연을 하고 있었다. 그녀도 직접 채색을 하며 그 화공들의 대표자 역할을 하고 있었는데, 나이라도 많으면 모르겠거니와 여자로서 그 많은 인원을 이끈다는 것은 수화사(首畵師)로서 대단한 능력이라면 능력이었다.

"아니, 환희 스님이 아닌가요?"

이틀째 되던 날, 점심 공양을 하기 위해 요사채로 가던 중 그녀와 딱 마주쳤는데, 그러나 이미 그녀는 스님의 모습이 아니었다. 긴 머리를 돌돌 감아 묶은 모습이었고 청바지를 입고 있었다. 그러나 내 입에서는 스님이란 말이 절로 튀어나왔다.

"어머나? 법능 선생님!"

그녀 역시 나를 보자 화들짝 놀라는 표정을 지어보였다.

"그런데 왜 스님의 모습이 아니군요."

"환속했어요."

"언제 말입니까?"

"3년 전에."

그녀는 짧게 대답했다. 오는 사람 막지 않고 가는 사람 붙잡지 않는 곳이 절이 아니던가. 그러나 환희 스님이 설마 하산할 줄은 꿈에도 몰랐던 거였다. 강원에 있을 때에도 그랬고, 이윽고 그곳을 졸업한 후 조용한 암자에서 수도를 닦을 때에도 얼마나 기품 있고 당당한 모습이었던가. 어쩌다 뭔가 눈망울 속에 한 점 눈물이 고여 있는 것 같은 쓸쓸한 눈빛 말고는 나무랄 데 없는 스님이었다. 그런데 승복을 벗은 몸이었고, 승복은 벗었으나 불화를 그리는 화사의 몸이었으니 그저 놀랄 수밖에 없었다.

……내가 환희 스님을 처음 만난 것은 5년 전쯤 일이었다. 사람들로 몹시 북적거리는 대전(大田)의 버스공용터미널에서 전남 광주행(光州行) 버스가 어서 오기를 기다리고 있을 때였다. 갑자

기 사람들 속에서 환희 스님이 한 마리 토끼처럼 톡 튀어나왔다.

"선생님! 저 환희 스님이에요. 환희 스님!"

"아니, 환희 스님이 여긴……."

"아니, 그런다고 암 말없이 사라지면 어떡해요?"

환희 스님이 곱게 눈을 흘기면서도 따지듯이 물었다. 그리고 우선 만났다는 사실에 얼굴이 붉게 달아오르고 있었다.

"강원은 어떻하구요?"

그녀는 비구니 강원인 동학사의 대교반 학인이었다. 전국에서 모여든 예비 비구니들은 이제 막 행자살이를 마친 1학년 치문반과 2학년 사집반, 능엄경을 배우는 3학년 사교반, 그리고 화엄경을 배우는 4학년 대교반으로 나뉘어져 공부를 하는 강원의 졸업반이었던 것이다. 그 4년의 교육을 통과해야만 비로소 비구니계를 받을 수 있었고, 그 기간 동안은 1년에 세 차례 있는 방학 외에는 엄격한 일정을 다 소화해 내야만 했다. 새벽 3시에 기상해서 예불, 입선, 강론으로 이어지는 강원 생활은 훈련소의 훈련병보다 더 엄격했다.

"실은 지금 방학이잖아요. 본사에 들려 은사 선생님께 인사드리려 가는 길이에요. 산문 밖에서 뵈니 더욱 반가워요. 차라도 한 잔 하는 게 어때요?"

나는 그녀가 이끄는 대로 가까운 커피숍으로 들어갔다.

그러잖아도 두어 달 전 동학사에서 한 며칠 보내며 『동학』이란 계간지 표지화를 그리고 있을 때 가장 내게 관심을 보였던 학인 스님이었다. 그녀는 『동학』 편집실 향설당에서 일하는 기자라는 신분으로 자유롭게 내 방을 들락거렸는데, 내게 인터뷰를 요구하기도 했고 때마침 불교신문에 크게 실린 동자승 그림을 보고 말을 걸어오기도 했다.

"선생님의 작품이 불교신문 1면에 크게 났어요. 번뇌와 무명 소멸하는 천진불의 미소…… 부처님 오신 날을 기념해서 그린 축화(祝畵)군요."

"불교신문사에서 어찌나 한 점 보내달라고 조르는 바람에……."

"참으로 귀엽고 천진난만한 동자승들이에요. 그런데 어쩌면 동자승들의 숫자가 저리 꼭 맞을까?"

동자승들은 모두 열셋이었다. 그 동자승들은 연보라빛 수수꽃다리 아래서 5월의 풍만한 봄을 만끽하고 있었다. 두 팔을 번쩍들고 만세를 부르는 동자승, 수수꽃다리 푸른 잎사귀를 만지작거리는 동자승, 합장하며 환희를 만끽하는 동자승…… 모두 제각각 다른 몸짓을 하며 파릇파릇한 잔디밭에 서 있는 모습이었다.

"동자승들의 숫자가 맞다니요?"

"구도가 김홍도의 씨름과 비슷한 것 같아요. 그 그림을 네 등분한 다음, 네 귀퉁이에 있는 구경꾼과 한 가운데 선수를 합치면 각각 그 숫자가 똑 같아요. 그런데 동자승들 역시 수의 배열을 하셨더군요. 동자승 넷을 쌍 빗금 모양으로 배열해놓고 딱 한 동자승만 다른 곳을 응시하고 있는데 절묘하게도 그 숫자가 맞더군요."

"우연의 일치였겠죠."

나는 짐짓 심드렁하게 대답을 하면서도 내심 그녀의 안목에 놀라움을 금치 못했다. 그리고 학인 스님답지 않은 톡톡 튀는 목소리에 말할 수 없는 풋풋함을 느끼고 있었다.

"······그런데 선생님은 아직 미혼이시죠?"

그녀가 커피숍 의자에 앉자마자 대뜸 물었다.

"그렇습니만······."

나는 그녀의 느닷없는 질문에 당황하면서 그녀를 쳐다보았다. 그녀는 잠시 커피잔을 들어 목을 축이고 나더니 당돌하리만큼 엉뚱한 말을 해왔다.

"그동안 저는 선생님을 도와드릴 수 있는 길이 없을까 생각해 보았어요."

"무슨 말씀인지······."

"동학사에서 선생님을 처음 보는 순간, 저는 어떤 운명 같은 것을 느꼈다구요."

운명이라니? 무슨 말을 하려고 운명이라는 말부터 꺼내는 것일까?

"그런데 선생님은 몹시 외로워 보여요. 왜 그러죠?"

커피숍 안은 한산했다. 창가에 앉은 두 남녀뿐인 커피숍에서 그들은 뭐가 재밌는지 킥킥대며 열심히 대화에 열을 올리고 있었고, 어항 속 금붕어는 한가롭게 지느러미를 흔들며 수초 속을 들락거리고 있었다.

"선생님. 저는 지금까지 줄곧 선생님을 생각해 왔어요."

내가 아무런 대답을 하지 않자 그녀가 단호하게 말했다.

나는 앞에 놓아진 물을 급히 들이켰다. 그런데도 목이 몹시 탔다. 그런데 그녀는 계속 나를 뚫어져라 바라보고 있었다. 다음 순간, 그녀는 바랑을 풀더니 핸드폰을 꺼내들었다.

"이걸 한 번 봐보세요."

그녀가 핸드폰 속에 든 사진 한 장을 확대해서 내게 쑥 내밀었다. 바다를 향해 꿈지럭 뻗어나간 산줄기의 코숭이에 그림처럼 서 있는 별장이었다. 그 별장 앞으로는 푸른 바다가 펼쳐져 있고, 하얀 파도가 벼랑에 부딪쳐 산산이 부서지고 있었다.

"웬 사진입니까?"

"부모님 별장이에요."

"그걸 제게 왜?"

"저는 선생님을 돕고 싶어요. 곁에서……"

"그림은 혼자 하는 작업이지 여러 사람이 함께하는 일이 아닌걸요. 괘불처럼 큰 작품이면 모르겠지만……."

"그게 아니구요."

그녀가 한숨을 폭 쉬고 나서 말을 이었다.

"선생님은 누군가가 도와드려야 할 분 같아요. 전 그걸 느꼈거든요."

"생각해 주신 것은 고맙지만……."

나는 어물어물 말끝을 흐렸다.

"이러지 말고 우리 걸으면서 얘기해요."

그녀가 먼저 일어나더니 커피 값을 계산했다. 뭔가 이대로 헤어질 수는 없다는 뜻인 것 같아 잠자코 그녀를 따라갔다. 마땅히 갈 곳을 찾지 못하다가 결국 허름한 선술집에 들어가 마주 앉았다. 동물원의 원숭이라도 되는지 곁에 앉아 있는 손님들이 힐끗힐끗 쳐다보았다. 나는 술집주인에게 막걸리를 시켰고 그녀는 음료수를 시켰다.

"하실 말씀이 있으면 다 하십시오."

나는 진지한 표정으로 그녀를 바라보았다.

"지금 당장 생각해서 말씀드리는 것은 아니에요. 선생님을 만난 뒤로 늘 생각해 온 일이거든요."

그녀는 한참 동안 창밖에 시선을 던지고 나서,

"아까 보여드린 별장 정도면 괜찮은 화실이 될 거예요."

하고 노골적으로 속내를 드러냈다. 힘든 행자생활과 4년 가까운 강원생활을 통해 비구니가 되겠다는 구도에의 길을 헌신짝처럼 버리겠다니. 나는 그녀의 말에 몹시 당혹스럽기만 했다.

내가 아무런 대답을 못하자 그녀가 다시 별장 사진을 슬쩍 보여주고 나서 말했다.

"부모님께서도 퍽 좋아하실 것 같아요. 제가 입산한 걸 몹시 반대하셨거든요."

그녀의 눈가에 이슬이 맺히더니 눈물 한 방울이 툭 떨어졌다. 그 순간, 차라리 그녀와 함께 이 세상 어디든 달려가고 싶은 충동이 가슴 밑바닥에서부터 치밀어 올랐다. 불화를 안 그리면 어떻고 불모가 아니면 또 어쩌랴. 이 세상 뭇 청춘들이 그러해온 것처럼 아들딸 낳고 그렇게 사는 것도 좋을 듯 싶었다.

"저는 잘 도와드릴 수 있어요."

그녀는 거듭 나를 재촉하고 있었다. 이번엔 굵은 눈물이 툭툭 떨어지고 있었다.

그러나 나는 잠시 떨려오는 마음을 다잡았다. 무엇보다도 그녀가 예비 비구니라는 사실이 무겁게 다가왔다.

"말씀은 고맙지만 어차피 혼자서 걸어가야 할 길인걸요."

"잘 알겠어요."

그녀가 얼른 눈물을 훔치고 나더니 웃어 보이기까지 하며 다시
말했다.

"훌륭한 화사가 되길 빌겠어요."

"고맙습니다."

밖은 어두워져 있었고, 자동차 헤드라이트 불빛으로 거리는 휘
황찬란했다.

"그럼……."

그녀가 바랑 끈을 힘주어 오그리며 등을 돌렸다. 그리고 사람
들의 행렬 속으로 이내 사라졌다. 나는 그녀의 모습이 사라질 때
까지 그대로 서 있었다.

그렇게 헤어진 환희 스님을 또 만나게 된 것은 남쪽 바닷가의
동백꽃이 흐드러지게 피던 초봄이었다. 나는 작품을 끝내고 나면
어디론가 쏘다니고 와야만 직성이 풀리는 버릇 때문에 캠핑카인
보리호를 몰고 한 점 구름이 되려던 참이었다. 그런데 때마침 남
도의 백련사(白蓮寺)에서 괘불을 작업 중이던 경운 화사로부터 보
름 남짓 도와달라는 연락을 받았다. 아버지에 이어 탱화를 그려
온 삼촌뻘의 경운(經雲) 화사로부터 나도 한때 도움을 받은 적이
있었으므로 어떻게 거절할 수가 있겠는가. 그래서 마음속으로는
일도 거들어 줄 겸 그 유명한 백련사 동백꽃을 실컷 보고 올 생각
이었다. 어쩌면 경운 화사의 그 명경지수와도 같은 미소가 더 보
고 싶었는지도 모를 일이었다.

경운 화사는 마음씨 하나는 도인이라는 말을 들었던 사건이 하
나 있었다. 서른여덟까지 교편생활을 하던 경운 화사에게 죽자
사자 쫓아다니는 여학생이 있었다. 여고 3학년 졸업반이었는데,

결국 학교에 사표를 쓰고 꽃처럼 예쁜 스무 살 연하의 여학생과 결혼해 신혼생활을 했다. 그런데 그 예쁜 연하의 새댁도 내팽개 치고 아버지를 따라나섰던 경운 화사였다. 조각, 단청, 개금, 탱화를 잘했던 경운 화사는 1년 동안 한 차례도 집에 돌아오지 않는 만큼 한 번 맡은 일은 끝장을 보는 성격이었다. 자연 새댁은 칠판에 분필가루를 날리며 가르치던 선생님의 환상이 와르르 깨진 것은 당연한 일이었다.

그런 경운 화사와 함께 백련사 괘불 작업을 순조롭게 끝내고 나서였다. 경운 화사의 안내로 절 아래 술집에서 혀가 꼬부라질 정도로 술을 마셨다. 일을 끝냈다는 홀가분한 기분과, 모감모감 떨어지는 동백꽃의 모습이 더욱 술맛을 나게 했을지도 모를 일이 었다.

"조카. 내가 겪은 얘길 해 줄테니 들어 봐. 합천 해인사에서 대웅전 단청작업을 할 때였지. 60여 명의 화공들과 함께 한 방에서 자며 한겨울 일을 했어. 추워서 불을 많이 때야 했는데, 한두 사람만 제외하곤 그 많은 화공들이 다 감기에 걸리고 말았지. 그러나 하루도 안 빠지고 불사를 강행한 탓이었을까. 내가 가장 높은 4층 높이에서 일을 하다가 그만 아래로 떨어지고 말았어. 중간에 걸쳐놓은 나무 버팀목이 있어 밑바닥으로 떨어지지는 않았지만 큰 못 두 개가 얼굴을 때리고 만 게야. 다른 화공들이 달려들어 나를 업고 지대방으로 옮겼는데, 한순간에 얼굴이 엄청나게 부어 올랐지. 주지 스님이 찾아와 약을 사드릴 테니 우선 몸부터 추스르라고 위로의 말씀을 하고 가더군.

그러나 운동신경이 별로 발달하지 못한 나는 불국사 내부단청을 할 때에도 또 추락하고 말았어. 발에 뭔가 걸리면서 몸이 뱅그르르 한 바퀴 돌더니 아, 시방 내가 아래로 떨어지고 있구나 생각하는 찰라, 털퍼덕 하는 소리와 함께 누워 있는 꼴이 되고 말았지. 사람들이 우르르 몰려들더군. 그러나 나는 제발 그대로 나뒀으면 좋겠다는 생각뿐이었어. 사람들이 나를 들것에 옮기는 순간, 극심한 통증과 함께 숨이 멎을 듯 정신이 아득해지더라구. 아, 사람은 죽을 때 이렇게 죽는구나, 하는 생각이 들 정도였으니까. 결국 양 다리가 부러진 사건으로 오랫동안 병원 신세를 져야만 했었지.

제자들이 30여 명이나 병문안을 왔어. 단청불사를 하다가 두 차례나 추락한 뒤로 몸을 제대로 가누지 못한 채 치료를 하고 지내는 내게 제자들이 묻드구만. 선생님은 왜 사고나 당하시면서 이렇게 사시느냐구. 그러나 나는 당당하게 말했지. 지금도 붓을 놓지 않고 있다고. 또 붓만 잡으면 신들린 듯 몰입이 되면서 기분이 날아갈 듯 좋아지고 아픈 기운도 어느 틈에 없어진다고.

퇴원한 후로 나는 어느 하루 빠진 날이 없이 잠자기 전에 관세음보살의 명호를 천 번 부르고 지내는데, 이 또한 내게 있어서는 하나의 낙이 되고 있지. 두 번씩이나 높은 곳에서 떨어졌어도, 또 죽을 고비를 여러 번 넘긴 것도 관세음보살의 가피를 입었기 때문이 아니겠어?

한 번은 전주 서고사에서 한 달 동안 병 때문에 골골하면서 순전히 나물죽으로 연명하고 있었지. 그때 꿈속에서 관세음보살이 현신하셔서 입에 약을 넣어주었는데, 약이 뱃속으로 내려가는가 싶었을 때 꿈에서 번쩍 깨어나더라구. 그때, 늙숙한 노인 한 사람이 서고사를 향해 들어오고 있더라구. 나를 바라본 노인이 '사람 꼴이 워째 그 모양인가?' 하고 묻더니 방으로 들어와 맥을 짚어 주더라구. 그 노인은 '아주 몹쓸 병에 걸렸어.' 하더니 알 수 없는 약초를 송진과 함께 넣고 펄펄 끓여서 마시게 했는데, 그 후로 내 몸이 차근차근 좋아지더군."

술기운 때문일까, 경운 화사는 말이 많아졌다. 그러나 모처럼 경운 화사가 살아온 얘기를 들을 수 있는 기회였다.

"금어에게는 초화가 생명이야. 그래서 좋은 초를 얻기 위해 몸 부림치기 마련이지. 초가 좋아야 좋은 탱화를 그릴 수 있지 않겠어? 그동안 나는 전국의 여러 사찰을 다니면서 초를 얻기 위해 데상을 많이 해왔지. 사진을 찍거나 연필과 지우개를 이용해서 모사를 해왔는데 360여 장의 초화가 모아졌어.

그런데 어느 날 채권자가 초화를 가져가버린 거야. 여러 화공들을 불러 모아 불사를 하다보면 빚도 지기 마련인데 빌린 돈을 갚지 못하니까 초를 가져가버린 것이지. 통사정을 해도 기어이 초를 가져갔는데 도저히 양보할 수 없는 일이어서 불심이 깊은 김처사란 분을 찾아갔지. 그 처사에게 돈을 얻어 기어이 초를 찾아온 적도 있었어."

경운 화사는 말을 끊고 나서 핏빛 노을을 바라보았다. 시뻘건 태양이 침몰하듯 서산 너머로 빠져들고 있었다.

"나는 항상 세 분의 부처님을 모시고 살아왔어. 석가모니불, 비로자나불, 약사여래불 세분의 부처님이지. 그런데 하루는 이상한 꿈을 꾸었어. 세분의 부처님이 나타나시더니 '내가 시방 몹시 급한 일이 생겼다. 그러니 어서 나를 마당으로 내려다오' 하고 말씀하시는 것이었어. 그러나 무심코 하루를 넘겨버렸는데, 이튿날 밤에도 또다시 꿈에 나타나셔서 똑같이 말씀하시는 거야. 참으로 이상한 꿈이다 싶으면서도 일단 좌대 위에 모셔진 세 분의 부처 님을 내려놓기로 작정하고 장정 네 사람을 불렀지. 그런데 마지 막으로 약사여래 부처님을 마당에 마악 내려놓으려는 순간, 대들 보가 우지끈하고 부러지면서 지붕이 그만 내려앉았어. 참으로 부 처님의 가피를 온몸으로 느끼는 순간이었지. 그래서 지금도 나는 중이 못된 것이 후회스러워. 고창 선운사 주지를 지낸 백운기 스 님이 나를 예뻐해 주셨는데, 어느 날 내게 '경을 번역하는 동안 에 특히 놀라운 것이 있는데 그것이 뭐고 하니 인간이 달에 가는 것, 원자탄 수소탄이 생긴다는 사실을 부처님은 알고 계셨다는 사실이야. 부처님 시대에 그런 예측을 하실 정도니 그저 놀랍고 또 놀라운 일 아닌가' 하시더군. 또 말씀하시기를 '물 한 방울에 균이 8만 4천이나 들어 있고, 땀구멍 하나에도 8만 4천의 균이 살고 있다. 그런 균이 있기에 인간이 살고 있다'라고 말씀을 하시 면서 '부처님은 깨우친 눈으로 보았기 때문에 이 모든 사실을 알 게 되신 것이니 너도 딴 생각 말고 중이 되거라. 내가 계를 받을 때 은사 스님도 절에서 살아야 좋다고 하셨느니……' 하시더군."

경운 화사는 입산을 하지 못한 자신을 두고 후회하고 있었다. 아니, 젊은 여고생과 결혼한 일을 두고 후회하는 듯 보였다. 중이 된다는 것은 그만한 전생의 쌓은 덕이 있어야만 된다던가.

그런데 갑자기 경운 화사가 내게 엉뚱한 제의를 해왔다.

"술도 깰 겸 바람이나 쐬고 오자구. 저 산 너머에 여승들만 사 는 옥련사(玉蓮寺)가 있거든. 그런데 그 절에 동백꽃보다 예쁜 비구니가 있지. 나도 먼발치에서 한 번 본 적이 있었는데 과연 영화배우 뺨치게 잘 생겼더라구."

"얼마나 예쁜데요?"

"한 떨기 모란꽃에 비교될까. 그렇게 예쁜 얼굴을 가진 여자가 왜 비구니가 되었는지 모르겠어."

경운 화사가 빗장뼈가 빠지도록 한숨을 내쉬었다.

우리는 누가 먼저랄 것도 없이 옥련사를 가기 위해 백련사에서 내려와 해안도로를 한참 동안 걷다가 다시 산길로 접어들었다. 가파른 산길을 땀 한 번 빼며 끄덕끄덕 올라가자 옥련사가 제법 웅장한 요사채를 앞세우고 턱 버티고 있었는데, 때마침 저녁예불을 알리는 범종소리가 저 아래로 질펀히 누워 있는 핏빛 바다를 향해 잔잔히 퍼져나가고 있었다.

"어디서 오셨습니까?"

돌확 위로 떨어지는 우물가 곁에서 가쁜 숨을 몰아쉬고 있는 우리에게 법당으로 향하던 비구니 한 사람이 조용히 다가와서 물었다. 그때 경운 화사가 옆구리를 툭툭 쳤다. 하지만 나는 이미 그녀가 환희 스님이라는 것을 대번에 알아차릴 수 있었는데, 목소리만으로도 온몸의 힘이 다 빠져버린 듯한 느낌이었다. 아지랑이 꿈틀거리는 봄날 이름 모를 언덕에 피어난 야생화 같기도 하고, 사람의 발길이 닿지 않은 깊은 산속 옹달샘 같기도 하고, 찬서리 내리는 가을 밤 보름달 같기도 하는 모습에서 뼈까지 울리는 듯한 목소리까지……. 분명 그 목소리는 천상에서 울려오는 소리였다.

"함께 예불을 하시지요."

환희 스님은 미소 한 방울을 흘려보이고는 천천히 법당을 향해 걸어갔다. 이윽고 법당에서는 산 숲의 온갖 새들이 모여 합창하는 것 같은, 텅 빈 겨울 들녘을 외로이 날아가는 철새들의 우짖는 소리 같은 염불 소리가 흘러나왔다.

지이시임귀명례(至心歸命禮) 삼계에도사사생자아부(三界導師四生慈父)
시아본사어서어가모니이불(是我本寺釋迦牟尼佛)…….
지이시임귀명례(至心歸命禮) 시이방사암세제마앙찰해(十方三世帝網刹海)
상주일체에불타아야아중(常住一切佛陀耶衆)…….

법당 안으로 들어간 나는 생각대로 염불이 제대로 되질 않았다. 이미 술기운은 온몸에 퍼진 터여서 아랫도리가 후둘후둘 떨리면서 좌대 위에 앉아 계시는 부처님이 빙글빙글 도는 것이었다. 예불문(禮佛文)이 끝나고 신중단(神衆壇)을 향해 반야심경이 시작될 때였다. 자꾸만 비틀거리는 몸을 꼿꼿이 세우려고 엉치등뼈에 힘을 주려는 순간, 그만 뒤로 벌렁 나자빠지고 말았다.

"꽈당!"

정말 어이없게도 내 몸은 나자빠지면서 법당 문에 부딪쳤고, 한 마리 개구리처럼 허우적거렸다. 아직 솜털이 채 가시지 않은 사미승들이 반야심경을 외우다 말고 키득키득 웃는 소리가 들려왔다. 가까스로 법당을 빠져나와 돌확에 고인 찬 물을 벌컥벌컥 들이마시고 나자 조금 정신이 드는 것 같았다.

"금방 어두워집니다. 조심해 가세요."

어느 틈에 환희 스님이 곁에 다가와서 걱정스러운 투로 말했다. 이미 경운 화사는 제 몸 가누기에 바빴는지 먼저 내려가버린 후여서 혼자서라도 내려갈 요량으로 몸을 돌렸다. 그런데 돌계단을 내려가다가 그만 발을 헛딛는 바람에 한 바탕 공중제비를 할 뻔했다. 그러자 내 뒷모습을 지켜보던 그녀가 안타까운 목소리로 간곡히 권유했다.

"안 되겠어요. 여기서 주무시고 가세요."

그녀는 나를 객실로 안내하고 나서 이번엔 꿀물 한 그릇을 쟁반에 받쳐 들고 찾아왔다.

"자, 이걸 마시세요. 술이 좀 깰 거예요."

"미안합니다."

내가 더듬더듬 사과를 하자 그녀는 미소를 지으며 뜻밖에도 유마거사(唯馬居士)의 말을 끄집어내는 것이었다.

"중생이 아프므로 보살도 아프다는 유마거사의 말씀을 조금은 알 것 같군요."

짧은 순간, 그녀의 눈빛은 이슬을 머금었고 목소리 또한 물걸레처럼 축축하게 젖어 있었다. 중생이 아프므로 보살도 아프다? 나는 한 방 얻어맞은 듯한 충격이었다.

— 일체중생이 병들었기 때문에 나의 병이 생겼습니다. 그러니 일체중생의 병이 없게 되면 내 병도 나아질 것입니다.

그녀의 붉은 입술은 이렇게 유마거사의 말을 하고 있는 것 같았다.

"그럼 한 점 드리고 싶군요."

그녀는 달라는 말도 그렇다고 거절하겠다는 말도 하지 않고 그저 미소만 지어보였다. 나는 곁에 놓여져 있는 지필묵을 당겨 달마의 모습을 그려보았다.

하지만 늘 그려보던 달마였지만 취기가 말끔히 가시지 않은 상태에서 제대로 그려질 리가 만무했다. 먹이 번진 그림은 받지를 말고 술에 취해서 쓴 글씨 역시 받지를 말라는 해월 노화사의 가르침을 어긴 셈이었다. 그러나 그녀는 달마 그림을 곱게 접어 손에 쥔 채로 조용히 밖으로 나갔고 나는 그대로 잠에 곯아떨어졌다.

다음날 새벽, 꿈결에서 목탁소리가 들려오는 것 같았다. 가까워졌다가 멀어지는 그 염불소리는 이미 도량석(道場釋)이 시작되었다는 것을 알리고 있었다. 그러나 나는 일어나질 못했다. 다시 잠에 깜박 빠졌고 다시 눈을 떴을 때에는 창호지문 틈으로 아침햇살이 적셔오고 있었다. 간밤 일이 떠올라서 도무지 얼굴을 들고 나갈 수가 없었다. 방 안을 잠자리처럼 뱅뱅 돌다가 가만히 문을 열고 뒤도 돌아보지 않은 채 경내를 빠져나가려고 했을 때였다.

"아침 공양이나 들고 가시지요."

등뒤에서 정겨운 목소리가 날아왔다. 환희 스님이 어제처럼 또 그렇게 서있었다.

"아닙니다. 그냥 가겠습니다."

솔직히 그녀를 마주볼 자신이 없었기 때문이었다. 그런데 그녀가 다시 나를 붙들었다.

"잠깐만요. 부탁이 있어요."

"부탁이라뇨?"

나는 잠시 어리둥절해졌다. 어떤 부탁을 해도 반드시 들어주겠다는 눈빛으로 그녀를 바라보았다.

"동백꽃 그림 한 점 그려주세요."

어젯밤 그려준 달마가 맘에 들지 않아서였을까. 아니면 이곳이 동백꽃으로 유명하기 때문이었을까.

"왜 하필 그것을?"

"글쎄요."

"알겠습니다. 그려드리지요."

그러나 나는 그 뒤로 동백꽃을 그리지 못했다. 아무리 그려보려 해도 잘 그려지지 않았기 때문이었다. 그래서 찢고 또 그렸다가 찢기를 반복했던 세월이었지만 언젠간 동박새가 찾아들 만큼 잘 그린 그림을 반드시 그리고 말겠다고 늘 되새기며 살아온 세월이었다.

제3장

멧돼지 사냥

"이,겨,라!"

"이,겨,라!"

국사봉 농장에서 달포쯤 보내던 그날 아침, 갑자기 밖에서 응원하는 소리가 들려왔다. 방문을 열고 밖으로 나가보니 시골 아낙네 셋이 쪼그리고 앉아 손뼉까지 쳐대며 열심히 응원가를 외치고 있었다. 약초나 값나가는 난(蘭)이라도 캘 요량으로 호미와 망태 하나씩을 들고 이 높은 산중까지 올라온 산 아래 마을 아낙네들이었다.

무슨 영문인 줄 몰라 잠자코 아낙네들의 시선이 집중된 곳을 살펴보니 제법 덩치가 큰 수노루 한 마리가 껑충껑충 뛰어가고 있었다. 그리고 수노루를 쫓는 사람은 타잔이었는데, 그는 팬티 하나만 달랑 차고 맨발로 젖 먹던 힘까지 다해 쫓고 있었다. 그러나 수노루는 날 잡아봐라 하면서 뛰었고, 수노루 쫓는 사람은 산험한 줄을 모른다는 말처럼 필사적이었다. 그래서 눈앞에 잠깐 나타났다가 금세 사라졌고, 이내 또 모습을 드러내기를 여러 차례 반복하고 있었지만 간격은 여간 좁혀지지 않고 있었다.

"참말로 보통 양반이 아니네."

"큼매 말이여. 추운디 계곡에서 냉수마찰을 하는가 싶등마는 갑자기 노루가 나타난께 저러코롬 쫓고 있당께."

"맨손으로 수노루 잡겠다고 맨발로 뛰어댕기는 사람은 머리털 나고 첨 구경하네."

아낙네들은 산속을 뒤질 생각은 까마득 잊은 채 잡느냐, 잡히느냐 숨 막히는 둘의 대결을 지켜보고 있었다. 수노루가 국사봉 주위를 세 바퀴쯤 돌며 도망치고 있을 때 어느덧 아침 해가 높게 떠올랐다. 그런데도 수노루는 잡히지 않고 잘도 도망을 치다가 그만 그루터기만 남은 다랑논으로 달아났다. 타잔이 그쪽으로 몰았는지 아니면 수노루가 활로를 찾겠다고 제 발로 들어갔는지는 모를 일이었지만 수노루는 바투바투 이어진 다랑논 두어 개를 훌쩍 뛰어 넘으며 도망쳤다.

그런데 다랑논은 수렁논처럼 질컥거렸던지 갑자기 수노루의 속도가 느려졌다. 타잔 역시 발목이 푹푹 빠지는데도 거침없이 수노루의 뒤를 쫓아가자 위기를 느낀 수노루가 더 이상 도망을 가지 않고 휙 돌아서서 그를 노려보았다. 도망 다니느라 이미 입가에는 거품이 허옇게 일어나고 있는데도 수노루는 발악을 하듯 머리를 들이밀며 타잔에게 달려들었다. 궁지에 몰리면 대드는 법이고 악이 나면 뒷다리를 문다던가. 그러나 수노루는 앞발 하나가 풀썩 꺾기면서 아예 주저앉고 말았다. 그가 재빠르게 수노루의 머리통을 주먹으로 내리치기 시작했다. 한 번, 두 번 , 세 번……. 수노루의 머리통에서 새빨간 피가 뿜어져 나왔다. 그런데도 수노루가 쉽게 죽지 않자 다음 순간 타잔은 한 마리 사냥개처럼 녀석의 멱을 야무지게 물었다. 수노루는 마지막으로 '음매'하고 비명을 지르며 살려달라고 애원했지만 안타깝게도 타잔은 관세음보살이 아니었다. 수노루는 두 발을 허공에 내지르며 발버둥을 치다가 이내 시나브로 늘어졌다.

논두렁에 벌렁 드러누워 한참 동안 가쁜 숨을 몰아쉬던 타잔이 매흙질된 채로 벌떡 일어나더니 수노루를 불끈 보듬고 다랑논 밖으로 나왔다.

"대단하요! 대단해! 맨손으로 노루를 다 잡았당께……."

땀으로 범벅이 된 타잔에게 아낙네들과 함께 힘껏 박수를 쳐대자 그는 엄지손가락을 치켜세우며 씩 웃어보였다.

"산에 있는 모든 짐승은 다 내 것이라요."

임무를 완수하고 난 특공대원처럼 의기양양한 모습이었다. 사냥을 떠나기로 한 날 오전에 일어난 일이었다. 그가 계곡으로 내려가서 몸을 씻고 돌아왔을 때 한 대의 지프가 요란스러운 엔진 소리를 내며 농장 입구에 나타났다. 얼룩무늬 사냥복을 입은 엽사 두 사람이었는데, 한 사람은 빨간 모자를 썼고 또 한 사람은 검은 베레모를 쓴 모습이었다.

"항렬이 나보다 더 높으시네."

가장 연장자인 황대장이라고 하는 빨간 모자의 사내가 내 이름을 듣고 나더니 단번에 항렬을 알아맞혔다. 어제 아침 내 방에 들른 타잔이 함께 사냥을 떠나자며 권유했을 때 형님 동생하며 지내는 황대장이란 사람과 후배 한 사람이 함께 올 것이라고 했는데 바로 그들이었다.

"그래도 저보다는 연세가 많으시니까 말씀을 낮춰서 하십시오."

내가 공손하게 말하자 황대장이 정색을 했다.

"우리 성씨가 상놈이 아닌 바에야 그럴 수야 없지요."

"형님, 세상은 이렇게 좁다니까요. 산중에서 종씨를 다 만나구만요. 허허허!"

타잔이 크게 웃고 나서 금방 잡은 수노루를 불끈 들어 올리며 자랑스러운 표정을 지어보였다.

"그나저나 타잔 형님은 알아줘야 혀!"

베레모 사내가 타잔의 등짝을 때려가며 감탄을 했다.

"어야, 동생! 내가 아직은 살아 있다는 증거가 아니고 뭣이겠는가? 노루라는 게 말이여, 산꼭대기에 사는 노루는 일반 노루하고 다르다는 것을 알아야 쓰네. 생각해 보소. 맹감 같은 것을 따먹는 노루하고 낮은 데서 솔잎이나 밭곡식을 먹는 노루하고 어디같을 수가 있겠능가? 뛰는 각도가 틀리니까 말이여."

"사냥을 떠나기 전에 형님 덕택으로다가 노루 피 좀 맛보게 생겼구만요."

베레모 사내가 두 손을 걷어붙이더니 송곳처럼 날카롭게 생긴 칼로 노루의 목을 따내자 뜨뜻하면서도 붉은 피가 솰솰 흘러나왔다.

"자, 한 모금씩 마셔 보십시다."

베레모 사내가 유리컵에 담아서 황대장과 타잔에게 노루피를 건네준 후 내게도 마실 것을 권했다. 그러나 나는 차마 마실 수가 없었다. 처음 노루를 잡았을 때 피칠갑이 된 녀석의 머리통을 보아버렸기 때문에 도저히 마실 수가 없어 고개를 흔들었다. 베레모 사내가 이 좋은 것을 마다하다니, 하고 혼자 중얼거리더니 도치램프로 털을 말끔히 제거했다. 그리고 연탄불살개 여러 개를 지펴 노루고기를 굽기 시작했다. 나는 자신도 모르게 '나무아미타불'을 부르며 한숨을 내쉬었다.

"이리 오슈. 노루 고기는 부드러워서 그만이라니까."

황대장이 나를 불렀지만 나는 고개를 흔들었다. 죽어가면서 눈을 껌벅거리던 노루의 그 측은한 눈망울까지 보아버린 터라 도저히 목에 넘어가지 않을 것 같아서였다.

그때 박수를 쳐대며 응원하던 아낙네들이 주춤주춤 다가왔다.

"우리도 조깐 얻어묵으라고 왔구만이라."

"잘 왔소. 원래 노루 뼈는 세 번 우려먹고도 또 우려서 사위를 준다요. 오늘 차분히 뼈를 고와서 잡숫고 가시오."

베레모 사내가 노루 고기를 뭉텅뭉텅 썰어 쟁반에 담아 내밀었다.

"참말로 살다 봉께 노루 고기를 다 얻어묵게 되었네."

"그랑께 성님, 내가 뭐락 합디여? 오늘 약초 캐러 가자고 안 합디여?"

"다 동생 덕이네."

아낙네들이 뜻밖의 별미를 맛본다는 사실에 기쁨을 감추지 못했다.

"이번 사냥에는 여기 계신 화가 선생도 가실 것잉께 그리 알드라고요. 그리고……."

타잔이 나를 가리키며 캠핑카 보리호의 주인이기 때문에 우리가 큰 도움을 받을 거라며 자랑스럽게 말했다. 그리고 타잔의 안내로 그들은 캠핑카 내부를 둘러보았다.

"이 차는 산속의 항공모함이나 다름이 없구만."

황대장이 만족한 표정을 지으며 나를 바라보았는데, 캠핑카에 침대와 싱크대가 설치되어 있는 것을 발견하고 나서 여간 감동하는 눈치였다.

"자, 이제 슬슬 떠나보더라구. 여강이도 가려면 이 차에 타든지 아니면 황대장 차에 타든지……."

보리호에 먹을 것을 잔뜩 싣고도 부족해 됫병짜리 플라스틱 소주병을 두 박스나 더 실은 타잔이 그녀를 재촉했다. 그리고 내가 앞장서서 보리호를 몰고 나가자 황대장과 베레모 사내는 지프에 개를 실은 소형 차량을 매달고 뒤를 따랐다.

"법능 선생! 사나이로 태어나서 사냥을 모르면 사람이 아니랍니다."

타잔이 방향을 제시하는 대로 운전을 하고 있는 내게 그는 또 사냥 예찬을 늘어놓았다. 사실 사냥을 싫어할 사내가 누가 있을까. 사내라면 누구나 엽총을 등에 맨 채 지프를 타고 산야를 휘젓고 싶은 충동은 누구나 있기 마련일 것이었다. 어디 사냥뿐이겠는가. 등산도 그렇고 낚시도 그렇고 클라이밍이나 산악자동차 등 자연과 더불어 즐기고 싶은 심정은 누구나 마찬가질 터였다. 그러나 예술을 하는 사람은 무슨 일을 하든지 마음이 콩밭에 있기 마련이었다. 백척간두(百尺竿頭), 한 발 내딛으면 천 길 낭떠러지로 떨어질 줄 알면서도 앞으로 갈 수밖에 없는 사람이 곧 예술가의 마음이 아닌가.

"여기가 적당할 것 같구만."

이윽고 지방도로를 3시간 남짓 달린 후 타잔이 산중 마을 입구에서 차를 세웠다. 기껏 일곱 채밖에 되지 않은 마을이어서 깊은 산속에 내던져진 집들처럼 느껴졌다. 다 쓰러져가는 빈집 만도 두 채나 되는 오지마을인데도 그나마 사방이 둥근 연꽃 모양으로 산세를 이루고 있어서 포근한 느낌을 주고 있었다. 그는 민가에서 하룻밤을 묵고 내일부터 사냥을 하자는 것이었다. 홀로 깊은 산속에서 쌀과 된장만으로 몇 달이고 버텨본 적은 있었지만 낯선 사람들과 합류해 잠자리를 구해보기는 처음이었다. 그러나 이 또한 인연일 터였다.

"누구시오?"

대부분 녹슨 양철지붕이었지만 유독 새로 지은 듯한 콘크리트 스라브 집으로 무작정 들어가 주인을 부르자 노인 한 사람이 문을 열고 밖으로 나왔다.

"영감님, 우리는요 이곳으로 사냥을 하러 온 사람들인데 하룻밤 재워주실랍니까?."

타잔이 허리를 굽혀 인사를 하자 노인은 고개를 끄덕거리면서 반갑게 맞이했다.

"밖이 추우니 어서 들어오시구랴."

노인은 할멈과 단 둘이 살고 있었지만 집 안 내부는 대식구가 살고도 남을 만큼 넓었다. 저녁을 알아서 먹겠다고 해도 한사코 할멈은 호박과 밀가루를 버무려 만든 호박죽을 푸짐하게 내놓았다.

타잔은 준비해온 쇠고기를 노인 앞에 내놓으며 함께 먹자고 했다. 저녁을 마치고나자 노인이 먼저 입을 열었다.

"보아하니 멧돼지 사냥을 오신 포수양반들 아니요?"

"그렇습니다만……."

타잔이 대답했다.

"내가 이래봬도 왕년에 사냥을 좀 했던 사람이요. 비록 몰이꾼에 불과했지만서두……. 내 나이가 올해로 일흔여덟인디 말이지. 평생 살아옴시로 괴기를 처음 먹어본 것은 멧돼지 괴기였소. 괴기로는 멧돼지 괴기가 젤이제."

그런데 노인은 장대한 기골하며 옹이가 매듭처럼 박힌 손바닥이 도무지 팔순을 바라보는 늙은이가 아니었다. 게다가 혈색이 좋고 길게 늘어진 어깨가 어린이 다리처럼 굵은 것으로 보아 근력이 대단하게 느껴졌다. 노인이 두어 차례 밭은기침을 하고 나더니 귀가 솔깃해지는 소식을 전했다.

"포수양반들! 꼭 미리 알아보고 온 것 같소. 어제 모처럼 뒷산엘 올라갔는디 멧돼지 발자국을 발견한 기여. 아마 200킬로가 넘지 않을까 싶을 만큼 큰 것이었소."

노인의 말에 타잔 일행이 일제히 박수를 치며 환호를 질렀다. 멧돼지가 출몰한다는 제보를 해주는 사람이 생겼으니 사냥은 절반이나 한 셈이었다.

"어째서 우리가 민가를 찾았는지 이제 알겠지요? 바로 정보요, 정보!"

타잔은 내 얼굴 가까이 자신의 얼굴을 갖다 대며 웃어보였다.

"나는 발자국만 보아도 멧돼지가 수컷인지 암컷인지, 그리고 얼마나 큰지도 알 수 있어. 그러니 내일 당장 시작을 해보는 기여."

"고맙구만이라, 어르신. 그러면 낼 아침 일찍 출발을 해봅시다."

타잔은 연신 고개를 주억거리며 고마워했다. 노인의 말대로라면 이번 사냥은 땅 짚고 헤엄치기가 될 수 있을 것이었다.

"이곳은 멧돼지가 많은 편이여. 그러나 멧돼지는 본능적으로 자리를 옮기기 때문에 당장 서두르는 편이 나을 기여."

타잔을 비롯해서 황대장과 베레모 사내는 노인의 말에 상기된 표정이었다.

"어르신. 제가 시방까지 여러 마리의 멧돼지를 잡아보면서 말입니다. 멧돼지처럼 독한 동물은 세상 어디에도 없다는 생각이 들더라구요. 한 번은 멧돼지를 잡아놓고 보니까 창자가 하나도 없드라구요. 총알이 복부를 관통하자 창자가 삐져나왔는데, 아 글쎄 그 창자가 나올 때마다 제 발에 밟혀 끊어지는데도 도망을 가드라구요."

황대장의 말에 노인은 고개를 끄덕거리고 나서,

"잘 아시겠소마는 총 맞은 멧돼지는 끝까지 쫓아가서 죽여야만 된단 말이여. 그렇지 않으면 반드시 민가에까지 와서 말썽을 부리니까."

하고 손으로 멧돼지가 날뛰는 시늉을 해보였다.

나는 무심코 그들의 얘기를 귓등으로 흘려들으며 방 안 여기저기에 눈길을 돌려보고 있었는데, 웬 신문기사를 오려서 벽에 붙여놓은 것이 눈에 띄었다. 누렇게 탈색된 그 신문기사는 「산돼지를 꼬박 일곱 날 쫓았지. 독허제 독혀」라는 제목이었다. 나는 무심코 눈알을 들이대고 읽어 내려갔다. 날짜를 보니 2006년 12월 22일자 한겨레신문 기사였다.

……전에 산전벌이 할 땐데, 하루는 자고 나서 본께, 콩밭이 쑥대밭이 돼 부럿어. 그때는 안식구하고 자슥들은 모두 산 아래에 있고 나만 산 우에 올라가 살 때여. 그래 가마이 본께 돼지란 놈이 밭에 와서 콩이고 감자고 다 해치고 묵는다 말이여. 우리 식구한티는 피 같은 곡슥인디 말이여. 고놈이 와서 묵어 붕께 얼매나 속이 탔것어. 그래 고놈을 때리잡아 동네사람들하고 묵었지. 옛날에 긔기 먹기가 하늘에 별 따기라. 요새는 묵지 말라고도 허는 모양이던디, 그때사 긔기가 젤이라. 그기 첨이라. 긔기 맛을 본 것도 첨이고 짐승 잡는 것도 첨이여. 그래 그때부터 산짐승을 잡으러 댕깃지. 동네 사람들끼리 허는 것이께 나가 전문적인 포수는 아녀. 그래도 우리는 산을 잘 알고 있은께. 간혹 전문 포수들이 산에 와도 우리들이 안 데불고 가믄 그것들은 봉사나 마찬가지여.

……겨울에 돼지를 잡으로 나갔는디 꼬박 일곱 날을 쫓아가서 잡았제. 그놈도 독허고 그 한겨울에 칠 일이나 따라간 나도 독허고 그래. 산에 눈이 있는데 그 발자국을 따라서 헤매고 다녔다 말이여. 돼지가 느려터진 것 같아도 산돼지는 얼매나 빠른지 사람들이 따라가지를 못하는디, 그놈을 따라 일곱 날이나 따라간기여. 마을 사람 넷이서 함께 갔는디 내가 선창 던지고 후창을 세 개나 맞아도 이놈이 도망을 가는 기여. 그래 그놈이 흘린 피를 보고 잠도 안 자고 따라가서 잡았제. 그담이 문제여. 그놈이 집채만

허니께 그걸 끌고 또 일곱 날이나 걸어서 집에 온기여.

……젊은이들은 산을 거스르지 말어. 산을 거슬러서 안되는 겨. 깔보면 안 되는 거라 말이여. 산이 가마이 있은께 요 간사스러븐 사람덜이 지가 잘난 줄 알고 산을 이길꺼라 생각하는디, 가마이 있던 산이 한번 쓱 움찔거리면 사람 같은 거는 꼼짝 헐 수가 있는가. 택도 없는 일이제. 산이 가마이 있는 거 같지만 가마이 보믄 산은 살아 있는 거라 말이여. 그러이 중요한 거는 마음가짐이라 이기여. 마음을 잘 다스려야 산도 나한티 베풀어 준다 이 말이여. 그람은 또 내가 산한티 받은 만큼 베풀어야 하는기여. 요새 사람들은 그저 받을라고만 허는디 그람은 안 되는 기여. 생각혀 봐. 내가 또 줘야 산도 나헌티 또 주지. 안 그렇겠는가?

신문에 난 주인공은 바로 노인이었다. 비록 흑백사진이었지만 창을 들고 서 있는 노인의 모습은 늠름하기까지 했다.

다음날 아침, 노인의 집에서 시래기국으로 아침을 해결한 일행은 본격적인 멧돼지 사냥에 나섰다. 타잔은 노인과 황대장, 베레모 사내와 함께 지프를 타고 앞장을 섰고, 나는 여강과 함께 보리호를 몰고 뒤따라갔다.

그런데 마을을 벗어나 바야흐로 험한 길이 시작되었을 때 앞에 가던 지프가 갑자기 멈췄다. 웬일인가 싶어 보리호에서 내렸더니 황대장이 산신제(山神祭)를 지내자는 것이었는데, 그 말을 들은 타잔이 돗자리를 풀밭에 깔고 그 위에 제상을 차리기 시작했다. 배, 사과는 쟁반에 놓고 시루떡은 비닐만 벗긴 채 박스째 놓았으며 돼지머리는 빈 박스 위에 올려놓았다.

"모두 자신이 소지한 엽총을 제상 앞에 놓고 시작해보더라고."

황대장의 말에 타잔과 베레모 사내가 뒤따라 엽총을 땅바닥에 놓았다. 그때 여강이 사냥개들을 차량 안에서 풀어놓자 꼬리를 흔들어댔다. 입가를 날개처럼 치켜세우며 바윗덩어리라도 으깰 기세로 짖어대는 놈, 삵처럼 앞발 하나를 들고 당장 멧돼지의 목덜미를 물어뜯을 것처럼 으르렁거리는 놈, 긴 귀를 늘어뜨린 채 혀를 빼어 물고 날카롭게 사방을 쏘아보는 놈……. 이런 사냥개 앞에서는 어떤 멧돼지도 살아남을 수 없을 성 싶었다.

"옛날 명포수들은 계곡물에서 목욕재계를 한 후에 산신제를 지냈다고 했다등마. 우리가 그렇게까지는 할 수 없는 일이제마는 산신령님께 잘 보살펴 주십사 하고 인사를 드려야 않것는가."

황대장이 좌중을 둘러보며 말을 하고 나자 타잔이 먼저 제상 앞에 무릎을 꿇었다.

"산신령님께 아뢰구만이라. 우리가 이곳에 와서 사냥을 하고자 하니 부디 총기사고가 나지 않도록 해주시고, 멧돼지 콧구멍이라도 반드시 볼 수 있도록 해주옵소서. 특별히 200킬로 나간다는 멧돼지를 반드시 잡게 해 주옵소서."

타잔이 납작하게 엎드려 두 번 절하고 뒤로 물러서자 황대장과 베레모 사내가 연이어 절을 하고 나더니 돼지 콧구멍에 만 원권 지폐를 쑤셔 넣었다. 나도 가만히 지켜보기가 쑥스러워서 만 원짜리 한 장을 슬그머니 제상 위에 놓아두었다. 노인은 아무 말도 하지 않고 가만히 서서 지켜보고 있을 뿐이었다.

"옛날 사냥꾼들은 개고기를 먹지 않았다더군."

황대장의 말에 베레모 사내가 물었다.

"개고기는 으째서 안 먹었답니까?"

"토사구팽이라는 말 있잖은가. 사냥꾼이 사냥을 마치고 나면 사냥개를 잡아먹는다는 말. 그렇게 하지 않겠다는 뜻으로다가 먹지 않는다는 것이지. 사냥꾼이 개고기를 먹으면 사냥개가 죽어라 사냥을 하겠느냐구. 어쨌거나 사냥을 나갈 때 개고기를 먹으면 피를 토하고 죽는다는 속설도 그 때문인가 봐."

"그 말이 상당히 일리가 있구만요."

베레모 사내가 고개를 끄덕이고 나서 제상을 치우자 노인이,

"여기서부터는 걸어가사 써."

하고 앞장서서 걸어 나갔다.

노인은 발도 빨랐다. 30분 남짓 산길을 걸어갔는데도 오히려 발걸음은 더 빨라졌고 나는 숨이 차오르기 시작했다. 산세를 살펴본다든지 아니면 멧돼지가 있을 만한 곳을 찾아가는 게 아니라 무조건 노인의 뒤를 쫄쫄 따라가는 꼴이었다.

그런데 잠깐잠깐 멈춰서 산세를 훑어보던 노인이 갑자기 허리를 구부리며 주저앉았다.

"자, 다들 여길 보라구."

노인이 손가락으로 가리키는 곳은 조그만 웅덩이였다.

"돼지가 진흙목욕을 하기 위해 온몸을 비벼댄 기여. 이제 그놈이 가까이 있다는 것이제."

그때 웅덩이에서 약간 떨어진 곳에 멧돼지 똥을 발견했다며 타잔이 가만히 소리쳤다. 시커멓게 생긴 녀석의 똥은 고약한 냄새를 풍기며 낙엽 위에 뒹굴고 있었다. 타잔이 손으로 집어 들고 두어 차례 냄새를 맡는가 싶더니 구린내가 심하게 나는지 인상을 찌푸렸다.

"너구리 똥은 너구리 특유의 노린내가 심하게 나제마는 돼지는 구린내가 나는 법이제. 참, 그놈 털도 보이는구먼."

노인은 말을 마치자마자 다시 엎드리더니 눈도 어지간히 밝은지 빳빳한 털 하나를 주어 들었다. 일자로 쭉 뻗은 멧돼지 털은 7-8cm 정도의 크기였는데, 검은색과 흰색이 함께 섞여 있었다.

멧돼지의 발자국은 계속 발견되었다. 노인은 발군의 실력을 십분 발휘했다. 발자국이 발견될 때마다 엄을 살피며 발터와 보폭을 알아맞히는 노인의 전문지식은 신문기사에서 읽었던 대로 경험이 풍부했다.

"여름철에는 돼지가 칡밭을 좋아해서 잠자리를 거기에 잡는 경우가 많아. 칡밭은 서늘하고 그늘지면서도 습도가 높기 때문에 가장 좋아하는디, 이런 곳에 있는 돼지를 찾아낼라면 엽견의 능력이 뛰어나야 하는 기여. 그러니께 돼지가 당황하지 않고 차분하게 나올 수 있도록 영리하게 짖어내는 솜씨가 필요한디 말이여, 엽견들이 그렇게 하지 못할 때는 놓치기가 일쑤여서 사냥을 실패하고 마는 기여. 게다가 칡꽃 향기가 진동하기 땜새 엽견이 돼지의 냄새를 놓치기가 쉬워서 추적을 제대로 못하는 때도 있어."

그때 타아앙, 하고 총소리가 들려왔다. 총소리가 나는 바람에 노인은 그쪽으로 향했는데, 얼마쯤 걸어갔을까 다른 산등성을 타고 나타난 세 사람의 엽사들과 마주쳤다. 타잔이 반가운 표정으로 앞으로 나서더니 물었다.

"우리가 시방 멧돼지 하나를 쫓고 있는디 혹 당신들도 우리가 쫓는 멧돼지를 쫓고 있는 것은 아닌가 모르겠습니다?"

"쫓다가 포기하고 내려가는 길이오. 우리가 이틀째 쫓았지만 하늘로 솟았는지 땅으로 꺼졌는지, 원."

세 엽사 중 카키색 사냥복 차림의 사내가 이미 지쳤다는 듯 고개를 절레절레 흔들며 투덜거렸다.

"대체 어떻게 생겼든가요?"

"산신령입디다, 산신령……. 어찌나 큰 놈인지 꼭 잡고 싶었는데 그만 내려가는 길이오."

아쉬움이 여전히 남아 있었는지 카키색 차림의 사내는 쩝쩝해하면서 하산을 서둘렀다. 노인은 그들의 말에 전혀 아랑곳하지 않고 다시 걸음을 재촉했다. 그러나 골짜기와 산등성이를 샅샅이 훑어보았지만 그 녀석의 발자국은 쉽게 발견되지 않았다.

그런데 멧돼지를 산신령이라고 하다니. 호랑이 등을 탄 백발노인이 산신령이 아니라 무법천지처럼 돌아다니는 멧돼지가 산신령이 되어버린 셈이었다. 나는 문득 먼 산을 바라보며 경운 화사의 말을 떠올리고 있었다.

— 날더러 산신령 탱화를 잘 그린다고들 하지. 왜 그런고 하니 산신령을 잘 그리기까지는 그만한 이유가 있었거든. 내가 대흥사 진불암(眞佛庵)에서 잠시 쉬고 있을 때 갑자기 이상하게도 샅이 아파 걸음도 제대로 걷지 못하고 지냈지 뭔가. 그래서 다시 탱화 작업을 하지도 못한 채 하루하루를 보내고 있었는데 어느 날 밤 산신령이 나타난 거여. 산신령이 먼저 묻더군. "네 몸이 불편하다는데 그곳을 한 번 보여주려므나." 나는 부끄러운 곳이고 해서 "괜찮습니다." 하고 대답을 했어. 그랬더니 산신령은 계속 보여달라는 것이었어. 아마 일곱 번은 거절했을 거야. 하지만 산신령

은 털끝만큼도 물러날 기색이 없어보여서 더 이상 버티지 못하고 바지를 내린 후 그곳을 보여주었지. 그랬더니 손에 쥐고 있던 지팡이로 사정없이 그곳을 내리치는 거였어. 어찌나 아프던지 아얏, 하고 비명을 지르면서 눈을 떴는데 세상에! 걸음도 못 걷게 하던 그곳이 씻은 듯이 나아버렸더라구. 그 길로 나는 산신각에 들어가 촛불을 켜고 기도를 드렸지. 그리고 바로 그 자리에서 꿈속에 나타난 산신령의 초를 낸 거야.

나도 경운 화사처럼 산신령을 그린 적이 있었다.

중학교 동창생이 내게 산신령 한 점을 부탁했다. 그는 사업을 막 시작할 때였는데, 산신령을 사업장에 걸어놓으면 잘 풀린다는 말을 어디서 들었는지 막무가내로 조르는 것이었다. 그리 어려운 일도 아니어서 호랑이와 함께 있는 산신령을 그려 주었다. 하얀 머리털이 허리까지 뒤덮은 맨발의 산신령과 금방이라도 튀어나올 듯 털이 빳빳하게 선 무서운 형상의 호랑이가 있는 그림이었다. 그리고 까마득 잊고 지냈는데 3년쯤 지났을까, 그 동창생한테 연락이 왔다. 사업이 크게 발전됐다면서 그게 다 산신령 그림 때문이라는 거였다. 그러면서 날 집으로 초대하였는데, 막상 동창생 집을 찾아갔을 때 놀라지 않을 수 없었다. 으리으리한 주택에 잘 꾸며진 정원, 게다가 미니 골프장까지 차려놓고 세상답게 살고 있었다.

"젊은 나이에 돈을 벌었어. 이제 난 지키기만 해도 될 정도로 돈을 벌었는데, 다 친구가 그려준 산신령 덕택이었다구."

동창생은 집 안 구석구석을 보여주며 자랑했다. 그리고 어찌나 음식을 푸짐하고 가지 수가 많게 장만했는지 상다리가 부러질 정도였다. 동창생은 프랑스 코냑을 따라주며 말했다.

"이상한 일이었어. 100억대의 사기꾼이 해외로 도망을 갔는데 글쎄, 내 돈 10억을 하루 전에 갚아주고 떠났다니까. 행운이랄까, 어때 행운의 여신이 날 지켜주고 있질 않나?"

동창생은 거듭 고맙다며 수표를 넣은 흰 봉투를 건네주었다.

"다 산신령 그림 덕택이니까 받아도 돼."

동창생은 나를 보듬고 눈물까지 펑펑 쏟아내는 것이어서 난생 처음 환쟁이의 보람을 느껴지는 순간이었다.

나는 홀라당 옷을 벗고 춤을 추기 시작했다. 술도 취했지만 제정신이 아니었다. 그런데 과일을 들고 오던 동창생 부인이 그 모습을 목격해버린 것이었다. 비명 소리를 지르며 동창생 부인은 도망쳤고, 나는 얼른 옷을 주워 입은 후 그 집을 나와버렸는데, 그 뒤론 다시 만난 적이 없었다. 지금도 사업은 여전히 잘 되고 있는지.

"안 되겠구만. 저기 젊은 사람 둘이 저 아래에서부텀 훑어와사 쓰것어."

갑자기 노인이 나와 여강을 가리키며 지시를 했다. 순간, 이 무슨 낭패인가 싶어 부아가 치밀었지만 꾹 참고 노인을 쳐다보았다. 노인의 말에는 거부할 수 없는 어떤 힘이 있었고, 어차피 멧돼지 사냥에 끼어든 이상 노인의 말을 무시할 수도 없는 노릇이었다.

나와 여강은 산을 내려가 또 다른 산등성을 타기 시작했다. 나뭇잎이 절반쯤 떨어진 초겨울이라곤 하지만 길이 없는 산을 탄다는 것은 여간 고역이었다. 메마른 가시덩굴이 이마며 뺨을 스칠 때마다 쓰리고 아팠다. 이 무슨 팔자에 없는 고생이란 말인가. 더구나 배에서는 꼬르륵 소리가 들려오고 있었다. 숨이 목에까지 헐떡거리면서 땀이 등을 축축하게 적셨다. 이럴 때 만일 산신령이란 멧돼지가 나타나면 꼼짝없이 죽을 수도 있겠다는 공포감이 엄습해왔다.

맑고 투명한 겨울 하늘 위에 솔개 한 마리가 유유히 날고 있었다. 날씨가 좋으면 솔개가 높이 난다더니 솔개는 어느 틈에 원을 그리며 빙빙 날고 있었는데, 높은 하늘에서 홀로 움직이는 유일한 운동체였다.

그녀는 그 와중에서도 솔개를 한 차례 치어다보더니 솔개에 관한 우화를 말했다. 인간과 비슷하게 70살의 수명을 가진 솔개는 40살이 되었을 때 목숨을 건 털갈이를 해야만 30년을 더 산다는 거였다. 40살이 되면 이제 발톱이며 부리가 쓸모없이 노화가 되고, 날개의 깃털이 두꺼워지기 때문에 하늘을 자유로이 나를 수가 없다는 거였다. 그래서 솔개는 죽을 것인가, 살 것인가 선택을 해야 하는 고비에 서게 되는데, 그대로 죽는 날만 기다리는 솔개가 있는가 하면 더 살고자 몸부림치는 솔개도 있다는 거였다. 살고자 하는 솔개는 새롭게 부리가 돋아나도록 자신의 부리를 바위에 찧어 깨뜨려서 살점이 떨어져나가는 고통 속에서 새 발톱과 새 깃털을 얻었을 때 30년을 더 살 수 있다는 거였다.

"우리 불교도 뭔가 달라져야 한다면 솔개의 고통처럼 한 과정을 겪어야 되지 않을까?"

그러나 나는 그녀의 말에 아무런 대답을 하지 않았다. 그리고 한참 후 한숨을 푹 내쉬며 말했다.

"죽을 맛이군요."

내 입에서 비명 소리가 절로 흘러나오는데도 그녀는 계속해서 솔개 이야기를 더 늘어놓았다. 노인이 시킨 대로 산등성 하나를 넘었지만 멧돼지는 코빼기도 보이지 않았다. 팔 다리가 후들후들 떨리면서 사지의 맥이 죄 풀리는가 싶을 만큼 기진맥진하고 있을 때 그녀의 자지러지는 목소리가 들려왔다.

"그놈의 발자국이 여기 있다!"

땅속에 박힌 바위 때문에 나무와 풀이 자라지 않는 손바닥만 한 공터에 멧돼지의 발자국이 어지럽게 찍혀 있었다. 막상 녀석의 발자국이 발견되자 순간 목이 움츠려들었다. 그러나 그녀는 산삼이라도 발견한 심마니처럼 흥분된 목소리로 본부에 연락하자 노인과 타잔이 부리나케 달려왔다.

"총소리에 놀란 나머지 무섭게 도망친 게 틀림없구만. 아무래도 오늘은 포기해야만 되것어."

노인이 멧돼지의 발자국을 요모조모 살펴보더니 최종적으로 결론을 내렸다. 하기야 이미 저녁 해가 설핏해지고 있었다. 더구나 산속의 저녁은 빨리 찾아오는 법이어서 서둘러 하산을 서둘러야만 했다. 마을까지 내려갈 필요가 없이 캠핑카 보리호에서 하룻밤을 보내기로 결정했다.

나는 누가 시키지 않아도 밥을 짓고 국을 끓였다. 특별히 대중 공양을 지어보지 않았을 뿐, 밥과 국 하나는 자신이 있었다. 하산한 후로 쌀과 된장만으로 어디서든 버텨온 나였다. 특히 박씨 제각에서 3년 동안 지냈을 때, 그 흔해빠진 라면 한 번 먹지 않고 삼시 세끼 따뜻한 밥만 고집하며 지냈던 거였다. 지천으로 널려 있는 야생초를 한 주먹 뜯어다가 국에다 넣기도 하고 된장과 버물리면 반찬은 쉽게 해결되었던 것이다.

그런데 밥 한 그릇을 된장국에 말아서 단숨에 먹고 난 황대장이 웬일인지 노인에게 불편한 심정을 드러냈다.

"영감님. 우리가 시방 영감님만 믿고 오늘 하루해를 보낸 줄 아셔야 합니다."

황대장은 자신의 말이 맞지 않느냐는 듯 타잔과 베레모 사내에게 동의를 구하는 눈빛을 보내고 있었다. 이유야 어쨌든 오늘 하루 망친 것이고, 나중 극적으로 발자국이 발견되었다고는 하지만 반드시 멧돼지를 잡게 해달라는 경고였다.

"내가 젊었을 때에는 일곱 날을 쫓아가 잡은 적이 있었제."

"참말로 말입니까?"

노인의 말 한 마디에 황대장은 은근슬쩍 놀라는 표정이었다.

"산을 알아야 써. 산을 모르고는 헛수고만 할 뿐인 기여."

"그야 너무도 당연한 말씀이 아니겠습니까?"

뭔가 얘기를 더 듣고 싶어 하는 황대장의 눈치에도 노인은 입을 다물어버렸다. 그리고는 피곤한지 눈을 감더니 금세 코를 골기 시작했다. 그러자 타잔이 황대장을 어르고 나섰다.

"형님. 일단 영감님을 믿어 보십시다. 영감님 믿고 시작을 했는데 지금 와서 으짤 것이요?"

"믿어야지. 다만……."

황대장은 그래도 뭔가 석연찮은 표정을 지어보이고 나더니 기어코 알량한 자존심을 드러냈다.

"동생은 나하고 사냥을 다닌 지가 몇 년인가? 그라제마는 어느 한 해 한 번이라도 실패한 적이 있었는가, 없었는가?"

"누가 형님 실력을 몰라서 그러것소?"

타잔은 노인이 행여 잠에서 깨어나면 낭패라는 듯이 낮은 목소리로 말했다. 언쟁을 해봐야 공친 하루가 다시 돌아올 수 없는데도 황대장은 "이 사람이 말대꾸는 꼬박꼬박하고 있네?" 핀잔을 주고는 이불을 뒤집어썼다.

타잔과 베레모 사내까지 잠에 빠져들었지만 나는 오히려 두 눈이 똥그랗게 떠지고 있었다. 그녀 역시 잠이 쉽게 오지 않는지 엎치락뒤치락하는 눈치더니 운전석으로 옮겨 얘기나 나누자고 제의를 해왔다. 나 역시 잠이 쉬이 오기는 글렀다는 생각에 운전석으로 가 오리털담요로 온몸을 친친 감은 다음 앉았다.

"사냥하는 사람들은 반드시 사냥감을 획득해야 직성이 풀리는가 봐."

그녀 역시 오리털담요를 껴안듯 뒤집어쓰고 조수석에 앉더니 입을 열었다.

"당연한 일이겠지요. 엽총에서 불을 뿜어낼 때 야생동물이 쓰러지면 어떤 쾌감이 있겠지요. 낚시꾼들이 손맛을 본다고 그러잖아요."

"그래서 인류 최초의 미술작품도 사냥 그림이었다지. 가장 오래된 그림으로 밝혀진 것은 남프랑스의 쇼베 동굴벽화라고 한다나. 사자, 말, 순록, 들소 등이 금방이라도 튀어나올 것처럼 사실적으로 그려진 그 동굴벽화는 색채가 화려해서 경탄을 금할 수 없다더군."

"춥지는 않지요?"

나는 그녀의 말보다도 추위가 걱정스러워 물었다. 그러나 그녀는 그것에 대한 답변은 하지 않은 채 말을 이어갔다.

"또 서역(西域)의 톈산(天山)에는 인류의 탄생설화가 있는데, 이를 뒷받침하듯 암벽화가 남아 있다더군. 그 암벽화는 그들이 사용했던 활과 그 활에 맞아 쓰러진 사슴 따위 동물들이 많이 나타나 있다더라구."

"동굴벽화에 대해 관심이 많으시군요."

나는 뭔가 아는 척하는 그녀의 미술 실력에 고개를 끄덕였다.

"그것이 있었기 때문에 원시시대 미술이 오늘날까지 전해져 오고 있는 것이겠지. 그리고 그런 그림을 그릴 때 동물의 털로 만든 붓으로 그렸다더군. 구석기 시대의 그 화가는 스프레이 같은 채색 방법을 구사했다고 밝혀지고 있는데, 현대의 파스텔화 그릴 때처럼 같은 방법이 아닌가 여긴다더라구. 그래서 쇼베 벽화를 보고 전문가들은 '선사시대의 레오나르드 다빈치' 작품이라며 경탄해마지 않는다고 하더라구."

나는 그녀의 달변에 주눅이 들어버렸다.

"동물벽화라……."

나는 나무아미타불을 염송하듯 중얼거릴 뿐이었다.

"……그런데 동물들만 그렸다면 그뿐, 사냥 그림 정도로 끝났겠지. 문제는 특이한 인물상도 눈에 띈다는 점이야. 머리 장식이 희한하고 특이한 옷을 입은 인물상도 그려져 있다는 것인데, 광채가 나는 관도 썼더라구. 이는 부처님과 제자들의 성스러움을 나타내기 위해 머리 위에 표현하는 광배(光背)의 전신이라고 할 수 있다더군. 이러한 광배는 신적 존재를 나타내는 것이 아닌가

하고 학자들은 판단하고 있는데, 일종의 샤먼의 한 가지가 아닌가 판단하는 학자도 있다고 들었어."

"제가 좋은 법문을 듣는 것 같군요."

나는 진심으로 그녀를 칭찬했다.

"법문은 무슨 법문? 언젠가 스페인의 선사시대 동굴을 본 적이 있었지. 스무 마리 이상의 동물들이 천정에 그려진 그림이었는데, 일컬어 '시스티나 성당'이라고 부르더군. 엉덩이가 큰 사슴, 그리고 조랑말, 암컷의 들소들, 또 다른 무리의 동물들……. 이들은 마치 조각을 한 것처럼 생생하게 전해져 오더라구. 거기에는 암소가 발정기에 달해 울부짖고 있는데, 그 아래에는 수소가 있어서 암소가 수소를 올라타는 일종의 전희를 하고 있는 것으로 해석하더라구. 학자들은 구석기 시대 동굴미술은 사냥과 성(性)이 사람의 마음에서 연결되는 상징들이라고 한다더군. 오라버니를 따라 사냥 구경을 하다 보니 간혹 자연 동굴들과 마주치게 되더라구. 그래서 스페인을 다녀온 것도 그 때문이기도 하지만……."

눈을 떠보니 바깥세상은 온통 눈 천지였다. 밤새껏 눈이 내렸는지 하룻밤 사이에 세상이 은회색으로 변해버린 것이었다. 올겨울 들어 첫눈치고는 많은 양이었다.

날씨조차 몹시 추웠다. 게다가 매서운 바람이 휘몰아치고 있었다.

"자, 오늘은 반드시 그 산신령이란 놈을 잡아야 하니까 개세수를 하시기 바랍니다. 화장품은 일체 찍어 바르면 안 됩니다요."

매우 발달된 멧돼지의 후각을 염려했는지 타잔이 일어나자마자 단속부터 했다. 멧돼지는 후각도 발달되어 있지만 청각도 매우 뛰어나다는 것을 알 수 있었다. 아침밥을 보리호 안에서 해결한 후 이윽고 노인이 앞장을 서자 모두 군말 없이 뒤를 따랐다. 일단 산 지형을 잘 아는 노인의 경험에 더욱 기댈 수밖에 없는 것은 눈이 많이 내렸기 때문이었다.

　"자, 여길 보시오."

　자꾸만 발목이 빠지는 눈을 헤치고 산 계곡 하나를 지났을 때 이윽고 노인이 발걸음을 멈췄다. 노인이 손가락으로 가리킨 땅 위에는 멧돼지 발자국이 선명하게 찍혀 있었다.

　"바로 그놈인기여."

　노인이 무릎을 꿇고 발자국을 요리저리 살피더니 신음처럼 말했다.

　"틀림없이 그놈 발자국인가요?"

　타잔이 엽총을 추스르며 물었다.

　"그렇소. 저기 있는 소나무 껍질이 벗겨져 있는 것을 보니 송진으로 상처를 바른 흔적도 보이질 않소? 내가 멧돼지 발자국을 계속 따라가 볼 텐께 나머지 분들은 저기 샛터골 목을 지키시오. 상목, 중목, 하목 따로따로……."

　노인은 하목 아래인 헛목을 맡기로 하고, 상목은 황대장과 베레모 사내가 맡기로 했다. 중목은 나와 여강이 맡기로 했으며, 하목은 타잔이 맡기로 결정했다.

　"좌우당간 영감님이 시키는 대로 하겠수. 우리도 사냥이라면 한가락 하는 사람들이요만, 으짤 것이요? 영감님이 기왕지사 왕초가 되었응께 그저 산신령이나 잡게 해 주슈."

황대장이 노인을 쳐다보며 이죽거렸다.

"난 말이요. 당신네들이 사흘 고생할 것을 하루만 고생하게 하려고 나선 것이오. 암말 말고 샛터골로 가서 목을 잘 지키시오."

노인이 헛목을 향해 내려갔고, 나와 그녀는 중목을 향해 산을 오르기 시작했다. 그녀는 눈길을 조금도 힘들어하지 않고 잘도 올라갔다. 산을 타는 누구에게 물어봐도 힘들지 않은 사람은 없겠지만 유독 그녀는 달랐다. 그러나 나는 얼마 오르지 않아서 한 차례 미끄러지면서 하마터면 바위에 머리를 찧을 뻔했다. 차라리 눈 위에 오래토록 누워 있으면 싶을 만큼 사지의 맥이 빠져버린 느낌이었다. 게다가 무슨 바람이 그렇게 거세게 부는지 가만히 있으면 뼈까지 얼어버릴 것 같았다.

"전 이만 내려가겠습니다."

저만치 떨어져 올라가고 있는 그녀에게 볼멘 목소리로 말했다. 정말이지 내 꼬락서니가 무엇인가 싶었다. 정작 해야 할 일은 미뤄둔 채 몰이꾼 노릇이나 하고 있는 내 모습이 한심스러웠다. 더구나 이 추운 겨울에 고생을 바가지로 하고 있다니…….

"기껏 이틀째인데 그만 내려가겠다구?"

무슨 사내가 이까짓 눈길 하나 헤쳐가지 못할꼬, 그녀의 눈은 그렇게 말하고 있었다.

"직접 사냥을 하는 것도 아니고 그냥 따라나선 길 아닌가요?"

"이 대자연 속에 자신을 한 번 던져보는 것도 수행이 아닐까?"

그녀는 구름 한 점 없는 하늘을 치어다보며 말했다. 온 천지를 내리비추는 햇빛은 너무나 강렬해서 가슴속을 엑스레이처럼 투

과할 것 같았다.

"화실을 제공해 주겠다고 권유하더니 이 고생시키려고 그랬습니까?"

"아니지. 그림을 그리는 고통에 비하면 아무것도 아니지. 무엇을 어떻게 그릴 것인가, 진정 내가 그린 작품이 작품다운가? 이런 고통에 비하면 고생이 아니라는 것이지. 눈 쌓인 산을 타면서, 이런저런 바람씨를 온몸으로 느끼면서, 일상을 훌훌 털고 또 다른 세계에 나를 던져보며 거기에서 또 다른 나를 발견할 수 있는 것……."

"그래서 그동안 사냥꾼을 따라다니면서 바보부처를 떠올리셨나요? 아니, 계를 받지도 않았으면서 머리를 깎으셨나요?"

나는 여전히 불만 섞인 말투였다.

"참, 내 머리를 누가 깎아준 줄 알아?"

갑자기 자신의 머리를 쓰다듬으며 묻는 바람에 나도 모르게 내 머리에 손이 올라갔다.

"정말 한 줄기 바람처럼 떠돌아다니다가 달마산 미황사를 가게 되었어. 병풍처럼 기암괴석으로 둘러싸여진 아름다운 절이더군. 당장 머리 깎고 입산수도를 하고 싶을 만큼……."

나는 허리를 굽혀 눈을 한주먹 집어 들고 어적어적 씹어 먹었다. 갑자기 갈증이 해결되는 기분이었다.

"그런데 그 미황사에서 한 스님을 만나게 되었어."

"그래서요?"

"실은 그 스님은 과거에 알았던 사람이었어. 10년 전쯤 문학소녀였던 나는 어느 날 눈에 확 띄는 편지를 받게 되었는데, 타다

남은 종이에 사연을 쓴 편지였어. 그래서 여러 차례 편지를 주고
받았지. 나중엔 전화도 서로 하게 되었는데 1년 뒤 서울역 앞에
서 만나기로 약속을 하게 되었어. 어떻게 생겼을까, 굉장히 궁금
했는데 막상 만났을 때 그 남자는 이미 만취가 된 상태더군. 나를
발견한 그는 곧장 서울역 앞 광장을 빠져나오더니 차량들이 질주
하는 대로를 향해 뚜벅뚜벅 걸어가는 것이었어. 기대를 하고 나
갔는데 몸을 가눌 수 없을 만큼 많은 술을 마시고 저 모양일까,
기가 막히더군. 지나가던 차마다 비상라이트를 켜는가 하면 경적
을 울리는데도 아랑곳하지 않고 대로 한복판에서 가부좌를 틀고
앉아버리더군."

　그녀는 지금도 그때 일이 어처구니가 없었는지 한숨을 한차례
내쉬며 말을 이었다.

　"그 사람은 당장 경찰관의 손에 의해 파출소로 끌려가게 되었
는데 그냥 되돌아갈 수가 없어 따라갔지. 경찰관에게 통사정을
하자 마음씨 좋은 경찰관은 일장 훈시를 하고 나서 풀어주더군.
그래서 그 남자를 간신히 모텔로 끌다시피 해서 간 다음 숙박비
를 계산하고 나오려는데 불길한 예감이 스치는 것이었어. 다시
모텔 안으로 들어가 방문을 열려니까 문이 굳게 잠겨져 있더라
구. 문을 두드려도 아무 응답이 없길래 주인아주머니와 함께 들
어가 보았지. 분명 아무렇게나 쓰러져 자고 있어야 할 그 남자가
방에 없더라구. 무심코 욕실문을 열어보니까 세상에……. 동맥
을 끊었는지 피가 낭자한 욕조에 알몸으로 누워 있는 것이었어.
응급차에 실려 병원으로 옮긴 후 가까스로 목숨을 구했는데, 다
음날 그 남자는 눈물을 흘리며 자신의 성장과정을 고백하더군.

'나는 계모 밑에서 모진 학대를 받으며 자랐소. 계모는 아예 죽어 없어지기를 바랐으니까.' 그는 추연한 기색으로 옛일을 떠올리면서 굶고 맞고 욕설을 들으며 어린 시절을 보냈던 일을 하나하나 말했는데, 나조차 눈물이 나오더군."

나는 그녀의 말을 잠자코 들었다.

"그런데 몇 해 전 어느 날, 아버지와 계모를 함께 꽁꽁 묶은 다음 집에 불을 질러버렸는데 살려달라고 악을 쓰는데도 그 길로 도망쳐버렸다더군. 다행히 마을 사람들에 의해 구출되었지만 그 남자는 이내 잡혀서 철창신세를 져야만 했어. 그렇게 전과자가 되어버린 그는 나를 만나는 날 자살을 꿈꾸었던 거였어. 결국 내가 살려준 꼴이 되어버렸지만……."

그녀는 멀거니 빈 하늘을 한 차례 치어다보더니 말을 이었다.

"그런데 세상은 그렇게 좁은가 모르겠더군. 미황사 대웅전에서 부처님께 인사를 하고 마악 나오려는데 어디서 본 듯한 얼굴의 스님이 절 마당에 서 있질 않겠어? 바로 그 남자가 승려가 된 신분으로 날 바라보고 있더군. 그런데 나를 본 그 남자, 아니 그 스님은 다짜고짜 머리를 깎아야 한다며 가위로 내 머리카락을 싹둑싹둑 잘라버리는 거였어. 그래야 내 몸속의 끼가 잠재워진다나. 나중에는 눈썹까지 면도로 밀어버리고 나서 한다는 말이 아예 젖가슴조차 머리털처럼 밀어버리면 좋겠다고 말하더군."

"그래서 머리를 깎게 되었군요."

"그렇다고 봐야겠지. 그런데 머리를 깎고 나니까 막상 중이 되지 못했으면서도 이상하게 내가 뭐라도 된 양 달뜬 기분이 들더군. 마치 잿빛 승복을 걸쳐 입은 것처럼 신분이 확 달라져버린 느낌이라고나 할까. 그래서 파계라는 것을 한 번 해보자, 이렇게 마음을 먹고 스님에게 말했지. '스님, 달마산 좀 구경시켜 주세요.' 했더니 순순히 응해 주더군. 달마산 정상으로 오르니까 갑자기 내 몸이 불덩이처럼 서서히 뜨거워지기 시작했어. 바다를 건너 불어오는 바람도 내 몸을 식히지 못했지. 나는 무작정 옷을 한 올 한 올 벗기 시작했는데, 멀거니 지켜보던 스님이 전광석화처럼 나를 찍어누르더군."

"허, 허헛!"

나는 신음 대신 헛웃음이 나왔다.

"그런데 막상 일을 끝내고났을 때 스님은 내 어처구니 없는 행동에 고개를 절레절레 흔들더군. 설마 내가 그런 행동을 보일 줄은 꿈에도 생각하지 못했던 거지. 그러면서 그 순간 대원사(大原寺)에서 있었던 일이 떠오르더군."

"대원사에서도 어떤 스님을 파계시키고 말았나요? 결국 마구니가 따로 없군요. 바로 여강 씨 같은 분이 마구니이지 누굴 마구니라고 부를 수 있을까요?"

내가 따지듯 말했지만 그녀는 그저 웃기만 했다. 그리고 대원사에서 있었던 일을 남의 일처럼 말했다.

"……대원사 얘기마저 들어 봐. 그때 나는 까만 머플러를 목에 매고 대원사를 찾았는데, 누가 보면 영락없이 사랑하는 애인이라도 잃어버린 차림새였어. 위아래 모두 까만 옷이었으니까. 대원사에 들어섰을 때 점심참이 넘어간 시간이었지. 몹시 배가 고픈 나는 공양간을 기웃거리다가 동자출가를 한 스님을 만나게 되었어. '스님, 배가 고픈데 공양 좀 얻어먹을 수 있을까요?' 나는 간절한 목소리로 말했는데, 그 동자스님은 두말없이 밥을 얻어다 주더군. 게눈 감추듯 한 그릇을 비우고 나서 우리는 자연스레 얘기를 나누게 되었지. 불교란 한 마디로 무엇이냐? 참선이란 또 무엇이냐? 이런 질문을 던졌는데 동자스님은 나름대로 척척 대답을 해주더군. 우리는 친숙한 사이라도 되는 것처럼 경내를 빠져나와 호젓한 산길을 걷게 되었어. 얼마쯤 걷자니 묵정밭 하나가 나타났을 때 동자스님이 잠시 쉬었다가 가자며 먼저 앉더군. 나 역시 그 곁에 앉았지. '부처님께서는 우리 중생들을 구하기 위해⋯⋯.' 나는 동자스님의 말을 지그시 눈을 감은 채 듣고 있었는데, 갑자기 그가 내 몸을 덮쳐오는 것이었어. 나는 동자스님이 하는 대로 가만히 있었지. 그리고 하늘을 쳐다보았어. 하늘은 그야말로 쪽빛이었는데, 한쪽에서 뭉게구름이 굼실굼실 피어오르고 있더군. 저 하늘 멀리 서방정토는 있는 것일까, 이런 생각을 하고 있을 때 동자스님의 가슴이 새처럼 팔딱팔딱 뛰는 것을 알수 있었어. 내 몸 위에 한동안 가만히 엎드려 있던 동자스님이 벌떡 일어나더군. 나는 그 스님이 무안할까봐 두 팔을 벌려서 살포시 껴안아 주었지. 그 순간, 그 동자스님의 두 눈에서는 눈물이 뚝뚝 떨어지기 시작하더니 아예 엉엉 울어버리더군. '날 이해해줄 수 있죠?' 그 말에 나는 더욱 힘을 주어 껴안으며 말했지. '그럼요. 저는요 스님의 마음을 이해할 수 있어요.' 하필이면 그때 그 동자스님이 떠올랐는지 모르겠더라구."

그녀의 목소리가 차츰 가라앉고 있었다. 그러나 나는 얼굴이 후끈후끈 달아오르는 바람에 행여 들킬까 봐 두 손으로 얼굴을 감쌌다.

"그러고 보니 그대는 정말 마구니군요. 승려가 된다는 것은 어쨌든 부모 형제를 버리고, 친구와 일가친척을 버리고 도를 구하기 위해서인데, 그런 구도자를 농락하고 파계시켜도 좋다는 겁니까?"

그녀는 내 말을 듣기만 할 뿐 고개를 들어서 빈 하늘을 쳐다보고 있었다. 하늘은 낮게 가라앉아 있었다. 금방이라도 눈을 퍼부을 기세였다.

"우리가 부처를 그리는 목적이 뭡니까? 그대가 그리는 바보부처건, 내가 그리는 탱화이건 왜 그리는 겁니까? 그 그림을 보고 부처님 말씀을 전하고자 하는 게 아닙니까? 그런데 왜 그 같은 행동을 하는 겁니까? 과거야 어쨌든 이제는 이미 불가에 몸담고 있는 청정한 비구승을 함부로 파계시켜도 되는 거냐구요? 아니면 어린 동자승을 놀리기나 하구 말입니다."

나는 핏대를 올려가며 불덩이를 쏟아내듯 말했지만 그녀는 여전히 빈 하늘만 쳐다보더니 한 마디 던졌다.

"암튼 나는 스님이 된 그 남자를 미황사에서 만난 뒤로 이 절 저 절 돌아다니며 방황을 시작했다고나 할까."

"그랬었군요."

나는 어느 틈에 한 암자에서 겪었던 일을 떠올리고 있었다.

— 그 절에는 김보살이란 여자가 요사채 한쪽 방에서 지내고 있었다. 여느 절에나 흔히 있는 공양주보살은 아니었기 때문에 하는 일이 전혀 없이 그저 금붕어처럼 지내는 여자였다. 요양을 하기 위해 절에서 지낸다고는 하지만 전혀 병색은 엿보이지 않았

다. 오히려 화장기 없는 맑은 피부에 건강미가 넘쳐흘렀다. 마흔을 갓 넘긴 나이라고 곧이들을 수 없을 만큼 그녀는 젊어보였다.

그녀가 종일 정적만이 감도는 절 생활을 하면서도 산신 기도 하나는 아주 열심이었다. 아침 공양을 마치기가 무섭게 산신각에 올라가 산신탱화를 향해 수없이 절을 올리는 것이었다.

"산왕대신(山王大神)!"
"산왕대신(山王大神)!"

김보살의 목소리는 그녀의 피부처럼 맑고 투명했다. 그런데 이마를 마룻바닥에 짓찧으며 오체투지(五體投地)로 절을 해대는 몸짓이 여간 요란스러웠다. 볼기 살을 통째로 드러내는 꽉 끼인 꽃무늬 반바지 때문에 맷방석만 한 엉덩이가 번쩍 치켜 올라갔다가 어느 틈에 내려오곤 해서 숫제 쿵덕쿵덕 움직이는 디딜방아였다.

그런데 일주일 남짓 지났을까. 산천초목은 물론 법당의 부처님까지 주무시는 오밤중이면 물을 끼얹는 소리가 방문 가까이에서 들려왔다. 용왕각에서 흘러나오는 물이 요사채 앞을 졸졸 흐르고 있었는데, 허드렛물을 쓰기에 용이할 만큼 조그만 웅덩이에서 들려오는 소리였다. 나는 창호지문을 침으로 뚫은 다음 눈알을 들이댔다.

물을 끼얹는 주인공은 김보살이었다. 초저녁에 손발이며 양치질까지 마치고 방으로 들어간 김보살이 다시 밖으로 나와서 몸을 씻고 있었다. 옷을 모조리 벗고 씻기에는 요사채와 너무 가까운 거리였다. 나는 숨을 죽이고 지켜보았다. 아, 그런데 그녀는 쪼그리고 앉더니 치마를 허리께까지 말아 올린 다음 가만가만 사타구니께로 손이 내려가는 게 아닌가. 달빛에 비춰지는 그녀의 둥근 엉덩이가 하늘 높이 떠오른 보름달 그것이었다. 여자의 엉덩이가 그토록 아름답다고 생각한 것은 그때가 처음이었다.

그녀는 오밤중이면 반드시 밖으로 나와서 아랫도리에 물을 끼얹었고 나는 밤마다 훔쳐보았다. 이상하게도 잠이 들 무렵이면 그녀의 엉덩이가 눈앞에 어른거리는 것이어서 도무지 눈을 붙일 수가 없었다. 기어이 눈으로 확인하고 나서야 비로소 깊은 잠에 빠질 수가 있었다.

그런데 어느 토요일 오후, 그녀가 한 사내를 만나는 것을 목도하고 말았다. 등산복 차림의 한 사내가 절 입구에서 서성대는 모습을 볼 수 있었는데, 어느 틈에 그녀가 나타나 함께 옛 절터로 향하는 산길을 올라가는 것이었다. 그 뒤로 등산복 사내는 매주 토요일이면 나타났고, 그녀는 함께 사라졌다가 해가 설핏해지면 도둑고양이처럼 절로 들어왔다.

그날도 나는 잠시 작업을 마치고 오솔길을 걸어가고 있었다. 천년을 살았다는 천년수(千年樹)가 우람하게 자리잡고 있는 그 아래를 걸어가고 있을 때였다. 아래쪽 돌무더기가 있는 곳에서 남녀가 도란거리는 말소리가 들려왔다. 많이 듣던 목소리여서 가만히 쪼그리고 앉아 귀를 곧추세웠다.

"당신 먹으라고 사온 쇠고기야."

"밤낮 풀만 먹고 사니까 고기 생각이 더 나던걸요."

등산복 사내와 김보살이 마주 앉아 야외용 가스레인지로 고기를 굽고 있었다.

"참, 주지 스님께 고급 승복은 선물했겠지?"

"그럼요. 다음엔 무슨 선물을 해야 할까요?"

"알았어. 내가 또 준비를 할 테니까 걱정말라구. 절에서 계속 잘 지내려면 주지 스님께 잘 보여야 한다구."

등산복 사내가 고기를 굽다 말고 김보살의 엉덩이를 두어 번 툭툭 쳤다.

"본처랑 이혼은 언제 할 거예요?"

"조금만 기다려."

등산복 사내가 젓가락으로 익은 고기 한 점을 김보살 입에 갖다 댔다. 하지만 이상하게도 김보살의 목소리에는 하얗게 독버섯이 돋아 있었다.

"하루 이틀도 아니고 절간에 숨어 지낸다는 것이 숨통 막힌다구요."

"나도 이혼하기 전에 들통날까 봐 여간 조심하고 지낸다구."

"그래도 그렇지. 벌써 이태가 넘었잖아요."

"미안해."

"너무 지루해서 그래요. 이젠 지쳤다구요."

"그래도 들키지 않고 지내기에는 절이 최고잖아."

실로 기막힌 관계였다. 아니, 그보다도 귀신이 곡하게 아슬아슬한 관계를 유지하고 있었다. 분명 남자는 등산복에 배낭을 메고 아내에게 등산을 간다며 집을 나섰을 터였다. 건강을 챙기기 위해 등산을 간다는 남편을 무슨 재주로 만류할 것인가. 그리고 산속으로 들어간 남편의 뒤를 무슨 재주로 뒤쫓을 것이며, 절에 숨어 지내는 여자 또한 무슨 재주로 알아낼 것인가. 고시공부한다는 젊은이들이 깊은 암자로 들어와 지내는 경우는 보았어도 여자를 절에 숨겨놓고 밀회를 즐기는 모습은 처음이었다.

"내 자리도 없이 이렇게는 살 수 없다구요."

김보살이 사뭇 고기를 씹으면서도 눈을 흘겼다.

"이제 도장 찍는 일만 남았다니까 그러네."

"말은 필요 없어요."

"알았어. 어서 고기나 먹어."

그런데 김보살의 고기 욕심은 컸다. 등산복 사내가 구어내기가 바쁘게 냉큼냉큼 먹어치웠다.

"자, 소주도 한 잔 하면서…… 소화제로다가……."

사내가 이번엔 소주를 가득 부은 잔을 건네자 그녀가 단번에 들이켰다. 배가 불러오는지 젓가락질이 뜸해지자 등산복 사내가 웃옷을 벗어젖히더니 그녀 곁에 바짝 다가갔다.

사내의 손은 어느 틈에 그녀의 젖가슴을 움켜쥐고 있었다.

"누가 보면 어쩔려구."

"깊은 산중에서 보긴 누가 본다고 그래."

"이러지 마. 내가 벗을게."

불쑥불쑥 솟은 섶돌이 많아서였을까. 김보살이 치마를 훌쩍 허리께로 넘긴 후 붉은 팬티를 휴지조각처럼 벗어 던졌다. 순간 섶돌 위에 붉은 한 점의 꽃이 피었고, 김보살이 기마자세로 엎드리자 바로 오밤중마다 훔쳐보았던 그 보름달 같기도 하고 그 옛날 시골 지붕 위에 올려 진 박 같기도 한 그녀의 엉덩이가 하늘을 향해 솟구쳤다. 그 엉덩이는 아침나절 산신각에서 꽃무늬 반바지를 입고 쿵덕쿵덕 방아를 찧듯 절을 해대는 그 뒷모습과 똑 같았다.

사내는 그 엉덩이를 향해 달려들었고, 이윽고 엎드렸던 김보살이 고개를 획 돌렸다. 사내가 냉큼 이제 막 터져 나오는 여자의 비명소리를 입으로 틀어막았다.

두 사람은 마구 함께 달려가고 있었다. 김보살의 젖가슴을 두 손으로 움켜쥐고 달려가는 등산복 사내와 그의 혀끝을 깨물며 달려가는 그녀의 가쁜 숨소리가 시나브로 높아지고 있었다. 나는 더 이상 볼 수가 없어 눈을 질끈 감아버렸다. 다음날, 그녀는 언제 그런 일이 있었냐는 듯 산신각을 오르내렸고, 목탁소리에 공양을 했으며, 해질녘이면 가까운 산길을 돌아오는 것으로 산책을 하는 것이었다.

갑자기 노인으로부터 다급한 무전이 날아왔다.

"여기는 혓목이다. 상목 나와라, 오바."

"말씀하세요, 오바."

타잔이 응답하고 있었다.

"돼지의 발자국이 발견되었다. 아마도 상목으로 갈 것 같다, 오바."

"알았습니다, 오바."

타잔이 렝민타 5연발총에 장전을 하며 바짝 긴장을 하는 눈치였다. 그 모습을 지켜보자니 이제 그 산신령이란 놈이 기어이 나타나기는 나타나는 모양이었다. 무전이 다시 날아왔다.

"하목에서 상목으로 뛰어가고 있다. 반드시 명중시키라."

그 녀석이 어서 나타나기를 기다리고 있는데 다시 노인의 목소리가 들려왔다.

"돼지가 산을 넘어간다. 빨리 쫓아야 혀!"

"어떻게 하면 좋겠습니까?"

"이동해서 샛터골로 가라. 그리고 거기서 목을 잡아사 써!"

허겁지겁 샛터골로 달려가자니 무릎까지 빠지는 눈 때문에 한 걸음 한 걸음이 힘들었다. 거센 댑바람이 불 때마다 눈보라가 일어나 시야를 가리면서 더욱 오한을 느끼게 만들었다.

노인이 지정한 목은 한 시간 넘게 걸렸고, 배가 몹시 고파왔다.

"돼지가 다시 방향을 틀어버렸어. 시방 멧돼지가 상목으로 올라가고 있다! 아니, 산을 넘어가고 있다!"

노인의 말대로 거대한 멧돼지 한 마리가 산등성을 힘차게 넘어가고 있었다. 온 산이 눈으로 뒤덮여 있고, 이따금 눈보라가 일어나는 야산에서 오직 힘차게 움직이는 물체는 멧돼지뿐이었다.

노인의 지시대로 산등성을 힘겹게 넘어갔다. 간신히 산등성을 넘어서자 다시 배가 몹시 고파왔다. 꼬르륵 소리가 연신 들려오기까지 했다. 다시 무전이 날아왔다. 멧돼지가 산등성에서 어디론가 사라진 것 같은데 옆으로 샜다는 거였다.

타잔이 앞장서서 다시 노인이 지정해준 목을 향해 뛰어가기 시작했다. 한 발 한 발 걷기도 힘든 판이어서 제풀에 쓰러질 지경이었다. 그러나 우리가 따라오든 말든 아랑곳없이 뛰어가는 그의 뒷모습을 보며 '과연 별명처럼 타잔은 타잔이구나' 하고 절로 감탄이 흘러나왔다.

"젊었을 때 영암 월출산 구름다리를 하루에 일곱 번 오르락내리락 했던 사람이지."

한 번 올라갔다 내려오는 것도 힘든 판에 일곱 번씩이나……

"그런데 그냥 왔다갔다 했던 게 아니고 어깨에 쇠파이프 등 자재를 매고 다녔던 사람이었다구. 그러니 사람이 아니지."

여강은 자신의 오라버니더러 사람이 아닐 만큼 강인한 체력의 소유자이니 눈밭에서, 그것도 산등성을 동물처럼 빨리 달리지 않겠느냐는 말이었다.

결국 타잔은 앞장서서 달려가듯 가는 반면에 나와 그녀는 걸음이 자꾸만 뒤처질 수밖에 없었다.

그런데 노인의 고함소리가 들려왔다.

"돼지가 낭떠러지로 떨어졌다!"

노인이 절벽 쪽을 손가락으로 가리켰는데, 아니나다를까 사람이 뛰어내린다 해도 즉사할 수밖에 없을 만큼 깊은 절벽이었다. 멧돼지는 급히 피한다는 게 절벽으로 몸을 던진 모양이었다. 충격을 이겨내지 못한 멧돼지는 전혀 꿈쩍도 않고 있었다.

"내려가서 반드시 잡아사 써."

황대장이 먼저 산등성을 타고 멧돼지를 향해 내려가기 시작했다. 이제 이틀간의 대장정이 끝나는가 싶었는데 멧돼지가 가까스로 몸을 일으키는가 싶더니 몇 발짝 걸어 나갔다. 한 차례 픽 쓰러지더니 이내 일어난 멧돼지는 이번엔 하목으로 뛰기 시작했다.

다 잡아놓은 멧돼지가 피를 흘리며 뛰기 시작했으므로 뒤쫓기가 쉬웠다. 뛰어내릴 때 다친 몸에서 피가 흐르는 모양인지 선홍빛 핏자국을 눈 위에 선명히 뿌리며 필사적으로 도망을 치고 있었다.

이번엔 노인과 타잔이 서로 교신을 하며 산등성 너머까지 추격을 했다. 오다가 중목쯤에 그 녀석의 핏자국이 발견되어 나와 그녀는 중목에서 있기로 했다.

얼마간의 시간이 흘렀을까, 타아앙! 하는 총소리가 들려왔다. 그러자 눈앞으로 시커먼 물체가 잽싸게 스쳐지나가는 것이었는데 바로 그놈은 산등성 너머에서 다시 중목으로, 중목에서 하목으로 도망을 치고 있었다. 이번엔 하목에서 총소리가 들려왔고, 잡았다는 교신이 날아들었다.

"총 한 방에 쓰러질 멧돼지는 없지. 그래서 조심스레 가까이 다가갔더니만 코를 실룩거리고 있더라구. 마지막 한 방으로 날려 버렸지만서두."

황대장이 붉게 상기된 표정으로 우리들을 바라보며 의기양양하게 말했다. 녀석은 이제 완전히 절명해서 차라리 편안한 휴식을 취하는 것처럼 보였다. 송곳니가 날카롭게 밖으로 기어 나온 녀석은 산신령답게 잘 생긴 얼굴이었지만 벼랑에서 뛰어내릴 때 크게 다쳐서 앞다리가 퉁퉁 부어 있었고, 발바닥도 터져서 피가 흐르고 있었다. 며칠 동안 제대로 먹질 못하고 도망만 다닌 탓에 까칠한 모습이었다. 그리고 빨래판처럼 생긴 녀석의 입천정도 바짝 말라 있었다.

"멧돼지가 이렇게 강하니 집돼지와는 완전히 다르다고 봐야 될 것이여."

황대장은 거듭 감동하는 눈치였지만 그 큰 덩치를 어떻게 끌고 가느냐가 문제였다. 게다가 협곡에서 빠져나가는 일이 더 큰 문제였다. 모두들 난감해 하고 있을 때 노인이 나섰다.

"무작정 무거운 돼지를 끌고 갈 것이 아니라 먼저 파복(坡腹)을 해야 하는 기여. 잡기가 무섭게 배를 가르는 것은 깨끗한 괴기를 먹자는 것이지. 돼지의 체온이 그대로 남아 있을 때 운반을 하게 되믄 고기가 썩는 벱이여."

그러자 황대장이 볼멘소리로 따졌다.

"영감님. 시방까지 수십 번 멧돼지 사냥을 했습니다마는 고기가 썩어서 못 먹은 때는 없었소."

노인은 황대장의 말에 대꾸도 하지 않은 채 타잔에게 어서 칼질을 하라고 눈치를 보냈다. 타잔이 옆구리에 찬 칼을 꺼내 멧돼지의 배를 갈랐다. 내장이 나타나면서 따뜻한 김이 모락모락 피어오르는 것을 본 노인이 말했다.

"내장을 모두 꺼내 사냥개들에게 나눠줘사 써. 긔기 맛을 봐사 사냥하는 재미를 톡톡히 느낄 것이 아니것남."

"맞습니다, 영감님. 나중 멧돼지를 발견했을 때 입맛이 그대로 살아있어 더욱 치열하게 멧돼지를 공격하겠지요."

베레모 사내가 내장을 사냥개들에게 나눠주며 노인의 말에 맞장구를 쳤다.

"지금은 절기가 초겨울인게 돼지를 찬물에 넣어 하룻밤 재운 다음 갖고 내려가믄 좋을 기여. 그리고 내장을 빼낸 뱃속에는 솔잎을 채워사 써. 솔잎에는 긔기를 썩지 않게 하는 성분이 있기 때문이제."

타잔이 솔가지를 툭툭 부러뜨려 한 아름 가지고 오더니 멧돼지의 뱃속에 꾸역꾸역 집어넣었다.

"밤에 눈이라도 오면 어떻할거요? 고기가 땡땡 얼어붙어버릴 것인데……."

황대장이 거듭 불만을 털어놓는데도 노인은 그저 무사태평이었다.

"눈이 오고 안 오고는 하늘만이 아는 사실 아닌감. 눈이 오면 오는 대로, 눈이 안 오면 안 오는 대로 사는 것 아니것소."

노인이 계곡의 얼음을 깨더니 그 속에 멧돼지를 집어넣었다. 묵묵히 일 처리를 끝낸 노인이 문득 나를 쳐다보며 말했다.

"젊은 양반! 안 그려?"

나는 뜬금없는 노인의 질문에 당황했다.

"뭘 말입니까?"

그러나 노인은 씨익, 한차례 웃고 나더니,

"암것도 아녀. 그렇다는 게지."

하고 노인은 이제 제대로 사냥을 마무리 지었다는 듯이 흡족한 미소를 지어보였다.

"참말로 캠핑카 한 번 좋긴 좋구마."

산신령이란 놈을 잡은 것까지는 기분이 찢어질 만큼 좋았지만, 그래도 눈길을 헤치고 마을까지 내려가려면 노루 꼬리만큼 작은 겨울 해도 금방 저물고 말 것이었다. 그러나 산 하나를 내려오자마자 보리호에 금방 도착한 사냥꾼 일행은 모두 피로에 젖은 하루 일과를 마감할 수 있었다.

"자, 이제 슬슬 시작해 보드라고."

아침이 되자 황대장이 먼저 사냥복을 단단히 챙겨 입으며 말했다. 어제, 잠자리에 들기 전 베레모 사내가 멧돼지가 몇 마리 더 있을 것 같다는 말에 하루 더 사냥을 해보기로 의견이 모아졌는데, 어슴새벽인데도 황대장이 일행을 깨웠다. 본디 멧돼지는 야행성 동물이기 때문에 사냥을 하려면 새벽녘이 좋다는 것이었다. 그리고 최근 멧돼지 피해는 이만저만이 아니라는 사실이었다. 호랑이, 곰이 사라진 남한의 생태계에는 천적이 없다는 것이었다. 암컷멧돼지 한 마리가 한 해에 8마리씩 낳는데다, 설령 다 살아남지 못하고 질병, 추위, 사고 등을 겪으면서 1.5 마리 살아남는다 해도 3년만 지나면 수태를 할 수 있다는 것이었다. 그러니 자연 멧돼지의 번식률이 높을 수밖에 없다는 얘기와 그 피해는 사람이 고스란히 받게 된다는 것이었다.

"오늘 너희들 모두 실력 발휘를 해야 쓴다!"

타잔이 다섯 마리 사냥개의 목덜미를 일일이 쓰다듬어주며 말했다. 그들도 어제 멧돼지의 내장을 게걸스럽게 먹어치운 경험이 있는 탓인지 움직임이 예사롭지 않아 보였다. 사냥개들이 코를 킁킁대더니 삽시간에 부챗살처럼 퍼지면서 순식간에 사라졌다. 사냥개들이 어느 틈에 산중턱을 올라가는 모습이 얼핏 보였다. 며칠째 눈을 퍼부어 내리던 하늘은 말짱 개어 있었다. 그러나 산은 온통 눈 천지였다.

"저 개들은 늑대가 조상이라더군. 멀고 먼 옛날 늑대 한 마리가 사냥꾼을 따라다니기 시작했는데, 사냥꾼이 남긴 고기를 먹기 위해서였지. 마치 악어새처럼 말이지. 그러다가 오랜 시간이 지나서 늑대는 사냥꾼과 함께 사슴이며 멧돼지를 잡았는데 그것이 늑대에서 개로 변신했다는 과정이었다더군."

"개에 대해 잘 알고 있군요."

"사우디아라비아 사막에서 9000년 전 인간이 목줄에 묶인 개를 데리고 사냥에 나선 모습을 그린 암각화(岩刻畵)를 발견한데서 알게 되었다더라구. 그런데 재밌는 것은 화살을 쏘는 사냥꾼의 허리에 개의 목줄이 묶여 있다는 것이었어. 활을 쏘기 위해서는 두 손을 써야 했기 때문인데, 어쨌든 사냥꾼과 개와의 유대감을 나타내는 암각화라는 주장도 있었다고 들었어.”

선두 개가 바람 부는 쪽을 향해 코를 킁킁대는 모습이 보였다. 그러더니 산 너머에 멧돼지 떼가 있다는 것인지 갑자기 컹컹 짖어대자 뿔뿔이 흩어져 있던 개들이 순식간에 선두 개 주위로 몰려들었다.

빠른 걸음으로 다가가자 과연 여섯 마리나 되는 멧돼지들이 양지바른 곳에서 이리 뛰고 저리 뛰며 혼란에 빠져 있었다. 개들이 가까이 다가가자 대장 멧돼지가 대열에서 빠져나왔다. 그리고는 온 힘을 다해 짖어대는 것이었다.

“우콰콰콰!”

“우콰콰콰!”

영리한 수컷 대장멧돼지였다. 몸집도 대열에서 가장 큰 녀석은 개들을 유인하기 위해 그렇게 짖어대고 있었다. 그런데도 사냥개들은 그 대장멧돼지에게 전혀 관심조차 주지 않고 있었다. 대신, 가장 뒤쪽에서 대장멧돼지를 향해 걸어가고 있는 암컷멧돼지를 포위한 후 주위를 어지럽게 돌기 시작했다. 사냥개들이 금방이라도 물 듯 말 듯하며 빙글빙글 돌자 암컷멧돼지는 넋이 빠진 듯 어쩔 줄을 몰랐다.

그도 그럴 것이 시간이 갈수록 사냥개들의 회전 속도는 더욱 빨라지고 있었다. 먼발치에서 지켜보는 사람조차 머리가 어지러울 지경이었다. 이미 암컷멧돼지는 대항할 자세를 잃었는데도 사냥개들은 한참 동안 그렇게 주위만 돌고 또 돌았다.

“멧돼지의 날카로운 견치(堅緻)에 떠받치면 남아나는 것이 없다니까. 개도 그 무서운 견치에 떠받치면 뱃가죽이 여지없이 갈라지면서 내장을 와르르 쏟으며 죽고 말아요."

타잔이 멧돼지에게 시선을 고정시킨 채 내게 설명했다. 그런데 대장멧돼지가 큰 바위를 몇 바퀴 빙빙 도는가 싶더니 이쪽을 노려보았다. 순간, 머리끝이 곤두서면서 식은땀이 주르륵 흘렀다. 대장멧돼지는 한참 동안 그렇게 노려보더니 아름드리 단풍나무를 이빨로 텅텅 찍어댔다. 자신의 그 힘센 이빨로 위협을 가하는 대장멧돼지는 도끼로 나무를 찍어대는 것처럼 단풍나무 밑동이 너덜거렸다.

"천남성(天南星)이라도 먹었는지 힘이 여간 아니네."

타잔이 그 모습을 보고 중얼거렸다. 그런데 천남성이라니? 언젠간 산속에서 더덕을 캐다가 천남성을 발견하고 옥수수처럼 생긴 열매가 너무 탐스러워 한 알을 입에 넣고 씹은 적이 있었다. 그랬더니 그대로 구역질이 나오면서 혀가 굳어지고 침을 질질 흘렸는데 타잔의 말대로 양파처럼 생긴 천남성의 뿌리라도 먹었는지 대장멧돼지는 힘이 솟구치는 모양이었다.

그러나 싸움은 그리 오래 가지 않았다. 암컷멧돼지 역시 사냥개와 마찬가지로 회전을 하는 것 같았으나 뒷다리가 잠깐 꼬이면서 비틀거리자 가장 맹렬히 공격하던 선두 개가 여지없이 뒷다리 하나를 물고 늘어졌다. 그러자 다른 사냥개들도 뒤따라 귀며 어깻죽지를 나누어 물기 시작했다. 한바탕 멧돼지의 몸부림이 처절할 정도로 지속되었다. 꿱꿱 소리치며 날뛰었지만 사냥개들은 물고 있는 주둥이를 열지 않았다.

멧돼지는 차츰 기운이 빠지는 것 같았다. 땅바닥에 누워서 버둥거리는 멧돼지는 아예 기력을 잃은 상태였다.

타잔이 재빠르게 멧돼지 곁으로 달려가더니 밧줄로 앞다리와 뒷다리를 꽁꽁 묶어버렸다. 그리고는 거꾸로 매달아 놓고 대동맥을 따는 것이었다. 그러자 붉은 피가 거침없이 비닐봉지 속으로 흘러내렸다. 타잔을 비롯한 사냥꾼들이 그 피를 벌컥벌컥 들이마시면서 입가에 묻은 피를 손수건으로 닦았다. 그 모습을 지켜보던 여강이 내 곁으로 다가와 나직하게 물었다.

"멧돼지는 눈 내리는 계절이 오면 먹이를 구하기가 힘들어지니까 비축해놓은 영양분으로 버틴다는군. 그러나 10kg 정도는 빠지는 경우가 많은데 잔뜩 굶주림과 추위에 못 견디면 동족 살상도 있다고 그러더라구."

"멧돼지에 대해서도 잘 아시군요."

"오라버니가 사냥꾼이니까. 멧돼지는 사방이 탁 트인 양지바른 곳에서 웅크리고 있거나 휴식을 취하곤 하는데 왜 그러는 줄 알아?"

"그야 적으로부터 방어하기 위해서 스스로 전망이 좋은 곳을 택하겠죠."

"생긴 것은 거칠고 우악스럽게 생겼어도 영악한 동물이지. 녀석은 눈이 오면 무작정 산을 타지 않고 계곡을 타고 오르내리거든. 사냥개들의 추적을 피하기 위해 아예 발자국도 안 남긴단 것인데 죽을 때에도 사람이 찾지 못하는 덤불 속이나 물구덩이에서 죽는다더군."

"명당 좋아하는 사람들은 멧돼지 뒤를 쫓아다니면 되겠어요. 애써 찾을 것도 없이……."

내 자신이 실없는 농담을 했다는 듯 혼자 웃었다. 그러자 그녀의 얼굴이 심각해지면서 갑자기 말을 많이 했다.

"그런데 본디 명당은 없다지 아마? 사람이 평소 덕을 쌓으면 시궁창에 묻어도 명당이 되고, 그렇지 않는 사람은 명당에 묻어도 시궁창에 묻는 것과 같다는 말……. 하지만 불교에서는 명당 같은 게 전혀 필요가 없지. 잡아함경(雜阿含經)에서는 이렇게 말하고 있잖은가. 수명과 체온과 의식은 육신이 사라져버릴 때 사라진다. 그 육신은 흙무더기 속에 버려져 목석(木石)처럼 마음이 없다. ……수명과 체온이 사라지고 기관이 모두 파괴되어 육신과 생명이 분리되는 것을 죽음이라고 한다지. 한마디로 지수화풍(地水火風)의 4대로 돌아간다고 믿는 게 불교가 아니냐구."

그때 타잔이 끼어들었다.

"어려운 얘길랑 관두고 내가 살아온 얘기 조금 해사쓰것구마. 내가 열두 살에 집을 나온 뒤로 지금껏 홀로 지내왔는데 참말로 고생을 많이 하고 살았구마. 장터거리에서 빙빙 돌아다니니까 우두머리형이 구두닦이를 시키더라구. 구두통이 나보다 더 커서 질질 끌고 다녔는데, 그래도 행복하더라구. 쬐끄만한 것이 모로 터져서 그렇게 살았는데, 추위에 벌벌 떨며 잠을 자다가 어느 날 납골당으로 들어가서 잠을 자기 시작했어."

타잔이 눈을 지그시 감으며 그때 그 일을 떠올리는 모양이었다.

"타잔 형님! 아니, 무섭지도 않습디여?"

베레모 사내가 물었다.

"요즘 같이 돌로 지은 것이 아니라 그때는 붉은 벽돌로 지은 큰방 크기의 납골당이었어. 그런데 그곳이 무서울 것 같아도 오히려 누구한테 들킬 염려가 없으니까 좋더라구. 그러다가 손지갑이며 수첩을 팔기 시작했어. 차가 정류장에 도착하면 번개같이 올라가서 그것을 팔았는데, 구두 닦는 것보다 훨씬 쉽고 돈벌이도 되더라구. 무엇보다도 배부르게 먹고 지내니까 살 것 같더라니까."

나는 그의 말을 조용히 듣고 있었다. 아픈 과거를 얘기하는데도 그의 목소리는 조금도 어둡지 않았다. 오히려 신바람이 나 있었다.

"……그렇게 몇 년 흐르고 나니까 제법 뼈가 굵어졌지. 그래서 늘 꿈꾸었던 목장엘 들어가게 되었어. 흑염소목장이었는데, 200여 마리쯤 되었을까. 그런데 내가 어찌나 흑염소를 잘 키웠던지 주인은 몹시 좋아하면서 아예 목장을 맡겨놓고 산에서 내려가버렸어. 그때부터 나는 내 세상을 만난 것 같았지. 하루 종일 흑염소 떼를 풀어놓고 이 산 저 산 개와 함께 펄펄 날아다니며 쏘다녔으니까."

"그렇게 좋던가요?"

내가 물었다.

"그럼요. 지금 생각해 봐도 그 시절이 가장 행복했다고 생각하요. 특히 멧토끼며 노루를 잡아 날것으로 먹는 재미는 아마도 나밖에 모를 것이요."

그가 말문을 갑자기 멈추더니 먼 데 하늘을 쳐다보았다. 이윽고 긴 한숨을 토해내더니 다시 입을 열었다.

"그런데 어느 날, 목장 주인이 다 죽어가는 아가씨를 데리고 왔어. 주인의 처조카가 되는 아가씨였는데, 이미 병색이 짙은 폐병환자였어. 날더러 그 아가씨를 살려내라는 것이었는데 새파란 나이에 뼈와 가죽만 남은 그 아가씨는 이미 사는 것을 포기해버린 것 같았어. 그래도 병에 걸리지 않았을 때에는 꽤 미인이었다는 것을 알 수 있었는데, 흰 피부며 이목구비를 똑바로 갖춘 여자였으니까. 다음날부터 나는 개구리며 뱀을 잡아다가 먹이기 시작했어. 유독 그 농장 주변에는 뱀들이 많았는데, 보이는 족족 잡아다가 여러 마리를 한꺼번에 푹 삶은 뒤에 먹였지. 처음에는 펄쩍 뛰며 먹지 못하겠다고 앙탈을 부리던 그녀가 한 번 먹어 봐, 두 번 먹어 봐, 나중에는 주는 대로 먹드라니까. 그리하여 3개월 쯤 지나자 얼굴에 화색이 돌고 건강이 찾아오는가 싶더니만 살림을 거덜낼 만큼 이 병원 저 병원을 쫓아다니던 그녀가 거짓말처럼 좋아지기 시작한 것이었어. 그러자 그녀는 더욱 악착스럽게 개구리와 뱀을 먹었는데, 이럴 수가! 정확히 6개월 동안 그렇게 먹고 난 그녀가 병원을 찾아갔더니 원장 선생님이 그냥 돌아가시오, 하더라는 거였어."

타잔이 말을 멈추고 두어 번 껄껄껄 웃어졌다. 옛 추억을 떠올리자 새삼스레 그때 일이 재밌었다는 것인가.

"자. 이제 슬슬 철수를 하더라고."

타잔이 담배 한 대를 맛있게 피워 물면서 말했다. 짧은 겨울 해는 벌써 서산으로 기울고 있었고, 그래서 그런지 찬 기운이 골짜기에서부터 엄습해 왔다.

그런데 산길을 따라 몇 발짝 내려갔을 때였다. 앞장서서 걸어가던 타잔이 우뚝 걸음을 멈췄다.

"이런 몹쓸 사람들 같으니라구……."

타잔이 혀를 차며 손가락으로 이미 죽은 지 오래된 멧돼지였다. 250킬로 좋이 되는 멧돼지는 철제 와이퍼로 만든 올무에 걸려 옴짝달싹하지 못한 채 숨져 있었다. 죽기 전 멧돼지는 살아나려고 얼마나 몸부림을 쳤는지 땅바닥이 몹시 파헤쳐져 있었고, 뒷다리의 발목은 허옇게 뼈가 드러난 채 부러져 있었다.

하지만 몸은 부패되고 있었고, 냄새 또한 고약스럽게 풍기는 터라 그대로 놔둘 수밖에 없었다. 밀렵꾼이 설치해놓은 올무에 다리를 다친 적이 있었던 나는 머리끝이 송연해 왔다.

"야생동물들이 밀렵꾼들에 의해 많이 죽어가고 있다는 것인데, 백두대간을 비롯해서 우리나라 모든 야산에 올무가 설치되어 있다고 봐야 될 것이오."

타잔이 내 말에 고개를 끄덕이며 못 볼 것을 봤다는 듯 슬쩍 고개를 돌리더니 화난 목소리로 말했다.

그의 말에 의하면 밀렵 수법은 날로 발전한다는 것이었다. 야생동물이 주로 다니는 산길을 차를 몰고 느릿느릿 다니다가 막상 나타나면 재빨리 속도를 높여서 앞 범퍼에 부딪치게 하는 차치기가 있는데, 그것은 야생동물이 대낮처럼 밝게 헤드라이트를 비추기 때문에 눈이 부셔 움직이지 못할 때 그대로 밀어버리는 수법이었다. 겨울잠을 자는 야생동물의 굴을 찾아 포획하는 굴 파기. 특히 오소리는 굴 주변에 있는 낙엽을 긁어모아 굴속으로 가지고 들어가기 때문에 쉽게 굴 파기를 한다는 것이었다. 비교적 큰 바위가 있고 난이 많은 굴에 오소리가 있다는 것을 아는 밀렵꾼들이 포복하듯이 들어가면 입구에 똥굴을 발견하게 되는데, 결국 오소리가 한 굴에 모조리 모여 있다는 것을 알게 된다는 것이었다. 들 굴과 날 굴이 있다던 오소리도 굴에 연기를 피우면 나오기 마련이어서 나오는 족족 몽둥이로 때려잡는다는 것이었다.

"오소리는 뱀 호랑이제. 그놈은 어찌나 뱀을 좋아하던지 산자락에 뱀 그물에 걸린 뱀을 아예 그물까지 함께 어적어적 먹드랑께."

그러나 오소리를 정력제라 여기고 과용하다가 죽음을 맞이한 사람도 있었다는 말을 들은 적이 있었다. 선모충에 감염되기 십상인데, 전혀 방비는 않은 채 먹기만 했던 모양이었다.

감자탄은 밀랍 안에 폭약을 넣은 것인데 야생동물이 먹었다 하면 입안에서 자동으로 터지는 것이었다. 개사냥은 자동차 전조등이나 서치라이트를 비춰서 야생동물이 어쩔 줄을 모르고 있을 때 사냥개를 풀어 잡는 방법이라는 것이었다. 벼락치기라는 것도 있는데, 그것은 미끼를 절벽 밑에 놓아두고 야생동물이 건들었다 하면 절벽 위에서 벼락처럼 바위가 떨어져 현장 즉사케 하는 방법이라는 것이었다.

"나도 한때는 야생동물을 잡으러 다닌 적이 있었제."

어쩐지 그 방면에 지식이 꽤 있다 싶더니 결국 타잔 스스로 범법자임을 자백하고 있었다. 농작물 피해를 곧잘 주는 멧돼지 사냥 정도는 오히려 권장할 일이라는 점은 인정하고 싶었다. 그런데 야생동물을…… 그 착하고 선한 눈망울의 야생동물을 죽이다니…….

"생명을 무참히 죽인 대가는 반드시 오는 법이여. 그것을 인과응보라고 그러지요?"

"전생(前生)에서의 일로 인해 현재의 행복과 불행이 있고, 현세에서의 일로 내세의 행복과 불행이 있다는 말입니다."

내가 인과응보에 대해 설명하자 타잔이 고개를 끄덕거리며 말했다.

"요즘에는 당대에 오는 갑이요. 암튼 그것을 경험한 뒤로는 정신이 번쩍 나서 아예 손을 떼뿌럿소."

"아니, 야생동물을 얼마나 잡았길래……."

"많이 잡았소. 오소리, 너구리, 노루, 독수리……. 사향노루와 저어새까지도 잡았으니까요."

"사향노루와 저어새는 멸종 위기라던데……."

"그래서 죗값을 받고 말았다니까요."

처음에는 저온 저장고를 갖춰놓고 밀렵한 동물들을 팔았다고 했다. 그러나 동물단체의 단속이 강화되자 아예 사냥터에서 밀거래를 했다는 것이었다. 노루나 고라니를 잡았을 때 현장에서 그 피를 마시게 했다. 피가 응고되는 것을 막기 위해 술이나 드링크제를 피에 섞어 마시게 하는 방법이었다. 고기와 가축을 원하지 않을 경우, 별도로 건강원 등으로 납품을 했다.

야생동물은 살아 있어야만 돈이 되기 때문에 갖은 방법을 동원해 일단 생포하는 것이 원칙이었다. 지금은 손을 뗀 상태여서 정확히 알 수 없지만, 5년 전만 해도 죽은 오소리나 독수리가 100만 원, 노루 80만 원, 고라니는 50만 원 정도였고, 산양인 경우에는 500만 원이 되었다는 것이었다. 저어새는 1000만 원, 사향노루는 3000만 원 선에서 가격이 결정되었다는 것이었다. 만일 야생동물이 살아 있을 경우에는 두 배의 가격으로 껑충 뛰기 때문에 밀렵꾼들은 눈에 불을 켜고 생포하려고 안간힘을 쓴다는 것이었다.

그 역시 야생동물을 생포하려고 별의별 연구를 다했다고 했다. 그중 하나가 올무를 특수 제작하는 일이었다. 철사에 플라스틱을 입히면 야생동물이 상처를 입지 않았고, 쓸개를 비롯해서 내장까지 약용으로 팔수가 있었다.

그러나 그도 밀렵 감시단원들에게 쫓기는 고비도 수없이 많았다고 했다. 감시단원들은 4륜구동 지프승용차를 몰고 다니며 순찰과 잠복을 거듭한다는 거였고, 차량용 무전기, 핸디무전기, 랜턴, 사이렌, 방탄복, 디지털 카메라, 디지털 캠코더, 노트북 등을 차량에 탑재하고서 끝까지 추적하는 집요함이 있었다는 것이었다.

그는 단속을 피하기 위해 야생동물을 차량에 싣지 않고 발견하기 어려운 야산에 숨겨두고 다녔다고 했다. 현물이 발견되면 그것은 곧 빠져나갈 수 없는 증거가 되었고, 지프형 차량은 무조건 용의차량이 되는데 차량 바퀴에 흙이 묻어 있거나 뒤 범퍼에 흠집이 많아도 감시의 대상이 되었다는 것이었다.

"그런데 죗값을 받았다는 말을 무슨 말입니까?"

내가 물었다.

그러자 타잔이 한참 동안 입을 열지 않고 있다가 하늘을 향해 시선을 던지며 한숨처럼 말했다.

"큰아들이 교통사고로 죽었지요."

어느 틈에 타잔의 눈가에는 눈물이 맺혔다.

"제가 괜한 말을 물어보았습니다. 죄송합니다."

"그래서 지금은 개과천선해서 살고 있는 것이 아니겠소."

그가 내 등을 탁 치며 웃어보였다.

제4장

눈 속에 숨은 산

오전 내내 허탕만 친 멧돼지 사냥은 오후 들어서도 별 소득이 없었는데 엎친 데 덮친 격으로 눈이 내리기 시작했고, 금세 사방은 분간할 수 없을 만큼 눈 천지가 되었다. 소나기눈이었다.

"여기는 지휘본부! 모두 하산하라!"

여강은 무전기에 대고 몇 번이나 물어보고 있었으나 대답은 한결 같았다. 무조건 하산하라는 거였다. 무작정 내려가면 된다는 생각에 빠른 걸음으로 걸어보았지만 산 아래까지 내려간다는 것은 이미 불가능한 일이었다.

"도저히 내려갈 수가 없어."

그녀가 고개를 절레절레 흔들며 절망에 찬 목소리로 말했다. 그녀 역시 눈사람이 되어 지척에 서 있는데도 사람인지 나무인지 분간하기 힘들 정도였다. 삽시간에 공포가 밀려오는지 그녀가 내 곁으로 다가와 야무지게 팔짱을 꼈다. 설령 눈사태가 일어나도 함께 있어야만 안심이 되겠다는 태도였다.

"근방에 동굴이나 눈을 피할 만한 곳을 찾아봐야겠어."

다시 한 번 내 어깻죽지를 힘차게 움켜쥔 그녀가 낮게 부르짖었지만 나는 내 자신이 한심스러워 한숨이 절로 나왔다. 대체 이 무슨 꼴이란 말인가. 주문 받은 탱화 넉 점은 그리지 않고 사냥꾼 일행과 함께 여자 뒤만 졸졸 따라다니는 한심한 꼴이라니. 붓다처럼 설산수행을 하겠다는 것도 아니어서 시방 불벌을 받고 있는 것은 아닌가 싶어 등골이 오싹해 왔다.

그녀가 내 속을 아는지 모르는지 앞장서서 발걸음을 내딛었다. 그러나 한 치 앞도 보이지 않아서 천지분간을 못하는 상황인데 어디에 몸 하나 숨길 곳을 찾는단 말인가. 그렇다고 가만히 서 있을 수도 없는 노릇이어서 앞을 향해 무조건 전진할 수밖에 없었다.

"저기 절벽이 보이는군. 우선 눈부터 피하자구."

그녀는 희끄무레하게 보이는 절벽을 가리키며 말했지만, 어디 절벽 아래라고 해서 눈을 피할 수 있을 것인가. 그렇다고 달리 방도가 있는 것도 아니어서 그쪽을 향해 걸음을 옮겼다.

그때 무전기가 요란스럽게 신호음을 냈다. 저편에서 타잔의 다급한 목소리가 흘러나왔다.

"지금 어떻게 된 거야?"

"도저히 소나기눈 때문에 내려갈 수가 없어요!"

"그래도 내려와야지."

"전혀 앞이 보이지 않아요!"

"그럼 우선 바위틈으로 몸을 피해!"

그녀는 무전기를 끄고 나서 절벽을 향해 걸어 나갔고, 나 역시 그녀의 뒤를 바짝 따랐다. 과연 절벽 아래는 눈발을 피할 수 있었는데 이번엔 추위와 피로가 엄습해 왔다. 하지만 쪼그리고 앉아서 하염없이 내리는 눈을 바라보고만 있을 뿐이었다.

문득, 중학생이 되던 그해 겨울, 어머니가 들려주던 얘기가 떠올랐다.

……아마도 네가 네 살이던 겨울 어느 날이었등갑다. 너를 업고 네 아부지 내복이며 옷가지를 싸들고 네 아부지가 계시는 절을 찾아갔드니라. 그때도 네 아부지는 절에서 불사를 하고 계셨는디, 찾아간 날 으찌나 눈이 많이 내리든지……. 내 평생 그렇게 눈이 펑펑 내리던 때는 첨 봤드니라. 그래, 그 많은 눈을 맞으며 터벌터벌 절을 찾아가니께 네 아부지는 절 아래 어느 시골집 하나를 빌려서 단청을 하는 여러 사람들과 함께 지내고 있드구나. 해는 일찌감치 떨어져버렸고 어디 잠잘 데가 있어야지. 하는 수 없이 다른 집을 찾아나섰는디 빈방이 있는 집을 구하긴 했으나 밤이 이슥해진데다가 사뭇 눈이 내리고 있어서 군불을 지필 수가 없었드니라. 아니, 평소 사용하지 않던 방이라 불을 땔 수가 없었던 게지. 그란디 마음씨 좋은 시골집 주인이 화롯불 하나를 만들어 주더구나. 그 냉돌방에서 너를 가슴에 꼬옥 품은 채 네 아부지랑 화롯불을 사이에 두고 꼬박 날을 세웠드니라. 너는 새근새근 잠에 빠져 있고, 믄 할말이 그리도 많았는지 도란도란 얘기를 나누었드니라. 네 아부지는 말도 못하고 듣지도 못하니께 내가 손짓 발짓으로 말하고 네 아부지는 고개만 끄떡거렸지. 그러다가 네 아부지가 믤 말할 것 같으면 손짓 발짓으로 말했지야. 네 아부지랑 함께 살면서 그때처럼 행복했던 때가 없었던 것 같다.

살아오면서 겨울에 눈만 내리면 그날 밤이 새록새록 떠오르곤 한단다.

잠깐 꿈을 꾸듯이 어머니의 말을 떠올리고 있을 때, 절벽의 이곳저곳을 살펴보던 여강이 짧게 비명을 질렀다.

"어머? 돌구멍이 있었네!"

그녀의 말대로 집채만 한 바위들이 풍화작용으로 인해 겹치면서 빈 공간을 만들어놓고 있었다. 돌구멍은 정말 아늑했다. 우선 눈발이 침범하지 않아서 살 것 같은 기분이었다.

돌구멍은 의외로 넓었다. 입구와 후미가 뻥 뚫려있긴 해도 몸을 숨기기에 넉넉했다. 나는 다시 밖으로 나가서 썩은 고사목 몇 개를 들고 왔다. 그리고 바위틈에 수북이 쌓인 나뭇잎과 함께 모닥불을 피우기 시작했다. 매캐한 연기를 피우면서 모닥불이 타오르자 온몸이 풀리는 느낌이었다.

그런데 뱃속에서 꼬르륵 소리가 나면서 허기가 몰려왔다. 하룻밤 정도 견디는 것은 그리 어려운 일이 아닐 텐데도 워낙 체력을 소모시킨 탓이었다.

"라면을 끓여먹으면 좀 나을 거야."

그녀가 배낭에서 조그만 양재기와 컵라면을 꺼냈다. 눈을 녹여 물을 만든 후 가스버너로 펄펄 끓였다. 라면가락이 풀어진 컵라면을 단숨에 해치우자 그제야 시장기가 조금 가셨다.

"여기 술도 있어."

그녀는 배낭 속에서 고량주를 꺼내들고 내게 권했다. 두 잔을 목구멍에 털어 넣자 뱃속이 짜르르 해왔다. 돌구멍 밖에서는 이따금 눈보라로 인해 설해목(雪害木)이 넘어지는 소리가 둔탁하게 들려오고 있었다.

"또 다른 동굴이 있어!"

모닥불을 계속해서 지피기 위해 나뭇가지를 뚝뚝 부러뜨리고 있는 나를 쪼그리고 앉아 물끄러미 바라보던 그녀가 갑자기 소리쳤다. 그녀는 무거운 돌멩이를 들어내더니 바짝 엎드려 눈알을 들이대고 있었다.

"뭐가 있다고 그러세요?"

"진짜 동굴이 있다니까. 사람이 살았던 흔적도 있어!"

그녀는 내게 가까이 와보라는 손짓을 하며 동굴 속으로 허리까지 집어넣고 있었다. 땅 아래로 들어가는 동굴은 입구가 겨우 한 사람만이 드나들 수 있는 크기였다. 그녀를 따라 조심스레 안으로 들어가자 좁은 방 하나 크기의 동굴이 자리잡고 있었다. 열자에 아홉 자 크기의 작은 동굴이었지만 오랫동안 사람이 거처한 흔적이 여기저기 엿보였다.

"누가 이곳에서 도를 닦은 것 같아."

동굴 가장자리에 반들반들하게 닳아진 돌바닥이 보였고 귀퉁이에 그저도 촛농이 녹아내려 덕지덕지 엉겨 있었다. 게다가 귓구멍처럼 좁은 바위틈에서 실낱처럼 가느다란 물줄기가 흘러나오고 있어 몇 날 며칠 머무를 수도 있는 동굴이었다.

"사생결단하고 도를 깨우치기 위해 면벽수행을 한 동굴이었군."

그녀는 아직 남아 있는 촛농에 불을 켜며 말했다.

"산은 산이요, 물은 물이다(山是山兮 水是山兮)란 법어로 유명한 성철 스님도 좁은 동굴에서 수년간 참선을 했다지 않습니까?"

"달마는 소림굴(少林窟)에서 9년 동안 묵묵히 벽만 대하고 참선을 했었지. 우리 같은 범부는 흉내조차 내지 못하겠지만, 이렇듯 동굴을 보노라면 삶과 죽음이 함께 공존해 있는 기분이 들더라구."

그녀는 등을 벽에 기댄 채 눈을 지그시 감고 다시 중얼거렸다.

"여기에서 서방정토(西方淨土)까지 그 거리가 얼마나 될까? 서쪽으로 10만 억 국토를 지나야만 있다는데……. 너무 멀지 않을까?"

갑자기 또 무슨 말을 하려고 뜸을 들이는 것인가.

"멀기야 멀겠죠. 그러나 마음 하나 움직이면 단숨에 갈 수 있는 곳 아닌가요? 아미타불이 계신다는 극락과 지장보살이 계신다는 지옥은 곧 마음속에 있을 테니까요."

다시 설해목이 넘어지는 소리가 들려왔다. 눈은 밤새껏 내릴 모양이었다.

"들소나 순록을 잡아먹으며 빙하기를 견뎌낸 크로마뇽인이 된 기분이로군."

그녀는 남아 있는 고량주를 털어내듯 잔을 채우더니 단숨에 들이마셨다.

"그들은 저체온증을 예방하기 위해 가죽옷과 신발을 신었을 테죠. 그리고 시방 우리처럼 사냥을 위해 이동하다가 갑작스런 위험이 닥치면 안전한 장소를 택해 몸을 피했을 것이구요."

"지금도 남극에서는 일 년 내내 영하의 날씨에도 사냥을 하며 지내는 에스키모인이 있다지."

"우리가 꼭 에스키모인처럼 이렇게 살아야 하는지 의문스럽군요. 이 고생을 하면서 말입니다."

그러나 그녀는 더 이상 아무 말도 하지 않았다. 피곤한 탓인지 어느 틈에 깊은 잠에 빠져들고 있었지만 나는 웬일인지 온몸이 녹작지근하면서도 눈이 감겨지지 않았다. 그리고 몇 년 전 겨울에 만났던 한 선사의 얼굴이 조용히 떠오르는 것이었다.

전북의 한 사찰에서 한 달간 일주문 단청 일을 하다가 근방에 선묵화를 잘 한다는 선사가 계신다는 말을 듣고 무작정 찾아갔다. 산속 깊은 곳에서 그림을 그린다느니 선묵화를 한다느니 하는 선사치고 그리 호감을 가져본 적이 없었던 터라 별로 기대감은 없었다. 언젠가도 법당보다 더 웅장하고 큰 화실까지 지어놓고 그림을 그린다는 젊은 스님을 찾아간 적이 있었는데 그림 흉내나 내는 수준에 실망만 하고 돌아선 일도 있었던 것이다.

"젊은이가 그림을 그리신다고?"

"네. 그래서 가르침을……."

나는 무릎을 꿇은 채 공손히 말했다. 상대방의 실력을 두 눈으로 똑똑히 보지 않는 이상 겸손은 당연한 것이었다.

그런데 갑자기 선사가 찻잔을 내려놓고 벌떡 일어나 삼배를 하는 게 아닌가. 갑작스런 선사의 태도에 황망한 나머지 얼른 맞절을 했다. 이윽고 선사의 입에서 정중한 말이 떨어졌다.

"……그림 한 점 부탁합니다."

선사의 글씨솜씨를 보려던 내 의도는 완전히 빗나갔고 오히려 먼저 붓을 들어야 할 판이었다. 도저히 거절할 수 없는 천금의 무게였다. 선사는 내 대답도 들을 필요가 없다는 듯이 정성을 다해

먹을 갈기 시작했다. 걷어 올린 소맷자락에서 서늘한 기운이 뿜어졌다. 열 번, 스무 번, 서른 번……

그때 해월 노화사의 음성이 들려왔다.

"벼루는 조강지처와도 같은 물건이니라. 그런 벼루에 먹을 갈 때에는 열일곱 살 처녀가 삼 년 병치레를 하다가 이윽고 일어나 미음을 끓이듯 정성을 다하고 조심, 또 조심해서 갈아야 하느니라."

해월 노화사의 말처럼 한 점 흐트러짐이 없이 먹을 갈고 난 선사가 붓을 내 앞으로 밀어놓고 나를 빤히 쳐다보았다.

이제 선사의 요청대로 붓놀림을 해야 할 판이었다. 그런데 이상하게도 등에서 식은땀이 주르르 흘러내렸다. 막상 붓을 들고 화선지 앞으로 다가갔지만 한 점 내리찍지도 못한 채 손끝을 가늘게 떨고 있었다.

이상한 일이었다. 참으로 이상한 일이었다. 대흥사에서 팔상도를 그리기 직전에는 처음으로 선화전을 연 적도 있었던 나였다. 한국방송공사 광주방송총국 갤러리에서 열린 선화전에서 동자승들의 천진한 모습을 담아낸 선화 100여 점을 선보였던 것이다. 화가는 필력도 중요하지만 부처님의 묘의를 담아낼 마음이 필요하기 때문에 선취 가득한 선화를 돌올히 보였던 선화전이었다. 촛불을 켜놓고 기도를 하다가 잠들어버린 〈염원〉, 호랑이 등에 앉아 호랑이를 희롱하는 〈몹시 아팠어〉, 수줍음을 잔뜩 갖고 있는 소녀 앞에서 마냥 웃음을 띠며 소변을 보는 〈그냥 그대로〉 등 출세간의 세계에서 살아가는 동자승들의 모습과 사계절의 풍경 속에 담겨진 동자승들의 모습들을 그린 전시회였던 것이다. 종교를 초월한 동자승들의 세계는 그 어떤 틀이나 구속이 없는 자유 분방한 천진의 세계였고, 천진은 곧 진리에 가장 가까운 곳에 있는 것이기도 했다.

그런 내가 이제 제대로 임자를 만나고 말았는가. 나는 붓을 놓고 고개를 깊숙이 조아렸다. 눈앞은 아무것도 보이지 않았고, 귀에서는 승냥이의 울음소리가 가득 찼다. 그때였다. 선사가 죽비를 들더니,

"탁!"

"탁!"

"탁!"

하고 세 번 치고 나서 잠시 눈을 감고 상념에 빠졌다. 다시 눈을 뜬 선사가 내게 합장을 하고나서 붓을 들었다. 화선지 위로 한 점 붓끝을 내리찍었다. 붓끝은 가늘면서도 굵고 굵으면서도 가는 선을 만들어가고 있었다. 그러다가 돌연 붓끝이 갈기갈기 찢어지면서 달마의 얼굴이 최종적으로 그려졌다. 검은 두 눈을 찍어서 완성된 달마 그림에 선사는 손바닥으로 낙관을 꾹 찍었다.

선사는 다시 큰 붓을 바꿔 쥐더니 이번엔 일필휘지로 '山'자 형식의 선화를 그리기 시작했다. 서너 차례의 붓질로 그려지는 선화는 붓끝의 강약과 명암으로 높은 산과 협곡, 그리고 폭포수가 쿵쿵쿵 쏟아지는 느낌을 주고 있었다. 선사는 다 그리고 나서 허리를 꼿꼿하게 세웠지만 나는 부끄러워 얼굴을 제대로 들 수 없었다. 단숨에 그려내는 선사의 필력 앞에 절로 몸이 움츠러드는 것이었다.

선사는 빙그레 웃고 나더니 이번엔 학들이 춤을 추는 선무(禪

舞) 한 점을 그려보였다. '단박에 깨닫는 돈오돈수'의 선 수행법처럼 학들의 날갯짓에는 창공을 향해 자유롭게 날아가는 힘찬 비상(飛上)이 있었다.

"탱화가 예배의 대상이라면 선미술의 주제는 자유이지. 대자유를 추구하는 것이 선미술이지만 그렇다고 선적의미(禪的意味)가 없으면 안 돼."

선사는 말을 이었다.

"모든 불상들이 32상 80종호 상호를 잘 구비하고 있다해도 진불(眞佛)이라 할 수 없는 법. 그대가 부처의 모습을 그린다면 선에서는 부처의 마음을 그린다고나 할까. 선에서는 마음에 직입(直入)함을 종지로 하기 때문에 교외별전(敎外別傳)의 교외(敎外)라는 것이 되지. 그러므로 형체 있는 부처를 숭배하는 것이 아니라 무심(無心)이 마음의 진불임을 깨닫는 것을 견성이라고 하지. 견성성불(見性成佛)이 곧 그와 같은 것이니……."

나는 선사의 말이 제대로 들어오지 않았다. 대신 두 귀가 몹시 잉잉거리면서 또다시 등짝에 식은땀이 흘렀다. 선사의 솜씨에 기가 질려버린 탓이었다.

"선묵화란 수행의 한 방법이야. 그러므로 무심의 삼매에서 그려야만 되는데, 선(禪)을 알아야만 하지. 참선수행을 많이 해서 마음이 맑아야 맑은 기운의 선묵화를 그릴 수 있는 법. 그래서 그 그림을 보면 보는 사람에게 맑은 기운을 전이할 수 있지 않겠나. 내가 그림을 그리게 된 것은 나를 없애는 수행의 한 방법이야. 그래서 일반 그림은 관념의 세계이기 때문에 상(像)을 아름답게 하지만, 선묵화는 상을 통과해서 상이 없는 세계로 가는 것이지. 기교에서 무기교로, 유심에서 무심으로 가야 해.”

선사는 미소를 얼굴 가득 떠올리며 말했다. 그리고는 백장선사
(百丈禪師)가 설하신 「선문요결」의 불게(佛偈)를 청랑한 목소리로
읊조리는 것이었다.

신령스런 광채 훤하게 빛이나니
일체의 번뇌에서 벗어났도다.
본체의 참모습 이제 드러났으니
문자와 말씀에 구애됨이 없도다.
원래 마음의 본모습 물듦이 없는 것
본래부터 원만하고 밝은 것이라.
허망한 인연이랑 여의기만 한다면
그대 곧 부처와 같으리라.

동굴 안은 아늑했고 따뜻했다. 전혀 추위가 느껴지지 않았다.
나는 선사를 만났던 때를 떠올리다가 스르르 깊은 잠 속으로 빠
져들었다.

얼마쯤 잤을까. 뭔가 내 몸을 손대고 있다는 생각에 눈을 떴을
때 갑자기 내 허리띠가 풀어지고 있다는 것을 알 수 있었다. 나는
차마 아무 말도 하지 못한 채 잠자코 잠을 자는 척했는데 부드러
운 손이 내 배를 살살 문지르고 있었다.

“흡!”

그런데 나는 갑자기 도저히 참을 수가 없어 짧게 비명을 지르
고 말았다. 이미 이러지도 저러지도 못할 상태였다. 벌떡 일어나

려고 했지만 이미 그녀의 혀는 단내를 뿜어내기 시작했기 때문이었다. 나는 연이어 비명소리가 터져 나왔지만 참으려고 용을 썼다. 그녀의 혀 놀림이 요란했기 때문이었는데, 부풀대로 부풀어 오른 살창이 녹아내릴 것 같아 정신이 아득할 지경이었다.

그녀의 정성은 대단했다. 머리를 흔들어가며 격렬하게 혀 놀림을 하던 그녀는 알주머니까지 정성껏 애무를 하는 것이었고, 이제 그녀의 얼굴도 한껏 뜨겁게 달아오르고 있었다. 다음 순간, 부드러운 두 개의 젖가슴이 내 얼굴 위로 올려졌다. 그 젖가슴은 연신 내 얼굴 위에서 내 눈이며 뺨이며 코며 입술 위를 굴러다녔다. 그러다가 다시 아래로 내려가더니 이불처럼 내 남근을 껴안는 것이었다.

"흡!"

그런데 이번에는 그녀가 짧게 비명을 질렀다. 어느 틈에 그녀는 내 남근을 자신의 몸속에 찔러 넣는 순간 비명을 질렀던 것이다.

그리고 그녀는 서서히 움직이기 시작했다. 뒷발을 차며 달리는 말처럼 달리기 시작하더니 질풍노도처럼 달렸을 때에는 그녀가 흘리는 땀방울이 내 얼굴에 뚝뚝 떨어졌다.

한참 후에 그녀가 말달리기를 끝냈을 때에도 나는 가만히 누워 있었다. 그러자 그녀는 언제 그랬느냐는 듯 가볍게 코를 골며 잠 속으로 빠져들었다.

아침이 밝아왔을 때 세상을 아예 꽁꽁 눈 속으로 파묻혀버릴 기세로 거침없이 내리던 폭설은 뚝 그쳐 있었다. 그리고 이제는 그 눈을 한꺼번에 녹이기라도 하겠다는 듯 아침햇살이 눈부시게 내리비추고 있었다. 하지만 소나무가지가 눈의 무게를 이겨내지 못하고 무참히 부러져 있는 모습이 곳곳에 널려 있었다. 어떤 소나무는 중둥거리가 부러지면서 허연 속살을 내비치고 있었다.

그런데 이 무슨 낭패인가. 멧돼지 떼와 조우하다니. 세 마리의 멧돼지가 돌연 나타나더니 우리를 발견하곤 우뚝 서서 노려보고 있었다. 거기에는 흰 멧돼지도 섞여 있었다. 뱀도 백사(白蛇)가 좋고, 뱀장어나 자라도 백색을 띤 것을 영물로 친다던가. 흰 꿩도 있고, 흰 까치도 있다던데 말로만 들었던 흰 멧돼지의 출몰에 나는 신기롭기만 했다.

"아악!"

그런데 다른 멧돼지도 아닌 바로 영물이란 흰 멧돼지가 맨 앞에서 몸을 움직이기 시작했다. 바위굴로 향해 서 있는 소나무를 지나고 상수리나무를 스쳐 더 가까이 다가오자 그녀는 놀란 나머지 내 허리를 움켜쥐며 비명을 질렀다. 눈을 마주치며 약점을 보이지 않아야 했었는데, 갑자기 세 마리의 멧돼지가 나타나는 바람에 절로 몸이 움츠러들었던 모양이었다. 흰 멧돼지는 슬금슬금 몇 발짝 떼는가 싶더니 전 속력으로 달려들었다. 나는 옆에 서 있는 참나무 위로 재빠르게 그녀를 힘껏 밀어 올렸다. 흰 멧돼지는 내가 노려보는데도 육중한 몸집을 움직여 이쪽으로 달려왔다. 귀를 꼿꼿하게 세우고 긴 콧구멍을 벌름거리며 달려드는 흰 멧돼지의 위풍은 호랑이처럼 당당했다.

"빨리 올라와야 해!"

어느 틈에 안전할 만큼 높이 올라간 그녀가 소리쳤다. 나는 참나무가지 하나를 움켜쥐고 훌쩍 올라갔다. 흰 멧돼지가 참나무 밑동을 서너 차례 이빨로 텅텅 찧어댔다. 그 바람에 참나무가 폭풍이라도 만난 듯 흔들거렸다. 이러다가 멧돼지에게 물려 죽는 것은 아닐까 공포가 몰려오면서 내 두 다리는 후들거리고 있었다.

— 사내 한 사람이 황야에서 멧돼지에게 쫓긴 나머지 죽어라 도망치다가 우물을 발견하고선 곧장 그 속으로 뛰어들었다. 우물 안에는 다행히 나무 한 그루가 있어 아래로 떨어지지 않았다. 사내가 겨우 숨을 돌리고 우물 아래를 내려다보았을 때였다. 그러자 독사가 입을 떡 벌리고 사내가 떨어지기만을 기다리고 있었고, 소스라치게 놀란 사내가 나무 위를 쳐다보니까 딱따구리가 쉬지 않고 나무를 쪼아대고 있었다. 나무가 부러지면 독사의 먹이가 될 판이었는데, 이상하게도 머리 위로 꿀물이 뚝뚝 떨어지고 있는 게 아닌가. 사내는 혀를 내밀고 다디단 꿀물을 받아먹기 시작했다.

사내는 세상 사람들의 모습이고, 멧돼지는 목숨을 재촉하는 무상(無常)이며, 우물은 사바세계이고, 독사는 지옥이었다. 그리고 꿀물은 재물(財)·여색(色)·식(食)·수면(睡)·명예(名) 등의 오욕락(五慾樂)이었다.

참나무 밑동을 몇 차례 더 송곳니로 찧어대던 흰 멧돼지가 어느 틈에 무리와 함께 사라졌다. 내 위에서 가까스로 참나무를 부둥켜안고 있던 그녀의 발목에서 올라갈 때 다친 모양인지 꿀물이 아닌 핏물이 뚝뚝 떨어지고 있었다. 그런데 멧돼지가 사라지고 나서도 한참이나 지나서 지상으로 내려온 그녀가 갑자기 풍선처럼 웃음을 터뜨렸다.

"크게 다칠 뻔했으면서 왜 웃습니까?"

내가 정색을 하며 묻자 그녀는 도저히 못 참겠다는 듯 또 한 번 깔깔댔다.

"재밌잖아. 생명에 위협당하는 일을 겪어보는 것도 쉬운 경험이 아니겠지."

나는 어이가 없어 멍청하게 그녀를 쳐다보았다. 하긴 그녀의 말대로 멧돼지의 송곳니는 날카롭고 강해서 튼실한 군화도 여지없이 찢겨져 나가고 개도 옆구리를 치받으면 내장을 온통 쏟아낸다고 하질 않는가. 천만다행히도 위험을 피했기에 망정이지 다치기라도 했다면 이 깊은 산중에서 어떻게 되었을까.

"그나저나 다친 곳 좀 봅시다."

내 말에 그녀는 그제야 다리에서 피가 흐르는 것을 알고 나서 붕대를 꺼내 스스로 지혈을 시켰다.

"흰 멧돼지 구경 값을 한 셈이군요. 그런데 걸을 수 있겠어요?"

염려하는 내 말에도 아랑곳하지 않고 그녀는 오히려 앞장서서 눈밭을 헤치고 나갔다. 그러나 온통 눈밭이 되어버린 산을 내려간다는 것은 쉬운 일이 아니었다. 발이 미끄러지는 바람에 넘어지기가 일쑤였고, 아예 대굴대굴 구르기까지 했다.

"암자가 보이네요."

무작정 큰길이 나 있는 방향으로 얼마쯤 걸어 내려가고 있을 때 온통 눈을 뒤집어쓴 사찰 하나가 나타났다. 굴뚝에서 모락모락 불 때는 연기가 피어오르지만 않았어도 발견하지 못했을 것이었다. 불과 두어 시간 내려온 것 같은데도 벌써 온몸은 딱딱하게 굳어갔다. 간신히 암자로 올라가는 돌계단을 다 올라갔을 때 주지 스님이 각삽으로 눈을 치우고 있었다.

"천지가 눈밭인데 어딜 다녀오시는 겁니까?"

주지 스님이 하던 일을 멈추고 걱정하는 투로 말했다.

"멧돼지 사냥을 따라갔다가 조난을 당했습니다."

무릎까지 빠지는 눈길을 헤치며 암자를 찾아오는 우리들의 모습이 영락없이 조난자 같았을 것이었다.

그러나 주지 스님은 대뜸 꾸중부터 해대며 혀를 끌끌 차댔다.

"전국적으로 가축이 대재앙을 당하고 있는 판에 한가롭게 사냥이나 다닐 수 있습니까?"

"대충은 짐작하고 있습니다만, 그렇게 심각합니까?"

"금시초문도 아닐 터인데, 참으로 당신네들 한심한 분들이군요. 온 나라가 구제역 때문에 산 짐승을 생매장하는 살처분으로 생지옥이 따로 없는데 사냥을 다 하다니."

주지 스님은 추위에 떨면서 산을 타고 내려온 우리들의 고통은 전혀 아랑곳하지 않고 꾸중을 했다. 내가 기침을 한 차례 쿨럭쿨럭 해대자 안됐던지 방으로 안내했다.

"우선 따끈한 차를 마시세요. 몸이 좀 풀릴 것입니다."

주지 스님이 직접 차를 끓여 권했다. 몇 모금 마시자 몸속에 퍼져있는 혈관의 피가 비로소 돌기 시작하는 것 같았다.

"스님, 감사합니다."

나와 여강이 차를 다 마시기를 기다리던 주지 스님이 다시 입을 열었다.

"제가 오죽하면 남미륵사 대우 스님을 찾아가 동물 천도재를 지내고 왔겠어요. 시방 온 나라가 난리가 아니라니까요."

"천도재라뇨? 동물에게도 천도재라는 게 있습니까?"

내가 물었다.

"망자에게만 있는 게 아니지요. 구제역과 조류독감으로 살처분 된 소, 돼지, 닭, 오리 등의 넋을 위로하는 '비명액사 축생 천도재'를 지냈다니까요."

사실 날마다 신문·방송에서 하루도 거르지 않고 한 달이 넘도록 보도를 하고 있는 구제역 재앙을 모른다면 이 나라 국민이 아니라는 거였다. 그러니까 2010년 11월 28일 경북 안동시에서 그놈의 구제역이 발발되더니 그 세력은 수그러들기는커녕 순식간에 전국적으로 확산되었다는 거였다. 한 축산농가에서 시작된 구제역은 전국 6개 시·도 113곳으로 늘었고, 살처분한 가축만도 120만 마리에 육박했으며, 국고 손실액만도 1조 1,000억 원을 넘어선 사건이라는 것이었다.

"일이 이렇다보니 영국 런던에 본부를 두고 있는 국제적 동물보호단체인 '세계 영농에 대한 연민'은 인터넷 홈페이지에 한국정부의 구제역 대처방식에 대한 비난 성명을 올리기까지 했다구요. 그 단체에서는 '돼지에 대한 생매장 살처분은 세계동물 보호기구(OIL) 규범을 명백하게 어긴 잔인한 행위'이며 '구제역 확산을 막기 위해서는 예방 백신을 접종해야 하고 살처분이 불가피한 경우에는 동물의 고통을 최소화' 하라고 촉구하기에 이르렀다는 거지요."

주지 스님은 기가 막힌 일이라는 듯 한숨을 푹 내쉬었다.

"그 천문학적인 돈을 없애기 전에 백신접종을 해버리면 될 일을 왜 하지 않고 끝내는 그 많은 가축을 죽여야만 했을까요?"

나도 그 점에 대해서는 몹시 궁금한 일이었다. 그런데 주지 스님의 말은 딴판이었다.

"그거야 백신접종을 하게 되면 청정국가 지위를 잃게 될까봐 그랬겠지요. 또 구제역이란 전염성이 높은 바이러스이기 때문에 축산업을 위해서는 어쩔 수 없다는 논리를 내세운 게 아닙니까."

그러나 끝내 이명박 대통령은 백신접종을 전국 일원에서 모든 축산농가가 다 할 수 있도록 조치를 내렸다고 했다. 신묘년 새해 1월은 뉴스 시간마다 구제역에 관한 내용이 주류를 이루었으므로 나 역시 여러 번 보았다. 읍내 음식점에서 한 끼 식사를 해결하려고 했을 때 곁에 놓아진 신문이나 때마침 방영되는 TV 뉴스를 보았던 것이다.

"결국 구제역 때문에 해맞이 행사 등 굵직굵직한 신년행사가 전국적으로 취소되었는가 하면, 작년 이맘때쯤 화천 산천어 축제장이 인산인해를 이루었지만 결국 취소되는 등 구제역이 경제 재앙으로 확산되었지 않았습니까? 그래서 직간접 피해는 신종플루 수준을 넘어서고 있다는 사실이지요."

찻잔을 들고 있는 스님의 손끝이 바르르 떨었다.

"연초 농림수산식품부에 따르면 구제역과 조류인플렌자로 인해 살처분 보상금, 방역장비, 인력동원비, 백신접종비 등의 비용은 축산업이 벌어들이는 부가가치로 볼 때 2009년도 7조원의 약 15%가 구제역으로 인해 증발되었다는 사실입니다."

여전히 심각한 표정을 짓고 있던 주지 스님이 이윽고 아랫입술을 꼭 깨물었다.

"대체 구제역이란 무엇인가요?"

내 물음에 주지 스님의 눈썹이 한껏 치켜졌다.

"그야 가축의 입과 발굽에 물집이 잡히는 전염병을 말하지요. 치사율이 5-55%에 이르기 때문에 발굽이 두 개로 갈라진 동물, 즉 우제류에서 발생되는 것이지요. 그런데 내 동창생 한 사람이 축산공무원이어서 물어봤더니 구제역 살처분을 하는 공무원 10명 중 7명은 식욕부진, 불면증, 스트레스를 호소한다고 그래요. 살처분된 소가 죽어가면서 새끼를 낳았는데, 그 갓 태어난 송아지에 근육 이완제를 주사했을 때 가장 가슴이 아팠다고 하더군요. 수의사, 담당공무원, 방역관 등으로 구성되어 '몰이조' '묶음조' '투여조' '운반조'로 나뉘어 일을 진행하는데, 먼저 몰이조가 소를 사육장 밖으로 몰아내려고 했을 때 일부 소들은 나가지 않으려고 버틴답니다."

"소도 저 죽을 때를 알고 눈물을 흘린다는 말을 들어봤습니다만⋯⋯."

"당연한 말이지요. 몰이조가 몰아내어 사육장 밖으로 내몰린 소들은 더 이상 움직이지 못하도록 끈으로 머리 부분을 고정시킨 후 일렬로 세운답니다. 그런 후 수의사 2명이 죽음의 주사인 근육이완제 0.1g을 혈관에 주입하면 15초 이내에 푹 쓰러진다는 겁니다. 그런 소들을 차량으로 운반하여 매물장소로 옮겨지는데, 그때 죽은 소의 배가 가스로 인해 풍선처럼 부풀어 오른다더군요. 그때 낫으로 배를 찔러 가스를 빼내는데, 이미 죽은 소를 또 한 번 죽이는 꼴이 되어 몸서리가 쳐진답니다. 더구나 잘못 찔러 가지고 내장이 터져 나오면 속엣것이 토해질 만큼 고약한 냄새와 함께 피가 솟구치는 바람에 금방 온몸이 피투성이가 된다는 거예요. 온몸에 피칠갑을 하면서 그 작업을 한다는 것인데…… 공무를 띠고 일하는 사람이 그 지경인데 그 소를 키운 축산농가 주인의 심정은 어떻겠어요? 참혹하게 죽어가는 소를 바라보는 그 쓰라린 심정이……"

어느 틈에 주지 스님의 두 눈이 붉게 물들어 있었고, 목소리조차 축축해졌다.

"친구인 축산공무원은 그 장면을 몇 차례 겪은 뒤로 눈만 감으면 매몰작업이 떠오르면서 트라우마(Trauma)에 시달린다고 그럽디다. 잠을 자다가 헛소리를 하곤 그런가 봐요. 친구 말로는 지옥도가 따로 없었대요. 축산 농가는 폭격이라도 맞은 듯 텅 비어 있고, 마을 이곳저곳에서는 대량 살처분이 이뤄지고 있었으니…… 축산 부농을 꿈꾸던 마을은 한 달 사이에 공동묘지로 변해버렸다는 겁니다."

그때 여강이 갑자기 생각났다는 듯 주지 스님에게 물었다.

"스님. 소나 돼지한테만 구제역이 있지 흑염소한테는 없나봐요. 제 오라버니가 흑염소를 많이 키우고 있는데, 전혀 걱정을 하지 않더라구요."

"오라버니가 흑염소를 키웁니까?"

"흑염소를 천 마리 정도 키우고 있어요. 얼마나 짐승을 예뻐하고 좋아하는지 몰라요. 오라버니 말로는 인간은 변하지만 짐승은 한결같다고 그러더군요. 배만 부르면 주인밖에 모른대요. 죽으면서도 주인을 사모하는 눈빛이 간절하다는 게 짐승인데, 바로 그 짐승과 함께 살아보아야 짐승을 알 수 있다는 거예요. 그러니까 짐승이란 인간을 위해 존재하는 것이라면서 눈이 무릎까지 차올랐어도 새끼 낳아서 데리고 오는 게 흑염소라는 겁니다. 그러니 짐승이야말로 얼마나 좋은 것이냐는 거지요. 자연초를 먹이기 위해 방목하면 살이 되고 젖이 되면서 새끼까지 낳아주니 말이지요."

"그런데 이번 구제역 발생은 흑염소한테는 없었습니다. 1월 초에 수만 마리의 가창오리 떼가 해남에서 나타나는 바람에 전남 영암군산림항공관리소 소속 헬기가 조류 인플루엔자 예방을 위한 항공방제 지원을 하는 등 안간힘을 썼으나 결국 양성반응을 보였답니다. 12일에는 나주와 영암 지역 오리농가 6곳이 조류 인플루엔자로 확인되자 전남지역은 모두 12곳으로 늘어나게 되었답니다. 그러자 반경 3km 이내 농가를 살처분하는 것으로 결정함에 따라 이번 매몰된 닭과 오리는 270만여 마리에 이르러 한 해 최대 재앙으로 우려하고 있답니다. 이 오리들 역시 소처럼 산채로 깊게 파놓은 구덩이에 밀어 넣고 흙을 포클레인이 덮어버렸는데, 꽥꽥거리며 죽어가는 오리 모습이 목불인견(目不忍見)이라며 사람으로서는 못할 일이라고 하더라구요."

주지 스님이 한숨을 푹 내쉬었다.

"스님 말씀 듣고 보니 보통 재앙이 아니었군요. 다행히도 오라버니 흑염소농장은 별 탈이 없었지만……."

"그래서 남미륵사 대우 스님과 함께 동물 천도재를 지내고 온 길입니다. 남미륵사 대우 스님은 음력 3월 3일 날 천도재를 지내왔고, 9월 9일에는 영산재를 지내왔습니다. 뿐만 아니라 매월 음력 3일은 기도, 18일은 지장재일(地藏齋日), 24일은 관음재일(觀音齋日)을 지켜온 스님입니다. 꽃과 음식과 과일을 넉넉하게 준비하고 재일을 잘 지키는 스님인지라 동물들을 위해 천도재를 부탁했더니 쾌히 승낙을 해서 지낼 수 있었습니다. 구제역으로 인한 짐승들의 아비규환을 차마 모른 체할 수 없어서……."

주지 스님이 혀를 두어 번 차고 나서 다시 찻잔에 차를 부었다.

"그런데 남미륵사 대우 스님과는 교분이 두터우신가 봐요."

여강이 주지 스님을 빤히 쳐다보며 물었다.

"대단한 스님이지요. 나는 대우 스님의 거대한 대작불사도 그렇지만 어려운 중생들을 위해 자비의 손길을 끊임없이 펼친다는 점입니다."

"어떻게 하시는데요?"

"어버이날이면 나이 드신 어르신들을 모셔놓고 위안잔치를 해왔지요. 뿐만 아니라 연말이면 불우이웃과 독거노인을 위해 수백가마니의 쌀과 수천 포기의 김장김치를 나눠드린다는 겁니다. 돈이 없어 제대로 학교를 다니지 못하는 학생들을 위해서는 송아지 한 마리씩을 줘서 키우게 하는 등 장학사업도 펼쳐온 스님이지요. 더군다나 장학기금으로 해마다 1천만 원씩 쾌척하는 분이지요."

내가 잠자코 스님의 말을 듣고 있다가 고개를 끄덕거리며 입을 열었다.

"그뿐만이 아니더군요. 제가 만불전 천정화를 그리기 위해 두 달 남짓 남미륵사에 일을 했는데, 나이 드신 노환자들을 많이 모시고 있더라구요. 마치 요양원이라도 되는 줄 알았습니다."

"그러고 보니 불화작가이시군요."

주지 스님의 미간이 살짝 찌푸려졌다.

"부끄럽습니다."

"불심에 마음과 몸을 가탁한 화사께서 사냥을 하다니, 불벌이 무섭지도 않는가 싶군요."

"그냥 몰이꾼으로서……."

"몰이는 사냥이 아닌가요? 성추행이란 말도 사냥개에 그 어원을 두고 있는데, 아무러나 화사의 신분으로 사냥을 다 하다니……. 전등록(傳燈錄)에 나오는 선사들 가운데도 자신의 육신을 굶주린 짐승들에게 나누어 주라는 분들도 계시고, 중국 법지(法持) 선사는 제자인 지위(智威)에게 '내가 죽거든 시체를 새와 짐승들의 먹이가 되도록 하라'고 유언한 후 입적을 하셨지요. 조선시대 일선(一禪) 스님도 제자들에게 말하기를 '내가 죽거든 산에 내다버려 짐승들이 뜯어먹게 하라'고 유언을 하셨단 말이지요. 또 중국의 혜안(惠安) 국사도 '내가 죽거든 숲속에 놓아두라'고 말씀하셨던 것은 다 자비심에서 나온 것이지요. 그런데 자비는 베풀지 못할망정 짐승을 죽이겠다고 나섰으니……. 헛!"

주지 스님은 고개를 절레절레 흔들며 나무관세음보오살, 하고 중얼거렸다.

"앞으로는 이런 일이 없도록 하겠습니다."

"제가 겪은 얘기 한 토막 하겠습니다. 어느 날 장을 보기 위해 산길을 내려가는 데 멧돼지 한 마리가 굵은 철사로 된 덫에 걸려 꼼짝 못하고 있는 것을 발견했습니다. 그래서 다시 암자로 올라가 공구를 가지고 철사를 끊어주었습니다. 멧돼지는 걸음아 날 살려라 하고 도망을 갔는데, 며칠 후 저는 산길에서 뜻밖에도 떼돼지와 맞닥뜨리게 되었습니다. 이제 죽었구나 싶어 장삼 깃을 바르게 하고 눈을 감는 순간, 그때 생명을 구해준 멧돼지가 무리를 이끌고 산 위로 뛰어가는 것이었습니다. 멧돼지 다리에 철사줄 흔적이 있는 것으로 보아 틀림없이 그 멧돼지였습니다."

나는 숙연한 마음에 잠자코 스님의 말을 경청했다.

"스님에게 꾸중을 듣고 나니까 후회가 되는 모양이군."

암자를 벗어나서 길인지 야산인지 도무지 구분이 되지 않는 산길을 더듬더듬 걸어 내려가면서 그녀가 놀리듯이 말했다.

"솔직히 스님의 말씀이 옳지 않습니까?"

나는 퉁명스럽게 말하고 나서 잠시 흙구덩이에 파묻히는 소 떼들을 떠올렸다. 세상은 그 난리를 떨고 있는데도 산속에서 부지런히 그림을 그리기는커녕 동물들을 죽이는 사냥에 동행했던 나였다고 생각하니 한숨이 절로 터져 나오는 것이었다.

"멀쩡하게 살아온 걸 보니 용감하요!"

베이스캠프인 캠핑카 보리호에 도착하자 타잔이 반갑게 손을 내밀며 말했다.

"산신령이라도 만난 게로구먼."

황대장이 흰 이빨을 드러내며 환하게 웃어보였다.

"정말입니다. 진짜 산신령이 아니었으면 꼼짝없이 얼어 죽을 뻔했습니다."

내가 간밤에 일어났던 일을 자초지종 설명하자 다들 신기한 듯 고개를 끄덕거렸다. 밤새 퍼부어 내리던 하늘은 말짱 개어 있었다. 온 땅을 눈으로 뒤덮게 했던 하늘이 이제 눈부신 햇살로 가득 찼다. 따끈한 밥으로 이른 점심을 먹고 나자 황대장이 지금까지 잡아놓은 멧돼지들을 운반하자고 재촉했다. 차량으로는 위험천

만했으므로 다들 도보로 움직이기 시작했다.

"그런데 잡아놓은 멧돼지를 어떻게 찾지? 눈이 워낙 쌓여서 어디가 어딘지 분간을 못하겠다니까."

소형 쌍안경을 호주머니에서 꺼내든 황대장이 여기저기 산 계곡을 훑어보다가 볼멘소리로 말했다.

그러나 잡아놓은 산신령이란 멧돼지를 찾는 일이 급선무였다. 눈이 쌓인 산은 어디가 어딘지 분간하기가 힘든 판이어서 멧돼지를 묻어두었던 계곡을 찾아낸다는 것이 그리 쉬운 일만은 아닌 성 싶었다. 쌍안경으로 여기저기 훑어보던 황대장이 노인의 눈치를 살피며 말했다.

"영감님께서 아무래도 앞장을 서주셔야겠습니다."

"그렇게 헙시다. 다들 나를 따라오는 기요."

노인이 신발을 고쳐 신고 걸어 나갔다. 차량을 움직이기란 엄두를 낼 상황이 아니었으므로 다들 도보로 움직이기 시작했다. 노인이 아니었더라면 산신령이란 멧돼지를 잡지도 못했을 것이고, 잡아놓고도 가져오지 못할 뻔한 일이었다.

"죽자사자 잡아놓고 그 녀석을 찾아내지 못하면 우세를 닷돈어치나 할 일이제."

이번 사냥은 순전히 노인의 경험과 기지로 성공한 것이어서 마지막까지 노인을 믿는다는 듯 타잔이 내게 밝은 목소리로 속삭였다. 그러나 막상 계곡으로 내려가서 그 산신령이란 녀석을 찾아냈을 때였다. 이번엔 운반이 문제였다. 전혀 경험이 없는 내가 지켜보아도 답답할 노릇이었다. 지프라도 있으면 예비타이어 위에 턱 걸쳐가지고 쉽게 내려갈 수도 있으련만 아무리 생각해도 막고

품을 일이었다.

"별다른 방법이 없구만."

타잔이 왼쪽 허리에 꽂은 칼을 뽑아들더니 어깨보다 굵은 소나무의 밑동을 여러 차례 내리쳤다. 두 개의 긴 통나무로 들것을 만든 다음, 멧돼지의 앞다리와 뒷다리를 제각기 묶었다. 그러나 정작 그 육중하게 생긴 멧돼지를 짊어지고 내려갈 사람은 황대장, 타잔, 베레모 사내뿐이어서 결국 나도 합세하지 않을 수 없었다.

이 무슨 낭패란 말인가.

나는 속으로 기가 막혀서 울부짖었다. 나는 자꾸만 멧돼지의 무게 때문에 어깨가 아파오는데도 그들은 콧노래까지 부르며 좋아들 하고 있었다. 그들은 사냥의 재미를 만끽하고 있었지만 나는 죽을 맛이었다. 산신령을 옮기고 나서 다시 그 다음날 잡아놓은 멧돼지까지 운반하고 나서야 사냥은 끝이 났다.

"다리나 한쪽 주지 뭘 한 마리씩이나……."

노인에게 나중 잡은 멧돼지 한 마리를 선사하자 깜짝 놀라는 시늉을 했다.

"마을 분들과 나눠 드십시오."

타잔은 노인과 악수를 하며 퍽 선심을 쓰는 척 하였는데, 나는 그의 웃음에서 처음으로 넉넉한 여유와 행복감을 엿볼 수 있었다.

그는 집으로 돌아가면서 사냥의 즐거움을 꿈을 꾸듯 뇌까렸다.

"사나이로 태어나서 사냥보담 더 멋진 일이 천지에 또 있을까. 산에서 뛰놀고 달리는 짐승들을 잡는 재미란 세상 어떤 것과도 바꿔줄 수가 없지. 숨 막히는 빌딩 속에서 인간들을 향해 사냥하는 사람들 보담 대자연 속에서 진짜 사나이의 모습을 보여주는 것이 사내 대장부지."

그는 문득 운전하는 내 옆모습을 힐끔 쳐다보았다. 그의 눈빛은 몹시 강렬했다.

"사냥해보는 맛이 워쩌? 사냥을 하다 보니 동굴 속에서 하룻밤 보내기도 하고, 사육하는 짐승이 아니라 살아서 깊은 산, 낮은 산, 높은 산을 가리지 않고 달리는 짐승을 잡는 재미가 워쪄냐구? 세상에 널려진 짐승들은 다 인간을 위해 존재하는 것이니 우리가 취하는 것은 너무도 당연한 것. 이런 세상을 함께 살아보자구."

그의 눈빛은 그렇게 말하고 있었으나 나는 아무런 말도 하지 않고 피식 웃어보였다.

노인과 헤어진 후 국사봉 농장을 향해 달려가고 있을 때 짧은 겨울 해는 어느 틈에 자취를 감추고 말았다. 대신 어둠이 쫙 깔렸다.

그때 갑자기 총소리가 들려왔다. 차를 멈추고 밖을 내다보니 자동차 헤드라이트 불빛이 고랭지 배추밭 이곳저곳을 비추고 있었는데, 고라니 한 마리가 총을 맞고 쓰러지고 있었다. 자신이 좋아하는 배추를 아삭아삭 씹기 위해 눈을 헤치고 내려왔다가 인간의 손에 그만 숨통이 끊어지는 고라니였다.

총소리는 거듭 들려오고 있었다. 이번엔 드넓은 콩밭에서 벌어지고 있었다. 마지막 힘을 다해 뛰어보는 고라니였지만 밭둑을 미처 빠져나가지 못하고 픽 쓰러지고 말았다.

"아악!"

쓰러진 고라니는 처절한 비명을 지르며 온몸을 떨다가 이내 쥐 죽은 듯 조용해졌다.

"인간과 짐승의 한 치 양보 없는 대결이군."

그녀가 혼잣말로 중얼거리다가 다시 말을 이었다.

"역시 사냥은 카섹시스야."

요 며칠간의 일을 떠올리기라도 하는 듯 두 눈을 살포시 감아 보이는 그녀였다. 그녀는 이번 사냥에서 총 한 번 쏘아보지 못했 으면서도 살육의 현장을 만끽했던 모양이었다. 나무와 돌, 맑은 물이 흐르는 아름다운 풍광 속에서 야수와 폭력의 모습에서 흥분 을 감추지 못하는 모습이었다.

"내 오라버니가 해년마다 사냥하는 것으로 활력과 생기를 찾 는 것을 다시 한 번 확인할 수 있었어."

그녀는 뭔가 확신이라도 했다는 듯 혼자서 고개를 끄덕거리기 까지 했다.

"사냥은 선사시대부터 남성만의 전유물이었지. 선사시대 동굴 미술에서도 황소와 남자 사냥꾼이 그려져 있었으니까."

그녀는 동굴 미술에서 사냥꾼과 사냥감을 말하고 있을 때, 바 로 그것이 우리가 추구하는 그림의 시작이었다고 말하고 싶었지 만 꾹 참았다.

그런데 타잔의 집에 도착하자마자 캄캄한 밤인데도 비닐하우 스 안으로 들어가 잡아온 멧돼지를 서둘러 해체작업을 시작했다.

"결과는 먹는 일이군."

그랬다. 털을 벗겨낸 멧돼지는 차라리 백옥이었는데, 이윽고 칼을 사용해 목이 잘려나가고 갈비뼈가 도려지고 있었다. 무쇠칼이 아닌 창끝처럼 작고 뾰족한 칼이었다.

한쪽에서는 연탄 불살개를 여러 개 포개 고기를 익히고 있었다. 베레모 모자가 익은 고기를 한 점 입에 넣고 우물거리더니 감탄사를 연발했다.

"죽여주는구만! 기름기라곤 찾아볼 수가 없으니 원. 우리 법능 선생님도 한 점 해보십시오."

베레모 사내가 젓가락으로 고기를 집어 들더니 내 입속으로 넣어주었다. 역시 기막힌 맛이었다. 기름기라곤 전혀 없는 멧돼지 고기는 쫀득쫀득 씹는 맛이 그만이었다. 황대장이 양주를 한 병들고 와 한 잔씩 따라주며 말했다.

"멧돼지 사냥은 희로애락이 있는 스포츠지. 멧돼지를 잡을 때의 기쁨은 천하를 얻는 기분일 정도로 좋은데, 이때를 희(喜)라고 하지. 멧돼지를 몇 날 며칠이고 구경조차 못하면서 고생만 죽어라 하고 있을 때를 노(怒), 멧돼지가 그 아까운 사냥개를 물어뜯어 죽였을 때가 애(哀), 멧돼지를 끌고 내려와 무용담을 나누었을 때가 낙(樂)이라고 하지."

그의 말에 베레모 사내가 나섰다.

"형님. 제가 무용담을 한 번 얘기해 볼까요?"

"아니, 막내한테도 무용담이 있나? 지난번 사냥개가 죽은 얘길 하려구?"

"사람 우습게보지 마십시오. 이래뵈도 멧돼지를 창으로 잡아 본 경험이 있습니다."

"설마? 구석기 사람도 아닌데 어떻게 창으로 멧돼지를 잡을 수 있나!"

"개만 있으면 잡을 수 있지요. 문제는 개지요, 개. 개가 멧돼지를 포위한 다음 주변을 빙글빙글 돌 때 멧돼지 옆으로 다가갑니다. 그리고 냅다 심장을 향해 창을 날리는 거지요."

"아니, 멧돼지 이빨이 얼마나 무서운지 몰라서 그 녀석 곁으로 바짝 간단 말이여?"

타잔의 두 눈이 휘둥그레지며 물었다. 그러자 베레모 사내는 씩, 웃고 나더니 오른팔로 창을 던지는 시늉을 해보이며,

"자, 보세요! 이렇게 창을 쓰윽 날리지 않습니까. 창이 꽂히는 순간, 멧돼지는 길길이 날뛰는데, 바로 이 순간이 가장 짜릿하지요. 온몸의 털이 다 빳빳해지는 기분이니까요. 하지만 급소 맞은 멧돼지가 죽을 때까지 잘 피하기만 하면 됩니다."

하면서 멧돼지처럼 펄떡펄떡 뛰어보였다. 그리고 다시 말을 이었다.

"여러 사람이 창으로 잡을 때는 제가 먼저 선창이야! 하고 찌르면 두 번째 사람이 재창이야! 하면서 찌르고, 세 번째 사람은 삼창이야! 하고 찌르는데 마치 구석기 시대에 돌화살촉으로 짐승을 잡는 기분이 난다니까요!"

"말을 듣고 보니 나도 창으로 잡아보고 싶구만 그래."

황대장의 말에 베레모 사내는 우쭐해 있었다. 그러자 타잔이 고개를 두어 번 끄덕거리고 나서 끼어들었다.

"나도 사냥깨나 해 본 사람이지만 창으로 멧돼지를 잡아본 일은 없어. 그러나 다른 모든 동물들은 맨손으로 다 잡아보았지."

"누가 형님 솜씨를 따라잡을 사람이 있답니까? 지난번에도 맨손으로 노루를 잡은 형님 아닙니까?"

베레모 사내가 흠모하는 눈빛으로 타잔을 바라보았다.

"동생이 인정해 주니까 그것 기분이 좋구만. 그런데 동생이 사냥하다가 사냥개를 죽이고 말았다던데 창 사냥하다가 그런 변을 당한 것이 맞는가?"

"형님. 제가 무용담을 자랑하겠다는 것이 아니라 사냥개가 그만큼 중요하다는 말씀이지요. 제가 아무리 창 솜씨가 뛰어난다 해도 개 없이는 못한다니까요. 그런데 그때 죽어버린 '쎄리' 얘기는 뭘라고 끄집어 내요? 지금도 속이 상해 죽겠는데……."

"'쎄리'는 명견이었지. 바로 눈앞에서 짖어대는 용기도 가상했지만 귀가 귀찮아 멧돼지가 도망가려고 하면 날쌔게 뒤로 돌아가 정강이를 물어뜯는 명견이 아니던가."

"쎄리 말이 나온께 괜히 눈물이 다 나올락 하네. 그 녀석이 다른 녀석들과 함께 멧돼지를 포위하고 주변을 빙글빙글 돌면 옆으로 다가가 냅다 심장을 향해 창을 날렸던 거 아닙니까."

그때 타잔이 소주잔을 건네며 술을 권했다.

"한 잔씩 더 묵어!"

그러나 베레모 사내는 마저 말을 이어나갔다.

"멧돼지는 창에 꽂히는 순간 난리를 피우지요. 온몸으로 길길이 날뛰는데 그때는 진짜 조심을 해야 합니다. 멧돼지가 죽을 때까지만 잘 피하면 사냥을 끝나는 것인데 방심하다가 쎄리가 역공격을 당하고 만 것이었지요."

베레모 사내는 두 팔을 흔들며 멧돼지가 신음을 하는 몸짓을 해보였다. 그때 여강이 내게 귓속말을 해왔다.

"사냥의 여신이자 달의 여신인 아르테미스가 짧은 치마를 입은 채 멧돼지 사냥을 하는 모습이 생각나는군. 날카로운 이빨을 드러내며 필사적으로 몸부림치는 멧돼지를 향해 창을 막 던지려는 그림인데, 사냥하는 아르테미스란 작품이지. 세 마리의 개 중에서 한 마리는 멧돼지의 등에 올라타서 등을 물어뜯고 있고, 또 다른 개는 목덜미를 물어뜯고 있지. 산과 숲의 요정 오레아스들도 화살이나 창으로 찌르려하고 있었는데, 또 하나의 요정은 멧돼지를 향해 달려드는 개의 줄을 움켜쥐고 있는 그림이지. 그런데 그때 나뭇가지 뒤에 숨어서 지켜보는 여자아이가 있었는데, 내가 꼭 그 모습인 것 같아. 결국 축생의 마음이겠지……."

축생의 마음이라니, 이 말은 또 무슨 말인가? 언제는 짐승을 잡는 일이야말로 보살행이라고 하지 않았던가. 그런데 축생의 마음이란 말은 무슨 말인가. 사냥을 찬양하던 마음이 바뀌기라도 했단 말인가.

"십계(十界)란 말이 있지."

"왜 갑자기 십계란 말이 나옵니까? 축생의 마음이 무엇인지 묻고 있는데……."

"인간의 마음은 역시 지옥의 마음에서 천상의 마음까지 왔다 갔다 하는 것 같아서이지."

"그 말은 또 무슨 말입니까?"

그러나 그녀는 아무 말도 하지 않았다. 결국 인간의 마음이 아귀의 마음, 축생의 마음, 아수라의 마음, 끝내는 인간의 마음, 그리하여 천상의 마음, 연각의 마음, 보살의 마음, 부처의 마음으로 혼합되어 있다는 것인가. 하지만 어떤 마음을 갖고 있든 간에 그 마음으로 끝나지 않고 업으로 전이된다는 사실쯤은 그녀도 알고 있을 것이었다.

"우리가 저 짐승들을 맛있게 먹고 있지만, 우리 육신 또한 요 깃거리에 불과한 것……."

그녀는 낮게 중얼거리더니 다시 말을 이었다.

"……내가 이 절 저 절을 떠돌아다닐 때였어. 깊은 계곡에서 음독을 한 여인의 시체를 본 적이 있었지. 참혹하게 시신은 썩고 있더군. 온갖 벌레들이 침범해 살을 죄다 발라먹고 있더라구."

"왜 갑자기 음식을 먹는 자리에서……."

엉뚱한 말을 지껄이는 그녀에게 톡 쏘아붙이려고 했지만 꾹 참 았다. 그녀는 피식 웃고 나서 말했다.

"여러 스님들이 열반에 들면서 왜 자신의 육신을 숲속에 던져 버리라는 말을 했는지 이제야 조금 알 수 있을 것 같아."

"참, 궤변도 잘 하시는군요. 언제는 환생을 못해서 몸부림치는 짐승을 구제해주는 일이 곧 사냥이라고 큰소리치더니……."

"글쎄……. 그러나 짐승을 잡을 때는 짐승의 마음이 된다는 것 이고, 그러고 보면 인간은 십계 속에서 갈팡질팡하며 사는지도 모르지."

그녀가 고개를 들어 먼 산을 바라보고 있었다. 태양을 삼킨 서 산은 눈 쌓인 몸뚱어리를 더욱 하얗게 빛을 발하고 있었다.

그런데 멧돼지고기와 함께 다모토리로 술을 마셔대던 황대장, 타잔, 베레모는 어느 틈에 헌 덕석을 깔아놓고 윷놀이를 시작하 고 있었다.

문득 경운 화사의 말이 떠올랐다. 백련사에서 함께 일했을 때 내게 들려주었던 얘기였다.

"내가 노승한테 들은 얘긴데, 일제 강점기 때 일본사람들이 어떤 절에 와서 닭고기를 삶아 먹더라는 게야. 그것도 부처님 공양 솥에 넣고 말이지. 그래서 노승은 놀란 나머지 '저러다간 신장님들이 가만 안 있을 텐데……' 하고 가슴을 졸였다더군. 그런데 그날 밤 꿈을 꾸는데, 온통 검은 옷을 입고 하얀 칼을 찬 신장님들이 여럿이 마차에 올라타더니 말 한 마디 않고 말 엉덩이에 채찍을 가하면서 바람처럼 절을 떠나는 게 아니겠어. 그중 한 신장님만 그들과 함께 가지 않고 절 입구에 남아 혼잣말로 중얼거렸는데, '다 떠나는데 나라고 남아있을 수는 없지' 하고 산문 밖으로 나가더라는 게야. 순간 노승은 절을 지키는 신장님들이구나, 하고 생각했는데, 결국 그 절은 얼마 못가서 망했다더라구. 신장님이 떠나면 절은 망하고 만다는 말처럼."

갑자기 윷놀이 판에서 왁자지껄한 웃음소리가 풍선처럼 터져 나왔다.

"또 모다!"

한쪽 편에서 연거푸 모를 세 차례나 한 탓에 이미 승부가 싱겁게 끝나버린 모양이었다. 그러자 편을 바꿔가며 다시 윷을 시작했을 때였다.

웬 차량 소리가 거칠게 들리는가 싶더니 사내 한 사람이 비닐하우스 안으로 들어왔다. 칼자국이 왼쪽 뺨에 선명하게 나 있어서 인상이 고약스러웠다.

"형님, 계시오?"

그 사내는 비닐하우스 안으로 들어오면서 타잔을 부르더니 멧돼지처럼 으르렁거렸다.

"형님. 참말로 서운하구만이라우. 그깟 멧돼지 고기가 뭐 그리 대단하다고 유세하요? 잉?"

칼자국 사내는 초장부터 말투가 시비조였다. 전작이 있었는지 이미 만취한 모습인데도 차를 몰고 국사봉까지 달려온 모양이었다.

"내가 뭘 유세한다고 그런가?"

타잔이 점잖게 나무랐다.

"내가 첨부텀 욕심부립디여? 그저 뒷다리나 하나 주라고 안 합디여?"

"다 몫이 정해져 버렸다고 안 하등가? 나중에 잡으면 줄 테니까 오늘은 그만 내려가소."

"약속을 했으면 지켜야제. 형님이 나한테 이럴 수가 있어?"

무엇이 그리 서운했는지 그는 게거품을 물었다. 말투도 어느 틈에 반말이었다.

"아따, 이 사람아! 내가 자네한테 전화했을 때 필요없다고 해서 처분해 버린 것이라니까."

"뭣이여? 처음엔 필요 없다고 말은 했지만 혹시 필요할지도 모르것다고 다시 전화를 했어? 안 했어?"

칼자국 사내가 핏발을 세우며 삿대질을 했다. 얼마나 울화통이 났는지 금방이라도 주먹을 날리고도 남을 태세였다.

"오늘은 일이 그렇게 되고 말았으니 여기서 뚝 멈추세."

타잔은 어디까지나 달래려고 하는 태도였고, 사내는 처음부터 뭐가 꼬였는지 말끝에 칼날이 서더니 기어이 목구멍에서 독한 말이 흘러나오고 말았다.

"씨발 말이여! 사람이 사람 같지 안 보인 갑네!"

칼자국 사내가 바닥에 침을 찍 뱉었다.

"정만이 이 자식, 말하는 것 좀 보게."

타잔의 목소리에 노기가 섞여 있었다. 그러나 그쯤에서 끝이 났으면 좋았으련만 칼자국 사내는 객기를 참지 못하고 전광석화처럼 주먹을 날려버리고 말았다.

"씨발! 좋잖은 멧돼지 고기 갖고!"

칼자국 사내가 벽력 같이 고함을 치는 것 같더니 순간 타잔의 몸이 휘청거렸다. 타잔의 코에서 붉은 피가 주르륵 흘러내렸다.

"나 같은 놈은 사람 취급도 못 받고 산께 나 여그서 죽어뿔랑마."

허리를 굽히는가 싶더니 이번엔 조금 전에 멧돼지 배를 가를 때 썼던 회칼을 집어 들었다.

"이 새끼!"

칼자국 사내가 회칼을 높이 치켜든 순간, 타잔의 오른발이 허공을 가르면서 그의 가슴팍을 걷어찼다.

"어쿠!"

그가 썩은 짚뭇처럼 허망하게 고꾸라졌다. 타잔이 발로 그의 목덜미를 짓눌렀다.

"너 여기서 죽어볼거여?"

"혀 형님, 살려주씨오."

그가 숨을 제대로 쉬지 못하는지 캑캑거렸다.

"한 번만 더 못된 짓거리를 했다 싶으면 뼈다귀도 못추릴 지 알아."

타잔이 발을 빼내자 그가 납작하게 엎드리며 두 손을 싹싹 빌었다.

나는 비닐하우스에 걸린 수건을 타잔에게 건네주었다. 타잔은 코피를 닦고 나더니 칼자국 사내를 일으켜 세우며 의자에 앉혔다.

"자, 한 잔 받아. 그리고 내 몫으로 남겨둔 멧돼지 다리 하나를 가져 가소. 그깟 멧돼지 고기가 뭐 그리 대단하다고 칼부림까지 하는가?"

타잔이 소주를 음료수 잔에 가득 딸아 주자 칼자국 사내는 맹물처럼 벌컥벌컥 들이켰다. 다 마시고 난 그가 입술을 손등으로 쓱 문지르더니 술병을 치켜들었다.

"형님도 한 잔 받으셔야지라."

그가 비굴한 웃음을 흘리며 연신 고개를 조아렸다. 베레모 사내도 칼자국 사내에게 한 잔 권하며 말했다.

"비 온 뒤에 땅이 굳어지는 법이여."

그는 송구스럽다는 표정을 지으며 다시 소주잔을 단숨에 비웠다.

그때 회진댁이 닭죽을 끓여서 동이만큼 큰 물통에 가득 담아가지고 나타났다.

"술만 드시지 말고 속 좀 푸세요."

회진댁이 닭죽을 한 그릇씩 떠서 모두에게 건넸다. 배가 부를 터인데도 다들 단숨에 한 그릇을 먹어치웠다. 회진댁이 그릇을 치우다 말고 타잔의 콧등을 바라보며 깜짝 놀랐다.

"어쩌자고 코가 퉁퉁 부었다요? 아까까지만 해도 암시랑토 않더니만."

"어쩌다 다쳤어."

"사냥할 때도 아닌데 다치기는 왜 다쳐요? 무슨 일이 있었다
요?"

"글쎄, 암 일도 없었다니까 그러네."

타잔이 고개를 흔들었다.

"조심 좀 하시오. 코가 퉁퉁 불러갖고 보기 싫구마."

"알았네."

그런데 그때였다.

"아악!"

내 곁에서 잠자코 멧돼지 고기를 달랑달랑 집어먹던 여강이 갑
자기 비명을 지르면서 그릇을 떨어뜨렸다. 그 소리에 깜짝 놀란
내가 뒤돌아보았을 때 칼자국 사내가 이번엔 보기에도 섬뜩한 식
칼을 들고 가만가만 타잔의 등뒤를 향해 다가가고 있었다.

"쥑여버릴 것이여!"

그가 지옥의 사자처럼 부르짖으며 식칼을 휘두르는 순간, 나는
눈을 질끈 감아버렸다. 이제 살인하는 모습까지 보는가 싶었다.
식칼이 등에 꽂히는 순간, 붉은 피가 거침없이 뿜어져 나올 것이
고 타잔의 장기는 치명적인 손상을 입은 나머지 대수술도 소용없
이 끝내 목숨을 잃을 것이었다. 그런데 짧은 순간, 텅 소리가 나
기에 눈을 떠보니 식칼이 통나무 도마 위에 내리꽂히고 있었고,
다시 텅 소리가 나더니 칼자국 사내의 몸이 허공에 한 바퀴 빙그
르르 돌면서 땅바닥으로 떨어졌다. 타잔이 나둥그러진 그의 멱살
을 움켜쥐고 아랫배를 연거푸 주먹으로 내리 찔렀다.

"으윽!"

짧은 비명소리와 함께 그의 몸이 축 늘어졌다. 그런데도 타잔은 여전히 멱살을 잡은 채 이번엔 면상을 향해 사정없이 내리갈겼다. 그의 머리는 온통 피칠갑이 되었고, 아예 눈조차 뜨지 못한 채 고개까지 늘어졌다. 실로 눈 깜박할 사이였다.

"저런 나쁜 놈은 본때기를 보여줘 써!"

황대장이 칼자국 사내를 손가락으로 가리키며 침을 찍 갈겼다.

"아따, 어찌됐거나 사람을 이 지경 만들면 쓴다요."

황대장과는 달리 베레모 사내는 타잔에게 핀잔을 주고 나서 칼자국 사내를 일으켜 세웠다. 그러나 이미 축 늘어진 그는 구겨진 종이처럼 힘이 없었다.

"얼릉 업혀 주씨요."

베레모 사내가 등을 내밀자 황대장이 투덜거렸다.

"저것도 인간이라고 자네가 인심 쓰는가 보네."

"다행히 죽지 않았으니까 안심하지 만일 죽기라도 하면 큰일 아니요?"

"집에 바래다 줄라고 그런가?"

"일단 병원에 가서 크게 이상이 없는지 살펴보고 집으로 데려다 줄라요."

이때 타잔이 나서더니 베레모 사내를 만류했다.

"술 마셨으니까 운전할 생각 말고 택시를 부르는 것이 낫겠네."

나는 계속해서 그 광경을 지켜볼 수가 없어서 끼어들었다.

"차라리 제 차로 가시지요. 택시 부를 것 없이."

내 말에 베레모 사내가 칼자국 사내의 집을 알고 있다면서 동행했다.

그런데 열흘 후 아침나절에 경찰차가 요란한 소리를 내며 농장에 나타났다.

"박격포 씨 있습니까?"

때마침 흑염소에게 먹이를 주고 있던 타잔이 그들 앞으로 다가갔다.

"무슨 일로 절 찾는답니까?"

"밀렵한 일로 우리를 성가시게 하더니 또 말썽을 피우셨습니다 그려."

키가 큰 경찰관이 타잔을 노려보며 말했다.

"제가 뭔 잘못이라도……"

"이빨이 두 개나 부러졌다며 신고가 들어왔습니다. 일단 파출소까지 동행을 해주셔야겠습니다. 이름이 박격포 씨니까 이름값 하느라고 남을 박격포처럼 때린 겁니까?"

"아, 정만이 동생이 신고를 했는가 보네요"

"고소인이 꼭 처벌해 달라고 하더군요."

"그 녀석이 그러던가요?"

타잔은 여전히 웃기만 했다. 그리고 순순히 경찰관을 따라 경찰차에 올랐다. 그런데 4시간쯤 지나 파출소에서 잠시 다녀가라는 전화가 왔다. 새로 지은 건물의 파출소는 거미줄 하나 없이 깨끗했지만 정작 근무를 하는 사람은 달랑 두 사람뿐이었고 타잔이 조사를 받느라 접의자에 앉아 있었다.

"무슨 일로 저를 불렀습니까?"

뻔히 알면서도 짐짓 모른 체 물었다. 그러자 타잔을 조사하던 경찰관이 턱짓으로 의자에 앉으라고 하더니 음료수병을 내놓으며 입을 열었다.

"참고인으로 좀 불렀습니다. 지금 박격포 씨는 피해자에게 중상을 입혀놓고도 자꾸 정당방위였다고 주장을 하고 있거든요. 그때 선생께서는 현장에 있었습니까?"

"네."

"피해자 오정만 씨는 일방적으로 맞았다고 주장하고 있는데, 당시 상황을 본 대로 말씀해 주시죠."

경찰관은 주소, 성명, 주민등록번호 등을 기재한 후 컴퓨터 자판기에 두 손을 올리고 내 말을 기다렸다.

"말씀드리지요. 처음에 오정만 씨가 회칼을 집어 들고 찌르려 했었습니다."

"사실입니까?"

"네."

"어떤 자세로 찌르려 했습니까?"

"먼저 오씨가 박격포 씨를 주먹으로 때리고 나서 갑자기 회칼을 집어 들더니 어깨 너머로 치켜들었습니다. 그리고 내리찍으려는 순간 박격포 씨의 발이 먼저 오씨의 면상을 걷어찼습니다. 오씨는 그 자리에서 고꾸라졌습니다. 그리고 없었던 일로 하자며 둘은 화해를 했고 서로 술까지 마셨습니다."

"그런데 왜 박격포 씨가 또 폭력을 행사하게 되었습니까? 본 대로 얘길 해주세요."

"우리는 두 사람이 화해를 했거니 싶어 서로 그 뒤로는 별 관심을 갖지 않았는데, 회진댁이라고 박격포 씨 부인이 닭죽 그릇을 땅바닥에 내팽개치며 비명을 지르기에 힐끗 뒤돌아보았습니다. 아주 짧은 순간이었는데 오씨가 이번엔 식칼을 들고 타잔을 찌르려 했습니다."

"그럼 회칼과 식칼을 보면 알 수 있겠네요."

"회칼은 작고 길쭉하게 생겼고, 식칼은 뭉툭하게 생겼기 때문에 보면 알 수 있을 것 같습니다."

"그럼 그 칼들은 박격포 씨 집에서 사용하는 것들입니까? 오정만 씨가 따로 품고 온 것이 아니고……."

"모두 현장에 있었던 칼을 사용했습니다."

나는 본 대로 사실대로 말했고, 경찰관은 빠른 속도로 조서를 만들어나갔다.

"그런데 왜 오정만 씨는 자신이 피해자라고 주장을 할까요? 물론 이빨 두 개가 빠진 건 사실이지만 칼을 두 차례나 들고 상대방을 찌르려 했다는 것은 살인미수가 될 수 있는데 말입니다."

경찰관이 고개를 갸우뚱거렸다. 아무래도 오씨가 사용한 두 개의 칼을 증거물로 확보해야만 되는 모양인지 서둘러 나를 태우고 국사봉 농장으로 달렸다. 그리고 내게 틀림없이 그 당시 사용한 칼들이 맞느냐고 확인한 후 가방에 넣고 돌아갔다.

타잔도 정당방위에 해당되었는지 조사만 받고 집으로 돌아왔는데, 내게 몇 번이고 미안하다는 말을 해왔다. 그러나 타잔이 부러 시킨 일도 아닐 뿐더러 그 또한 큰일을 당할 뻔한 사건이어서 무슨 말을 하겠는가.

그런데 다음날 아침 한 아낙이 택시를 타고 국사봉 농장을 찾아오더니 다짜고짜 악을 써댔다. 쫑달막한 키였지만 눈매가 여간 날카로운 아낙이었다.

"내 서방 살려 내거라!"

머리를 산발한 채 악을 써대는 아낙의 입에서는 금세 거품이 일었다.

"이놈아! 내 서방 살려 내거라!"

아낙은 거듭 핏줄을 세워가며 소리를 질렀는데 타잔을 두고 하는 말인 것 같았다. 그렇다면 이틀 전 타잔에게 안 죽을 만큼 얻어맞은 오정만의 여편네가 쫓아온 모양이었다.

"죽지 않았응께 다행인 줄 알고 어서 돌아가시오."

그때 흑염소 막사에서 일하던 타잔이 문을 열고 아낙의 곁으로 다가오더니 점잖게 타일렀다. 그러나 막상 타잔의 얼굴을 보자 오정만의 여편네는 땅바닥에 퍼질고 앉아 더욱 악을 써대기 시작했다.

"무슨 죽을 죄를 지었다고 팔 다리도 못쓰게 사람을 개 패듯이 팼당가! 하루 벌어 하루 먹고 살아가는디 우리 식구 다 굶어죽게 생겼다. 이놈아!"

아무래도 오정만의 여편네를 그냥 놔둬서는 안 될 성 싶었던지 타잔이 다가가 그녀의 어깻죽지를 잡고 일으켜 세웠다.

"내가 때리고 싶어서 때린 것 아닌께 어서 돌아 가시오!"

"놔! 이놈이 어디다 손을 대는 것이여!"

오정만의 여편네가 이번엔 타잔의 멱살을 움켜쥐었다.

"나까지 쥑여라! 너 돈 많고 주먹 쎈께 나까지 쥑여라! 어서 쥑여!"

그녀의 두 눈에서 독기가 흘렀다.

그때 여강이 재빠르게 다가와 두 사람을 떼어냈다. 나는 그런 모습을 보면서 절로 한숨이 흘러나왔다. 정작 탱화는 그리지 않고 사냥꾼들을 따라가지는 않나, 지옥에서나 볼 수 있는 칼싸움이나 보지 않나, 이런 나를 환희는 어떻게 생각하고 있을까? 갑자기 환희의 얼굴이 떠올랐다.

그녀는 바닷가 아름다운 별장에서 내가 그림만을 그리기를 원하지 않았던가. 비록 사진으로밖에 보지 않았지만 그 얼마나 아름다운 별장이었고 화실이었던가. 그녀가 꿈꾸는 세상이 바로 그곳이었다. 나는 그림을 그리고, 그녀는 그런 나를 바라보며 차를 나르고…….

그녀는 암자에서 조석으로 예불을 모시며 사는 비구니가 될 수 없는 사람이었다. 강원에서 배운 불교의 진리를 절을 찾아오는 신도들에게 들려주고, 그들을 위해 기도를 해주는 스님이 될 수 없는 사람이었다.

그래서 그녀는, 그림을 그리는 사람과 함께 살 수 없다면 차라리 스스로 그리고 말겠다고 나선 사람이었다. 금단청을 하거나 부처의 얼굴을 그려야만 살 수 있는 사람이었다. 날아갈 듯 생긴 대웅전 벽면을 붓 한 자루로 벽화를 그리고 있는 그녀의 모습이 떠오른다. 그녀의 붓 끝에 의해 심우도가 그려지고 설산동자가 그려지며 달마가 그려지고 있다.

— 지금 법능 화사의 모습이 어떤 모습인 줄 알기나 하신지요?

— 제가 어째서요?

— 지옥으로부터 올라가서 천상을 향해 가야 할 화사께서 짐승

을 잡겠다고 사냥을 하다니 말이나 된다고 생각하십니까? 더구나 칼부림이나 하는 지옥의 사람들과 함께하다니요?

― 제가 한 것은 아닌데요?

― 바로 그곳이 지옥이 아닌가요? 그래, 제가 뭐라고 했습니까? 기억이 안 나신가요? 저랑 함께 바닷가 별장에서 그림만 그리며 살자고 하지 않았습니까?

― 그건 다 지나간 얘기가 아닙니까?

그녀는 쓸쓸한 표정을 지으며 뒷걸음질을 친다. 내가 손짓으로 멈추라고 했지만 이내 안개 속으로 사라지고 만다.

제5장

인생 2막의 산

"오늘은 내가 소개를 해 줄 사람이 있소."

두 번째로 일주일 동안 사냥을 다녀온 타잔은 다음날부터 집안 일에만 열중했는데, 중고 포클레인으로 주변 땅을 고르기도 하고 쇠말뚝을 박아 흑염소의 우리를 좀 더 넓히고 나더니 나를 불렀 다.

"누구를 소개해 준단 말입니까?"

"가보면 알 것이오. 나와는 잘 아는 사이니까 잘 좀 부탁하요."

갑자기 사람을 소개하겠다는 말에 좀 의아했지만 그의 트럭을 타고 면내로 나갔다.

그가 나를 데리고 간 곳은 면사무소를 중심으로 즐비하게 늘어 선 식당거리였다. 그중 면 내에서 가장 북적이는 흑염소 전문집 을 망설임 없이 들어갔다. 타잔은 자신의 소유인 건물을 국사봉 농장의 흑염소만 사용하는 조건으로 임대를 해 주었다고 일러주 었다. 일종의 재테크를 그렇게 한 모양이었는데, 2층 건물로 식당거리에서 단연 돋보이는 건물이었다. 잠자코 그를 따라 식당 안으로 들어서자 얼굴에 화장기가 전혀 없는 아주머니가 허리를 반쯤 숙여 보이며 반갑게 맞이했다.

"장사는 잘 되시지요?"

타잔이 아주머니에 묻자 그네는 곁에 서 있는 남편을 바라보며 말했다.

"부부간에 편한 마음으로 하고 있어라우. 요즘에는 오신 손님 들이 고마운께로 고기를 쬐깐 더 넣어드리고 있구만요."

"왐마, 말씀하신 것 보니까 내가 파는 흑염소 값을 덜 받으란 말하고 똑같소. 그나저나 우리가 만날 손님은 안에 계시겠지요?"

"진작 와 계시구만요. 어서 안으로 들어가씨요."

그런데 타잔을 따라 방 안으로 들어가자 옥색 개량한복으로 위 아래를 곱게 차려 입은 웬 보살 한 사람이 서 있었다.

"이분이 월출산에 조그만 암자를 하나 갖고 있는 무녀인데 나 하고는 옛날부터 인연이 깊구만요."

타잔의 소개가 다 끝나기도 전에 그 무녀는 고개를 약간 숙여 보이더니 내게 삼배를 올리는 것이었다.

"아니, 왜 이러십니까?"

나는 황급히 맞절을 했다. 체구가 유난히 작았지만 눈빛이 이 글거리는 70대의 무녀였다.

"삼배는 부처님께 하는 법입니다."

내가 꾸짖듯 말을 하자 그녀는 잠시 무르춤하더니 핸드백에서 100만 원 짜리 수표 다섯 장을 꺼내들고 내 앞으로 밀어놓았다.

"웬 돈입니까?"

"선생님! 별로 큰 돈은 아닙니다만 부탁이 있어서 그러구만이라우. 다른 것이 아니고 삼불제석(三佛帝釋)님 한 점 그려주십사하고요."

"삼불제석님이라 하시면 산신(産神), 수신(壽神), 농신(農神) 세 분을 말하는 것입니까?"

"맞구만이라우. 제가 월출산 기슭에 쬐끄만 신당을 하나 지었는디 거기에 모실라고 그랍니다."

그러나 삼불제석이든, 최영장군이든, 아니면 산신령이든 그것을 봉안할 신당의 치수를 재야만 했기에 내가 거듭 물었다.

"보살님께서 지었다는 그곳을 한 번 가보아야 되는데요."

"그런 것은 묻지 마시고 그저 한 점 그려주시요. 우리 박 사장님 얼굴을 봐서라도……."

김보살이 힐끔 타잔의 얼굴을 쳐다보며 한쪽 눈을 감아보았다.

타잔은 김보살을 만나러 가면서 그녀에 대한 얘기를 잠깐 했었다. 그 김보살이란 무녀가 산신제를 지낼 때마다 타잔은 방생용 돼지를 이따금 팔아오고 있었는데, 한꺼번에 50마리 정도를 팔 때도 있어 그 수입이 보통 짭짤한 것이 아니라는 거였다. 그 많은 새끼 돼지를 산 밑에 풀어놓으면 온 산천이 들썩거릴 만큼 요란스러워 당장 다시 거둬들이지 않으면 안 되었다. 그래서 타잔은 제 가격을 받고 김보살에게 돼지를 팔았으면서도 산신제가 끝나자마자 다시 거둬들이기 때문에 코도 안 풀고 목돈을 쉽게 쥔다는 것이었다.

"법능 선생. 내 체면을 생각해서라도 김보살님 부탁을 들어줬으면 하요."

그러나 나는 잠시 망설였다. 언젠가 아버지 호봉에게 한 보살이 찾아와 뭉칫돈을 내놓으며 후불탱화 한 점을 부탁하고 간 적이 있었다. 그러자 아버지는 고개를 끄덕거리며 승낙을 하였고, 그녀는 몇 번이고 머리를 조아렸다. 탱화를 맡기러 온 사람 가운데 열 사람 중 다섯 사람은 깎자고 조르는데 이상하게도 그 보살은 원하는 대로 다 주겠다는 것이었다.

그런데 며칠 후 아버지는 어제 받은 뭉칫돈을 내게 던지며 그냥 돌려주라는 시늉을 해보였다.

"아버지, 왜 그러세요?"

나는 아버지에게 물었다. 내 말이 들릴 리가 만무인 아버지는 붓을 들어 수명의 신장들을 그려나갔다. 신장들은 모두 청룡도를 치켜들고 노려보고 있는데, 아버지는 그 아래서 무릎을 꿇은 채 두 손을 싹싹 비는 모습이었다. 간밤 꿈에 신장님들이 나타나 아버지를 엄하게 꾸지람했다는 내용의 그림을 아버지는 아들에게 보여주고 있었다. 나중에 안 사실이었지만 아버지가 탱화를 걸 수 있는 벽면의 치수를 알고자 찾아갔더니 무당집이었던 것이었다.

"우리 집에 유명한 화가가 지낸다고 했등마는 김보살께서 부탁을 하신 것이요."

타잔이 내 눈치를 살피며 거듭 부탁을 했고 김보살은 내 입에서 어떤 말이 떨어질까 초조한 기색이 역력했다.

그 순간, 해월 노화사의 음성이 떠올랐다.

"네가 무녀들에게 무녀도를 그려준 것은 매우 잘한 일이다. 우리 불교는 넓고 평평해서 어느 한 곳에 얽매임이 없기 때문이다.

한낱 미물에도 불성이 있는데, 하물며 사람의 일이거늘 거절해야
되겠느냐? 누구든지 사랑하고 자비를 베푸는 것이 불교의 근본
이므로 무녀들 또한 중으로 보면 되느니라."

나는 천천히 고개를 끄덕이며 말했다.

"그려드리지요."

그러자 김보살의 얼굴이 환해지면서,

"고맙구만이라우, 고맙구만이라우."

연신 허리를 굽혔다. 김보살과 헤어진 후 국사봉 농장으로 돌
아오던 길에 타잔이 내게 말했다.

"허락을 해준께 내 체면이 섰구만요."

"여강 씨한테 부탁하지 않구서요."

내 말에 타잔이 고개를 절레절레 흔들었다.

"여동생이 그리는 그림은 그림이 아니지요. 부처님을 그린다
는 여자가 무슨 괴상망측한 그림만 그리고 있으니까 어느 누가
그 그림을 보고 절을 할 수 있겠소, 기도를 할 수 있겠소? 난 내
동생이지만 도무지 그 속을 모르겠습니다."

"나름대로 신념이 있어서 그렇겠지요. 하긴 나도 이해하기가
어렵습디다만……."

"신념은 무슨 얼어 죽을 신념이라요? 이래봬도 나도 32상 80
종호가 무슨 말인지는 알고 있소. 그 말도 여동생이 가르쳐줘서
알게 되었지만서두……."

32상 80종호라.

"아니, 또 사냥을 나가십니까?"

멧돼지 사냥을 다녀온 지 불과 보름 남짓밖에 되지 않았는데 또다시 사냥복 차림에 엽총을 들고 밖으로 나가는 타잔에게 내가 물었다.

"나랑 함께 바람 좀 쐬고 옵시다."

그는 사냥을 떠나면 그렇게도 좋은지 엽총을 흔들어 보이며 내게 종용했다.

"아뇨."

나는 고개를 저었다. 그러나 이내 나는 그를 따라나서고 말았는데, 이틀 정도면 사냥이 끝날 거라는 그의 말 때문이었다. 지난번 멧돼지 사냥을 따라나섰다가 혼쭐이 난 경험 탓에 솔직히 정나미가 떨어졌지만, 그의 비위를 맞춰주는 것도 내가 해야 할 일 중에 하나라는 생각에서였다. 게다가 여강이도 함께 가는 일이어서 마음의 부담이 덜했다.

그런데 이번 사냥은 단순히 즐기는 사냥이 아니라 농사를 망쳐버린 멧돼지를 포획하는데 목적이 있었다. 현장에 나가보니 농민들이 너도나도 한숨만 푹푹 내쉬고 있었다.

"워따매! 진작 조간 오시제."

지난번 멧돼지 사냥을 함께했던 황대장과 베레모 모자 등 엽사 6명이 백운동이란 산골마을로 들어서자 아낙네 한 사람이 쪼르르 달려 나오면서 박수를 쳤다.

"그동안 멧돼지 피해가 컸겠습니다."

황대장이 대표로 위로의 말을 건네자 아낙네는 지옥에서 살아오는 외아들이라도 만난 것처럼 반가움을 표시하더니 이내 울상을 지었다.

"작년 가을에 망할노무 멧돼지가 다 망쳐뿌렷소. 그놈덜을 꼭 좀 죽여주씨요."

그네가 손가락으로 가리킨 곳은 낮은 산자락에 운동장처럼 펼쳐진 자드락밭이었다. 여러 뙈기의 자드락밭은 모두 바짝 오그라진 고구마대가 아무렇게나 흩어져 있었다.

"내가 그놈덜을 쫓아낼라고 밤이면 우산각을 지어놓고 꽹과리를 쳐대도 끄떡을 않은 놈덜이여! 사냥개를 묶어놓고 짖게 해도 소용이 없당께라."

그때 사내 한 사람이 담배 한 대를 뽑아들더니 연거푸 연기를 빨아대며 한숨을 내쉬었다. 사내는 속이 상할 대로 상했는지 다시 새 담배를 입에 물고 나서 이번엔 신세타령을 늘어놓았다.

"……그래서 밤바다에 그물을 풀 때 쓰는 수산용 램프를 밭둑에 설치해 놓았더니 말이요, 이것덜이 램프가 없는 데만 골라서 고구마밭을 파헤쳐놓았당께요. 내가 이기나, 네가 이기나 끝까지 해볼 생각으로 폭음기를 설치해 놓았더니 그것까지 부숴감시로 고구마 잔치를 벌리는 놈덜이요."

"반드시 잡아드릴 테니까 염려 붙들어 매십시오."

타잔이 사내의 손을 꽉 쥐어주며 말하고 나서 천천히 마을 뒤로 차량을 옮겼다. 그러자 시골 저수지치고는 꽤 큰 저수지가 나타났고, 그 저수지가 끝나는 지점에 웅장한 제각이 나타났다. 왕릉을 연상할 만큼 우람한 시조 묘를 중심으로 너른 종중산이 펼쳐져 있었고 바로 그 곁으로 질펀한 또 하나의 밭이 드러누워 있었다.

차량이 도착하자 제각에서 살고 있는 젊은 부부가 튀어 나왔다.

"이 근방에 멧돼지가 많이 있어갖고 당최 살 수가 없네요."

역시 사냥꾼 일행을 반갑게 맞이한 두 부부는 따끈한 커피를 내오면서 권했다.

"여기도 고구마 농사를 짓고 있소?"

이번엔 황대장이 물었다.

"그래도 고구마 농사가 쏠쏠하지라. 그란디, 지난주에는 산에 갔다가 허벌나게 큰 멧돼지를 봤네요. 아마 300근 정도는 될 것이요. 어떻게 놀랐든지 죽어라 뛰어내려왔는디요, 바로 그놈덜이 우리 마을 고구마밭을 쑥대밭 맹글고 있당게요. 올 농사 걱정이 크구만요."

"여기에도 산신령이 있었능갑습니다. 염려마시오, 오늘 내로 잡아드릴 테니."

황대장이 씩 웃어보이고는 타잔에게 눈짓을 했다. 타잔이 다섯 마리의 사냥개를 풀어놓자 꼬리를 흔들며 으르렁거렸다. 사냥개들은 몇 차례 더 으르렁거리더니 산속으로 빨려 들어가듯 눈앞에서 순식간에 사라졌다.

사냥개와 연결된 GPS(위성항법장치)가 방향을 가리키자 황대장이 앞장을 서서 발걸음을 재촉했다.

"우리도 슬슬 따라가 볼까."

여강이 먼저 앞장을 서며 내게 말했다. 이미 사냥꾼 일행들은 시야에서 사라지고 없었다. 산을 평지 달리듯 달려 나갔기 때문에 나와 그녀는 요란스럽게 짖어대는 사냥개의 소리를 쫓아 얼마가지를 않았는데 현장이 눈앞에서 펼쳐졌다. 부룩송아지만 한 멧돼지 한 마리가 세 마리의 사냥개에 물린 상황에서 몸부림을 치고 있었다.

"으콰콰콰콰!"

멧돼지의 필사적인 반항도 만만치 않았다. 사냥개들은 귀와 꼬리, 그리고 목덜미를 물고 있는 상태에서 멧돼지에게 몇 발짝 끌려가고 있었다. 그때 타잔이 나무 뒤에서 몸을 바짝 붙인 채 기회를 엿보더니 방아쇠를 당겼다.

"타아앙!"

두어 차례 총신에서 불을 뿜더니 이내 멧돼지는 그대로 고꾸라졌다.

"제대로 죽었군."

타잔이 다가가서 멧돼지의 죽음을 확인했을 때 사냥개들은 승리를 자축하는 듯 컹컹 짖어대며 꼬리를 흔들었다.

멧돼지를 끌고 마을 앞 회관 앞에 눕혀놓자 마을 주민들이 우르르 몰려들었다. 그들은 고구마밭을 쑥대밭으로 만들어놓은 멧돼지를 보고 통쾌감을 느끼기보다는 분노에 치를 떨었다.

"이놈이 밭갈이를 한 것처럼 한 달에 여러 차례 밭을 뒤엎은 놈이여! 아, 씨고구마라도 건져볼랑고 했는디 울타리까지 죄 부숴감시로 날 못살게 한 놈이랑께!"

노인이 손가락으로 죽은 멧돼지를 가르키며 말하자 뒤이어 다른 아낙네는 어금니를 오도독 갈며 말했다.

"개를 여러 마리 풀어놓았등마는 멧돼지를 잡을 생각은 않고 개들이 고구마밭을 망쳐놓았당께요."

천적이 없다보니 개체수가 증가하는 멧돼지는 결국 농민들에게 한숨과 허탈감만 안겨주는 현장이었다.

"우리가 성가시게 한 요 녀석을 처치했으니까 아예 잔치를 열어버립시다."

타잔이 제안을 하자 마을 주민들이 박수를 치며 준비를 서둘렀다. 제각지기 사내가 썩 나서더니 복수라도 하려는 듯 멧돼지의 털을 벗기고 배를 갈랐다. 마을 사람들이 숯불을 피워 고기를 굽기 시작하자 군침이 돌 만큼 냄새가 진동했다.

"아, 내가 멧돼지 땜새 농사를 몇 번이나 망쳐뿌럿는디 이제 맘 놓고 농살 짓게 되어 기분이 좋구만요."

제각지기 사내는 사냥꾼들에게 다모토리로 소주를 따라 건네며 히죽히죽 웃었다. 그렇게 기분이 좋은 모양이었다. 밭농사 망치는 멧돼지가 그리 미워서 죽을상을 지었겠지만 그 고기는 입에 침을 흘려가며 게걸스럽게 먹어대는 것이었다.

그런데, 다음날 아침 군청에서 과장과 팀장, 그리고 직원 등 세 사람이 국사봉 농장을 찾아왔다. 국사봉 농장이 흑염소 축산교육원으로 선정되었다는 것이고, 전액 국비와 지방비를 합쳐 건물을 짓게 되었다는 것이었다.

"농촌에 귀농자가 많이 생기니까 날더러 축산교육원을 만들어 그들에게 축산교육을 시키라고 군에서 자꾸 권하더니 이제 결정이 되었는갑소."

타잔은 교육원이 생기고 나면 그 좋다는 사냥을 못하게 될 것인데도 마냥 좋아하는 눈치였다. 그리고 주먹을 불끈 쥐면서 스스로 다짐까지 하는 것이었다.

"다른 것은 몰라도 흑염소만큼은 내가 직접 경험한 것들을 전달해 줄 것이요. 내 말대로만 하면 흑염소는 성공할 수 있는 축산이 될 게 아니겠소."

"저도 그렇게 생각합니다."

나는 진심으로 축하를 해주었다. 사실 타잔의 흑염소 농장이 있는 국사봉은 호남 정맥이 광양 백운산으로 가다가 남쪽을 향해 내처 뻗은 산줄기의 첫 번째 산이었다. 신라 문성왕 16년 854년에 세워졌다는 쌍계사란 옛 절터가 남아 있는 곳이기도 해서 천하 명산에 해당되는 곳이었다. 게다가 6·25 전쟁 때에는 인민군사령부가 주둔하여 주변의 험악한 산세와 더불어 한동안 활동이 왕성했던 곳이었다. 그러니까 국사봉을 중심으로 북쪽으로 무등산, 남쪽으로 억불산, 서쪽으로 월출산과 연계되어 종내는 지리산과도 연결되는 산이어서 더욱 빨치산들의 주 무대가 될 수 있었다. 국사봉 농장에서 임도를 타고 30여 분 올라가면 그 끝지점에 등산로가 시작되는데, 억새능선을 타고 정상에 오르면 사방으로 확 트인 조망에 절로 감탄사가 흘러나왔다. 이러한 천혜의 지리적 여건을 갖춘 곳에 농장이 있다 보니 축산교육원 장소로 선정된 모양이었다.

타잔은 초등학교도 제대로 졸업을 못했지만 도회지에서 살다가 농촌이 좋다고 귀농하는 사람들을 가르친다는 것에 퍽이나 고무되어 있었다. 그의 말대로 예산이 통과되었는지 며칠이 지나자 국사봉 농장은 아연 기계음으로 가득 찼다. 포클레인이 나흘 동안 터를 닦는가 싶더니 콘크리트로 기초를 한 후 2층 건물이 세워지기 시작했다.

"내가 전국 흑염소협회 회의를 할 때 말이요, 정부 관계자에게 사정없이 따졌지요. 오늘날 귀농인들이 축산을 하고 싶어도 구체적으로 가르치는 곳이 없다. 그들에게 필요한 것은 이론이 아니라 실기이다. 흑염소를 직접 키우는 사람에게 배우는 것처럼 확실한 것이 어딨느냐? 말로만 귀농정책을 세운다고 난리 피우지 말고 교육원을 세우는 것이 가장 좋은 방법일 것이다, 하고 말했더니 먹혀들어간 겁니다."

그는 교육원이 세워지고 있을 때에도 자주 군청엘 다녀오는 눈치였다. 교육생들이 2박 3일, 혹은 3박 4일로 지내려면 식당이 필요하기 때문에 그 시설까지 마저 지으려는 것 같았다.

어쨌든 국사봉 농장은 하루아침에 금시발복의 땅이 되어가고 있었다. 산에서 키우는 토종닭과 제주도 똥돼지가 국사봉 농장에 있다는 것을 알고 찾아오는 몇몇 내방객 말고는 흑염소 떼만이 주인인 양 사는 국사봉이었다. 그런 국사봉에 대형 크레인과 덤프트럭이 나타나면서 최신식 2층 건물과 식당이 순식간에 지어졌다.

희망축산귀농교육센터.

이렇게 간판이 걸리면서 국사봉 농장에 교육원이 세워지자 농장은 날마다 찾아오는 사람들로 활기찼다. 전국에서 교육생들이 꾸역꾸역 몰려들었던 것이다. 그런 교육생들은 대상이 따로 없었는데, 그러나 대부분 인생을 망쳐버리고 제2막의 삶을 살고자 하는 사람들이 많았다.

이제 국사봉은 음지가 양지된 셈이었고, 완전히 딴 세상이 돼버린 것이었다. 그도 그럴 것이 개미 새끼 한 마리도 보이지 않을 만큼 적막한 농장이었는데, 가장 적을 때는 열댓 명 정도였지만 많을 때는 백여 명까지 북적거렸다.

나는 타잔이 시키지도 않았지만 자연스럽게 그의 일손을 도울 수밖에 없었다. 이를테면 교육생들의 학습지를 복사해서 나눠주거나 일정이 끝나면 사업계획서 같은 것을 거둬들이는 일 정도였다.

"바쁠 때는 부지깽이도 쓴다더니……."

타잔은 나를 볼 때마다 흐뭇한 미소를 지으며 바라보았다. 그러나 정작 바쁜 사람은 회진댁이었다. 그녀는 교육생들의 삼시세 끼를 해결해야 했으므로 하루 종일 이리 갔다 저리 갔다 움직였다. 읍내에 나가서 반찬거리를 사오는 일도 일과 중 중요한 일이었다.

그런데도 그녀의 표정은 몹시 밝아 보였다. 그동안 그녀는 사람 꼴을 보지 못하고 사는 깊은 산중생활이 이골이 날 법도 했을 것이었다. 그런데 별의별 사람들이 전국에서 모여드니 어쩌면 가만히 앉아서 사람 구경을 하는 셈이었고, 수입 또한 짭짤해서 재미가 나는 모양이었다.

한 달 동안의 일정표는 미리 날짜별로 빼곡히 채워졌는데, 흑염소협회 전북지회 40명, 순천 부녀회 교육 67명, 무역전시관 귀농귀촌 페스티발 참가, 농민사관학교 ○○○교수 초청강의(32명), 제11차 귀농교육 전주대학교 학생 실습 20명 식으로 일정이 짜여졌다.

타잔은 교육생들의 활기를 불어넣어준다며 내게 교육생들이 바뀔 때마다 한 차례씩 강단에 서줄 것을 요청했다.

"생각해 보십시오. 제가 농업을 하는 사람들 앞에서 무슨 말을 한단 말입니까?"

한사코 거절하는데도 타잔은 조금도 물러날 기세가 아니었다.

"아, 딱딱한 흑염소 얘기만 하다보니까 재미가 없다니까요. 그저 아무 얘기라도 좋으니까 좀……."

난감한 일이었다. 사흘에 혹은 나흘에 한 차례씩 해달라는 타잔의 요청을 딱 잘라 거절하기가 어려워 끝내 허락을 하고 말았다.

교육생들은 내가 불화를 그린다고 하니까 신기한 듯 내 얼굴을 요모조모 뜯어보는 것 같아서 쥐구멍이라도 들어가고 싶은 심정이었다. 그러나 타잔은 교육생들에게 나를 그럴듯하게 소개를 했다.

"에또, 여러분들이 지루할 것 같으니까 이번 시간에는 법능 선생님을 한 번 모셔보도록 하겠습니다. 이분으로 말할 것 같으면 불모, 즉 부처님을 그리시는 분이구만요. 절에 가면 각 건물마다 탱화며 벽화가 그려져 있는데 바로 그런 그림을 그리는 분이다 그 말입니다. 이런 분 만나보는 것도 처음이지요? 저는 불교신자가 아니구만요. 또 불교를 알리고 포교활동을 위해서 이 자리에 법능 화사 이분을 소개하는 것이 아니고 재미있는 이야기를 들려드리기 위해 법능 선생님을 소개해 드리는 것이니까 조용한 가운데 경청해 주시기 바랍니다."

나는 이럴 때 불교에 대한 얘기를 꺼내는 것도 좋은 일이 아니겠는가 싶어 오래전 동광사에서 윤 모 교수가 들려주었던 얘기를 해주었다. 어쩌면 이것이 불교를 알리는 일이기도 했다.

"지게를 짊어지고 농사를 짓던 시절의 얘깁니다. 그러니까 상당히 오래전의 얘긴데요, 동광사란 절 옆에는 형무소가 있었고 그 부근에 배 처사란 사람이 살고 있었답니다. 자식을 많이 낳아서 일곱이나 되었는데……."

일곱 자식을 낳았다는 말에 교육생들이 두 눈을 휘둥그렇게 뜨고 혀까지 내밀며 와자하게 웃었다.

"자식이란 키울 때 고생해도 많으면 좋답니다. 암튼 옛날에는 많이 낳아서 키웠지 않았습니까? 우리 부모님이나 할아버지 할머니 때에는 피임도 않고 그저 생긴 대로 낳고 살았던 시절이었습니다. 배 처사는 밑이 째지게 가난한 사람이어서 역전에 나가 지게 품팔이로 근근이 살아가고 있었답니다. 그가 세를 들어 사는 집주인 박 노인은 아주 부자여서 집도 여러 채 되었고 논밭도 많아 떵떵거리며 살았습니다. 그런데 박 노인이 배 처사의 살아가는 것을 보니까 한 칸짜리 방에 일곱 명이나 되는 자식들과 오골오골 살면서도 항상 얼굴이 밝더라는 겁니다. 게다가 부인이 막내를 낳고 나서는 산후조리를 제대로 못해 앓는 소리가 밖에까지 흘러나오고, 이제 코딱지나 겨우 뗐을 어린 자식들은 뿔뿔이 흩어져서 온갖 잡일을 하고 지내는 것이어서 한심스러울 정도인데도 배 처사는 늘 얼굴이 평화롭더라는 겁니다. 박 노인은 참 신통한 일이다, 생각하며 유심히 관찰을 해보니까 배 처사의 입에서 늘 감사합니다, 라는 말을 달고 살더랍니다. 아내가 약 한 첩 제대로 먹지 못한 채 시난고난 앓아누워 지내는데도 아내더러 감사합니다, 하고 중얼거릴 정도였으니 박 노인이 보기에 배 처사야말로 좀 부족한 데가 있는 사람이 아닌가 생각할 정도였습니다. 하루는 배 처사가 방에서 나오다가 그만 문지방에 머리를 되게 찧었는데, 어찌나 세게 찧었던지 쿵 소리가 나더랍니다. 그런데 배 처사가 어쿠, 하고 비명소리를 지르고 나서는 아이고 감사합니다, 하고 중얼거리더랍니다. 박 노인은 그 모습을 보고 어떤 신선한 충격 같은 것이 느껴져서 배 처사를 불렀습니다. '어야, 나하고 얘기 좀 하세.' 그러자 배 처사는 '아이고, 감사합니다요.' 하고 머리를 조아리더란 겁니다. 박 노인은 며느리를 시켜 맛있는 음식상을 차려놓고 물었습니다. '자네가 사는 것을 보면 참으로 어렵게 사는 것 같은데 뭐가 감사할 일이 있어서 맨날 감사합니다, 감사합니다, 하고 사는가 몰것네. 자네 부인이 아파서 끙끙거려도 감사하다, 문지방에 머리를 찧어도 감사하다고 하니 그것이 어찌 감사할 일이던가? 자네 얼굴을 보면 항상 근심걱정이라곤 없는 사람처럼 보여서 내 그것을 묻고자 불렀네.' 그러자 배 처사는 '아, 그야 감사하니까 절로 감사하다는 말이 나오지요. 마누라가 골랑골랑해도 죽지 않고 살아있응께 얼마나 감사할 일입니까요? 만약에 마누라가 덜컥 죽기라고 한다면 어린 자식들은 에미 없이 불쌍하게 될 것이고 제 신세는 뭐가 되겠습니까요? 이마빼기를 되게 찧었지만 머리 구조가 잘 되어서 아프기만 할 뿐 아무런 일이 없으니 이 또한 다행한 일이어서 감사한 일이지요. 땅뙈기라곤 손바닥 만 한 것조차 없지마는 지게라도 지고 나가서 한 푼이라도 벌어올 수 있으니 이보다 더 감사할 일이 있겠습니까요?' 하고 말했습니다. 그 말을 들은 박 노인은 비로소 눈이 번쩍 뜨여지는 느낌을 받았답니다. 자기 자신은 먹고사는 데 걱정이 없을 만큼 부자인데도 감사하는 마음은 쥐뿔도 없고,

이것은 불만, 저것은 걱정, 그렇게 살아왔다는 것을 느낀 박 노인은 '내가 지금까지 세상을 잘못 살아왔구나.' 싶었답니다. 배 처사에 비해 감사할 마음을 몇 천배 더하고 살아야 할 자신이 이 일저 일 불만투성이로 살아왔다는 점에서 크게 느낀 것이지요. 박 노인은 배 처사 앞에 무릎을 꿇고 '정말로 내가 자네에게 감사하네. 자네는 내 아들과 비슷한 나이지만 내가 스승으로 여기겠네.' 하며 절을 하더랍니다. 배 처사도 황급히 일어나 맞절을 하며 '이러시면 안 됩니다요.' 해도 절을 마친 박 노인은 며느리를 불러 먹을 갈게 한 후, 붓으로 증서를 써주었습니다. 어디에 있는 논과 어디에 있는 집을 준다는 증서를 쓴 박 노인은 '이게 다 나를 사람으로 만들어준 자네에게 보은의 뜻으로 주는 것이네.' 하고 말하더란 것입니다. 그러자 깜짝 놀란 배 처사가 '천부당만부당하는 일입니다요. 제가 이렇게 사는 것은 제 복이 이 정도여서 그런 것이지 내 복이 아닌 것을 받을 수는 없습니다요. 절대 받을 수가 없으니 거두어 주십시오.' 하고 한사코 거절하더랍니다. 그러자 박 노인은 '자네는 이것을 받을 충분한 자격이 있는 사람이네.' 하며 기어이 건네주고는 한약방에서 한약 두어 첩을 지어 부인에게 전하라고 했답니다. 그러자 부인은 산후조리가 잘 되어 말끔히 나았는데, 그 후로도 박 노인은 아이들이 모두 학교에 다닐 수 있도록 했는가 하면 취업을 시켜주기도 하고 얼마간 현금도 쥐어주곤 했답니다."

내 말이 끝나자 교육생들은 박수를 쳐대며 좋아했다.

"거 참, 인생살이 한 수 배웠수다."

"나도 당장 집에 가면 그렇게 살아야 쓰것구만요."

누구나 한 마디씩 반응을 보이는 것이어서 그 얘기를 할 때마다 정작 신나는 사람은 나였다. 수업 시간에 수업은 하지 않고 얘기를 해주면 좋아하는 모습이란 어린이나 어른이나 하나 다를 게 없었다. 어쨌든 나는 묘하게도 강사 아닌 강사 신분으로 교육생들 앞에 서는 일이 자주 있게 되었는데, 막상 해보니 많은 사람을 접하는 것도 그리 싫은 일은 아니었다.

지난주에는 특이하다면 특이한 교육생들이 입교했다. 그들은 산전수전을 다 겪었는지 진지하게 교육을 받았는데, 교육받던 첫날 7명의 교육생들이 개별적으로 자신의 과거를 털어놓는 토론 시간이 있어 흥미로웠다.

이 과장이라는 사람은 군청 공무원으로 퇴직한 지 두 달도 채 되지 않은 사람이었다. 사무관 승진을 하지 못해 만년 계장으로 살아온 그는 퇴직금을 일시불로 타지 않고 연금으로 죄 돌려놓아 사는 데는 이상이 없었다. 그런데도 뭔가 일을 해서 돈을 벌어야겠다는 생각을 갖고 찾아온 사람이었다. 굳이 나이 들어 축산을 시작하겠다는 것이 욕심으로밖에 비쳐질 수도 있겠지만, 미국으로 유학을 보낸 막내 딸 학비가 한 달이면 2~3백만 원씩 들어가다 보니 절박한 처지가 돼버린 것이었다.

교육생 중에는 몇 달 전까지만 해도 전문대학 교수를 지낸 민 교수란 사람도 있었다. 비록 시골에 있는 전문대학 교수이긴 했지만 학생 수가 3천 명이나 되는 학교였다. 더구나 그는 태권도과 교수였기 때문에 학생들과 함께 베트남, 일본, 대만 등지를 다니며 국위를 선양하는 일이 많았고, 국내에서도 온갖 대회에서 상을 휩쓸기도 했다. 그런데 3년 전부터 학교 이사장으로 있는 설립자가 자주 법정에 서는 일이 잦았다. 새로 임용된 수 명의 교수들로부터 각각 1억씩을 수수했다는 죄목이었다. 그러더니 끝내 거액의 공금횡령죄까지 추가되면서 법정구속이 되고 말았다. 교과부에서 감사가 내려오는가 싶더니 몇 달 뒤에는 학교 폐쇄 명령이 내려졌다. 두 달 동안 동료 교수들과 천막농성을 벌였지만 언 발에 오줌 누는 격이었다. 재적생들은 인근 대학의 동일학과나 유사학과로 떠나갔고 하루아침에 학교는 찬바람만 씽씽 불었다.

대학교가 폐쇄되자 민 교수의 실직은 당연한 일이었다. 때마침 뭔가 구원의 줄을 잡아보려고 국회의원 선거에 뛰어들어 참모 역할을 했다. 하지만 낙선의 고배를 마시자 몇 푼 수당을 받는 것으로 끝나고 말았다. 자신이 미는 사람이 국회의원에 당선되었더라면 3급 별정직 보좌관은 따 놓은 당상이었지만 그만한 복이 그에겐 없었던 것이다.

그러나 그에게도 갈 곳은 있었다. 그의 노모는 시골에서 혼자 전답을 벌며 살고 있었는데, 선산발치에 천여 평의 귀한 밭이 있었다. 외삼촌이 2만 평 군유지 땅을 임대해서 흑염소를 키우고 있다는 사실도 큰 힘이 되었던 터라 흑염소를 키워보겠다고 교육원을 찾아온 거였다.

읍내에서 은행나무 술집을 운영하다가 교육생으로 들어온 미혼여성도 있었다. 이태 전 어느 가을 날, 노신사와 그를 모시는 몇 사람이 술집을 찾아왔다.

'연분홍 치마가 봄바람에 휘날리더라. 오늘도 옷고름 씹어가며 산 제비 넘나드는 성황당 길에……'

술에 취한 노신사는 노래 한 곡을 부르고 나더니 가난 때문에 월사금을 내지 못해 중학교 때 집을 나갔다는 과거를 들려주었다. 그때 한없이 이어지는 강둑을 걸으면서 불렀던 노래가 '봄날은 간다'였다. 그렇게 고향을 등진 후 미군 하우스 보이로 일하기도 하며 어린 시절을 보낸 노신사는, 사우디 사막에서 농장을 일궈 '사막 속에서 기적'을 일으켰다고 했다. 무 배추를 심어 한국에서 온 노무자들에게 제공한 것이었다. 거액을 번 노신사는 그후 간척지 70만 평을 사서 이제 원도 없고 한도 없이 많은 땅을 가지게 되었다는 거였다. 은행나무 여자는 그때 그 말을 듣고 그동안 알뜰살뜰 모아 두었던 목돈을 털어 5만 평의 야산을 선뜻 구입했다. 그리고 술집을 때려치운 후 축산교육원을 찾아온 거였다. 그녀의 꿈은 자연 속에서 흑염소를 기르는 축산인이 꿈이었다.

　주식에 실패한 회사원도 있었다. 그는 잘 나가던 회사의 과장이었지만 한때 주식으로 3억 원 가량 벌기도 했다. 그 후 그가 산 주식마다 하한가를 맞는 바람에 깡통계좌가 되고 말았다. 오기가 발동한 그는 빚을 내기 시작했다. 집과 토지를 잡혀가며 종자돈을 만든 그는 아예 단타에 매달렸다. 300만 원, 혹은 500만 원의 종자돈으로 수십억 원을 벌었다는 그 주인공이 써낸 책을 탐독하며 계속 단타를 하는 바람에 수억의 빚까지 지고 말았다. 점심을 김밥으로 때우며 종일 컴퓨터에 매달렸지만 역시 주식은 신의 영역인가 싶었다. 친구 돈, 형제간 돈, 처갓집 돈까지 다 말아먹은 그는 끝내 가정까지 깨지고 말았다. 그가 축산교육원을 찾아왔을 때에는 술과 담배에 잔뜩 찌든 모습이었다.

칠십이 넘은 노인도 있었다. 그 노인에게는 4남매가 있었지만 홀로 지내오고 있었다. 부인과 사별한 지 7년째였다. 노인은 건축 일을 하면서 흑염소 식당을 하는 쌍금댁과 한 달에 한두 차례 만나면서 외로움을 달래곤 했다. 두 사람은 이제 더 이상 따로 지내지 말고 함께 지내자며 해로를 약속했다. 노인은 쌍금댁에게 무엇을 해줄까 고민하다가 건축 일을 그만 접고 흑염소를 키워볼 요량으로 교육원을 찾아온 거였다. 노인은 흑염소를 키우고 쌍금댁은 그 흑염소를 재료로 식당을 운영하며 알뜰살뜰 살아볼 심산이었다.

군의원 선거에서 낙선을 하고 온 사람도 있었다. 자네 같은 사람을 안 찍고 누굴 찍겠는가? 평소 애경사를 빠뜨리지 않고 챙기는 것은 말할 것도 없고, 원만한 인간관계를 유지해왔기 때문에 유권자들 사이에서는 그가 당선될 것으로 예측하는 사람들이 많았다. 함께 모임을 갖고 있는 청년회에서는 청년회 자금에서 일부 지원해 주기도 했고, 초등학교 동창 모임인 뿌리회 역시 회의 안건으로 상정해 공식적으로 지지성명을 해주기도 했다. 일가친척들은 선거운동에 보태라며 두툼한 봉투를 건네주기도 했다.

그러나 개표 결과는 참담함 그것이었다. 선거가 끝난 후 1년 동안은 일체 바깥출입을 하지 못했다. 그만큼 충격이 컸다. 사람들이 무섭고 두려웠다. 모두 가면을 쓰고 자신을 대하는 것 같았다. 그래서 내 인생에 이젠 선거란 없다, 독하게 맘먹고 사람을 배신하지 않는 짐승들과 살겠다고 찾아온 교육생이었다.

"사람은 밑바닥을 쳐야 다시 일어서는 법이지요."

타잔의 철학은 바로 그것이었다. 타잔은 초등학교도 졸업하지 못한 일자무식이었는데도 흑염소에 관한 한 박사였다. 그런 타잔을 보면서 교육생들은 그가 가르쳐준 대로 하면 타잔이 소유하고 있는 흑염소 숫자만큼 쉽게 얻어질 거라고 생각하는 것 같았다.

"저한테 농업기술센터에서 벤처농업대학이라는 학교를 소개해 주었습니다. 거기에서 성공담을 발표하게 되었는데, 소가 1천 두, 밭이 30만 평의 소유자들 앞에서 흑염소 1천 두는 게임이 되지 않았습니다. 그때 제가 100년 후의 한국 축산이 어디로 갈 것인가에 대해 5분간 말할 기회가 있었는데, 저는 축산 농업을 이론적으로만 가르칠 것이 아니라 실재 경험담을 들려 줄 교육기관이 필요하다고 역설했습니다. 제 말에 감동을 받았는지 농수산식품부에서 이렇게 교육원을 지어주니까 여러분과 마주하게 된 것입니다."

타잔의 표준말을 바꿔 자기투의 말을 침을 튀겨가며 이어갔다.

"흑염소란 것은 우리 인간에게 보배로운 짐승이구만요. 좌우지간 풀만 묵게 해주면 젖과 살을 주기도 하고 때로는 약용이 되기도 합니다. 인간은 언제나 변하제마는 짐승은 한결 같아요. 특히 흑염소는 무릎까지 눈이 차도 새끼를 낳아서 데리고 오는데, 눈을 맞으면서도 잠을 자는 게 흑염소지요. 노루, 멧돼지 등 산짐승은 봄에만 새끼를 나니까 이를 응용해서 길러야 하는데, 어떻게든 자연초를 먹여야 하기 때문에 초원에서 키워야 합니다. 사료를 먹이지 않고 99.99%를 자체사료로 충당했을 때라야만 성공할 수 있다는 것을 아셔야 됩니다."

타잔은 교육생들로부터 부러움의 대상이었다. 아니 꿈과 이상의 목표가 돼버리고 말았다. 적어도 타잔은 축산업계에서 영웅이었는데, 교육원 원장 노릇을 하면서 직접 강의를 도맡아 하다 보니 눈코 뜰 새가 없었다.

축산 교육생 중에서 집으로 돌아가지 않고 아예 교육원에서 눌러 사는 이도 있었는데, 그는 철식이란 젊은이였다. 그는 국사봉 농장에서 지내는 것이 무척 즐거운 모양이었다. 흑염소를 키우는 법을 직접 체험해 보는 것도 좋았지만, 그러나 아직 야산을 구입하지 못한 처지였다. 도시에서 벽돌 쌓는 일을 하다가 실연을 당한 나머지 귀향을 한 것인데, 흑염소를 키울 야산이 그리 쉽게 매물이 나오지 않고 있었다.

"얘들아! 얼름얼름 풀을 막 뜯어먹어라. 오후에는 비가 온다 하더라."

마치 자기가 농장 주인이라도 되는 양 혼잣말로 중얼거리며 흑염소 떼를 몰고 나가는 철식이의 발걸음이 몹시 가벼워 보였다.

하늘은 금방이라도 한줄기 비라도 쏟아부을 요량인지 시커먼 구름이 낮게 내려앉아 있었다. 비가 오기 전에 흑염소에게 풀을 먹이려는 그는 농장 일을 자기 일처럼 하고 있었다.

오전이 지나자 자동차 시동 소리가 들려왔다. 교육생들은 반드시 점심을 밖으로 나가 흑염소탕을 먹었다. 다소 시간이 걸리는 것도 고사하고 인근의 흑염소식당을 찾아다니며 흑염소탕을 먹는 것이었는데, 그 이유는 흑염소의 유통과 판매현장을 실습하는 것이었다.

"하루 종일 그림만 그리고 있으면 된다요? 함께 가서 한 그릇 치우고 오게 어서 나오시오."

"그냥 다녀오십시오. 자주 이러시면⋯⋯."

"아, 숟가락 하나만 더 올려놓으면 되니까 어서 갑시다."

그런데 어떻게 알아냈는지 이번엔 특이한 곳으로 안내했다. 교육생들도 무작정 원장이 안내하는 대로 잠자코 따라갔는데, 포장된 도로가 있기에 망정이지 국사봉 농장 못지않은 산중이었다.

이윽고 소형버스에서 내렸을 때 주변의 풍광이 그럴 듯했다. 사방팔방이 높은 산으로 둘러싸여져 있어서 완전히 고립된 느낌을 주는 그곳에 둥싯둥싯 솟은 바위틈으로 청류가 흐르고 있었고, 대형 정각이 대궐 한 귀퉁이처럼 서 있었다. 신선들이 놀 수 있음직한 풍광 속에서 아예 흑염소를 마리로 팔고 있었다. 그래서 수육으로 먹기도 하고 탕을 끓여 먹어도 고기가 푸짐할 수밖에 없었다.

"자주 손님이 있는 것은 아니지만 이렇게 파는 것이 훨씬 편하지요."

흑염소 집 아주머니가 이마에 흐르는 땀을 훔치며 밝은 표정으로 말했다.

"그러니까 한 달이면 몇 마리나 파느냐 그 말입니다."

교육생 중 누군가가 판매량을 꼬치꼬치 캐물었다.

"이 산중에서 얼마나 되간디요? 대충 한 달에 20여 마리쯤 팔지요."

그 말에 교육생의 두 눈이 휘둥그레지며 놀란 시늉을 했다.

"일 년이면 몇 마리여? 200마리가 넘는 거 아녀?"

"놀래시긴……. 겨우 입에 풀칠이나 하지요. 직접 키워서 파니까 이문이 조금 남지 장에서 사다가 장사하면 뭐가 남겠는가요?"

다른 교육생들은 두 사람의 얘기에 귀를 쫑긋 세웠다. 누구나 흑염소를 직접 키워서 가게 하나 차리면 충분히 먹고사는 데는 지장이 없겠다고 공감을 하는 눈치였다.

그때 타잔이 조용히 하라는 손짓을 하고 나서 입을 열었다.

"저도 한때는 흑염소를 팔기 위해 전라도 여러 곳의 5일장을 다닌 적이 있었습니다. 문제는 흑염소를 키우는 것이 문제가 아니라 판로가 문제지요. 판로만 된다면 걱정 없는 것이 축산입니다. 제가 세를 내 준 가게에서는 하루에 두 마리 정도 소비하고 있는데 이제 반 년밖에 되지 않아서 정확하다고는 볼 수 없지만요."

"한 달이면 60마리, 일 년이면 엄청나겠네예. 마 그 정도 팔린 닥카믄 부자가 될 수 있는 게 아니겠습니꺼."

경상도에서 온 교육생이 물었다.

"그렇다고 봐야겠지요. 암튼 생산에서 판매까지 해야만 소득이 있다고 봅니다. 설령 흑염소 가격이 땅에 떨어질 때도 버틸 수가 있습니다."

타잔이 여러 교육생들을 바라보며 말하자 모두들 고개를 끄덕거리며 그제야 부드러운 수육부터 먹어치우기 시작했다.

"그나저나 이참에 흑염소한테는 구제역이 발생되지 않았기 때문이지 날벼락을 맞을 뻔한 것 아닙니꺼."

"천만다행이고 말고요."

흑염소 집 아주머니가 가볍게 웃어보였다.

"그런데예, 구제역 사태가 경북 안동에서 터졌을 때 정부에서는 역학조사를 하기는커녕 베트남을 다녀온 축산인 세 사람을 지목하고 그들이 방역대책에 따르지 않았다고 말하지 않았습니껴.
그러나 2011년 6월 6일 국회 공청회에서 충남대 수의학과 서상
희 교수는 세계식량기구가 지정한 국제 구제역 표준실험실의 조
사결과를 제출했는데, 안동발 구제역 바이러스는 베트남 바이러
스와 유전학적으로 일치하지 않았다 했어예. 과학적 근거에 의해
서 정부의 새빨간 거짓말이 죄다 드러난 것이지요."

"그래도 정부에서는 보상금을 주지 않았을까요?"

타잔이 되물었다.

"그게 정상적으로 키웠을 때와 비교해 보면 70% 수준입니다.
모든 축산농가가 부채를 안고 지내는데, 살처분 보상비 받아가지
고 가축을 입식한 후 정상화되기까지는 2년 정도 걸리지예. 정부
에서는 온갖 개방은 다 해놓고서 구제역 같은 사태가 일어나면
쥐꼬리만 한 보상금으로 달래는 거 아닙니껴."

사내는 자신이 말해 놓고도 흥분이 되는지 소주를 거푸 들이켰
다.

"구제역으로 인해 안동 지역경제가 말이 아니었지요?"

타잔이 빈 소주잔을 채워주며 물었다.

"말이라고 하십니껴. 하회마을을 찾아오던 관광객들의 발길이
끊어지고 '안동한우' 브랜드 때문에 식당이 몹시 북적거렸는데
한순간에 썰물처럼 활량하게 되아뿐기라요. 나도 그런 장면을 보
고 흑염소 사육을 결심한 거 아닙니껴."

"소, 돼지는 구제역 파동으로 난리를 겪었는데도 흑염소는 한
군데도 살처분한 곳은 없었으니까 그런 다행이 없었습니다."

"그런데 안동시에서는 구제역으로 인해 희생된 축생들의 넋을

기리겠다고 그해 12월 중순경에 '합동축혼제'를 시청 시민회관 앞 광장에서 열었어예. 그날 가축들이 좋아하는 무와 배추, 사료, 건초 등을 제상에 올려놓고 지낸 거 아닙니껴."

그때 누군가가 그 대화에 끼어들었다.

"안동시와 여러 종교단체들은 살처분한 축생들이 가엾다고 축혼제를 지내고 있는 사이, 한쪽에서는 구제역이 인체에 해가 없다며 소비를 촉진하는 캠페인을 벌이고 있었어요. 신문을 보니까 그렇게 보도되었더라구요."

"맞아예. 그게 이율배반적인 일이 아니고 뭐겠습니껴."

점심참에 구제역 얘기로 점심시간을 훨씬 넘겨 교육원으로 돌아왔다. 그런데 그 다음날은 퇴교 전날이어서 그런지 교육생들이 다들 잠잘 생각을 하지 않고 삼삼오오 모여 있었다. 하기야 어느 교육생이건 일정을 마친 마지막 날 밤에는 새벽녘까지 대화가 이어지곤 했다. 그도 그럴 것이 제2막 인생을 꿈꾸는 그들에게 다양한 사람들과의 대화는 많은 정보거리를 주기 때문이었다.

"염소 막사? 그거 내가 전문이니까 자재값만 받고 지어주겠소."

노인이 염소 막사를 새로 지으려면 큰돈이 들것이라고 누군가가 걱정을 하자 선뜻 나섰다.

"정말이라예?"

"이래뱄도 나는 진정한 노가다꾼이요."

"고맙심더."

밤새껏 얘길 나누다보면 서로의 고통도 털어놓기 마련이었는데, 의외로 쉽게 일이 풀리는 경우도 많았다. 누구나 한 가지씩은 솜씨가 있어서 상호 보완하는 일도 더러 생겼던 것이다.

그런데, 교육생들이 다 떠나고 난 후 타잔은 군청에 가서 축산업협의회 회의를 참석해야 한다며 농장을 빠져나갔다. 여강이도 물건을 살 것이 있다며 타잔과 함께 나가는 바람에 밤낮으로 사람들이 들끓던 농장이 절간처럼 삽시간에 조용해졌다.

참으로 오랜만에 맛보는 고요였다. 적어도 다음 교육생이 올 때까지 사흘간은 개미 새끼 하나 보이지 않을 만큼 조용한 분위기였기 때문에 이럴 때 작품에 열중해야 할 일이었다. 게다가 논문을 쓴답시고 한 달이면 한두 차례씩 찾아오는 전문대학 민 교수란 사람이 회진댁과 무슨 일인지 함께 나갔으므로 철식이만 남아 있었다. 그는 흑염소 막사로 올라가는 쇠사다리를 고치기 위해 용접을 하고 있었다. 쇠토막이 촛농처럼 녹아내리면서 쇠와 쇠를 붙게 할 때마다 불꽃이 튀었다. 모친이 홀로 살고 있다는 고향마을에 뒷산 자드락밭 몇 백 평과 겨우 식량을 할 수 있는 400평의 논배미밖에 없다던 그가 행복한 귀농가를 부를 그날은 언제쯤일까. 인생 2막을 꿈꾸기 위해 그는 천여 마리의 흑염소 떼를 몰고 산을 오르락내리락 하는 그날을 손꼽아 기다리고 기다리고 있을 것이었다.

나는 천천히 산길을 오르기 시작했다. 이제 넉 점의 탱화도 거지반 끝나가고 있었다. 그리고 무녀가 부탁한 후불탱화 한 점을 그리고 나면 일단 홀가분한 기분을 맛볼 터였다.

문득 남미륵사의 대우 스님이 떠올랐다. 남미륵사 만불전의 천정화를 그릴 때 대우 스님이 저녁 공양을 마치고 들려주던 얘기가 떠올랐다.

어느 날 충북 쪽에 볼 일이 있어 출타했다가 산기슭에서 뒷병

짜리 소주병을 먹고 있는 사내를 발견했다. 그는 만취한 상태인지라 걸음도 제대로 걷지 못하면서도 소주병을 거꾸로 치켜들며 마셔대고 있었다.

"이거 보시오. 젊은 사람이 그렇게 술을 마셔대면 되겠소? 몸도 생각해야지."

그러자 그 사내는 땅바닥에 털버덕 주저앉으며 대우 스님을 멀거니 쳐다보았다. 머리칼이 수북하게 자랐고 소매를 걷어붙인 잠바는 땟국이 질질 흘렀다.

"죽을라고 맘먹은 사람이 술이 대수겠수?"

그는 이미 삶을 포기한 사람처럼 목소리에 힘이 없었다.

"쇠똥 밭에 굴러도 이승이 더 낫다고 하잖소. 술로는 어떤 일도 해결할 수는 없는 법입니다."

"내버려 두시유. 세상을 포기한 사람이니까."

"가서 사연이나 들어봅시다. 집이 어디시오?"

그의 집은 혼자 살고 있는 탓인지 엉망진창이었다. 라면봉지가 여기저기 널려 있을 뿐 쌀 한 톨 없이 살고 있었다. 당장 대우 스님은 가스레인지와 냉장고, 쌀, 김치 등 우선 먹을 수 있도록 조치했다. 그리고 소를 세 마리 사 주었다.

"소를 키우되 쇠죽을 먹여서 키워보시오. 그러면 더 비싼 값으로 팔릴 수가 있을 것이오."

대우 스님은 그와 헤어진 후 하루에 다섯 번씩 전화를 걸었다. 술을 마시지 않고 하루하루를 열심히 살고 있는지 확인하기 위해서였다. 그는 소를 15년간 키웠고, 끝내는 성공해서 지금은 1천 마리의 소를 키울 뿐 아니라 여러 차례 TV에 성공사례로 방영까지 했다.

"그 사람을 시작으로 불우한 사람들에게는 소를 한 마리씩 사서 줍니다. 아마 30여 명 정도가 소를 키우고 있습니다."

대우 스님이 곁에 서서 귓속말을 하는 것처럼 생생하게 되살아났다.

사방은 고요했다. 바람이 불어올 때마다 풍만한 잎사귀들이 뒤채며 속살거리듯 움직였다. 차량이 다닐 수 있는 임도가 끝나는 지점에서 정상부까지는 등산로가 시작되었다. 그런데 임도의 끄트머리에 웬 지프차가 있었는데 낯익어 보였다. 전문대학 민 교수의 지프차였는데, 차 안에서 도란도란 말소리가 들려오고 있었다. 말소리 또한 귀에 익은 목소리였다.

"교수님. 애들이 치킨보다도 산에서 키운 닭을 잘 먹는 걸 보니 다행이에요."

뜻밖에도 회진댁의 목소리였다.

"그보다도 엄마의 정성 같은 걸 더 느끼는 것 같애요. 회진댁이 올 때마다 애들이 그저 좋아하는 걸 보면 얼마나 흐뭇한지 모르겠습니다."

"애들이 무슨 죄가 있겠어요? 교수님이 이혼을 한 바람에 엄마 없이 크니까 안쓰럽다는 생각만 들더라구요."

회진댁의 목소리가 나긋나긋했다.

"그런데 타잔이 알면 난리가 날 것 같은데, 이제 저도 농장엘 그만 와야 할까 봐요."

교수는 회진댁과의 관계가 걱정스러운 모양이었다.

"흑염소를 연구하겠다고 다녀가는데 남편인들 뭐라 하겠어요?

그냥 맘 편히 다니세요."

그러나 나는 밤에 잠을 뒤채지 않을 수 없었다. 낮에 보았던 믿기지 않는 장면 때문이었다. 나는 슬그머니 차량을 피해 산길을 오르기 시작했는데, 문득 나도 모르게 뒤를 무심코 내려다보는 순간, 못 볼 것을 보고만 것이었다. 지프에서 두 사람이 내린 것 같더니 바로 곁에 있는 굴참나무 밑으로 쏜살같이 들어가는 것이었는데, 굴참나무는 칡넝쿨로 우거져 있어서 흡사 동굴처럼 보이는 곳이었고 두 사람은 눈 깜박할 사이에 사라져버린 것이었다. 설마하니 더위를 피해 칡넝쿨 속으로 들어가지는 않았을 것이었다. 그런데 모른 척하고 몇 발짝 걸어가고 있을 때였다.

"아!"

회진댁의 짧은 비명소리가 낮게 흘러나왔다. 그 비명소리는 굴참나무 칡넝쿨 속에서 흘러나오고 있었다. 나는 그 짧은 비명 소리를 들으며 두 눈으로 보는 것처럼 상상이 펼쳐졌다.

"손부터 집어넣으면 어떡해."

거듭 흘러나오는 회진댁의 목소리.

그 목소리 하나만으로도 두 남녀는 말없이 부둥켜안고 서로 혀를 나누었을 것이고, 이윽고 남자의 손이 여자의 젖가슴에서 배꼽으로, 배꼽에서 더 깊은 곳으로 내려가고 있다는 것을 짐작할 수 있었다. 여자는 남자의 목덜미를 끌어당겼을 것이고, 남자는 여자의 바지를 벗겨 내렸을 것이었다.

"아, 아!"

나는 머리를 절레절레 흔들었다. 남의 비밀을 아는 순간부터 고통은 시작되고 있었다. 아무리 잊으려 해도 자꾸만 그 장면이 떠오르는 것은 어쩔 수 없었고, 어느 순간 회진댁의 해맑은 얼굴이 가면을 쓴 것처럼 느껴졌다.

그런데, 일주일 남짓 지나서였다. 교육생들이 일정을 모두 마치고 출소를 한 날이었는데 외출 나간 회진댁이 돌아오지 않자 타잔의 역정스러운 목소리가 들려왔다.

"아니, 이 사람이 해가 다 졌는데도 어딜 가서 아직까지 집에 안 돌아오고 있는지 모르겠네."

그는 뭔가 이상한 느낌이 있었는지 김치 한 가닥에 소주를 벌컥벌컥 들이기까지 하며 회진댁을 기다리는 눈치였다.

"여강이 너도 네 올케언니 어디 간지 모른다구? 어딜 갔는지 핸드폰도 안 받고 있다니까."

"금방 돌아오시겠지요, 뭐."

그런데, 그 순간 타잔의 입에서 살벌한 말이 흘러나왔다.

"이년, 들어오기만 해봐라. 죽여 버릴 테니까."

"오라버니. 왜 갑자기 화를 내고 그러세요?"

"넌 몰라도 돼!"

"무슨 일이 있어요? 올케언니한테 무슨 일이 생겼느냐구요?"

"술이나 더 가져와!"

타잔이 묻는 말에는 대답하지 않고 이미 한 병을 다 마셨는데도 술을 더 갖다 달라고 다그쳤다.

"오라버니답지 않게 오늘 무슨 일이세요?"

그녀가 퉁명스레 대하면서도 술을 더 갖다 주자 이번엔 아예 다모토리로 마셔댔다. 타잔이 뭔가 낌새를 알아차리기라도 했다는 것일까.

그런데 밤이 이슥해서였다. 타잔 부부가 다투는 소리가 들려오기 시작했다.

"야, 이년아! 어서 털어 놔."

타잔의 목소리는 강했다.

"당신, 뭣을 털어놓으라는 것인지 모르겠소."

"솔직히 고백하면 용서할 수도 있어. 그러니 좋은 말할 때 털어 놔."

타잔이 거듭 재촉했다.

"그냥 눈이나 붙이세요. 남 잠 못 자게 어지간히 볶으고…….'"

회진댁이 아무렇지도 않는 일을 가지고 성가시게 한다는 말투였다.

"내가 시방 모든 일을 다 알고 물어보고 있는데 계속 오리발을 내놓을 것이여?"

자백이든 고백이든 어떤 말을 듣지 않고서는 한 발도 물러나지 않겠다는 기세였다.

"내가 뭘 잘못했다고 날 잡아먹을라고 그러세요?"

"이년이 그래도 오리발을 내놓네?"

"으이고, 징상스러운 인간…….'"

회진댁이 울부짖었다. 그런데 다음 순간이었다.

"윽!"

뭔가 내리치는 듯 둔탁한 소리가 들려오더니 그녀의 입에서 짧게 비명소리가 흘러나왔다.

"죽여라…….'"

"그래, 이년아 죽어라!"

다시 타잔의 주먹이 그녀의 면상을 내리치는 것 같았다.

더 이상 그녀의 입에서는 비명소리가 흘러나오지 않았다. 되게 맞은 모양이었다.

"아,버,지이⋯⋯잉잉잉."

이번엔 잠에서 깨어난 두 아이들이 울음을 터뜨렸다.

"너희들은 저 방에서 잠이나 자!"

"아버지, 엄마 좀 때리지 마세요. 잉잉잉."

아이들의 울음소리가 더욱 커지는가 싶더니 이번엔 여강의 목소리가 들려왔다.

"이러다가 언니를 죽이겠어요."

"저런 년은 죽어도 싸다."

"그렇다고 폭력을 쓰면 어떡해요? 어머나, 저 피 좀 봐!"

그때 타잔이 우당탕 방문을 열고 밖으로 나왔다. 그러더니 마당 한가운데 퍼질고 앉아 담배를 피워 물었다. 그는 땅바닥을 주먹으로 쿵쿵 내리치다가 한 손으로 자신의 머리칼을 쥐어뜯으며 괴로워하는 것이었다.

다음날 아이들을 학교 보내기 위해 밖으로 나온 회진댁의 얼굴은 꼴이 말이 아니었다. 아예 눈을 뜨지 못할 만큼 푸른 멍이 눈 밑에 자리하고 있었고, 입술은 터져 있었다.

그녀는 계란으로 눈두덩을 문질러대며 가끔씩 흐느끼고 있었다. 간밤에 밤새도록 타잔으로부터 들볶이다가 기어코 얻어터지고 만 회진댁은 억울하다고 말할 수 있을까.

여전히 그녀는 푸른 멍을 얼굴에 매단 채 청소를 하고 세탁기를 돌리고 염소새끼 막사에 들어가 새끼들을 돌보았다. 남편에게 죽도록 얻어맞고도 말 한 마디 대꾸하지 않고 죽으라면 죽은 시늉까지 하는 모습이었다.

그러나 타잔은 여전히 분을 삭이지 못하고 아예 일손을 놓아버리고 있었다. 그리곤 국사봉 꼭대기까지 올라갔다 내려오기를 반복했다. 밑바닥을 모를 분심이 치솟아 오를 때마다 막혀오는 숨을 내쉬느라 가쁜 숨을 내쉬다가 깊은 숨을 내쉬기도 했다.

하지만 사단은 기어이 이틀을 넘기지 못하고 터졌다. 이틀 동안에도 타잔은 회진댁에게 실토를 하면 용서해주겠다며 들볶는 눈치였다. 아침이면 두 사람 다 잠을 제대로 못 잔 탓으로 눈두덩이 부을 대로 부어 있었다.

그런데 이틀이 지났을 때 초저녁부터 다투는 소리가 들려왔다. 뭔가 물건을 내던지는 소리, 부서지는 소리도 함께 들려왔다.

드디어 회진댁이 앉아서 맞고만 있지 않겠다는 듯 대드는 눈치였다.

"그래, 쥑여라! 이 짐승만도 못한 놈아!"

"이년이 내 멱살을 다 잡네!"

"그래, 이놈아! 나 그 교수하고 붙어먹었다! 어쩔래!"

독기를 품은 회진댁이 죽자사자 덤비는 모양이었다. 아무래도 무슨 사단이 일어날 것 같아 밖으로 나갔다. 그 순간, 우당탕 소리가 나더니 타잔이 문짝을 넘어뜨리며 뒤로 벌렁 넘어졌다. 회진댁이 타잔의 배 위로 올라타더니 다시 멱살을 쥐어흔들며 나 쥑여, 나 쥑여, 하고 울부짖었다. 회진댁의 발광에 타잔은 어처구니가 없었는지 그녀가 하는 대로 내버려둔 채 헛웃음만 치는가 싶더니 벌떡 일어났다. 그녀가 가랑잎처럼 픽 옆으로 쓰러졌다.

"이년이 손톱만치도 반성하기는커녕……."

쓰러진 회진댁을 힐끔 내려다보던 타잔이 방 안으로 성큼 뛰어 들어가더니 엽총을 들고 나왔다. 엽총의 총구를 회진댁의 가슴팍을 향해 쏘려는 자세를 취하는 순간, 그녀는 오른쪽 어깨를 움직이며 낮은 포복으로 뒷걸음질을 쳤다.

"제발 저 총 좀……."

그러나 때는 이미 늦은 상태였다. 잠금장치를 푼 타잔이 방아쇠를 잡아당기고 말았는지 '타아앙!' 하고 총소리가 터져 나왔다.

"오라버니이!"

여강의 악 쓰는 소리가 총소리만큼 크게 들려왔다.

"타아앙!"

거듭 쏘아대는 총소리에 회진댁은 사색이 되어 두 발을 뻗은 채 뒷걸음질을 쳤다.

"오라버니! 이러다가 사람 죽이겠어요!"

그녀는 타잔의 손에 들려진 총을 빼앗아 땅바닥에 던져버렸다.

"진짜 죽여버리고 싶어!"

핏발선 눈으로 회진댁을 날카롭게 쏘아보던 타잔이 이번엔 연장공구가 가지런히 걸려 있는 곳에서 한 자루 낫을 꺼내들더니 울부짖었다. 두 손으로 머리를 감싼 채 옴짝달싹도 하지 않는 회진댁의 등에 냅다 꽂을 기세였다. 이미 총을 맞고 죽었을지도 모를 회진댁에게 다시 낫을 꽂겠다고 울부짖는 타잔의 모습은 악마 그것이었다.

"아아! 미치고 환장하것네!"

참으로 지옥이 따로 없었다. 총과 낫의 흉기가 삼라만상이 이제 서서히 잠들려는 시각에 사람의 목숨을 끊겠다고 광기를 부리는 모습이었다. 타잔은 괴성을 지르다가 낫조차 내동댕이치고는 그대로 고꾸라지더니 울음을 터뜨렸다. 땅바닥을 손바닥으로 때리다가 머리를 짓찧으며 울부짖는 그 모습 또한 지옥이었다.

"두 조카들을 생각해서라도 오라버니가 참으셔야지요."

여강이 부드럽게 달랬다.

"내 두 눈으로 똑똑히 보았는데 어떻게 참으란 말이냐?"

"오라버니. 막상 언니를 내친다고 해서 무슨 뾰족한 수가 있는 줄 아세요? 설령 재혼을 한다 해도 어차피 헌 여자를 얻게 된다구요."

"그렇다고 현장을 봐버린 이상 용서는 안 돼."

"나중 오라버니는 후회하게 돼요."

그러나 그녀의 말에는 더 이상 대꾸할 가치가 없다는 듯 타잔이 내 곁으로 다가왔다.

"방해가 된 것 같소마는 우리 한 잔씩 하십시다."

나는 말없이 일어나 이젤을 저만치 치운 다음 그가 앉을 공간을 만들어주었다.

"앉으십시오."

내가 손가락으로 방바닥을 가리키자 털썩 주저앉더니 밖을 향해 소리를 꽥 질렀다.

"엄니, 술상 좀 내오씨요!"

그러자 노파가 김치찌개를 끓여 쟁반에 담아가지고 왔다. 노파는 김치찌개를 내려놓으며 근심스러운 표정을 지으며 말했다.

"아이고, 이놈아! 이러다간 늙은 내가 죽게 생겼다!"

"엄니, 나 참말로 괴롭소."

타잔이 한숨을 푹 내쉬었다.

"집안이 무슨 일인가 몰겄다. 제발 정신 조깐 차려라."

노파가 일어나서 밖으로 나가자 타잔은 연거푸 술잔을 들이켰다.

"세상 남자치고 지 여편네 바람피우는 꼴을 그대로 넘기는 사람이 있을꼬."

"……글쎄요."

"참, 법능 화사도 혹시 철이 엄마가 그놈 만나는 것을 본 적이 있었소?"

나는 뭐라고 말해야 좋을지 가슴이 먹먹해졌다. 봤다고 말하면 증인이 되는 일이요, 안 봤다고 말하면 거짓말이 될 터였다. 이 또한 무슨 운명이란 말인가. 내가 위로한답시고 한 마디 꺼냈다.

"보고 안 보고가 중요한 게 아니라고 생각합니다. 그 일을 내가 어떻게 생각하느냐가 중요하다고 생각합니다."

"그게 무슨 말이다요?"

그가 나를 빤히 바라보며 물었다. 눈이 벌겋게 충혈되어 있었고 그 충혈된 눈에서 술이 뚝뚝 떨어지는 것 같았다.

"아무런 일이 일어나지 않았다고 생각하면 되지 않겠습니까?"

"아무런 일이 일어나지 않다니?"

타잔이 고개를 흔들면서 말했다.

"평생 혼자 살겠다고 하면 몰라도 어차피 재혼을 하게 되면 아이들 문제가 뒤따르지 않겠습니까?"

"아니여. 반드시 자백을 받아내고야 말 것이여. 그러고 나서 용서를 한다든지 어쩐다든지 하는 것이여."

타잔이 어금니를 오도독 갈며 혼잣말로 중얼거렸다.

국사봉 위로 둥근 달이 떠오르고 있었다. 아름다운 달이었다. 그 달은 국사봉의 그늘을 시나브로 먹어치우면서 하늘 위로 솟구치고 있었다. 풍만한 몸이었다. 그 달 속에 해월 노화사가 오롯이 앉아 있었다. 그리고 내게 가만히 속삭이듯 말하는 것이었다.

"조갑지에 담글 때는 물리지 않게 살짝 담궈라. 이 말은 만고불변의 명언이니라."

제6장

용혈암

회진댁이 자취를 감춘 지 여러 날이 지나고 나서 그녀의 친정 아버지와 큰오빠가 국사봉 농장을 찾아왔다.

"나, 박 서방 좀 만나러 왔는디 시방 어디가 있다요?"

키꼴이 훤칠하고 허우대가 큰 노인은 승용차에서 내리자마자 다짜고짜 여강에게 고함을 쳤다. 보나마나 타잔의 총기 사건을 따지러 온 것이 분명해 보였는데, 여강이 허리를 굽혀 인사를 했지만 받는 둥 마는 둥 하더니,

"대체 무슨 죽을죄를 지었다고 사람한테 총질을 혀?"

하고 추궁조로 다그쳤다.

— 저한테 따님을 줄라요 안 줄라요?

장인이 될 노인 앞에 가서 큰 절을 올린 타잔은 그렇게 큰 소리로 물었다고 한다. 그러자 장인어른은 타잔의 행동거지를 지켜보더니 허허 참, 하고 웃고 나서,

— 합격이네, 합격!

하고 대번에 승낙을 했다고 한다. 흑염소 다섯 마리로 시작한 젊은이가 이제 천여 마리의 흑염소를 지닌 농장주인데 마다할 이유가 없었을 것이었다. 그래서 첫 선을 본 지 불과 두 달 만에 결혼식을 올린 타잔 부부였다.

"내 딸을 개 잡듯이 두들겨 팬 이유부텀 들어보세."

노인은 마침 흑염소 막사에서 걸어 나오는 타잔에게 대뜸 물었다.

"본인이 더 잘 알 것이요."

타잔 역시 조금도 물러설 기색이 아니었다.

"이 사람아! 엑스레이를 찍어본께 턱이 나가뿌렀어! 턱뼈에 금이 갔다 그 말이여!"

"이제 그만 딸을 데려가십시오."

타잔이 되받아쳤다.

"데려가다니? 어디로? 죽어도 이 집 귀신이요, 살아도 이 집 귀신인데 데려가다니?"

"바람피운 여자와는 더 이상 살 수 없구만요."

"그래, 박 서방 말대로 바람을 피웠다고 치세. 그랬다고 사람을 개 패듯 해야 되는가?"

"자백을 하면 용서를 하려고 했지요."

"더구나 총질까지 하다니, 자네가 사람인가, 짐승인가?"

"저도 참을 만큼 참았습니다."

"참아? 사람을 짐승만도 못하게 취급하면서 참기는 뭘 참아?"

노인이 오른손을 치켜들고 손가락으로 타잔의 얼굴을 향해 찌를 듯이 가리켰는데 팔 전체가 부들부들 떨었다.

"짐승은요, 따님보담 낫지요. 짐승은 제 주인을 배신하는 일이 없다 그 말씀입니다. 그리고 살아서는 젖을 주고 죽어서는 살과 뼈를 주는 것이 짐승 아닌가요?"

"이 사람이 뭣을 잘했다고 꼬박꼬박 말대꾸여? 조금도 반성하는 기미가 없구만. 그래, 내 딸에게 총을 쏘았다는데 어뜨크롬 책임을 질랑가?"

"흥, 총을 맞기라도 했단 말입니까?"

타잔이 별 시답잖은 말을 한다는 듯 콧방귀를 뀌었다.

"뭐여? 그게 말이라고 하는가?"

"자네는 살인미수에 해당되는 죄를 지었어. 감방에 가서 욕 좀 봐사 쓴다구."

"알아서 하십시오. 적반하장이라더니 장인어른을 두고 한 말이구만요."

"허헛 참, 갈수록 태산이구만. 자네는 감방을 가봐야 속을 차릴랑갑네."

"알아서 하십시오."

장인과 사위가 서로 험악한 표정을 지으며 으름장을 놓고 있었다. 어쩌자고 장인과 사위가 원수가 되어 서로 잡아먹겠다고 이 난리인가. 전생에 원수가 되었는데 현생에 다시 원수가 되었단 말인가. 서로 물고 뜯고 싸워서 현생에 원수가 되면 다음생인 내생에도 원수가 될 게 아니겠는가.

"나는 자네를 용서할 수가 없네."

"저도 용서할 수가 없구만요."

"조금도 반성의 기미가 없구만. 저런 불상놈한테 딸을 준 내가 잘못이지."

노인이 성큼 일어났다. 그리고 기어코 못 박듯 한 마디 내던졌다.

"이제 그만 헤어지세. 사람한테 총 쏘는 짐승 같은 놈하고 내 딸이 살 수는 없으니께."

그때 함께 온 회진댁의 큰오빠가 연신 담배를 피워 물고 있다가 노인 앞으로 나서며 말했다.

"아버님. 저랑 잠깐 좀 얘기 좀 합시다."

그러자 노인이 버럭 소리를 질렀다.

"얘기는 무슨 얘기? 일 없응께 그냥 가자."

노인은 먼저 승용차가 있는 쪽으로 걸어가면서 아들을 채근했다. 그러자 회진댁의 큰오빠는 차분한 목소리로 타잔을 어르기 시작했다.

"형님. 얼른 형님이 잘못했다고 빌어버리시오."

그러나 타잔의 반응은 냉랭했다.

"아, 자네 아버지가 고소하겠다고 이 난리 아닌가? 나는 죽었으면 죽었지 내 여자가 바람피우는 꼴은 못 보는 사람이니까 그리 알어!"

"잘못했다고 빌어버리면 될 일을 으짠다고 그라시오?"

"내가 왜 총을 쏜지 아는가? 죽일려고 했것능가? 그게 아니여. 내가 사람이나 죽이는 짐승인가? 그게 아니여. 나는 자백만 받으려고 한 것이여. 그라고 자백만 하면 용서해 줄라고 한 것이여. 그런데 끝까지 버티니까 내 마음이 어쨌겠어? 환장하고 미쳐버릴 일이지. 사람이 말이여, 이 세상을 살면서 어떻게 죄 안 짓고 살 수 있단가? 그렇지만 잘못을 인정하고 용서를 빌어야지 끝까지 버티면 어떻게 하겠는가? 끝장날 수밖에 없는 거 아니겠느냐 그말이여. 그런 거 보면 자네 동생도 보통 독한 여자가 아니여. 내가 그렇게 패보기도 하고 총까지 들이대면서 자백을 하라고 해도 끝까지 버티는 것을 보면 독종이지, 암, 독종이고 말고!"

회진댁의 큰오빠가 더 이상 대화를 할 수 없다는 것을 판단했는지 홱 돌아서서 몇 발짝 걸어가다가 뒤를 돌아보며 한 마디 던졌다.

"실은 일을 마무리 해보려고 왔는디 안 되겠구만요. 모든 일은 형님한테 책임이 있는 것인게 그리 아시요."

"고소를 하든지 감방에다 처넣든지 알아서 혀! 만약에 나를 감방에 안 처넣으면 내가 가만 안 있을라니까 꼭 감방에 처넣도록 하소!"

타잔은 회진댁의 친정아버지와 큰오빠가 탄 승용차의 뒤를 보고 악을 바락바락 써대고 나더니 털퍼덕 땅바닥에 주저앉았다.

"일어나시지요."

내가 손을 잡아끌었지만 바윗덩어리처럼 꿈쩍도 않더니 하늘을 보고 헛웃음을 쳤다.

"헛허허! 참말로 더런 놈의 세상을 다 보겠네. 죄 진 놈이 오히려 한술 더 뜨니 말이여."

참으로 잘 나가던 국사봉 농장의 분위기가 갑자기 엄동설한처럼 변해버린 꼴이었다. 날마다 교육생들과 이름 있는 강사진들이 찾아들어 산중 발복이 된 듯 사람들로 북적였던 국사봉 농장이었다. 그런데 하루아침에 서리 맞은 배춧잎처럼 되어버린 분위기였다.

일이 묘하게 꼬여가고 있었다. 회진댁이 바람을 피운 것은 사실이었지만 오히려 당하는 쪽은 타잔이었다.

"실은 두 사람이 바람피운 것을 내 두 눈으로 똑똑히 봤구만요."

이 말이 목구멍까지 나왔지만 꾹 참았다. 말 한 마디 잘못했다간 꼼짝없이 증인으로 법정에 서게 될 것이었다.

그나저나 친정집으로 도망간 회진댁은 친정아버지에게 절대 자기는 외간남자와 바람피운 적이 없다고 극구 변명하고 있을까?

네가 한 말은 틀림없는 사실이제?

아부지두……. 제가 미쳤어요?

그라믄 으짠다고 박 서방이 저 난리라냐? 뭔가 짚이는 데가 있응께 총까지 쏘는 게 아니냔 말여.

친정아버지는 아무래도 딸이 거짓말을 하고 있다는 표정이다. 그러자 회진댁은 펄쩍 뛰면서,

아부지! 아부지는 딸이 시방 거짓말 한다고 생각하시오? 그놈은 짐승이랑께요, 짐승!

그녀는 아직도 푸른 멍이 가시지 않는 턱과 눈두덩을 손바닥으로 쓸어내리며 눈물을 떨구었다.

알았다. 내 그 놈을 고소해서 반드시 콩밥을 먹이마. 너도 그놈하고는 영영 헤어질 것을 각오해라. 여차했으면 눈에 넣어도 아프지 않을 내 새끼를 쥑일 뻔하지 않았더냐.

나는 회진댁의 그 뻔뻔스러운 얼굴을 상상해 보았지만 그렇다

고 타잔 또한 잘했다고 볼 수 없는 일이어서 답답할 뿐이었다.

그런데 이상하게도 경찰서에서는 타잔을 부르는 낌새가 전혀 없었다. 전화로 나와 달라고 하든지 아니면 체포하기 위해 직접 찾아오든지 하는 일이 없었다. 나 역시 참고인으로 부르는 일조차 없다보니 그쪽에서 큰소리만 쳤지 이렇다 할 조치를 취하지 않는 모양이었다.

그럭저럭 보름 남짓 지났을 때 잠시 문을 닫은 흑염소 교육원 문제로 담당 공무원이 찾아와 안달을 했다.

"아니, 언제까지 교육원 문을 닫을 셈이요?"

"아 집구석이 난리가 났는데 교육은 무슨 교육이여?"

"계획서대로 안 하면 안 된단 말씀입니다. 내려준 교육비는 어떻게 정산하실려고 그러십니까?"

군청 공무원은 서류뭉치를 손바닥으로 탁탁 치며 말했다.

"아, 조금만 참고 있어 봐. 집안일이 수습되어야 일을 하든지 말든지 할 테니까."

"지금 시작한 지 얼마나 되었다고 그러세요? 불과 몇 달밖에 되지 않았는데요."

군청공무원은 얼굴이 벌겋게 달아오르고 있었지만 타잔은 전혀 아랑곳하지 않는 표정이었다.

"도에서도 크게 관심을 갖고 있단 말씀이요. 교육장만 짓는데도 예산이 자그마치 3억이 들었는데 일이 잘 안 돌아가면 제가 감사받을 때 지적을 받는단 말씀입니다."

"알았어. 다음주부터 교육신청이 오면 진행을 할라네."

"다음주까지요? 당장 낼부터라도 하셔야 된다니간요. 귀농교육을 활성화시키라고 독촉이 심하다니까요."

"알았어."

공무원이 다녀간 뒤로 타잔이 내 곁으로 다가오더니 심각한 표정으로 말했다.

"법능 화사. 아무래도 당분간 교육원 좀 맡아줘사 쓰것소."

"제가 할 줄 아는 게 뭐가 있겠습니까? 그림이나 그리는 주제에……."

나는 기가 막혀 말이 제대로 나오질 않았다.

"어려울 게 하나도 없소. 외부강사가 와서 다 강의를 할 텐께 그저 입소하고 퇴소할 때 신경을 좀 쓰면 될 것이요."

"시방 제가 그럴 처지가 못 되는지 잘 알고 계시지 않습니까?"

나는 화가 나듯 목청을 높이며 투덜거렸다. 이곳 국사봉까지 온 것은 어디까지나 넉 점의 탱화를 그리기 위해서였지 이래저래 시간을 빼앗기려고 온 것은 아니었다.

"사정이 그렇게 되다보니까 이렇게 부탁을 하는 것 아니겠소. 당장 애엄마하고 이혼을 해야겠다 그 말이요."

타잔이 자신의 가슴을 몇 차례 쥐어박는 시늉을 했다.

그러고 보니 타잔은 아예 이번 기회에 회진댁과의 인연을 싹둑 잘라버릴 기세였다. 도저히 회진댁의 불륜을 용서할 수 없다는 독한 마음이었다.

"……알겠습니다."

마지못해 고개를 끄덕거리자 타잔은 만면에 웃음을 머금고 내 손을 으스러져라 꽉 잡았다.

"철식이 도움을 받아가면서 몇 주만 고생하면 될 것이요."

타잔은 뭔가 결단을 내리고야 말겠다는 듯 차를 몰고 밖으로 나갔는데, 아마도 변호사를 만나 의논을 할 요량인 것 같았다.

그렇게 타잔이 사라지고 난 뒤로 나는 졸지에 주인행세를 하게 되었다. 교육을 받겠다고 신청서를 접수하는 교육생들을 외면하거나 퇴짜를 놓을 수는 없는 노릇이었다.

하지만 말이 그렇지 일이 어디 한두 가지겠는가. 교육 외에도 입소서류, 교육증 발급, 교육 관련 문서접수 및 발송 등 하나하나 해야만 했다. 게다가 교육원생들의 삼시 세끼를 해결해야 했기 때문에 하는 수 없이 군청 담당자의 소개로 읍내에서 두 사람이나 데려와 밥과 반찬을 만들도록 했다. 그런데 타잔이 이혼을 서두르고 있는데도 여강은 전혀 반응이 없었고 오히려 태연자약했다. 알 수 없는 일이었다. 오라버니가 당장 구속될 상황인데다가 교육원 운영이 발등에 불처럼 떨어졌는데도 왜 가만히 있을까 싶었는데, 마침내 그 이유를 알 수 있었다. 그야말로 청천벽력 같은 음모가 진행되고 있었다.

그러니까 전날 밤, 나는 우연찮게 그녀의 전화내용을 엿듣게 되었다.

"친정아버지가 고소하려는 것을 결사적으로 막고 있다고요? 고소하면 당장 구속될 뿐 아니라 감방 생활도 많이 하게 된다구요? 언니! 언니를 때린 건 백 번이나 잘못했다고 하지만 고소까지 해야 되겠는가요? 그럼요, 언니가 막아야지요. 두 애들도 생각하셔야지 어쩐다고 끝장들을 볼려고 그런데요?"

하고 말하는 것이었는데, 과연 일이 어떻게 돌아갈지 조바심이 일어났을 때 갑자기 그녀의 목소리가 몹시 밝아졌다.

"언니! 방금 뭐라고 하셨어요? 구속되지 않고서도, 그러니까 법의 심판을 받지 않아도 좋은 방법이 있다구요? ……그게 뭔대요? 말씀을 해보시라니까요? 네? 만나서 얘길 하자구요? 당장 그리로 갈께요. 그런데 우리 모두가 살 수 있는 방법이 있다고 한 말, 틀림없지요?"

이튿날 그녀는 택시를 부르더니 국사봉 농장을 빠져나갔다.

나는 일손이 잡히지 않아 잠시 머리도 식힐 겸 교육원 주변을 걸었다. 철식이가 흑염소 막장을 한 바퀴 들러보고 오더니 걱정을 태산같이 늘어놓았다.

"원장님이 경찰한테 잡혀가기라도 하면 어떻게 된대요?"

그는 타잔만 믿고 흑염소 농장을 꿈꾸고 있는데, 일이 잘못되면 도로아미타불이 될까봐 그것을 더 걱정하는 눈치였다.

"하늘이 무너져도 솟아날 구멍이 있다던데……."

나는 뭐라고 위로의 말이 떠오르지 않아 대충 이렇게 말했는데도 그는 물에 빠진 사람이 지푸라기라도 잡겠다는 심정인지,

"무슨 일이 없겠지라? 우리 교육원장님한테 무슨 일이 안 생기겠지라?"

철식이는 담배를 한 대 꺼내 물고 푸우 연기를 뿜어냈다.

그런데, 다음날 오후 늦게 갑자기 경찰차가 요란한 소리를 내며 들이닥쳤다. 모두들 의아해하는 시선으로 경찰차를 바라보고 있었는데, 이윽고 제복을 입은 경찰관 두 명이 내리더니 박격포 씨가 누구냐고 물었다.

"내가 댁들이 찾는 사람인데, 무슨 일이요?"

나는 드디어 올 것이 오고 말았다는 생각에 두 눈을 질끈 감아

버렸다. 회진댁과 여강이 뭔가 협상을 잘못했다는 생각이 들었는데 경찰관의 입에서 의외의 말이 튀어나왔다.

"우리는 박격포 씨가 정신병 환자이기 때문에 정신병원으로 이송하기 위해 온 것입니다. 저희들이랑 함께 가시죠."

타잔이 정신병 환자라니? 이 또한 무슨 날벼락 같은 일이란 말인가?

"난, 정신병에 걸리지 않았소. 누가 나를 정신병 환자라고 신고를 했단 말이요?"

타잔은 완강히 경찰관들의 팔을 뿌리치며 큰소리로 외쳤다.

"이보시오, 박격포 씨! 우리는 경찰관이지 의사가 아닙니다. 병원에 가서서 의사한테 진단을 받으면 될 게 아니겠습니까?"

"좋소. 멀쩡한 사람더러 의사가 정신병 환자라고 진단은 하지 않겠지요."

나는 타잔이 격렬하게 몸싸움을 할 줄 알았는데 순순히 경찰차에 올라탔다.

"너무 걱정하지 마십시오. 설마하니 의사가 오진을 하겠습니까?"

나는 타잔의 등뒤에서 이렇게 뇌까렸지만 너무나 황당한 일이어서 경찰차가 시야에서 사라질 때까지 멍하니 서 있었다.

그런데 타잔이 정신병원으로 끌려갔는데도 여강의 표정은 너무나 담담했다. 오히려 그녀의 얼굴에는 붉은 홍조가 번지고 있었다.

"너무나 태연하시군요. 오라버니가 정신병원에 끌려갔는데도……"

내 말에 그녀는 빙긋 웃으며 대꾸했다.

"오라버니가 구속되고 재판을 받는 것보다는 백 번 나을 것 같애서……."

"그럼 그것을 피하기 위해 정신병자로 꾸몄단 말입니까?"

"궁여지책이라고 할 수밖에. 엄마를 설득해서 올케언니랑 도장을 찍었어."

"뭐라구요?"

나는 또 한 번 충격을 느끼지 않을 수 없었다. 어떻게 친어머니와 며느리가 짜고 아들이자 남편을 정신병원에 가둘 수가 있단 말인가. 나는 부르르 몸을 떨었다. 열 길 물속은 알아도 한 뼘 사람의 마음은 모른다더니 이를 두고 하는 말인가. 그런데 그녀의 입에서 흘러나오는 말은 너무나 뜻밖이었다.

"어제 올케언니가 갑자기 만나자고 하더라구. 무슨 일인가 싶어 읍내 커피숍에서 만났지. 올케언니는 괴롭다며 울더군. 이제 오라버니가 꼼짝없이 경찰에 잡혀가서 콩밥을 먹게 되었다구."

불륜을 저지른 남자가 누구며 그 사실을 말하라고 타잔은 한밤중 길길이 날뛰면서 올케언니를 향해 엽총을 쏘고 말았는데 그것을 고소하게 되면 꼼짝없이 콩밥을 먹게 되었다는 거였다. 그러나 막상 고소를 하려고 보니 어린 자식들이 생각나서 차라리 정신병원에 강제 입원시키는 것이 좋겠다고 말하더라는 거였다.

"그래서요?"

"가족 중 두 사람이 동의를 하면 강제 입원을 시킬 수 있더군."

그녀는 자신이 한 행위가 잘한 일이나 된 것처럼 이번엔 만면에 웃음을 띠었다.

"그렇다고 정신병원에 입원을 시켜요? 멀쩡한 사람을……."

"감방생활을 하는 것보다는 나을 거라는 생각에서였지. 그곳을 한 번 들어가면 영원한 전과자가 되는 게 아니겠어? 평생 불명예스럽게 꼬리표가 붙어 다니는 전과자."

그렇다. 그녀의 행위는 잘한 일인지도 모른다. 이혼을 막고 그래서 타잔을 살리는 유일한 방법은 정신병 환자로 입원시키는 일이 최선이었을지 모를 일이었다. 나는 국사봉을 홀로 오르면서 유년시절을 떠올렸다.

그해 여름엔 난 벌써 초등학교 4학년이 되어 있었다. 방학이 시작하면 나는 으레 큰어머니댁엘 찾아가곤 했다. 큰아버지가 딸하나만 낳고 건설현장에서 돌아가시는 바람에 나는 그 밑으로 양자를 갔고 큰어머니는 나를 매우 예뻐해 주셨다. 그러나 큰어머니의 각별한 사랑보다도 사촌누나가 몹시 반가워하기 때문에 방학이 기다려지곤 했다.

사촌누나가 큰어머니와 함께 살고 있는 곳은 한적한 바닷가였다. 반농반어의 그 갯마을은 기름진 농토는 찾아보기 힘들었고 잔돌이 많은 자드락밭이 질펀하게 펼쳐져 있었다.

사촌누나는 나를 데리고 밭둑을 자주 찾곤 했는데, 밭둑에는 버려진 청자조각이 지천으로 널려 있었다. 처음 보는 신기한 청자파편을 누나는 대바구니에 그득 담았다. 그리고 그것을 이따금 마을을 찾아오는 엿장수에게 건네주면 입에 살살 녹는 엿을 얻어먹을 수가 있었다.

"왜 깨진 그릇을 주는데도 엿을 주는 거야?"

"글쎄다. 그건 나도 몰라."

사촌누나는 찾아온 동생에게 엿을 사주는 재미가 더 좋은 모양이었다.

그러나 나는 엿 먹는 일도 즐거웠지만 청자파편에 그려진 신기한 그림이 더 좋았다. 구름, 학, 앵무, 봉황, 나비 등의 하늘 무늬가 있었고, 모란 국화, 보상화, 넝쿨, 과일 등의 땅 무늬도 있었다. 연꽃, 오리, 부들, 부초, 파도, 물고기 등 물가풍경도 보이는 것이어서 청자파편마다 제각기 다른 그림을 보이고 있었다.

"나, 이거 엿 사먹지 않고 그냥 가질래."

"안 돼. 절대루……."

"왜?"

"이것엔 귀신이 붙었단다. 그래서 집에 가지고 가면 귀신이 따라온대."

"귀신?"

나는 놀라지 않을 수 없었다. 그런데 왜 엿장수는 귀신 붙은 청자파편을 엿과 바꾸는 것일까. 나는 누나 몰래 아름다운 그림이 그려져 있는 청자파편 하나를 호주머니에 담았다.

사촌누나는 주일 때면 교회에 데리고 갔다. 바닷가에 가까이에 있는 자그마한 교회는 물이 들 때면 철썩대는 파도소리가 발밑에서 들려오는 것 같았다.

그런데 어느 날, 사촌누나는 날 구경시켜주겠다며 시오리 남짓 떨어진 절로 안내했다. 절에는 각 건물마다 부처님이 계셨고 부처님 그림이 걸려 있었는데, 누나는 내 귀에 입을 가까이 대고 말했다.

"전도사님이 그러는데 불교는 우상을 믿는 종교라고 하더라."

"똑같은 종교가 아니야?"

"그럼. 저기 앉아 있는 부처님은 나무로 깎아서 칠을 해가지고 모셨잖아."

"나무 아니면 쇠로 만들었겠네."

"그것 봐. 그러니까 우상을 모신 것이지."

사촌누나는 밤마다 마실을 갈 때면 반드시 나를 데리고 갔다. 시골 바닷가 마을엔 누나처럼 예쁜 처녀들이 많았는데, 밤이면 방에 모여서 고구마며 무를 깎아 먹기도 하고 두부김치를 해먹으며 얘기꽃을 피우곤 했다.

"나도 남동생이 있단다. 귀엽지?"

사촌누나는 내 머리를 쓰다듬으며 마을 처녀들에게 자랑하곤 했다.

그런데 누나를 따라갈 때마다 이상한 처녀가 방 한쪽에 웅크린 채 앉아 있었다. 누나 또래들은 서로 얘기꽃을 피우다가 한바탕 웃기도 하고 박수를 쳐대는데도 그 처녀는 꿈꾸듯 혼자 히죽히죽 웃기도 하고 중얼거리기도 하는 것이었는데 행복하고 편안한 표정이었다.

하지만 며칠 후 나는 깜짝 놀랄 만한 일을 목격하고 말았다. 마을 뒤 높은 산에서는 계곡물이 흐르고 있었는데, 마을 아이들이 계곡 아래켠 웅덩이에서 멱을 감곤 했다. 나도 하루에 한 차례씩은 그 계곡으로 달려가 멱을 감았다. 그런데 바로 그날, 갑자기 마을 아이들이 그 처녀가 나타나자 앞 다투어 뒤를 따르는 것이었다.

"저 봐라!"

앞장선 아이가 우뚝 멈추고서 그 처녀를 가리켰다. 그런데 이게 웬일일까. 그 처녀는 계곡 웅덩이에 이르자 갑자기 옷을 훌훌 벗어던지더니 팬티만 달랑 입고 수박덩이처럼 큰 젖가슴을 출렁거리면서 풍덩, 하고 계곡 물에 몸을 담그는 것이었다. 난생 처음 훔쳐보는 희고 매끈한 여자의 몸이었다. 아이들은 살금살금 그녀가 멱을 감는 계곡 웅덩이 위로 올라가고 있었다. 그리고 어느 틈에 준비를 했는지 보리까끄라기를 흘러 보내기 시작했는데, 잠시 후 그녀의 비명소리가 터져 나왔다.

"애구머니나!"

그녀는 옷을 입은 둥 마는 둥 허겁지겁 마을을 향해 달려가고 있었다. 아이들은 박수를 치며 깔깔 웃어댔다.

그런데 그 이듬해 겨울방학 때 큰어머니집을 찾아갔을 때였다. 그녀의 배가 풍선처럼 부풀어 있었다.

"누나. 그 처녀가 애를 뱄던디 누구한테 시집을 간 거야?"

"아니."

누나가 고개를 가로 저었다.

"그럼 왜 배가 불렀지? 배가 남산만 하던데?"

갑자기 누나의 얼굴이 어두워졌다.

"그 일로 마을 사람 두 사람이 경찰서에 끌려갔단다."

"왜?"

"넌, 몰라도 돼."

누나는 내 머리통을 두어 번 쥐어박는 시늉을 했다. 별것을 다 묻는다는 뜻이었지만 나는 호기심이 부쩍 발동했다.

"갈쳐 줘. 응?"

"한 마을에 사는 노인 두 사람이 번갈아가면서 몹쓸짓을 했단다. 그래서 경찰서에 간 것인데 아마도 시방 콩밭을 먹고 있을 게다."

그런데 며칠 후 마을이 발칵 뒤집어지는 사건이 터졌다. 추운 겨울에 웬 갓난아이가 시냇물에서 떠내려갔다는 것인데 그 갓난 아이의 어미는 그 처녀였다는 거였다. 이번엔 거꾸로 그녀가 파출소에서 조사를 받고 오는 것 같았다. 하지만 파출소에서는 그녀가 정신병자이기 때문에 그냥 풀어줬다는 소문이었다.

며칠이 지난 어느 날, 사촌누나는 친구들과 함께 서너 개의 주먹밥을 만들어 고샅을 지나 어떤 집을 몰래 가는 것이었다. 사촌누나는 불 꺼진 어느 골방엘 도둑처럼 들어갔는데, 놀랍게도 골방의 주인공은 바로 정신이 이상하다는 그 처녀였다. 그런데 그녀의 발목에는 어른 팔뚝만한 나무가 위아래로 끼워져 있어서 일어나 앉을 수만 있을 뿐 옴짝달싹도 할 수 없는 상황이었다.

그녀는 건네주는 주먹밥을 게눈 감추듯이 먹어치웠다. 그리고 물을 벌컥벌컥 들이켰다. 그런데 이상도 하지. 방 안에는 숨을 쉬지 못할 만큼 악취가 가득했다. 그녀가 바깥으로 나가지 못하고 누운 채 대소변을 본 탓이었다.

"누나, 왜 사람을 방 안에 가두어놓는 거야?"

"정신이 이상해서 그 여자 아버지가 그렇게 가뒀단다."

"왜 밥은 안 주는 거야?"

"글쎄다. 우리가 간혹 가서 음식을 주니까 지금까지 살고 있단다. 그 여자 집에서는 아예 음식을 주지 않는 것 같더라."

"왜 그런데?"

"갈수록 증세가 심해지니까 그런가 봐. 넌 몰라도 되니까 그만 물어."

그런데 이틀 후 다시 사촌누나와 누나 친구들이 또 주먹밥을 만들어 그녀 집을 찾았을 때였다. 그 방문에는 각목으로 가로세로 문을 막아버려 더 이상 들어갈 수가 없었다. 다음해 큰어머니 집을 찾았을 때 누나로부터 그녀가 죽고 말았다는 말을 들을 수 있었다.

한 달 뒤, 나는 여강과 함께 타잔이 입원한 정신병원을 향했다. 산자락에 자리한 정신병원은 정원이 잘 꾸며져 있었지만 막상 폐쇄병동을 향했을 때 모든 창문마다 쇠창살로 막혀 있었다.

그는 우리 속에 갇혀진 한 마리 호랑이였다. 쇠창살을 부여잡고 소리소리 지르면서 두 발을 땅이 꺼져라 내리찍고 있었다.

"이봐, 간호사! 난 정신병자가 아니여! 정신이 멀쩡한 사람이라구! 좋은 말로 할 때 날 밖으로 내보내 줘!"

그러나 간호사의 말은 냉정했다.

"환자분이 너무 시끄럽게 하면 안 돼요."

"뭐야? 시끄럽게 한다구? 정말 난 정신병자가 아니라니까. 잔말 말고 빨리 날 내보내!"

"글쎄. 조용히 좀 하세요. 정 말썽 피우시면 체벌을 받게 돼요."

"나, 이것 미치겠네. 너희들 내가 밖으로만 나가면 죽여 버리겠어! 알았어? 정말 죽여 버린다구! 생사람을 잡아다가 여기 가둬놓고도 그냥 넘어갈 줄 알아!"

그때 나와 여강이 나타나자 타잔은 지옥에서 지장보살이라도 만난 듯 눈물을 뚝뚝 흘렸다.

"여강아! 누가 날 이곳에 처넣었대? 응? 도대체 답답해서 견딜 수가 있어야지. 나는 미치지 않았어!"

그러나 그녀는 잠자코 말을 하지 않고 있다가 간절한 목소리로 말했다.

"오라버니. 조금만 참고 있어 봐요."

"참으라니? 내가 시방 정신병자냐? 여기 있으니까 정말 정신이 돌아버릴려고 그런다. 어서 날 풀어 줘. 응? 진짜 나는 미치지 않았어!"

타잔의 목소리는 짐승의 울음처럼 처절했다.

"조금만 참아. 다 오라버니를 위해서 그런 것이니까."

쇠창살을 움켜쥔 타잔이 별 희망적인 말을 듣지 못하자 발악을 하듯 말했다.

"너, 네가 날 여기에다 처넣었냐? 설마 그렇게는 안했겠지? 내 동생이 친오빠를 정신병원에 처넣을 리가 있나? 그럼 그년이 그랬대? 맞지? 그 쳐 죽일 년이 날 이렇게 만든 거지?"

타잔의 두 눈은 피가 뚝뚝 떨어질 만큼 충혈되어 있었고, 그의 입에서는 게거품이 일었다. 여강이 발길을 돌리자 타잔의 악에 바친 소리가 복도를 울렸다.

"그냥 가지 말고 날 좀 풀어주라니까! 어서! 제발 날 좀 풀어 줘! 제발……!"

타잔은 어린 시절부터 야산에서 야생동물처럼 살아온 사람이었다. 산과 계곡, 초목과 바람과 구름이 있는 곳에서 개와 흑염소와 함께 살아온 사람이었다. 그런데 쇠창살 안에 들여 놓았으니 길길이 날뛸 것은 뻔한 일이었다.

"얼마 걸리지 않을 거야. 그때까지만 참아 줘."

그녀는 차마 더 이상 타잔의 절규를 못 듣겠다는 듯 등을 돌리려는 순간, 그의 눈빛이 내게 날아왔다.

"법능 화사! 그냥 가는 것이요?"

나는 차마 발걸음을 떼지 못하고 멈칫 섰다.

타잔은 내게서 눈을 떼지 않으며 애원했다. 조금 전 악을 바락바락 쓰던 것과는 달리 순한 양이 되어 살려달라고 말하는 것이었다.

"법능 화사! 날 좀 나갈 수 있도록 해주씨요. 날 좀 살려달라니까요."

그의 눈빛은 점차 뭐라고 표현할 수 없을 만큼 처절했다. 아아, 그랬다. 그가 노루를 맨손으로 쫓아가 잡을 때에도 노루의 눈빛은 저토록 처절했다. 멧돼지를 잡을 때에도 거친 숨을 몰아쉬던 멧돼지의 눈빛 역시 처절했었다.

"제가 어떻게……."

나는 고개를 흔들었다. 내가 관세음보살이었다면 그가 맨손으로 수노루를 잡았을 때 그를 살릴 수 있었을 것이었다. 마찬가지로 관세음보살이 아니기 때문에 타잔에게 수노루 구원의 손길을 펼칠 수 없는 처지였다.

나는 미안하고 또 미안해서 머리를 숙이며 합장을 해보이고는 병원 문을 나설 수밖에 없었다.

"구제할 길이 정녕 없을까요?"

나는 착잡한 심정으로 여강에게 물었다.

"지금 정신병원에 있는 것이 구제이지. 그렇지 않으면 진짜 감옥소에서 지내게 되지 않겠어? 더구나 형량이 어떻게 떨어질지는 재판을 받아봐야 알 테고."

"나무관세음보살!"

나도 모르게 관세음보살의 명호를 불렀다. 역시 내가 생각했던 대로였다.

"그러나 박격포 씨가 너무나 고통스러워하는 것 같아 안타깝네요. 차라리 재판을 받아서 죗값을 치르게 하는 것이 더 나을지도 모르겠어요."

어차피 정신병원에 가둔다고 해서 죄가 없어지는 것은 아닐 터였다. 그렇다면 차라리 감방에서 콩밥을 먹는 것이 오히려 편안함을 얻을 수 있는 일이 아니겠는가. 혜가가 스승 달마에게 물었다. 무릎까지 차오르는 폭설을 무릅쓰고 참선을 하고 있는 달마에게 제자가 되겠다고 애걸했으나 매몰차게 대하자 왼쪽 팔을 잘라 신심을 보인 혜가였다.

마음이 편하지 않습니다.

그럼 그 마음을 가져와라. 내가 편하게 해 주마.

달마가 말했다.

혜가는 그 말을 듣는 순간 빛이 보였을 것이었다. 편하지 않는 고통의 마음이라는 것을 느끼는 순간, 희망이 있었을 것이었다.

혜가가 느꼈던 그 희망처럼 타잔이 자신의 죄를 인정하고 스스로 감옥을 갔더라면 정신병원에서의 고통은 없지 않았을까?

"좀 더 지켜봐야겠어. 오라버니가 잘 적응해 줬으면 하련만."

나는 왜 여강이 올케언니의 말에 동조했는지 알 수가 없었다. 죗값을 치르지 않기 위해 피한 곳이 정신병원이었는데 그곳은 피난처가 아니라 혹독한 지옥이었다.

"떠나겠다니 붙잡지를 못하겠군. 어디 정해놓은 곳이라도⋯⋯."

사흘 후, 내가 국사봉 농장을 떠나겠다고 하자 그녀는 몹시 아쉬운 표정을 지으며 말했다. 그러고 보니 지난해 가을에 왔다가 꼬박 1년을 보낸 후 이곳을 떠나는 셈이었다. 무엇보다도 이제 넉 점의 탱화를 완성한 이상 큰 숙제를 풀어버린 듯 홀가분한 기분이었다.

"어디로 가겠다는 것인지⋯⋯."

그녀는 거듭 물어왔지만 나는 그녀에게 아무런 대답을 하지 않은 채 캠핑카 보리호를 몰고 국사봉 농장을 빠져나왔다. 뭐라고 말할 것인가? 아직 화실이 없다는 것을 뻔히 알면서도 그녀는 어디로 갈 것인가 물었던 것일까? 사실 갈 곳은 없었지만 그렇다고 언제까지 국사봉에 머물 수는 없었다.

나는 보리호를 몰고 월출산을 향해 달려갔다. 우선 넉 점의 탱화를 전달해 줄 계획이었다.

월출산(月出山).

기암괴석으로 유명한 월출산이지만 남서쪽은 육산(肉山)이어서 사시사철 청류가 흐르고 있었다. 이른바 경포대라고 부르는 그 아랫켠에 월남사(月南寺)가 화려하게 자리잡고 있었다.

"주지 스님은 저 관월루(觀月樓)에 계시구만요."

대웅전 옆에서 기와불사를 접수하고 있는 사무장에게 천수 스님이 계신 곳을 묻자 이층으로 된 한옥 건물을 가리켰다. 예전에 본 적이 없는 한옥 한 채가 날아갈 듯 서 있었다. 그러고 보니 관월루에서 약간 떨어진 곳에도 요사채로 보이는 한옥이 웅장한 자태로 틀어 앉아 있었다. 게다가 대웅전, 관월루, 요사채를 구분 짓는 토담이 멋들어지게 세워져 있었다.

널찍한 마루로 된 관월루에서 천수 스님은 열 명도 더 되어 보이는 여 보살들에게 둘러싸여 차를 마시고 있었다. 찻상에는 보살들이 너나없이 싸들고 온 과일이며 떡이며 고급과자가 풍성하게 놓여 있었다.

"스님. 이제야 나타났습니다."

"넉 점의 탱화는 다 되었나 보군."

천수 스님이 앉은 채로 가볍게 합장을 해보이면서 반갑게 물었다. 가깝게 바라보는 천수 스님의 얼굴은 혈색이 몹시 좋아보였고, 기름기가 자르르 흘렀다.

나는 아무 말 없이 넉 점의 탱화 중에서 신중탱화를 펼쳐보였다. 처음 신중탱화를 그렸을 때 장엄함은 있으나 색채가 강하고 지나치게 무섬증을 준다며 퇴짜를 놓았던 천수 스님이었다.

"스님. 이 넉 점의 작품은 비단에 그리지 않고 한지에 그렸습니다."

"아니, 왜 한지에?"

"실험적으로 한 것이지만 실은 비단보다 더 오래 갑니다. 천년도 가는 것이 한지입니다."

"아, 그래요. 그런데 일반 탱화보다는 조금 다릅니다. 어딘가 모르게……."

천수 스님이 고개를 갸웃거렸다.

"스스로 초를 내서 그렸는데요, 아무래도 현실감이 있어 보이는 작품으로 느껴지지 않습니까?"

잠시 침묵이 흘렀다. 소란스럽게 재잘대던 보살들도 숨을 죽인 채 신중탱화에 눈길을 건네고 있었다. 어떤 보살은 눈을 지그시 감고 앉은 채 합장을 해보이고 있었다.

"아무튼 수고했어요."

한참 동안 바라보던 천수 스님이 입가에 미소를 가득 머금었다. 만족한다는 표정이었다. 나머지 석 점의 탱화인 지장보살도, 아미타불도, 산신도까지 훑어 보고난 천수 스님이 두툼한 봉투 하나를 내놓으며 말했다.

"이제 점안식을 제대로 해야겠어. 각급 기관단체장 및 지역 유지들을 죄 모시고 말이야. 특히 이번에는 사암연합회에 연락해서 모든 사찰이 참여할 수 있도록 해야겠어."

점안식을 거창하게 할 모양이었는데, 그도 그럴 것이 천수 스님이 앉아 있는 벽에 '壹千萬 원 보시, 불교신도회 연합회장 ○○○'이란 붓글씨가 붙어 있었다. 불교신도회의 적극적인 후원을 받고 있는 모양이었다.

그런데 천수 스님이 갑자기 진지해지면서 말했다.

"월남사에는 보물이 두 점이나 있다구. 월남사지(月南寺址) 삼층석탑(三層石塔)과 월남사지 진각국사비(眞覺國師碑)가 그것인데, 지금까지 보호구역이다 해서 사방 5백 미터 이내에는 건축물을 못 짓게 규제를 했었지. 겨우 민간인 집을 조금 개축해 부처님 한 분 달랑 모셔놓고 궁색하게 명맥만 이어가고 있길래 내가 나섰지. ……보물이 두 점이나 있는 곳에 절이 없다니 그게 말이라도 되는가? 국가 문화재로 지정만 하면 뭘 하느냐구? 내가 이런 말하면 안 될 말이지만 오늘날 위정자들은 그저 큰소리를 내는 곳만 귀를 기울이고 있어. 법능 화사도 생각해 봐. 같은 월출산 아래에 있는 무위사(無爲寺)는 날로 만화방창 큰 절이 되어가고 있는 반면, 고려시대 때 지어진 월남사는 빈 절터에 보물이랍시고 두 점 정해놓기만 하면 뭘 하느냐구. 물론 무위사에도 보물과 국보가 있지. 무위사 극락전 아미타삼존도는 조선시대 불교벽화의 보고(寶庫)라는 것쯤은 나도 알아. 그 뒷면의 수월관음도, 좌우측 벽의 설법도와 아미타래영도, 그 위쪽으로 있었던 오불도, 비천도, 공양화 등 다양한 벽화가 있었다는 것쯤은 누구나 아는 사실이 아닌가. 그런데, 그 벽화들은 모두 보존각에 모셔다놓고, 그것도 부족해 성보박물관까지 만들어 국보와 보물을 자랑하기에 여념이 없는데, 어쩌자고 월남사는 방치한 채 천 년 세월을 보내고 있느냐구. 그래서 나는 한국 불교를 위해 분연히 일어선 게지. 군수부터 찾아가 문화재, 문화재 하지 말고 그 규제부터 풀어라, 악을 좀 썼지. 그런 다음 청와대며, 문화관광체육부며, 문화재청이며 할 것 없이 민원을 넣기 시작했어. 왜 우리 불교를 죽이느냐, 왜 우리나라 국보와 보물을 방치하느냐, 여러 차례 민원을 보냈더니 드디어 반응이 오더군. 월남사는 그렇게 해서 세워지게 된 거야."

천수 스님이 의기양양하게 거품을 물었다.

"어쨌든 축하드립니다."

"점안식 때 오라구, 초청장을 보낼 테니까."

합장을 하고 막 돌아서는데 천수 스님의 말이 다시 목덜미를 붙들었다.

"감사패를 준비해 놓을 테니까 꼭 와야 돼."

나는 알았다는 듯이 고개를 끄덕여 보이고는 아직 단청의 물감도 마르지 않은 일주문 밖으로 나왔다. 보리호에 시동을 걸고 산문을 벗어나려고 했을 때 걸망을 맨 스님 한 분이 번쩍 손을 치켜들었다.

"버스 정류장이나 버스 타는 곳까지만 태워주시오."

내가 운전석에 앉은 채로 합장을 해보이자 스님이 훌쩍 올라탔다.

"월남사에서 나오시던데 혹 월남사 스님이십니까?"

"소승은 목암이라고 합니다. 실은 월남사가 복원되기 전에 천수 스님이 여염집 하나를 사서 부처님을 모시게 했지요. 겨우 월남사 명맥을 유지할 수 있도록 한 것인데, 그 무렵 소승은 경상도 합천의 어느 깊은 토굴에서 홀로 지내고 있었습니다. 그런데 천수 스님이 이곳에서 지내도록 배려를 해서 5년 남짓 잘 지내다가 갑니다."

"그럼, 이제 어디로……?"

"예. 다시 합천에 있는 토굴로 가야겠지요. 그런데 마침 백련사 청년회에서 며칠간 용혈암 복원을 위한 서명운동을 한다기에 좀 도와주려고 읍내에 나갑니다."

용혈암이라? 그렇다면 아예 없어진 암자 하나를 복원하겠다는 말인가? 그런데 서명운동은 또 무슨 말인가.

"용혈암은 고려시대 백련결사의 중심도량이었던 백련사에서 얼마 떨어지지 않은 자연동굴을 말하지요. 완전히 천연동굴인데 그 동굴에서 청자불두가 출토되는 등 최근에 관심이 많아졌어요. 원묘국사(圓妙國師) 요세(了世)가 임종한 곳이고, 그분의 으뜸제자였던 정명국사(靜明國師) 천인(天因), 진정국사(眞靜國師) 천책(天頙), 진감국사(眞鑑國師) 무외(無畏) 등 네 국사가 그곳에서 주석을 했다고 합니다. 게다가 다산 정약용 선생도 다산초당에서 18년간 유배생활을 하실 때 해년마다 용혈암을 찾아가곤 해서 불교성지쯤 된다고나 할까요."

"그럼 그 용혈암이 훼손되기나 했답니까? 서명운동을 왜 한답니까?"

"용혈암 자체는 훼손이 안 되었지만 이미 좌청룡은 날개가 꺾인 듯 없어진 상태랍니다. 용혈암이 있는 산에 광업소가 생겼는데 무엇보다도 분진 때문에 사람이 접근을 할 수 없는가 봐요. 그래서 그 광업소의 피해를 공동조사 해본다고 하는 것이지요."

과연 공용터미널 앞 광장에는 천막이 하나 세워져 있었고, 그 아래에서 젊은 스님 한 분이 핸드마이크로 오가는 사람들에게 외치고 있었다.

"용혈암이 사라질 위기에 처해 있습니다. 여러분! 용혈암을 살립시다! 여기에 오셔서 서명을 해 주십시오!"

그러자 무슨 난데없는 서명운동일까 의아해 하던 사람들이 주춤주춤 몰려와 공용터미널 바람벽에 붙어 있는 사진을 힐끗힐끗 쳐다보며 서명을 했다. 바람벽에는 10장 정도의 사진이 잇대어 붙어 있었는데, 용혈암 정경과 분진을 일으킨다는 광업소 사진이었다. 사진 속 용혈암은 거대한 절벽 아래 뻥 뚫려있는 바위굴 모습이었다.

천둥과 함께 내린 비가 개이고 나니	浦天曉色雷雨霽
깨끗하게 씻긴 산에 안개가 걸쳤네.	蕩滌山樾氣揚翁
서늘한 숲 공기 가을날 같은데	林氣凄淸似秋日
구름이 멀리 다리처럼 내리 뻗쳤네.	雲脚悠揚有奇勢

(중략)

사진 곁에는 다산 정약용이 지은 「용혈행(龍穴行)」이란 시 한 편을 소개해 놓고 있었다.

서명을 끝낸 내가 이윽고 천막 밖으로 나오자 목암 스님이 뒤따라 걸어오며,

"오늘 마침 추모제도 한다니까 함께 가실까요?"

하고 권했다. 나도 이제 넉 점의 탱화를 건네준 이상 조금도 거칠 것이 없는 홀가분한 몸이었다.

"가도 되겠습니까?"

"가서 용혈암이 어떻게 생겼는지 한 번 보시는 것도 좋을 것입니다. 그리 흔한 동굴이 아니어서 절로 신심이 생길 것입니다."

"그렇게 하겠습니다."

그런데 그가 보리호에 올라타자마자 한숨을 푹 내쉬었다.

"그렇게 중요한 불교문화재를 어쩌자고 지금까지 방치해 두었는가 모르겠어요. 용혈암은 불교성지이기 전에 관광지로서도 손색이 없는데 말이지요. 불교계에서도 문제이지만 행정당국에서도 문제지요. 개발을 해서 관광상품을 만들기는커녕 오히려 방치하다 못해 광업소에 허가를 내준 바람에 아예 사라질 위기까지 자초했으니 말입니다."

"그래서 불교계가 나선 것이군요."

목암 스님이 머리를 끄덕이고 나서 다시 말을 이어나갔다.

"방산(舫山) 윤정기(尹廷琦)란 분은 다산의 외손자인데, 다산의 의발을 전해 받았다는 인물이지요. 다산의 경학을 제대로 이해하고 이를 계승하였으니 대단한 인물이라고 볼 수 있겠는데, 바로 이분 또한 용혈암에 대한 시를 지었습니다. 소승이 한 번 외워보리다.

용 바위 험해 공중에 솟고	龍岩峭方勢凌空
용 떠난 빈 바위 산바람 분다.	龍去岩虛山自風
둘러친 진린(陳璘:임진란 때 중국 장수) 섬 푸르고	樹廻陳璘孤島碧
이끼 긴 천책(天頙:고려 때 스님) 옛터 높다.	答滋天頙舊臺崇
구름이 내려와 등나무 감싸고	靑霞欲庳藤梢外
대낮에도 동굴은 추위가 있다.	白日生寒石洞中
이처럼 교묘함 이처럼 험준한	如此巧奇如此險
하느님 새기고 깎다 지쳤다.	天公雕斲太煩功

이뿐만 아니라 다른 시인묵객들도 용혈암에 대한 시를 지을 정도로 유서 깊은 곳이지요. 뒤늦게나마 복원사업을 벌인다고 하니까 다행스러운 일 아닙니까."

큰 도로를 버리고 기암괴석으로 이뤄진 덕룡산 산자락으로 접어들자 이내 분진을 일으킨다는 광업소가 나타났고, 그곳에서 조금 올라가자 용혈암이 얼굴을 보였다.

용혈암은 듣던 대로 산의 허리에 해당하는 거대한 절벽에 구멍이 뚫린 곳이었다. 산 아래로는 섬을 낀 바다가 너붓이 내다보이고 먼 곳으로는 무등산과 천관산이 낮게 내려앉은 안개 속에서 꿈속처럼 떠 있었다. 계곡에서는 바위틈 사이로 청수가 흘러내리고 있었는데, 그 위로 붉은 단풍잎이 떠내려가고 있었다.

용혈암 앞에는 수십 명의 신도들이 꽉 차 있었다. 그들은 너나 없이 용혈암을 바라보며 연신 허리를 굽히고 있었다.

이윽고 4대 국사에 대한 추모제가 시작되었다. 비닐 깔개가 깔아진 그 위에 떡과 과일이 놓아지고 향이 타오르면서 이윽고 목탁소리가 용혈암 주위를 울리기 시작했다.

50여 명의 신도들이 줄지어 선 가운데 삼귀의례가 끝나자 반야심경을 독송했다. 백련사 주지가 추모사를 낭독하고 나더니 신도들을 향해 큰소리로 외쳤다.

"여러 신도님들! 저 아래를 내려다보십시오. 얼마나 아름다운 광경입니까? 바다가 내려다보이고 먼 데 높은 산들이 손에 잡힐 듯 물결치고 있지 않습니까? 이렇듯 아름다운 곳에서 4대 국사들은 이곳에서 주석하시며 열반을 하셨습니다. 나무아미타불!"

주지 스님의 말대로 산(山)과 수(水)가 조응하는 풍광이었다. 신도들이 서로의 얼굴을 번갈아보며 감탄해 마지 않았다.

"이러한 용혈암은 불교의 성지입니다. 그러면서 한편으로는 소중한 문화재이기도 하는 이곳을 우리가 지켜나가야 되지 않겠습니까? 용혈암이 있는 덕룡산은 용의 모습입니다. 그런데 용의 내장이 모조리 없어지고 말았습니다. 덕룡산 여기저기에 굴을 파서 유리재료를 파먹었기 때문입니다. 게다가 좌청룡이 이미 크게 훼손되고 말았는데, 이는 명산이 훼손되고 있다는 것과 똑같은 것으로 불교의 성지를 지키는 것도 중요하지만 그보다도 자연유산을 지키고 보존해야 한다는 의미가 더 클 것입니다."

추모제가 끝나고 음복이 시작되었다. 주최측에서는 신도들을 위해 두 줄의 김밥이 들어 있는 도시락을 내놓았다. 나는 두 개의 도시락을 먹고 나서야 허기가 가시는 것 같았다.

그런데 모두 쓰레기를 수거한 다음 하산을 하려고 했을 때였다.

"오라버니가 스스로 목숨을 끊었어."

여강이 담담한 목소리로 전화를 해왔다. 나는 너무나 충격적인 그녀의 말에 벌어진 입이 다물어지지 않았다.

"정말입니까?"

"답답해서였겠지. 어렸을 때부터 제 맘대로 산을 뛰어다녔던 사람이었으니 얼마나 답답했을라구. 그동안 남자 간호사들과 날마다 다툼을 벌였다고 하더군."

"왜요?"

"뻔하지. 자신을 풀어달라고 난리를 피웠겠지. 미치지 않은 사람을 왜 가둬놓고 꼼짝도 못하게 하느냐구 말이지."

그녀는 마치 통지문을 낭독하듯 말하고 있었지만 나는 두 손이 부들부들 떨려왔다. 차라리 형무소엘 갔더라면 자진까지는 하지 않았을 것이었다. 엽총을 허공에 쏜 죗값을 그대로 받았더라면 나중 출소해서 언제 그런 일이 있었느냐는 듯 살아갈 수도 있었을 것이었다.

장례식장은 썰렁했다. 새로 지은 건물답게 빈소는 넓었지만 조문객은 그리 많은 편이 아니었다. 스무 사람 정도가 옹기종기 앉아서 귓속말을 하듯이 조용조용히 말을 나누며 소주잔을 기울이고 있었다. 이층으로 올라가는 또 다른 빈소는 복도가 꺾어지는 지점부터 조화가 즐비하게 늘어서 있었지만 그의 죽음은 조화 두어 개만 서 있을 뿐 쓸쓸함으로 채워진 분위기였다.

그러나 빈소만큼은 영정과 제물이 차려져 있고 향로에서 서너 개의 향이 타오르고 있었다. 제대로 격식이 차려진 모양새였다. 어린 상주를 대신해서 여강이 검은 옷차림으로 앉아 있었다. 다른 문상객이 없는 터라 기다리고 말 것도 없이 곧바로 영정 앞으로 다가가 우선 향부터 피어올린 후 두 번 절을 올렸다. 영정 안의 사진은 세상 걱정 없이 환하게 웃는 모습이었는데, 아마도 사냥을 끝낸 직후에 찍은 모습 같았다.

"뭐라고 위로의 말씀을 드려야 할지……."

그녀는 내 말에 아무런 대꾸도 하지 않은 채 고개만 끄덕거렸다.

"오라버니는 스스로 목숨을 끊은 게 아니라 수많은 짐승들이 불러서 저 세상으로 간 것 같애. 아마도 다시 태어나면 축생으로 태어나지 않을까 싶기도 하고……."

짐승들이 불러서 죽었다는 그녀의 엉뚱한 말에 나는 묻지 않을 수 없었다.

"왜 그런 말을……?"

"그렇지 않고서야 목숨을 끊을 이유가 없었을 테니까. 아무리 답답한 생활이었다 할지라도 살아갈 날이 많은 사람인데……."

그녀는 타잔의 죽음을 그렇게 단정하고 있었다.

"그러나 타잔은 개를 잘 길들였지만 여자는 잘 길들이지 못했기 때문에 이런 비극이 오지 않았을까요?"

하마터면 내 입에서 이 같은 말이 불쑥 나올 뻔 했다. 아닌 게 아니라 타잔이 개를 좋아하고 개를 훈련시키는 데는 남달랐다. 개가 사슬을 끊고 흑염소 몇 마리의 목덜미를 물어뜯어 죽였을 때, 그는 개를 조금도 나무라지 않았다. 또 개가 새끼를 낳았을 때 회진댁이 조금이라도 소홀히 대하면 당장 불벼락을 내리던 타잔이었다. 사냥을 나가서 개가 다치면 식음을 전폐하면서까지 치료에 온 정성을 다했던 그였지만 집안 단속은 제대로 하지 못한 위인이었다.

그런데 짐승이 불러서 스스로 목숨을 끊었다니…….

그때 산 아래 마을 사람들로 보이는 농부 두 사람이 내 등뒤에서 엉거주춤 서 있었다. 조문을 온 사람들이어서 비켜주려고 벌떡 일어났을 때 먼저 온 황대장이 나를 불렀다.

"자, 이리 앉으시오."

그가 손을 내밀어 악수를 청하며 옆자리에 앉기를 권했다. 베레모 사내도 바늘에 실이 가듯 곁에 앉아 있었다.

"대체 이 일이 뭔 일인가 모르겠소."

황대장이 큼직한 종이컵에 냉수 따르듯 소주를 가득 채워 권했다. 우리가 할 수 있는 일이란 소주 마시는 일 외에는 무슨 일을 할 수 있겠느냐는 눈치여서 나는 아무 말 없이 벌컥벌컥 들이켰다.

"한 잔, 더 하시오. 우리는 이미 여러 병을 마셔버렸소."

황대장은 다시 잔을 채웠다. 그의 말대로 상 위에는 두 홉짜리 소주병이 다섯 개나 비워 있었다. 그는 내게 그렇게 술을 권하고 나더니 영정 앞으로 걸어가 풀썩 나앉았다.

"어야, 동생아! 으흑흑흑. 그래, 무엇이 부족해서 떠났는가? 무엇이 성가셔서 떠났는가?"

그가 돗자리가 깔아진 바닥을 내리치며 울부짖기 시작하자 베레모 사내가 얼른 다가가더니 일으켜 세웠다.

"와따, 형님. 이런다고 격포 형님이 살아나시겠소. 나갑시다. 나가서 장례 대책도 세우고 그럽시다."

"동생아! 동생아이! 동생이 좋아하는 사냥은 더 이상 못하게 됐구마이. 온 산천을 말처럼 뛰어다니든마는 어떻게 차디찬 흙속에서 홀로 지낼 수 있을까나."

황대장은 베레모 사내의 손에 이끌려 접대실 밖으로 나가면서도 넋두리를 늘어놓았다. 해저처럼 무거운 공기만이 가득 찬 빈소가 그의 울음소리로 인해 한바탕 소란스러워졌다.

그런데, 그때였다. 노파 한 사람이 장례식장 안으로 들어오자마자 빈소와 접대실을 왔다갔다 가며 독기가 선 눈을 두리번거렸다. 노파는 다름 아닌 타잔의 어머니였다.

"이년, 어디 갔으까? 지 서방 잡어묵은 년!"

타잔의 회진댁을 찾는 모양이었다. 그러더니 여강을 보고 대뜸 소리쳤다.

"네 올케언니는 여그 안 왔냐?"

"어머니. 제발, 조용히 좀 하세요."

"내가 시방 조용히 하게 생겼냐? 내가 오늘 그년하고 사생결단을 낼란다."

노파의 입에서 게거품이 일었다. 그러나 누구 하나 말리는 사람은 없었다. 노파는 빈소 옆 휴게실의 문을 벌떡 열어젖혔다. 하지만 그곳에 회진댁이 있을 리 만무했다.

"오냐, 지 서방 쥑여놓고 인자는 장례식장에도 오지 않았구나. 하기사 여그가 어디라고 지 발로 들어와!"

노파는 영정을 끌어내리더니 손바닥으로 타잔의 얼굴을 쓰다듬으며 오열했다.

"어머니. 제발 진정하세요."

여강이 거듭 만류했지만 한참 동안 눈물바람을 내던 노파가 갑자기 뚝 그쳤다. 호랑이도 제 말을 하면 온다던가. 회진댁이 슬그머니 빈소로 들어섰다가 그만 노파와 마주치고 말았다. 순간 노파의 두 눈이 번쩍 뜨여지면서 회진댁의 머리카락을 다짜고짜 움켜쥐었다.

"오냐, 네 이년! 서방 쥑여놓고 무슨 염치로 이곳에 나타났냐?"

그러나 회진댁은 전혀 대꾸하지 않은 채 노파가 하는 대로 내버려두었다. 날 잡아먹든지 알아서 하라는 식으로 무반응으로 대하자 노파는 더 분이 나는 것 같았다.

"내가 다 알아봤다. 병원 직원들 둘이 밤중에 쳐들어와갖고는 술 묵고 잠자는 놈 수갑 채워갖고 정신병원에 델꼬 간 줄 내가 모를 줄 아냐?"

회진댁은 어이가 없어 그 와중에서도 피식 웃음을 흘렸다. 얼토당토 않는 억지소리에 그만 웃음이 나오고 만 것일까.

"웃어? 이년, 더 웃어 봐라!"

노파가 머리채를 낚아채려다가 여의치 않자 그만 뺨을 여지없이 내리치고 말았다.

"서방 죽인 년이 낯짝도 두껍게 웃어?"

"오매, 엄니!"

회진댁이 두 손으로 얼굴을 감싼 채 허리를 꺾었다. 보다 못한 여강이 노파의 허리를 감싸 안았다.

"어머니. 제가 그렇게 하자고 했으니 이제 그만하세요."

"세상에 지 오라비 정신병원에 가라고 부추긴 동생도 있다더냐?"

"그럼, 어떡해요. 그렇지 않으면 감옥에 간다는데……."

"저년이 바람을 피우는 것은 죄가 안 되고, 몇 대 줴박은 것은 죄가 된다더냐? 지 잘못한 것은 생각 않고 지 서방 줴여놓고 나니까 속이 시원하것구나."

노파는 그래도 분이 안 풀리는지 다시 사진 속 타잔의 얼굴을 쓰다듬으며 넋두리를 주저리주저리 풀어놓기 시작했다.

"시상에나 마상에나……. 내가 너를 믿고 지금까지 살아왔는디 이 무슨 날벼락이라냐? 어이구, 어이구. 어쩌다가 저런 몹쓸 년 만나갖고 목숨까지 끊는다냐? 불쌍하고 또 불쌍한 내 아들……."

노파의 한바탕 소란으로 문상객들이 하나 둘 빠져나가는 바람에 이제 정작 남은 사람은 황대장과 베레모 사내뿐이었다. 술을 많이 마신 탓으로 얼굴이 붉게 물들어졌는데도 그들은 밤샘을 할 모양이었다. 주방을 보던 동네 아주머니가 닭죽을 펄펄 끓여 속 풀이라도 하라는 듯 건네자 그들은 남김없이 먹었다. 역시 살아 있는 사람은 먹어야만 되는가 싶었다.

그런데 장례식장의 모든 주도권은 회진댁이 알아서 진행하고 있었다. 그녀는 엄연히 망자의 아내요, 망자와는 촌수도 없는 무촌의 관계임을 내보이고 있었다. 그래서 망자의 장례를 어떻게 할 것인지 결정권을 갖고 있었다.

장례는 그녀의 의도대로 화장으로 치러졌다. 화장장은 지방도로에서 한참 동안 들어간 깊은 산중에 자리하고 있었다. 마지막 마을을 벗어나 이 산 저 산 산뿌리까지 채워진 저수지를 돌고 돌아 양지바른 곳에 있는 화장장은, 그러고 보니 그 뒷산에서 예전에 멧돼지 사냥을 했던 장소이기도 했다.

타잔의 장례를 마치고 삼우제까지 지내고 나자 그날 밤 황대장과 베레모 사내가 나를 불렀다. 그들은 읍내 술집을 약속 장소로 정했는데 그곳에 나타나자 먼저 와서 술을 마시고 있었다.

"일루 앉으시오. 바쁜 양반을 불러서 미안하구만요."

황대장이 벌떡 일어나 반갑게 맞이했다. 두 사람의 얼굴이 수척해진 것으로 보아 타잔의 죽음이 그만큼 충격적이었다는 것을 느낄 수 있었다.

"어떻게 삼우제는 잘 지냈습니까?"

내가 자리에 앉자 대뜸 황대장이 축축한 눈길을 건네며 물었다. 그는 마치 내가 타잔의 식솔이나 되는 것처럼 전후 사정을 묻는 것이었지만 아무런 대꾸 없이 고개만 끄덕였다.

"자자, 우선 술부터 한 잔 하면서 천천히 얘길 나눕시다."

그가 새 안주 하나를 더 시키고 나서 내게 술을 권해왔다. 나는 그가 권한 대로 천천히 한 모금 목에 털어 넣었는데, 아무래도 갑작스런 타잔의 죽음에 대해 이모저모 듣고 싶어하는 눈치였다.

"죽은 사람만 불쌍하다니까, 죽은 사람만. 산 사람은 어떻게 하든지 살아가니까 말이여."

그러나 그는 내가 무슨 말을 하기도 전에 먼저 결론부터 내리고 있었다.

"그나저나 누가 타잔 형님을 정신병원에 가뒀답니까? 그 멀쩡한 사람을……. 미치지도 않는 사람을 거기다 처넣었으니 미쳐버릴 일 아니겠소."

베레모 사내가 나를 물끄러미 쳐다보며 결국 그들이 궁금한 것을 물어왔다. 차라리 총기 사건으로 인해 감방에 갔더라면 스스로 목숨만큼은 끊지 않았을 거라고 확신하는 눈치였다.

"격포가 언젠가 내게 와서 하소연을 하드라고. 애 엄마가 바람을 피우는 것 같은데 괴롭다고 말여. 그래 내가 물었지. 현장을 봤느냐구? 내 말에 격포는 고개를 끄덕이드구만. 그렇지만 애 엄마가 자복만 하면 용서를 할 것인데 전혀 뻣뻣하게 버틴다고 괴로워하더라구."

그때 나는 회진댁이 그 남자와 함께 굴참나무 속으로 들어가는 뒷모습을 떠올리고 있었다. 눈 깜박할 사이에 그들은 폭격을 피하는 사람처럼 굴참나무 속으로 잽싸게 들어갔던 것인데, 타잔은 그 장면을 목격이라도 했다는 것일까? 그날은 국사봉 농장에 없었으니까 필연 다른 장소에서 목격했을 게 틀림없었다.

"그런데 내가 알아보니까 가족 중에서 두 사람이 도장을 찍어야만 정신병원에 입원시킬 수가 있다는데, 그렇다면 결국 여강이 그 일을 거들었다는 것밖에 안 되는데……."

황대장이 그 일이 사실이지 않느냐는 듯 나를 쳐다보았다.

"그야 오라버니가 감옥에 가게 생겼으니까 어쩔 수 없이 그 방법을 쓴 게 아니었을까요? 제가 그 집 가족도 아니고 다만 식객에 불과한 처지여서 자세한 내막은 모릅니다."

내 말에 황대장이 한숨을 크게 내쉬며 말했다.

"4년 전쯤 멧돼지 사냥을 갔을 때였소. 해가 질 무렵이었는데, 갑자기 내가 넘어지면서 그만 방아쇠를 잡아당겨 버렸소. 앞을 걸어가던 격포가 꽝하는 총소리와 함께 픽 쓰러지면서 가슴과 다리에서 피가 줄줄 새는데, 얼마나 놀랐겠소. 다급한 나머지 가슴에서 줄줄 새는 피를 손바닥으로 막으며 '죽어서는 안 돼!' 하고 부르짖고 있는데, 격포가 하는 말이 걸작이었소. '형님, 혹 내가 죽더라도 내가 오발해서 이리 된 것이라고 말하시오. 그동안 내가 짐승들을 많이 잡다보니 죄를 받아서 이런 일을 당하는가부다 생각할 텐께요.' 이러는 것이었소."

어느 틈에 황대장의 눈가에 이슬이 맺혔다.

그때 곁에 있던 베레모 사내가 황대장의 어깨를 툭 치며 말했다.

"아따, 형님이 옛날 얘기를 끄집어내니까 자꾸 눈물이 나려고 그러네."

황대장이 말을 이었다.

"나는 살다보니 살인자가 되는가 싶어 천 길 땅 속으로 떨어지는 기분이었소. 119차에 실려 병원으로 급하게 가면서도 일체 내가 그랬다는 말을 하지 않았던 격포 동생이었소. 병원 의사한테도 자신이 넘어져서 오발한 것이라고 말했던 격포였는데, 하늘이 도왔는지 다행히도 갈비뼈가 맞아 목숨을 건지긴 했지만 평생

은인처럼 생각해 온 격포가 이렇게 허망하게 떠나고 나니 내 마음이 어쩌겠소."

황대장의 두 눈에서 눈물이 뚝뚝 떨어져 내렸다.

나는 가겠다는 말도 없이 그냥 밖으로 나왔다. 엽우로서 가까이 지낸 사람을 떠나보내는 마음을 무엇으로 위로할 것인가. 마음씨 하나는 누구 못지않게 좋았다는 사실을 확인한 만남으로 족할 일이었다.

밖은 이미 어두워져서 자동차마다 헤드라이트를 켜고 달리고 있었다.

"암 말도 없이 가시면 서운하지요."

누군가가 내 등을 가만히 토닥거리는 것이어서 뒤를 돌아보니 베레모 사내였다.

"불러주셔서 고맙습니다. 저 역시 마음이 안 편해서 이만 실례하겠습니다."

"저희들 심정을 이해해 주셨으면 합니다."

베레모 사내가 고개를 숙여보였다.

"인연이 있으면 또 만나겠지요. 그럼……."

나는 깊숙이 허리를 굽혀 보이고는 등을 돌려 걸어 나갔다. 가슴 밑바닥에서 알 수 없는 슬픔이 솟구쳐 올라왔다.

하늘을 쳐다보았다. 하늘은 온통 별들이 가득 차 있었다. 서쪽 하늘에 떠 있는 별 하나에 시선을 고정시켰다. 별이 나를 내려다보며 경허선사의 참선곡을 속살거리는 것만 같았다.

"홀연히 생각하니 모두 꿈속에 있구나. 만고의 영웅호걸들이 모두 북망산 무덤 속에 있고, 부귀 문장이 무슨 소용이냐. 그들도 황천객을 면할 수 없으리라. 오호라. 나의 몸이 풀끝에 이슬이요 바람 속에 등불이라. 삼계대사 부처님이 팔만장경에서 정녕히 이르시대 마음 깨쳐 성불하여 생사윤회를 영원히 끊고 불생불멸의 저 국토에 이르도록 하라."

제7장

나는 산도 무너뜨릴 수 있다

월남사 준공식은 그야말로 북새통이었다.

월남사 대웅전 앞에는 양쪽으로 화환이 즐비하게 늘어서 있었고, 사부대중이 경내에 가득차 있었다.

천수 스님은 대웅전 앞에서 손님들을 맞이하고 있었다. 기분이 마냥 좋은지 시종 웃으며 오는 사람마다 악수를 하거나 합장을 해 보이는 천수 스님의 얼굴은 하나의 달덩이였다. 하늘 높이 솟아올라 삼라만상을 비추는 달덩이는 사람들을 압도하는 묘한 힘이 있었다. 그리고 그의 거동은 뭐랄까, 5월 만개한 모란꽃 같기도 하고 화사하게 핀 철쭉 같다고나 할까? 그만큼 그의 모습은 화려함 그것이었다.

"어서 와. 내 올 줄 알았지."

천수 스님이 손을 내밀어 악수를 청했다.

"축하드립니다."

"법능 화사가 잘 그려줘서 법당이 환해졌어. 신심이 절로 나는 댕화가 아니던가."

그는 내 손을 잡고 흔들기까지 하면서 호들갑을 떨었다. 나는 뭔가 한 마디 하려다가 입을 다문 채 대웅전으로 들어가려고 했을 때 등뒤에서 부르는 소리가 들려왔다. 지난번 천수 스님을 만나고 돌아가던 길에 만났던 목암 스님이었다.

"법능 화사님, 오랜만입니다."

"오늘 준공식 및 점안식 때문에 오신 것이군요."

"그렇습니다. 그런데 이곳에 오면서 저 아래 용혈암엘 들렀더니 별스런 화가가 있습디다."

"별스런 화가라니요?"

목암 스님은 뜻밖의 소식을 전해 주었다.

"화사님도 그림을 그리시니까 드리는 말씀인데요, 용혈암 동굴에 벽화를 그리겠다고 나타난 여자가 있더라구요."

동굴에 벽화를 그린다니?

문득 여강이 내게 했던 말이 떠올랐다. 그녀는 타잔 일행을 따라 멧돼지 사냥을 갔을 때 동물벽화에 대해 말한 적이 있었는데, 쇼베 벽화를 보고 전문가들은 '선사시대의 레오나르드 다빈치'라고 경탄해마지 않았다고 했고, 스페인의 선사시대 동굴을 일컬어 '시스티나 성당'이라고 부른다는 말을 했었다. 나는 그녀의 동굴벽화의 지식에 주눅이 들었고 법문을 듣는 느낌이었는데, 어쨌든 그녀가 동굴벽화에 관심이 많다는 것을 알 수 있었다.

"혹 그녀의 이름이 박여강 씨가 아니던가요?"

"아, 네. 자기를 소개할 때 박여강이라고 했습니다."

나는 놀라움을 감춘 채 다시 물었다.

"그래요? 그럼 백련사에서 용혈암 복원 운동을 벌이고 있는데 승낙이라도 받고 하는 걸까요?"

"제가 듣기로는 승낙을 받고 하는 것 같았습니다. 이름을 아시는 걸 보니 서로 아는 사인가 봅니다."

"네, 조금."

갈수록 미궁 속에 빠져드는 기분이었다. 승낙을 받고 안 받고도 문제였겠지만 동굴의 벽면이 매끄럽거나 고르지 않고 우둘투둘했는데 어떻게 벽화를 그리고자 했을까?

"이해가 쉽게 가질 않습니다. 설마 끌과 망치로 벽화를 그리겠다는 것은 아닐 테고, 대체 무슨 방법으로 그리겠다고 했습니까?"

나는 궁금해서 견딜 수가 없었다. 그녀의 엉뚱하고도 생경한 발상에 얼른 이해가 되질 않았다. 설마 이름 있는 성지에 발칙하고도 불경스러운 벽화를 그리겠다고 나선 것은 아니겠지만. 그러나 그녀는 바보부처를 그리겠다느니, 아니면 농사꾼부처, 어부부처, 공무원부처를 그리겠다고 발칙하면서도 용서받을 수 없는 말을 해오지 않았던가.

"궁금하시다면 제가 설명을 드리는 것보다 직접 보시는 게 낫지 않을까요?"

"물론 그렇습니다만."

"좌우지간 가서 보시면 놀랄 것입니다. 소승도 그림을 그리는 사람을 좀 보아왔습니다만, 별쫑나고도 고생스럽게 동굴벽화를 그리겠다고 작업을 하는 사람은 처음입니다."

이윽고 월남사 준공식이 시작되었다. 천수 스님을 위해 사부대중이 모인 것 같은 착각이 일 정도로 모든 행사는 천수 스님에 대한 찬양일색이었다.

그런데 분명 대웅전과 해월루 등 단청을 도맡은 환희의 얼굴이 행사 내내 보이지 않았다. 나처럼 감사패 하나는 받는 게 행사의 요식이기도 해서 그녀가 나타나리라고 생각했는데 그림자조차 볼 수가 없었다.

행사가 진행되는 동안 나는 환희의 얼굴이 떠오르면서 남미륵사에서 있었던 만불전 준공식과 관음전 준공식이 자꾸만 떠올랐다.

준공식 날짜에 맞춰 남미륵사에 도착했을 때 환희도 와 있었다. 그녀는 청바지 차림으로 만불전 이곳저곳을 둘러보다가 내가 그린 지옥도를 빤히 쳐다보고 있었는데, 나를 발견하고 반갑게 인사를 해왔다.

"또 뵙는군요."

"감사패를 준다기에……."

"저두요."

그런데 지난번 관음전 단청을 할 때와는 달리 얼굴이 무척 수척해 있었다.

"얼굴이 몹시 야위었군요. 무슨 일이라도?"

내 말에 그녀는 그저 쓸쓸한 미소만 지을 뿐 선뜻 입을 열지 않았다. 나는 더 이상 묻지 않았는데 불쑥 그녀가 물기 머금은 눈으로 나를 쳐다보았다.

"끝내 단청값을 받지 못했어요."

그녀는 잠시 남미륵사 앞으로 흘러가는 강 물줄기에 시선을 던지고 있었다. 긴 뱀처럼 흘러가는 강물 위로 가을 햇살이 반짝거리고 있었다. 강물을 사이에 두고 이쪽과 저쪽은 질펀한 들판이었는데, 모내기를 앞둔 논들이 물을 가득 채우고 강바람에 잔 이랑을 만들어내고 있었다.

"어떤 스님이 단청불사를 하겠다고 해서 한 달 가까이 일을 했었지요. 그런데 일이 끝나자마자 못 주겠다고 버티는 거예요."

"부도를 냈습니까?"

"부도까지는 아니구요."

"금액이 많을 텐데요."

"어차피 제가 여러 화공들에게 지급해야 할 인건비지요, 뭐."

"그 큰 금액을 어찌하려구요?"

나는 목젖이 타들어오는 것을 느끼며 물었다. 그런데 그녀의 말은 뜻밖이었다.

"언젠간 주겠죠, 뭐."

"그러다가 끝까지 안 주면 어찌 감당하렵니까?"

그녀는 내 말에 씩 웃으면서 말했다.

"결국 부처님을 위한 일이니까 받고 안 받고는 그리 큰 문제가 아니겠죠."

나는 그녀의 말에 깜짝 놀라고 말았다. 억대의 금액을 아무렇지도 않게 말하는 그녀는, 더구나 그 금액이야말로 부처님을 위한 일이라고 우기고 있었다. 나는 갑자기 관세음보살을 친견하는 기분이었다.

월남사 준공식은 남미륵사와 전혀 다르게 진행되고 있었다. 대웅전 앞에서 본사 주지를 비롯해서 국회의원, 도지사, 군수 등 쟁

쟁한 사람들이 가까운 사찰의 주지 스님들과 나란히 서서 테이프 커팅을 하는 것이었다.

준공식이 끝나고 4점의 탱화와 괘불 점안식이 이어졌다. 4점의 탱화는 내가 그린 것이지만 괘불은 다른 금어 집단이 그린 것이었다. 금어라는 명칭은 극락의 못에 금어가 없는 것을 부처님이 보시고 불(佛)의 자형 현세에 묘사하는 자가 있을 때 반드시 내세에는 극락의 금어로 환생시켜 주겠다는 약속에 따라 불화를 그리는 승려를 금어라고 칭했다는 말이 있다.

사실 사찰에서 괘불을 조성한다는 것은 어마어마한 일이었다. 괘불 화기(畵記)에 따르면 3가지로 구분되는데, 첫째는 시주한 집단의 시주질(施主秩), 재물 또는 인력을 끌어들이는 화주질(化主秩), 괘불 조성에 참여한 연화질(緣化秩)이 그것이었다. 시주질은 바탕시주, 포시주, 채색시주 등을 시주한 일반인들인데 간혹 벼슬을 받은 승려들의 이름도 나열되는 경우가 있었다. 화주질은 덕망 있는 노스님이 많이 참여하고 있다는 점이 특징이다. 지혜와 복덕을 갖춘 법납이 많은 비구인 장로(長老), 선가(禪家)의 승당(僧堂)에서 우두머리 격인 수좌(首座), 한 절의 살림살이를 맡아 일하는 감원(監院), 절의 모든 일을 지휘하는 책임자격의 유나(維那)·입승(立繩), 절의 주지인 화주(化主), 사원의 대중을 거느리고 사무를 맡아 일하는 3인의 승려 삼강(三綱), 승려 가운데 가장 높은 수승(首僧), 대중이 먹는 밥을 짓는 공사(供司) 등이다.

연화질은 불법을 들을 수 있는 인연의 사람들을 교화하는 목적으로 화사나 증명의 이름이 나열되고 있다. 교리에 맞게 법대로 그렸는지 확인하고 감독하는 증명(證明)이나 증사(證師), 그림을 그리는 동안 다라니경을 독송하는 송주(誦呪), 불전에 대해 청결과 향 제공 등 일체를 맡은 지전(知殿), 대중이 먹을 밥을 담당하는 공양주(供養主), 대중이 씻을 세숫물을 담당하는 정통(淨桶), 절의 사물을 맡아 모든 일을 지휘하는 도감(都監), 선원에서 대중의 좌구나 침구 등을 맡고 있는 별좌(別座), 땔감을 마련하는 부목(負木), 법식이 있을 때면 타종을 하는 종두(鍾頭), 대중이 마실 차를 분비하는 다각(茶角) 등 대부분 스님들이 용상방(龍象榜)에 의해 그 직책을 맡아 괘불을 조성하는 것이었다.

그리하여 『일자불정윤왕경一字佛頂輪王經』에 자세히 기록되어 있듯이 정월, 5월, 9월달 초하루나 보름에 그림을 그리기 시작하는데, 이는 그림을 그리는 이가 모든 부처님의 신통한 달(新通月)에 해야 하기 때문이었다.

그림을 그리는 곳은 불당전(佛堂殿)이나 산속의 선인굴(仙人窟)에서 하게 되는데, 사방 백 보 안쪽으로는 냄새가 전혀 없어야 하고, 벌레도 없어야 하며, 그림을 그리는 장소에는 매일 향수를 뿌려야 하고, 화장인(畵匠人)은 마땅히 매일 목욕하고 마음가짐을 단정하게 가져야 하며, 모름지기 붓을 잡을 때에는 팔계재(八戒齋)를 해야 한다. 이는 괘불뿐 아니라 부처님을 그리는 모든 그림에 해당되는 일이기도 했다.

그러나 요즘에 와서는 그렇게 까다롭게 하는 법이 없었고, 흉내 정도나 낼 정도면 대단한 정성이었다. 불상도 그렇지만 불화 역시 길거리 상점에 내다 파는 세상이 아닌가. 불화를 찍어내듯 그려내는 세상이다 보니 불경에 기록되어 있는 그대로 실천하는 화사는 보기 드문 일이었다.

그런데, 월남사 준공식이 끝나자 찾아온 손님들을 대하기도 바쁠 천수 스님이 날 불렀다.

"그냥 헤어지면 안 되지. 나랑 차 한 잔이라도 하고 가야 되지 않겠어?"

천수 스님은 내 어깻죽지를 한쪽팔로 감싸며 주지실로 안내했다. 좌정한 그가 찻물을 대우면서 차에 대해 설명했다.

"이 차는 일제 강점기 때 처음으로 만든 옥판차라는 차지. 월출산에 야생하는 야생차를 따서 만든 차라고 생각하면 돼."

"잘 마시겠습니다."

"이곳은 차의 성지여서 해년마다 봄철에 다신제(茶神祭)를 모실까도 생각하고 있어."

천수 스님은 연이어 찻잔에 차를 따라주며 말했다. 특별히 할 말도 없으면서 나를 붙들고 있는 게 아닌가 싶었는데,

"이 얘기는 누구한테도 해서는 안 돼."

하고 먼저 비밀을 지켜줄 것을 다짐하는 것이었다. 하지만 이 세상에 비밀이 어디 있을까. 내가 알고 네가 알고 하늘과 땅이 알고 있는데, 어떻게 비밀이 지켜질 수 있을까. 내가 잠자코 있으려니까 천수 스님이 말을 이어나갔다.

"법능 화사도 그림을 그리니까 하는 말이지만, 세상에 아가씨가 절 한 귀퉁이에서 벽화를 그리는 모습이란 얼마나 아름다운 모습인 줄 모르겠더라구. 법능 화사도 그 얘기쯤은 들어서 알고 있겠지, 아마? 무위사 벽화 이야기 말이야. 한 늙은 금어가 극락전 벽화를 그리게 되었는데, 그 금어는 이렇게 말했다지. '내가 벽화를 그리는 100일 동안 어떤 누구도 극락전에 들어오면 안

된다. 또 들여다보아서도 안 된다'라고 했어. 주지 스님은 궁금했지만 참고 견뎠는데 마지막 날 그만 문틈으로 눈알을 들이대고 말았지. 그랬더니 놀랍게도 파랑새 한 마리가 입에 붓을 물고 벽화를 그리고 있질 않겠나. 그 파랑새는 아미타삼존의 관음보살 두 눈에 점안을 마악 하려다가 주지 스님의 눈을 발견하곤 밖으로 날아가버렸어. 그 파랑새는 관음보살의 화신이었다나."

천수 스님의 목소리가 조금 빨라졌다.

"바로 그 파랑새 같은 모습이라고나 할까? 아님 피리를 부는 비천의 모습이라고나 할까? 법능 화사 같으면 무엇에 비유하고 싶겠어? 홀로 벽화를 그리는 아가씨의 모습이?"

"스님 말씀대로 한 마리 새처럼 보이겠지요."

나는 대체 무슨 말을 하려고 저리 뜸을 들이는가 싶어 맞장구를 쳤다.

"그렇지. 영락없이 한 마리 새 같다고나 할까. 아무튼 그녀는 다른 화공들을 다 보내고 나서도 사흘 동안 홀로 마지막 작업을 하더라구."

천수 스님은 갑자기 천정을 쳐다보며 한참 동안 생각에 잠겨 있었다. 그러다가 축축한 눈빛으로 나를 바라보았다.

"내일이면 작업을 마치고 떠난다기에 시내에 나가서 맥주를 마시자고 했지. 그랬더니 순순히 따라오더군. 읍내 분위기 좋은 집에 가서 맥주를 마셨지. 이 얘기 저 얘기를 나누다 보니 12시를 넘겨버렸어. 어때, 내 얘기가 재미있나? 아마도 법능 화사도 이런 경험은 많이 있었을 것 같은데……."

"그래서 어떻게 하셨습니까?"

나는 시큰둥한 표정으로 물었다. 그러나 천수 스님은 창밖을 향해 무심히 시선을 던졌다가 시선을 거두면서 흥이 나듯 말했다.

"술이 취하니까 여자로 보이더군. 여자라⋯⋯. 사실 이 세상에 여자처럼 좋은 게 어딨겠어? 나는 용기를 내서 모텔로 가자고 했지."

"그랬더니요?"

"하하. 내 뺨을 여지없이 세 번이나 때리더군. 어떻게 스님께서 그런 말씀을 할 수 있느냐구 말이지. 그런데 말야, 소설이나 드라마나, 영화 같은 것도 반전이라는 게 있잖아. 반전이 급격하면 급격할수록 재미가 있듯이 내게 반전이 찾아올 줄은 꿈에도 생각하지 못했어. 어서 절로 들어가 잠을 자자고 하길래 하는 수 없이 택시를 타고 절로 올 수밖에. 그런데 때마침 둥근 달이 휘영청 창공에 떠 있더군. 참, 월남사가 한자로 뭔지 알아? 달 월(月)에 남녘 남(南)자라구. 그러니까 월남사를 중심으로 모든 마을이 달 월자를 쓴다 그 말씀이야. 들어 봐, 얼마나 많은지. 월평리, 월남리, 송월리, 월하리, 상월마을, 신월마을, 월송마을이 다 월남사와 가까운 곳에 있지. 그러니까 산 이름도 월출산이지 않는가? 달이 뜬다는 월출산⋯⋯. 역시 달 월자를 쓰는 동네답게 찢어지게 밝은 보름달이 눈부시게 떠 있는데, 어쩌겠나."

천수 스님이 내 무릎을 만지작거리며 웃어보였다.

"그래서요?"

"조금 전에 야무지게 뺨을 때리는 모습은 간 곳이 없고, 절 입구 길가에서 그냥 그대로 무너지더군."

"아니, 그렇다고 길가에서⋯⋯."

"어쩌겠나. 급한 마음에 냅다 보듬자 허망하게 무너지는 것을."

"참, 스님도 용기 한 번 대단하십니다."

내가 슬쩍 웃어보이자 천수 스님의 표정이 심각해지면서 말을 이었다.

"그런데 더 허망한 일이 생기고 말았어."

"당연하지 않습니까? 이층집이 얼마나 허망하다는 것을……."

"지금 내 말뜻을 못 알아듣고 있군. 이층집이 허망하다는 것이 아니고, 이제 막 여자의 풍만한 가슴에 얼굴을 묻고 부비면서 그 작은 젖꼭지를 깨물고 있는데……."

"들어서 뻔한 얘기, 어서 끝냅시다."

"더 들어 보라니까 그러네. 보름달처럼 풍만한 여자의 젖가슴에 얼굴을 묻으면 말이지, 숨이 막힐 것 같더라구. 얼굴을 온통 뒤덮어버리는 여자의 그 젖가슴이야말로 이 세상에서 가장 포근하고 가장 부드러운 것이 아니겠어?"

그런데 밖에서 왁자지껄한 소리가 들려왔다. 전세버스를 타고 사찰순례를 온 불자들인 것 같았는데 천수 스님을 찾는 소리였다.

"금방 나간다고 그래!"

천수 스님은 밖을 향해 소리를 꽥 질렀다.

"얘기를 막 끝내려고 하니까 방문객들이 몰려온 모양이군. 그 때도 영락없이 이런 꼴이었다니까. 이제 드디어 여자의 옷을 벗기려고 하는데, 헛 참! 살다 살다 그렇게 재수에 옴 붙은 꼴은 처음 보았어. 여자는 가슴의 젖꼭지를 깨물어도 가만히 있더군. 아니 알을 까는 소리 같기도 하고 몸의 비늘을 떨어내는 소리 같기도 하는 신음 소리를 내더군. 그리곤 치마를 훌렁 올리니까 곧바로 까만 숲이 나오는 거 있지. 세상에 그녀는 팬티를 입고 있지 않았는가 봐. 달밤에 보아도 그곳은 너무너무 까맸어. 그런데 갑자기 가까운 곳에서 기침 소리가 나지 않겠어. 가만히 두리번거려보아도 사람의 그림자는 보이지 않길래 다시 슬슬 시작하려는데 또 기침 소리가 나는 것이었어. 그것 참!"

"그래서요?"

"그래서요라니? 내가 일어나서 그 기침 소리의 주인공을 반드시 보고야 말겠다고 주변을 살피는 순간, 여자가 화들짝 놀라더니 제 가슴을 부둥켜안고 절로 쏜살같이 사라지고 말더라구. 그래도 어찌나 아쉽던지 방문을 열려고 문고리를 잡아 흔드니까 굳게 잠겨 있더군."

"저런!"

내가 한숨을 푹 내쉬었다.

"그런데 말이지. 나중에 아무리 생각해봐도 그때 그 기침 소리는 이명이었지 않았나 싶더라구. 그러지 않고서야 그 오밤중에 웬 사람이 나타나 기침을 했겠느냐구?"

그러나 나는 단청 값을 그 화사에게 떼먹지 않았느냐고 묻지 않았다. 천수 스님 역시 그런 말은 아예 입밖에도 내지 않았다. 그저 한 사내로서 한 여자에 대한 아쉬움, 그리고 깊은 후회 같은 것을 보여주고 있을 뿐이었다.

천수 스님은 '그럼' 하고 자리를 떠서 밖으로 나갔다. 천수 스님이 나타나자 방문객들이 한차례 박수를 크게 치더니 졸래졸래

뒤를 따라가고 있었다. 천수 스님은 월남사의 유래, 월남사의 보물에 대해 거창하게 말을 할 것이었다.

나는 천수 스님의 뒷모습을 멀거니 지켜보다가 문득 한 여대생의 얼굴이 떠올랐다.

— 새로 신축한 법당의 벽화를 그려달라는 주문을 받고 매일 작업을 하고 있을 때였다. 벽화는 신라 선덕여왕 때 사람인 부설거사(浮雪居士)가 도력을 시험하는 내용이었다. 도력의 시험은 질그릇 세 개에 물을 가득 채워서 그것을 깨뜨린 후 물이 흘러내리는지 그렇지 않는지에 대한 것이었다.

그런데 땅바닥에 굵은 뿌리를 박고 서있는 나무가 진짜 나무인 줄 알고 다람쥐 한 마리가 쪼르르 나타나더니 그 위로 올라가려고 발버둥치는 게 아닌가. 그 모습이 하도 귀여워서 잠자코 지켜보고 있는데 등뒤에서 유리알처럼 맑은 목소리가 들려왔다.

"아, 재밌어!"

뒤돌아보니 옆구리에 책과 노트를 낀 여대생이었다. 그녀는 배꼽을 한 점 살점처럼 노출시키면서 쏙 빠진 몸매를 갖추고 있었다. 평소에도 별의별 사람들이 발길을 멈추고 동물원 원숭이처럼 바라보곤 하는 것이어서 그런가 보다 생각했는데 그 여대생은 달랐다. 다짜고짜 자신도 한 번 그려보고 싶다고 보채는 것이었다.

"보기보다 쉽지 않습니다."

정중하게 거절해서 돌려보냈는데도 다음날 일찍 다시 찾아왔다. 그리고는 과일이며 과자 등을 잔뜩 사가지고 와서 내놓는 것이었다. 그녀는 과일을 먹기 좋게 깎아주기도 하고 물감도 옮겨주는가 하면 잔심부름까지 해주는 것이어서 내심 잘됐다 싶었다.

그녀는 방학 중이어서 시간이 있다며 날마다 모습을 보였고, 그럴 때면 간식거리를 반드시 들고 왔다. 일주일 남짓 지났을 때 그녀는 술을 한 잔 하자고 졸랐다. 나는 못이긴 척하고 그녀를 따라나섰다.

"선생님. 사람은 술을 함께 마셔봐야 상대방을 알 수 있대요."

그녀는 술잔을 앞에 놓고 나의 모든 것을 파헤쳐보겠다는 심사인지 두 눈에 힘을 주고 쳐다보았다. 이윽고 술이 한 병 두 병 들어가자 술기운이 올라오면서 말이 많아졌다.

"왜 절마다 벽에 벽화를 그려놓는 거예요?"

그녀가 물었다.

"불교사상을 밝혀주기 위해서지요."

"건물마다 그림이 다르던데요? 건물 안과 밖이 다르고, 또 절마다 똑같다고는 볼 수 없겠지요?"

"최초로 불교그림이자 불교벽화가 생긴 것은 기원정사(祇園精舍)의 벽화에 관한 기록에서 알 수 있는데요, 급고독장자(給孤獨長者)가 동산을 보시한 후 부처님의 허락을 받고 다시 부처님의 가르침대로 화공들을 시켜 벽화를 그리게 했답니다. 이러한 벽화들은 모두 교훈적인 내용을 담고 있어 교화(敎化)하려는 목적이 있다고 봐야겠지요."

"그러니까 벽화마다 나름대로 주제가 있겠군요."

"그럼요. 한 가지 예를 들어볼게요. 상원사에 이런 벽화가 그려져 있어요. 옛날 과거를 보기 위해 길을 나선 선비가 치악산을 넘어가고 있었답니다. 그런데 비단구렁이 한 마리가 꿩을 잡아먹기 위해 꿩의 둥지를 향해 똬리를 틀고 노려보고 있었어요. 선비는 꿩을 살리기 위해 활을 당겨 비단구렁이를 죽여버립니다. 그리고 발걸음을 재촉해 산을 넘어가려니까 이미 어둠이 깔려 길을 잃고 말았어요. 그런데 전방을 보니 희미한 불빛이 보이는 것이었어요. 그 불빛을 찾아갔더니 역시 사람이 사는 집이었고 뜻밖에도 젊고 예쁜 여인이 반갑게 맞이하는 게 아니겠어요. 여인은 피곤하고 허기진 선비를 위해 맛있는 밥과 편한 잠자리를 만들어주었어요. 선비는 그만 깊은 잠에 빠지고 말았는데, 잠결에 가슴이 답답해서 눈을 떠보니 비단구렁이가 온몸을 친친 감고 있는 게 아니겠어요."

"어머, 저런!"

그녀가 입을 가리며 비명을 질렀다.

"비단구렁이는 선비에게 말했습니다. 오늘 낮에 내 남편을 죽였으니 이제 선비가 죽어야겠다구요. 그래야 원수를 갚을 수 있겠다며 더욱 몸을 조였습니다. 그러자 선비는 살생하려는 모습을 어찌 지나칠 수가 있었겠느냐며 항변을 하자, 비단구렁이는 집 근처 옛 절터에 높은 종루가 있는데 그 종을 날이 새기 전 세 번 쳐주면 살려주겠다고 하는 것이었어요. 그러나 무슨 재주로 그 높은 종루에 올라가서 종을 칠 수가 있었겠어요. 하는 수 없이 죽기만을 기다리고 있는데 새벽녘 세 번의 종소리가 희미하게 들려왔어요. 그러자 비단구렁이는 감았던 선비의 몸을 풀고 사라졌는데, 날이 밝아 종루에 올라가 보니 세 마리 꿩이 피투성이가 된 채로 죽어 있더랍니다. 꿩은 머리를 종에 부딪쳐 소리를 내게 했던 것입니다. 자, 그렇다면 왜 이와 같은 설화가 생겨났을까요?"

"보은(報恩)을 말하고자 하는 게 아닐까요?"

"그렇습니다."

"그런데 선생님은 벽화만 그리는 사람이세요?"

"아닙니다. 부처님도 그리지요. 우리 부처님은 정신적으로나 육체적으로나 범부중생과 다른 훌륭한 덕목을 갖추고 있지요. 정신적인 덕목은 부처님만이 지닌 열여덟 가지 특징인 18불공법(十八不共法)이 있는데, 이것은 깨달은 이에게만 있는 것을 뜻합니다."

"어려워요. 그럼 육체적인 덕목은 무엇인가요?"

그녀가 눈을 반짝거렸다.

"부처님의 육체에 나타나는 수승한 상호를 32상 80종호라고 합니다. 32상은 뭐이냐? 치아가 군도화(軍圖花)처럼 희고, 팔을 펴면 무릎을 지나며, 몸의 모든 털이 한 터럭 같고, 그리고 재밌는 말이 하나 있는데 생식기가 말의 그것처럼 깊이 감추어져 있다는 것 등입니다."

"호호호. 생식기가 말처럼 생겼다는 거예요?"

그녀는 한바탕 웃고 나서도 뭐가 그리 재밌는지 계속 쿡쿡거리며 웃음을 감추지 못했다.

"……80종호를 말해 보지요. 목소리가 천둥소리와 같고, 걷는 모습이 코끼리 왕과 같으며, 남근의 무늬가 묘하고 구족하여 원만하고, 두 눈이 맑고 아름답고 신묘하며, 이렇듯 32상 80종호가 부처님의 참모습이라 하지요. 특히 절간에서 중요시하는 것은 부처님의 미간백호상입니다. 양 눈썹 사이에 흰 털이 나있는 것이나 큰 귀에 귓밥이 큰 것 또한 특징이라면 특징입니다."

부처님의 육체적인 덕목을 조목조목 얘기하자 그녀는 나의 달변에 굉장히 놀라는 눈치였다.

"4세부터 7세의 여아인 네팔의 살아 있는 여신 쿠마리를 선발할 때도 32상을 고루 갖춰야 한다고 들었습니다. 이중에서 한 가지만 빠져도 엄격한 심사에서 탈락하기가 쉽다는 것입니다. 가장 먼저 통과해야 하는 것은 반드시 석가모니 민족인 샤카족이어야 하고 상처가 하나도 없어야 한답니다. 경전에도 명시되어 있다는데 머리카락은 검어야 하고, 몸은 보리수 같아야 하며, 허벅지는 사슴 같아야 하고, 눈꺼풀은 소와 같아야 하며, 목은 고둥 같아야 한다는 것입니다. 또한 치아가 깨끗해야 하고 이마가 반듯해야 하는데, 이렇게 선출된 쿠마리는 사원에서 도살된 동물과 하룻밤을 자게 됩니다. 피비린내가 진동하는 그곳에서 울거나 소리를 지르면 안 되는데, 만일 무서워서 그것을 어겼을 경우 탈락이 된다는 것입니다. 그러나 통과가 된 쿠마리는 네팔 국민들로부터 추앙을 받게 된답니다."

"재밌어요! 그럼 쿠마리로 선출되면 한평생 추앙을 받나요?"

"아니오. 초경이 시작되면 은퇴를 해야 된대요."

"그렇구나. 그런데 선생님! 불교 하면 달마 그림이 떠오르는데 달마에 대해 얘기 해주세요."

나는 신바람이 났다.

"달마는 선(禪)을 대표한다고 봐야겠지요. 깨달음의 증표이기도 하구요. 산스크리트어로 보리달마를 줄여서 달마라고 합니다. 그런 달마를 그린 달마도는 군더더기가 없어요. 한마디로 붓질이 힘차고 간결하여 역동적입니다. 달마도는 철저한 수행이 없으면 그릴 수 없는 그림이라고 하는데, 이러다보니 큰절은 물론 작은 암자에도 약방의 감초처럼 달마도가 그려져 있는 것을 볼 수 있고 일반 불교신자들에게도 달마도 한 점씩은 있을 정도입니다."

"그렇군요."

"내가 그림에 대한 재밌는 얘기 하나 더 할까요?"

그녀가 내 말에 손바닥으로 턱을 괴며 내 얼굴을 빤히 바라보았다.

"네."

"제 스승이신 해월 노화사는 젊은 시절 초상화(肖像畵)를 많이 그렸다더군요. 그때는 사진이 없었던 시절이었는데, 초상화 석 점만 그리면 한 해 굶지 않고 살 수가 있었답니다. 그런데 가끔씩 부잣집 영감들이 값을 깎을 요량으로 자신을 다르게 그렸다며 퇴짜를 놓더라는 거예요. 그만큼 외양을 중시하는 게 초상화이기 때문이었겠지요. 일러서 '터럭 하나라도 다르면 그 사람이 아니다' 할 만큼 정확해야 한다는 말이 있지요. 어쨌든 그럴 때마다 해월 노화사는 마을을 아이들을 불러모아놓고 초상화를 펼쳐 보이면서 '이 그림이 누구와 닮았느냐?' 물었답니다. 그러자 아이들은 일제히 주문자인 부잣집 영감을 말하는 것이었어요. 해월 노화사는 즉시 아이들과 함께 그 집 앞마당으로 가 소리쳤답니다. '이 천진난만한 아이들이 거짓말을 어찌 하겠소?' 하고 호통을 치면 부잣집 영감은 꼼짝없이 약조한 쌀가마니를 내놓더라는 거예요. 그렇게 어려운 시절을 이겨냈다는 것이지요."

"얘기마다 재밌어요. 우리 한 병 더 마셔요."

내 말이 끝나자 그녀가 소주를 한 병 더 시켰다. 이미 술이 취해 오는데도 그녀는 '원샷!' 하며 마셔댔다.

"또 다른 얘기 들려주세요."

"그럴까요? 짧은 얘긴데요. 내가 어떤 암자에서 일을 하고 있을 때였어요. 거기에는 공양주 아가씨보살이 하나 있었는데 불행하게도 꼽추였어요. 얼굴이 해맑고 피부가 유리알처럼 고운데도 허리가 구부러진 것이지요. 항상 승복을 입고 다니는데도 까만 머리는 치렁치렁 길어서 엉덩이까지 내려오는 그런 아가씨였는데, 시를 쓰기 위해 절에 있다는데도 그녀가 시를 쓰거나 쓴 시를 읽어본 적은 없었어요. 그녀는 비구니 넷과 고시생 넷의 공양을 맡고 있어 손을 부지런히 놀리지 않으면 안 되었는데, 그녀가 고시생 중에서 가장 잘생긴 남자를 좋아하더라구요."

"어머, 그래서요?"

그녀가 까르르 웃었다.

"잘생긴 남자를 좋아하다 보니 내가 좋아하는 누룽지를 얻어먹을 수가 없었지요. 누룽지는 모조리 그 고시생이 독차지했는데 그러고도 꼽추 아가씨는 뭘 못 줘서 안달이었어요. 그 고시생은 그 아가씨에 대해 마음에 없는데 말이지요. 그런데 그 꼽추 아가씨는 그 고시생이 보일라치면 항상 옷깃을 여미곤 했는데, 나중 자기에게 마음이 없다는 것을 알고 어느 날 아무 말 없이 절을 떠나버렸습니다."

"그 얘기도 재밌어요."

"그런데 취하지 않는가요? 얼굴에 나는 취했습니다, 하고 써진 것 같애요."

"전혀! 그런데 선생님, 멋져 보여요!"

"멋지기는 뭘요."

내가 멋쩍게 웃었다.

"아뇨. 진짜로 멋져 보여요!"

원샷은 두어 번 더 이어졌는데, 갑자기 그녀가 벌떡 일어나더니 내 손을 잡아끌었다.

"선생님! 절 따라오세요!"

"어디로 말입니까?"

그녀의 손은 술을 마신 탓인지 잘 달구어진 화롯불처럼 뜨거웠다. 입에서 뿜어져 나오는 열기 또한 뜨겁기는 마찬가지였다. 내가 따라나서자 그녀는 내 팔을 꽉 끼고 달리듯 골목을 빠져나갔다. 골목 입구에 모텔이 작은 궁전처럼 서 있었다. 그녀는 나를 들이밀 듯 모텔로 끌고 가더니 방문을 열고 들어서자마자 옷을 거침없이 벗어던지는 것이었다.

"어서 일루 들어오세요!"

그녀는 이불 속에서 속삭이듯 말했다. 탄력 있는 몸이었다. 그리고 매끈했다. 나는 그녀의 혀를 통째로 물어 삼켰다. 달착지근하면서도 부드러운 살덩이가 입안 가득 채워지더니 설탕물처럼 녹아드는 기분이었다. 이번엔 그녀의 풍만한 가슴에 얼굴을 묻고 오디처럼 생긴 젖꼭지를 힘차기 빨기 시작했다.

그녀의 눈알이 하얗게 뒤집혀졌다. 꿈을 꾸는 것 같기도 하고 이미 다른 세계로 들어가 헤매고 있는 것 같은 눈동자였다.

이윽고 나는 한 마리 새가 되어 창공을 퍼덕이기 시작했다. 낮게 날았다가 위로 솟구치기도 하고, 빙빙 선회하다가 급강하를 하기도 했다. 유유히 날다가도 곧장 내처 저쪽을 향해 나래를 힘차게 움직이기도 했는데 그녀는 '사랑해요'란 말만 거듭 뇌까리는 것이었다.

나는 월남사를 빠져나와 캠핑카 보리호가 서 있는 주차장으로
걸어 나갔다. 새로 만들어진 주차장은 네모진 돌을 깐 까닭으로
깨끗했다. 그런데 다른 사람의 차를 타고 온 목암 스님이 날 보더
니 손짓으로 불렀다.

"떠나시게요?"

"그렇습니다."

"그런데 제가 법능 화사께 한 가지 더 말씀 드리려고요. 다름
아니라 그 용혈암 동굴에 벽화를 그리겠다는 화가가 있었다고 했
지요?"

"박여강이란 여자 말하는 건가요?"

"예. 전에 말했던 그 보살님인데 참말로 고생을 많이 하고 있
더라구요. 닥나무 재료를 석회와 섞어서 손바닥으로 일일이 바르
는데, 거기에 또 덧칠하고 또 덧칠을 하고 있습디다. 벽화 그릴
바탕만 만드는데 벌써 두 달째라나."

목암 스님이 별 희한한 장면을 목격이라도 하고 온 듯 목소리
를 높여가며 말했다.

"저도 중 살림을 시작한 지 20년이 넘었는데도 동굴에 벽화를
그리는 화가는 첨 보았습니다. 그런데 고생이 이만저만이 아니더
라구요. 일일이 닥나무 재료를 그 넓은 동굴벽에 바르고 문지르
고 있으니 말입니다."

"그 큰 동굴에 뭘 그릴려고 그런 작업을 하고 있는지."

"참, 불교의 십계도를 그린다는 말을 들었습니다."

나는 목암 스님의 말에 고개만 끄덕거렸다. 틀림없이 그녀가 동굴벽화를 시작한 모양이었다. 멧돼지 사냥을 따라갔을 때 그녀는 십계에 대한 말을 하지 않았던가.

그런데 어떻게 닥나무 재료는 알았을까? 닥나무 재료와 석회를 섞으면 벽에서 떨어지지 않고 잘 붙는 비법은 어디서 알았을까?

지난 2006년 건국대학교 회화보존연구소에서 무위사 극락전 벽체의 구조와 제작기술을 발표한 적이 있었다. 외가지에 짚으로 엮은 새끼줄을 이용하여 벽체의 골격을 조성하고, 흙과 첨가물을 혼합한 다음 흙반죽을 사용하여 벽체를 조성했다는 거였다. 그 보고서에 따르면 벽체에 사용된 황토가 볏짚과 잔돌이 포함되어 있으므로 입자가 곱고 치밀함을 알 수 있다고 말하고 있었다.

중국의 돈황석굴 역시 그 많은 벽화를 조성함에 있어 벽에 흙을 발라 그 많은 벽화를 그릴 수 있었다지 않았던가. 그런데 그녀는 닥나무의 재료를 가지고 두툼한 종이에 그리는 것처럼 쉽게 그릴 수 있다면 세필을 사용해 사실적으로 그리기가 쉬울 것이었다.

"내가 여기 있는 줄 어떻게 알고 찾아왔지?"

그녀는 반죽처럼 된 닥나무를 일일이 손바닥으로 문지르고 있다가 나를 발견하더니 화들짝 놀라며 물었다. 이마에는 땀이 흥건하게 흘러나오고 있었으나 반가운 표정이 여전했다. 그런데 그녀는 머리를 깎지 않았는지 어느 틈에 머리털이 상당히 자라고 있었다. 아마도 작업에 너무 열중했는지 미처 자를 생각조차 하지 못하는 듯 보였다. 옷도 남루했다. 아무렇게나 바닥에 앉고 서기를 반복했는지 바지는 흙물이 배어 있었고, 윗도리 소매는 온통 닥나무 찌꺼기가 묻어 있었다.

그런데 그녀의 눈빛에서는 무당의 신기처럼 귀기가 번뜩이고 있었다. 조금도 일이 고되거나 힘든 눈빛이 아니라 마냥 행복해하는 눈빛이기도 했다.

"그래, 그동안 어떻게 지냈지?"

그녀가 작업을 하다 말고 그대로 주저앉으며 말했다. 나는 우선 그녀가 작업을 하고 있는 동굴벽을 둘러보았다. 처음 동굴 안으로 들어왔을 때 기억자로 생긴 동굴이 훤했었는데 그것은 흰색으로 도배하듯 닥나무 재료를 그리기 좋은 벽면에 발랐기 때문이었다.

"그런데 얼굴이 많이 상했어요."

나는 진심으로 걱정스러운 마음이 앞섰다.

"아무래도 작업이 고되니까 그렇겠지. 그런데 신문보도를 보니까 고대 동굴 벽화를 그린 사람은 남성이 아니라 대부분 여성인 것으로 드러났다고 그러더군. 미국 펜스데이트대학의 고고학자 딘 스노 교수가 조사를 했는데, 분석해 본 결과 75%가 여성이었다고 아메리칸앤티쿼티저널에 발표했다는 거야."

"사냥은 남성이 했을 거라면 남성이 그린 것으로 믿기 쉬운데 그것을 뒤집었다는 말인가요?"

"스페인 알타미라 동굴이며 프랑스 등의 동굴 11개에 남겨진 손바닥 32개를 조사했더니 그 가운데 24개가 여성의 것이라고 주장했더군. 남자들이 밖에서 사냥을 하고 있을 때 여자들은 벽화를 그린 모양이지. 나 역시 그 보도를 보고 더욱 결심을 하게 되었는지도 모르지."

"그래, 이 동굴에 무얼 그릴 작정입니까?"

나는 짐작이 가면서도 짐짓 물었다.

"십계를 그릴까 해. 지옥에서부터 부처에 이르기까지 십계를 그려보고 싶었거든. 너무나 처절한 지옥, 배고픔에서 몸부림치는 아귀, 뱀이나 늑대들이 있는 축생, 서로 다투기를 좋아하는 아수라, 반고반락을 피할 수 없는 사바세계의 인간, 한없이 안락하기만을 고집하는 천상, 부처의 진리를 깨달은 성문, 인연법을 터득해버린 연각, 중생과 더불어 불심을 깨달은 보살, 모든 지혜공덕을 원만히 갖춘 부처의 세계를 일컬어 십계라고 하잖아."

"만다라십계를 말하는 겁니까?"

"아니야. 만다라십계와는 달라. 그것은 만다라를 통해 십계를 그리고 있지만 나는 구체적으로 그리고 싶어. 그래서 그 그림을 보면 십계의 세계를 한 눈에 알 수 있도록 말이지."

"왜 십계도를 그릴 결심을 했습니까?"

내가 진지하게 물었다.

"나는 누구나 십계 가운데 한 가지 세계에 있다고 생각해. 사람은 그 속에서 움직이는 것이지. 마음을 어떻게 먹고 있느냐에 따라 십계를 왔다갔다 하는 것이 아닐까. 내가 지옥에 있다 해도 부처의 마음을 가지면 부처가 되는 것이고, 부처의 마음을 갖고 있더라도 지옥의 마음으로 움직이면 지옥이 되겠지. 그러므로 수행을 끊임없이 하면 부처가 될 것이고 수행을 게으르게 하면 지옥이 되는 십계를 그리고 싶은 게지. 머리 깎고 절에서 수행하는 수행승만이 부처가 되겠다고 노력할 것이 아니라, 사람이면 누구나 부처가 되겠다고 노력을 해야 한다는 메시지를 전달하고 싶은 게 십계를 그리려는 목적이라고 생각하면 돼."

험한 길이 있는가 하면 선한 세계가 있으며 깨달음의 세계가 있다는 말. 그러나 결국 불성으로 다 연결된 한 마음의 세계도 되지 않겠는가.

"면적이 너무 넓은데요?"

그녀가 준비한 벽면의 면적은 높이가 3m, 길이가 20m 정도 되어 보였다. 아예 동굴의 전체 면적을 거의 닥나무 재료로 발랐다고 해도 과언이 아니었다.

이윽고 그녀가 안내한 곳은 동굴 앞에 세워진 텐트 안이었다. 이중으로 된 텐트 안에는 이부자리며 식기가 있었다. 끼니를 제대로 먹지 않았는지 제대로 설거지가 되지 않은 식기도 있었고 반찬도 쉰내가 날 정도로 부실했다. 쌀과 된장만 있으면 끼니가 해결될 수도 있겠지만 고된 일을 했을 땐 영양실조에 걸리기 딱 십상이 아니겠는가.

"사실 내가 이곳에 와서 동굴벽화를 그리겠다고 결심한 것은 올케언니 때문이었어."

"언니라면 타잔의 부인?"

"맞아. 그 올케언니가 국사봉 목장을 남에게 넘기고 도회지로 나갔다는 소문만 듣고 있었는데, 뜻밖에도 어린 조카가 전화를 해왔더군. 언니가 밤마다 흉몽 때문에 헛소리를 하고 괴로워한다더군. 아마도 오라버니의 자살 때문에, 또 그 자살의 원인이 자신에게 있다며 식음을 전폐한 적도 한두 번이 아니라더군. 난 조카의 말을 듣고 찾아갔었지. 과연 음식을 제대로 먹지도 못하고 흉몽에 시달리고 있더군. 얼굴은 광대뼈만 남아서 몰골이 말이 아니었어."

"그런 일이 있었군요."

그녀는 바다 건너 먼 산봉우리를 바라보며 말을 이었다.

"난 이 모든 것이 오라버니로 인해 빚어진 비극이 아닌가 생각해. 자유롭게 사는 야생동물들을 평생 동안 사냥을 했으니 과연 오라버니한테 주어진 특권이라도 있었단 말인가? 창으로 짐승을 찌르는 일이 사냥이라면 남성이 여성을 유린하는 모습과도 흡사하지 않는가? 그 숱한 목숨들을 앗아갔으니 마땅히 그 죄업을 받은 게 아닌가 싶어. 사람들이 고소를 좋아해서 그 사람이 체벌을 받으면 쾌감을 느끼겠지만, 그러나 남을 죽이려 하면 자신도 반드시 인과응보를 받게 된다는 사실을 너무 모르고 사는 것 같아. 자신이 뿌린 씨를 자신이 거둔다는 엄연한 사실. 그것을 모르니까 사람들은 함부로 사는 것이겠지. 짐승을 죽여서 축생을 벗어나게 한다는 말, 세상에 그처럼 엉터리 같은 말은 없을 거야. 스스로 죄업에 빠지는 길이 바로 그것이 아니겠는가 싶어. 그래서 짐승을 죽이는 일이야말로 나를 죽이는 일로 끝나는 것이 아니라 너도 죽이고 우리도 죽이는 일이 아닌가 생각해."

발밑에 엎드려 있던 바다가 붉게 물들고 있었다. 그러나 용혈암 아래 산자락은 이미 잿빛으로 채워지고 있었다.

"지금 심정은 백척간두에서 한 발 더 내딛는 심정이라고나 할까. 일단 몸을 던져야만 한다고 생각하고 있어."

문득 그녀가 처음 만났을 때 했던 말이 떠올랐다.

— 사냥은 환생을 못해 몸부림치는 짐승들을 구제하는 일이지.

그래서 사냥꾼은 바로 그 짐승들을 도와주는 보살이구. 축생의 윤회를 벗어나 다시 인간으로 환생케 하는 일이 사냥이라구.

그런데 처음 만났을 때 했던 말과 지금의 말은 너무도 다르지 않는가. 나는 고개를 절레절레 흔들었다.

문득 조선일보에서 본 기사가 떠올랐다. 미국에서 방송 프로그램을 진행하는 인기 사냥꾼이자 사냥 체험 전문 여행사 최고경영자인 로드리게스가 하필이면 사냥용총에 맞아 사망했다는 내용이었다.

그는 사망 전까지 세계 6대륙 21개국에서 곰·코끼리·얼룩말·표범 등 140종의 야생동물을 사냥해 온 사람으로 '소총수의 일기'에선 현장에서 직접 사냥하는 모습을 보여주어 인기를 끌었다는 것이었다. 그런데 나이 43세였던 그는 몬태나 주(州) 북서부 화이트피시의 주택에서 한 여성과 만나던 중, 불륜으로 오해한 남편이 쏜 총에 맞아 사망했다는 것이었다. 경찰은 "범인은 로드리게스를 죽인 뒤 아내를 잔인하게 폭행하고 스스로 머리에 총을 쏴 자살했다"며 "여성은 총기제조업체 직원으로 총기 박람회에서 로드리게스를 알게 돼 사업상 만났을 뿐 불륜은 없었다"고 밝혔다는 것이었다.

"그런데 듣자니 용혈암은 지방문화재로 지정되었다고 들었는데, 누구 허락이라도 받고 벽화를 그리는 겁니까?"

"용혈암 복원 추진위원회로부터 받았지. 그 사람들은 용혈암이 고려불교와 함께 역사의 뒤안길로 잊어졌다가 다산 정약용 선생에 의해 다시 살아난 성지라고 하더군. 1808년 다산 정약용 선생이 1818년까지 강진에서 유배생활을 할 때 봄이면 이곳을 찾아왔다고 그러더군. 다산의 아들인 학포도 다녀갔다고 하더라구. 나도 다산이 쓴 「유혈용기」란 글을 『만덕사지』에서 읽었는데, 용혈암의 모습을 이렇게 묘사했더군.

……가경 무진년 다산이 살면서부터 해마다 산에 꽃이 무성하게 피면 용혈에 한 번씩 놀러가기로 하여 해마다 늘 하는 일이 되었다. 그러나 가서 보면 골짜기는 횅하니 텅 비어 있는데, 사람을 희롱하는 듯 우렁이 껍질같이 생긴 것이 용혈이다.

용혈암을 직접 보아서 알겠지만 우렁이껍질처럼 생겼지 않는가. 나는 우렁이각시가 되어 이렇게 지내고 있는 것 같애."

나는 그녀의 말을 들으면서 아무래도 부실한 식재료로 인해 체력을 유지할 수 있을까 걱정되었다. 나는 잠깐 다녀올 데가 있다면서 면소재지 마트를 찾아갔다. 그리고 오랫동안 먹을 수 있는 통조림 종류를 두 박스나 사가지고 왔다.

"뭘 이렇게 많이 사왔을까? 내가 알아서 할 텐데……."

"꼭 끼니를 챙기면서 작업을 해야 돼요. 그렇지 않으면 작품을 완성할 수 없을 테니까요."

"고마워."

나는 그녀와 악수를 나눈 후 용혈암을 빠져나왔다. 그러나 그녀를 만난 후 도무지 일이 손에 잡히질 않았다. 그녀가 십계를 그리겠다는 의도는 충분히 이해가 되었지만 과연 어떤 구도로 작품을 그릴까 궁금하기도 했고, 한 폭의 작품도 아닌 10폭의 거대한 작품을 어떻게 그려낼 수 있을까 걱정되기도 했다.

그렇다고 당장 가볼 수도 없었다. 한 달이 지나고 두 달이 지났어도 용기가 나질 않았다. 작품에 열중하고 있을 그녀에게 불쑥 나타난다는 것은 바람직한 일이 아닐 터였다.

봄이 지나고 여름이 지나고 가을이 찾아올 때까지도 가보질 못했다. 모든 산이 단풍으로 물든 만추가 되었을 때 더 이상 참고 견딜 수가 없었던 나는 용혈암을 찾아갔다.

용혈암 입구에는 '작품을 그리고 있으므로 누구든지 출입을 금합니다.'라고 씌어진 팻말이 보였다.

'아, 지금까지 그녀는 작업중이구나!'

그러나 차마 용혈암 안으로 들어가지 못하고 밖에서 서성거렸다. 마음 같으면 나무로 만든 목책을 훌쩍 뛰어 넘어 안으로 들어가 작품을 훔쳐보고 싶었다. 그리하면 무위사 전설처럼 그녀가 한 마리 파랑새가 되어 포르릉 날아갈까 봐 더욱 들어갈 수가 없었다.

나는 계속 기다렸다. 하루해가 끝나는 저물녘이 다 되어서야 이윽고 그녀가 동굴 밖으로 나왔다. 그런데 귀신형용이었다. 머리는 길어서 산발이 되었는데 맨발로 걸어 나오는 그녀는 금방이라도 쓰러질 듯 휘청거렸다.

"여강 씨!"

내가 이름을 부르자 그제야 인기척을 느끼고 나를 바라보았다.

"이곳을 왜 찾았지?"

가까이에서 본 그녀는 광대뼈가 툭 불거질 만큼 살이 빠져 있었는데 두 눈만큼은 여전히 광채가 번득이고 있었다.

"건강은 괜찮은지 모르겠습니다. 건강이 걱정도 되고 작품 한 번 보고 싶어서 왔습니다. 궁금해서요."

"숨 쉬고 있으니까 견디고 있지 뭐. 그러나 작품을 보여줄 수는 없어. 아직 완성이 되지 않았기 때문에."

그녀가 단호하게 말했다.

"알겠습니다. 상당히 세월이 흘렀는데 언제쯤 완성은 되는가요?"

"한 달은 더 해야 할 것 같애."

"이제 막바지 작업이 한창이겠군요."

"그런데 벽화를 그리는 동안 묘한 기분에 빠져들고 있어."

그녀가 이제 서서히 어둠이 깔리는 산 아래를 향해 시선을 던졌다.

"묘한 기분이라뇨?"

"벽화를 그리는 순간엔 산도 무너뜨릴 수 있다는 착각에 빠져들곤 한다니까."

"네?"

"글쎄, 알 수 없는 힘이 내 몸 안에서 용트림한다고나 할까."

나는 그녀가 작품 속에 빠져들면서 몸도 돌보지 않고 어떤 사명감에 지칠 줄 모르는 열정을 쏟고 있다는 것을 알 수 있었다. 10폭의 거대한 벽화를 그리기 위해서 먹고 마시는 생리적인 것 외에는 온통 모든 힘을 다 하고 있다는 것을.

"작품이 잘 되고 있다는 증거가 아닐까요?"

"완성되면 연락할게. 지금까지 참아줬으니까 조금만 더 기다리면 반드시 연락할게."

"참, 물감은 무엇을 사용하고 있습니까?"

나는 그림을 그리는 사람으로서 그게 가장 궁금했다.

"자연에서 얻은 천연물감으로 그리고 있어. 동양 오방색으로 그린다고 생각하면 돼."

나는 몹시 궁금했지만 작품을 보지 못한 채 내려갈 수밖에 없었다.

"그런데 몸이 말이 아니에요. 병원에 한 번 다녀오든지 해야 할 것 같은데……."

나는 정말 그녀의 건강이 걱정되어 간절하게 병원엘 다녀올 것을 권했다. 생각 같아서는 반강제적으로 입원을 시키고 싶었다.

"걱정해줘서 고마워."

그녀가 희미하게 웃어 보이며 손을 흔들었다. 그런데 그 순간, 그녀가 비틀거리는 것 같더니 털썩 주저앉으며 쓰러지는 게 아닌가.

"여강 씨!"

나는 뒤돌아 산을 내려가다 말고 다시 올라와 그녀를 사정없이 흔들며 이름을 불렀다. 몸이, 그녀가 가랑잎처럼 가볍다는 것이 느껴졌다. 그녀가 가느다랗게 눈을 떴다.

"앞이 안 보이네. 앞산도 보이지 않고……. 앞에 무성한 나무도 보이질 않아."

"안 되겠어요. 얼른 제 등에 업히세요."

나는 큰일이다 싶어 그녀를 업고 산을 내려와 임도에 세워진 내 차의 앞좌석에 태웠다.

"어딜 가는 거지?"

"병원에 가야지 어딜 가겠어요? 이러다간 쓰러져서 일어나지 못하면 큰일 아니겠어요?"

"그림을 완성하지 못한 채 죽는다 해도 여한은 없을 것 같아.

자기가 하고 싶은 일을 하다가 죽는다는 것, 아름다운 일이 아닐까?"

그녀는 의자에 기댄 채 눈을 감고서 말했다.

"암튼 병원에 가서 완전히 회복될 때까지 치료를 받아야겠어요. 아무리 훌륭한 작품일지라도 미완성된 채로 죽으면 무슨 필요가 있겠어요?"

"설마 죽기야 할라구. 작품이 끝날 때까지는 죽지 않을 거야."

그녀는 혼잣말로 중얼거렸다.

"내가 마치 구제보살이 된 기분입니다. 쓰러져가는 중생을 위해 병이 낫는 곳으로 이동시키고 있으니 말입니다."

"그렇군. 그대야말로 구제보살이군. 그래, 보살님! 나를 위해 노래 하나 불러주지 않겠어?"

"왜 갑자기 노래를?"

"그동안 너무너무 외로웠거든. 특히 칠흑 같은 어둠이 오는 밤이 되면 외로움에 온몸이 떨리더라구. 그리고 사람 냄새가 그리도 그립더라구."

그녀가 그저도 눈을 감은 채 말했다.

"고독해야 작품을 할 수 있겠지요. 혼자 있는 시간의 힘이 곧 산도 무너뜨릴 수 있는 힘을 갖게 할 겁니다."

"시집 『기탄잘리』로 노벨문학상을 받은 타고르도 어렸을 때 히말라야 여행을 아버지와 함께 하면서 혼자 있는 시간의 위대함을 느꼈다지."

"노래를 불러달라고 했는데 무슨 노래를 불러드릴까요?"

"아무거나 불러도 돼."

"좋습니다."

흰 구름 시냇가에 절 한 채 지어놓고
삼십 년간 이곳에서 주지로 지내노라.
문 앞에는 길 한 줄기, 웃으며 가리키네
'산 밑을 벗어나면 천 갈래 길 된답니다.'

나는 통일신라 말엽의 시인 고운(孤雲) 최치원(崔致遠)의 시를 읊어주었다. 노래처럼 읊는 최치원의 시를 그녀는 조용히 듣고 있다가 웃음기 있는 투로 말했다.

"선문답으로 내 속을 꿰뚫고 있는 시 같애."

"정말요?"

"십계의 주제가 바로 그것이라는 생각이 들어."

"어째서요?"

"산속에 절을 지어 놓고 삼십 년간 세상으로 나가본 적이 없다는 것은 산 아래에는 천 갈래로 길이 갈라지기 때문이지 않겠어? 결국 초탈한 삶이 곧 성불에의 길이겠지. 어쩌면 산속은 승의 세계인 반면 산 밖은 속의 세계여서 승속의 경계선이 바로 한 가닥의 길에 있다는 시 같애."

"결국 그것을 그림으로 설명하고자 하는 것이겠지요?"

"그렇다고 생각하면 돼."

금방 의료원에 도착했으나 진료시간이 끝났기 때문에 응급실로 들어서자 여강의 몰골에 당직의사와 간호사들의 두 눈이 휘둥그레졌다.

"어쩌자고 환자를 이 지경이 되도록 놔두셨습니까?"

젊디젊은 당직의사가 내게 나무람을 했다.

"그렇게 상태가 좋지 않습니까?"

"그럼요. 시티촬영을 해봐야겠습니다."

여강은 의사의 지시대로 시티촬영을 했다. 그리고 병상에 누워 당장 링거부터 맞았다. 수액이 똑똑똑 들어가는 모습을 보면서 병원에 오기를 잘했다는 생각이 들었다.

그녀가 병원에 입원해 있는 동안 나는 수시로 들락거리며 말동무를 해주었다. 다행히도 시티촬영 결과는 별 이상이 없었지만 영양실조와 몹시 심신이 지쳐 있는 것으로 의사는 판단하고 있었다.

병원에서 지내며 그녀는 미장원에 가서 머리 손질도 하였고, 사우나탕에 가서 몸을 풀기도 했다. 하루하루가 달라지는 모습을 보고 나는 안심을 할 수 있었다.

일주일이 후딱 지나갔을 때 병원에서는 퇴원을 권했다. 더 이상 병원에 있을 필요가 없다는 것이었다. 우리는 맛있는 저녁을 먹기 위해 읍내 한정식 집으로 갔다.

"오랜만에 진수성찬을 먹어보는군."

그녀의 표정은 몹시 밝아보였다.

"안주가 좋으니 소주도 한 잔 해야겠지요?"

"그럴까."

그녀는 가볍게 소주를 두어 잔 마시면서 음식을 골고루 먹었다. 포만감을 느끼면서 나는 그녀와 함께 용혈암으로 올라갔다.

"몸도 생각하면서 작품을 하십시오."

"고마워. 잘 가."

나는 그녀와 헤어지면서 찾아가길 참 잘했다는 생각에 가슴이 뿌듯했다.

두 달 후, 그녀로부터 짧은 메시지가 날아왔다. 무작정 바람재 마을로 와달라는 내용이었다. 왜 갑자기 바람재 마을일까? 작품이 다 끝났기 때문에 바람재 마을에서 지내고 있다는 것일까? 나는 당장 보리호를 몰고 바람재 마을을 찾아갔다.

"바람재 마을은 옛날에 있었던 마을이라요. 지금은 사람이 한 사람이라도 살고 있는지 모르겠소."

바람재 마을로 가는 초입에서 늙은 농부가 붉은 홍시를 따다가 고개를 갸웃거렸다.

"얼마나 가야 나올까요?"

"이 산길이 끝나는 지점이 바람재 마을이었소. 그곳에는 전기도 들어가지 않는 오지라오."

늙은 농부가 손가락으로 산모롱이를 가리켰다.

바람재 마을로 가는 산길은 끝이 없었다. 산모롱이 하나 돌아가면 또 산모롱이였다. 가도 가도 끝이 없는 미로를 헤매는 느낌이었다.

산길과 어깨를 마주하며 내려가는 골짜기 역시 마찬가지였다. 산 뿌리의 뼈가 툭툭 튀어나온다 싶게 크고 작은 바위와 암벽이 뒤엉켜진 골짜기에는 끊임없이 청류가 흐르고 있었다. 길바닥은 갈수록 거칠었다. 아예 돌멩이 밭이라고 봐야 할 만큼 요철이 심했다.

이렇듯 깊은 산속에서 독살이를 한다는 것은 쉬운 일이 아닐 터였다. 바람과 나무와 짐승만이 있는 곳이어서 지언 말이 필요 없을 것이었다. 아니, 묵언을 하지 않아도 절로 묵언이 되는 독살이.

그녀는 왜 용혈암이 아닌 깊은 산중에서 나를 불렀을까. 잠시 그녀의 산 생활을 상상하며 달리는 동안, 갑자기 눈앞을 가로막던 산이 앞과 뒤로 열리면서 시야가 확 트였다. 그러면서 편편한 분지가 나타났다.

그 분지 한가운데쯤에 너와집 한 채가 달랑 서 있는 게 눈에 띄었다. 울타리는 없었지만 집 주변으로 제법 오래된 밤나무며 감나무가 듬성듬성 서 있어서 쓸쓸하지는 않았다. 마당으로 들어서서 몇 마디 주인을 찾았지만 아무런 대답이 없었다. 잠시 마당가를 둘러보았다. 사람이 살고 있다는 증거로 항아리며 한뎃솥이며 물 긷는 옹달우물이 보였다.

방문을 열어젖히자 겨울 햇볕이 먼저 발을 디밀었다. 고여 있던 어둠이 성큼 일어나 창문 밖으로 달아났다. 그녀를 찾기 위해 옆방으로 걸음을 옮겼을 때 나는 비명을 지를 뻔했다. 방 한쪽 바람벽에 기댄 듯 앉아 있는 그녀의 모습이 보였다. 가부좌를 틀고 앉았다가 그대로 잠깐 오수를 즐기는 것 같았다.

"여강 씨!"

나는 일부러 목청을 크게 하면서 그녀를 불러보았다. 그러나 사람이 이 먼 곳까지 찾아왔는데도 그녀는 미동조차 없었다. 뭔가 이상한 느낌에 손을 쥐어보았을 때 이미 싸늘히 식어 있었다. 평온한 얼굴이었지만 뼈밖에 남아 있지 않은 몸이었다. 다시 흔들어보았을 때 비로소 그녀의 죽음을 확인할 수 있었는데, 갑자기 목구멍에서 뜨거운 기운이 솟구치는 것 같더니 울음이 터져 나왔다.

나는 그녀를 반듯하게 눕히고 곁에 개켜져 있는 대형수건으로 그녀의 몸을 덮었다. 그리고 주위를 살펴보았을 때, 글씨를 아무렇게나 내갈긴 듯한 화선지가 보였다.

— 바보처럼 살다가 바보처럼 갑니다.

처음 만났을 때부터 반말을 해오던 그녀가 존댓말을 쓰다니. 그리고 바보부처를 그리는 일에 퍽도 자부심을 느끼던 그녀가 바보처럼 살다가 바보처럼 간다는 말은 무슨 말인가. 나는 그 다음 말을 읽어 내려갔다.

— 이제 영영 산으로 돌아가고 싶습니다. 산 밑에는 천 갈래 길이 있기 때문입니다. 그런데 부탁이 하나 있습니다. 반드시 제 부탁을 들어주셔야 합니다. 안 들어주면 벌떡 일어나서 화를 낼지도 모릅니다. 제 부탁은 제 살과 뼈를 산짐승 먹이가 되도록 해달라는 것입니다. 굶주린 그들을 위해 한 번의 먹이라도 될 수 있는게 제 마지막 소원입니다.

이 무슨 해괴망측한 말인가. 나는 거듭 읽어보았지만 역시 같은 내용이었다.

고승들이 더러 산속에 자신의 육체를 던짐으로 말미암아 짐승의 밥이 되게 하라고 유언했다지만, 설마 그녀가 그런 식으로 자신의 죽음을 마무리할 줄은 꿈에도 생각하지 못한 일이었다.

가까운 곳에서 실눈을 뜬 채로 마지막 숨을 거두는 멧돼지의 가쁜 숨소리가 들려오는 것 같았다. 검붉은 피가 배어나오는 멱속에 붓 대롱을 넣고 쪽쪽 피를 빨아먹는 사람의 모습도 눈앞에 어른거렸다. 올무와 덫에 걸려 몸부림치다가 허옇게 죽어간 노루며 고라니, 오소리의 뼈도 영화의 한 장면처럼 떠올랐다.

그녀의 말을 거듭 읽다가 안씨 가훈(顏氏家訓)의 이야기를 떠올렸다.

생명을 지닌 것들은 모두 목숨을 아까워하지 않는 것이 없으니, 살생하는 일에서 벗어나야 한다. 살생을 좋아하는 사람은 죽음에 임하여 응보의 증험(證驗)이 나타나고 자손들은 재앙을 당하는데, 그러한 사례는 참으로 많아 다 기록하기 힘들겠으나, 뒤에 몇 가지 사례를 들어보도록 하겠다.

양나라 때 어떤 사람이 늘 계란 흰자를 이겨서 머리를 감았는데, 이는 머릿결에 광택이 나기 때문에 머리를 감을 때마다 2, 30개를 썼다. 그런데 임종 때에는 머리카락 속에서 수천 마리의 병아리가 비약비약 하는 소리만 들렸다.

강릉(江陵) 사람인 유씨는 보양식으로 먹는 드렁허리국을 파는 장사를 한평생 하였다. 그러다가 아이 하나를 낳았는데 머리는 드렁허리 모습이었으나 목 아래로는 겨우 사람의 모습이었다.

왕극(王克)이 영가의 군수로 있을 때 어떤 사람이 양을 한 마리 보내왔다. 그래서 손님을 불러들여 잔치를 하려고 했을 때였다. 양을 묶은 줄이 풀리자 양이 어떤 손님에게 다가가더니 먼저 무릎을 꿇고 두 번 절을 하는 것이었다. 그리고 바로 그 손님의 옷 속으로 들어갔으나 그 손님은 끝내 그 일을 이야기하지 않고 살려주자는 말도 하지 않았다.

잠시 후 양을 잡아 국을 끓인 후 가장 먼저 그 손님에게 건넸다. 그 손님은 고기 한 점을 입에 넣었는데, 이내 고기가 피부 속으로 들어가 온 몸속을 돌아다니기 시작했다. 손님은 비명을 지르며 그제야 양이 옷 속으로 들어오는 이야기를 하였고, 결국 그는 양 우는 소리를 내면서 죽고 말았다.

양(梁) 원제(元帝)가 강주에 있을 때의 일이다. 어떤 사람이 망채현의 현령이 되었는데, 유경궁의 난을 겪으며 현의 관아가 불에 타는 바람에 사찰에 기탁하여 거주하고 있었다. 백성들이 소와 술을 가지고 와서 예를 표하자 현령은 소를 사찰의 기둥에 매어놓은 채 불상을 가리고 상을 펴서 자리를 마련한 다음 법당에서 손님들을 맞이하였다.

그런데 소를 잡기 전 소가 풀렸고, 풀린 소는 바로 섬돌 앞까지 와서 절을 하는데도 현령은 소를 잡으라고 명하였다. 현령은 잡은 소고기를 실컷 먹고 취기까지 돌자 그대로 처마밑에 누워버렸다. 잠시 뒤에 깨어났을 때 몸이 가려워서 두드러기를 긁었는데, 그 일로 현령은 문둥이가 되어 10년 동안 앓다가 죽고 말았다.

나는 다시 그녀가 쓴 글씨를 읽었다.

― 바로 내가 지냈던 집 뒷산에 내 육신을 던져 주십시오. 꼭.

나는 글씨가 적혀 있는 화선지를 접고 잠시 앉아 그녀를 내려다보았다. 평온히 깊은 잠에 빠져 있는 모습이었다. 오열이 터져 나오려는 것을 가까스로 참았다. 이제 그녀의 유언대로 숲속에 안치를 해야만 될 것 같았다.

나는 그녀를 업고 방문 밖으로 나갔다. 관 같은 것은 아예 필요하지 않을 것 같았다. 오라버니의 죗값을 대신해서 죗값을 하겠다는 것인지, 아니면 어차피 썩고 말 육신을 방생하듯 산짐승들을 위하겠다는 것인지 모를 일이었지만, 일단 그녀의 소원대로 해주고 사망 사실을 알려야겠다는 생각이 들었다.

그녀를 업고 집을 에돌아 흐르는 계곡을 따라 올라갔다. 산새들의 울음소리가 낭자하게 들려오고 있었다. 하늘 위에서는 솔개 한 마리가 원을 그리며 유유히 날고 있었다. 푸드득, 하고 장끼가 날갯죽지를 힘차게 내리치며 잠깐 솟구쳤다가 덤부렁듬쑥한 수풀 속으로 몸을 숨겼다.

청솔모가 긴 꼬리를 늘어뜨리며 이 나무에서 저 나무로 잽싸게 옮겨다니고 있었다. 노루새끼 두 마리가 계곡으로 잠깐 얼굴을 비치며 날뛰더니 이내 솔수펑이로 사라졌다.

나는 넓고 평평한 바위를 발견하고 그 위에 그녀를 눕혔다. 어느 틈에 히말라야 고산지대에서 시신을 없애기 위해 주술을 외는 장의사가 된 기분이었다. 도끼로 시신을 부숴서 맹금류가 잘 먹을 수 있도록 한다는 그 방법은 시신도 사라지고 전염병도 없어지는 훌륭한 카르마가 아니던가.

나는 고개를 숙였다. 아미타불이 지금도 설법하시는 극락으로 갔나요? 사바에서 서쪽으로 10만 억 불국토를 지나간 곳에 있다는 아미타불의 정토(淨土). 그곳의 중생들은 아무런 괴로움이 없으므로 극락이라 한다지요?

이제 그녀는 자신의 유언대로 짐승의 먹이가 되어 육신이 사라질 것이었다. 깐죽깐죽 그녀의 살점을 떼먹는 짐승은 허기를 달래고 배고픔을 해결할 것이었다.

나는 몇 번이고 그녀의 모습을 뒤돌아보며 산을 내려와 보리호를 몰고 용혈암을 향해 달렸다. 그녀로 하여금 죽음까지 내몬 십계도를 한시 급하게 보고 싶었다. 그 십계도를 완성한 후 용혈암을 떠나 독살이를 하다가 죽음을 선택한 그녀가 그려놓은 십계도.

이윽고 용혈암이 나타났고 나는 망설임 없이 용혈암 안으로 들어갔다. 오른쪽으로 더욱 넓어진 동굴벽에는 거대한 작품이 완성되어 있었다.

"아!"

나는 하마터면 비명을 지를 뻔했다. 동굴이 빽빽할 정도로 엄청나게 많은 사람들로 가득차 있는 느낌이었다.

십계도.

십계도는 지옥에서부터 불계에 이르기까지 수백 사람들이 그려져 있었다. 제각기 표정과 모습이 다른 저 많은 사람들을 어떻게 그렸을까. 나상의 사람들은 모두 살아서 움직이는 듯 생동감을 주고 있었다. 나는 절로 두 손이 쥐어지면서 등허리가 오싹해졌다.

십계에서도 가장 낮은 단계에 있는 지옥계(地獄界)는 수십 명의 사람들이 알몸인 채로 비명을 지르며 처절하게 몸부림치고 있었다. 그리고 사람 숫자만큼 많은 뱀들이 그 많은 사람들의 다리며 허리며 팔뚝을 휘감자 아예 고꾸라져버린 사람, 얼굴을 감싼 채 비명을 지르는 사람, 얼굴을 푹 떨어뜨리며 실신해 버린 사람, 혀를 널름거리며 다가오는 뱀을 두 손으로 막으려는 사람들이었다. 견딜 수 없는 고통으로 일그러진 사람들의 표정도 제각각이었지만 여러 색깔의 뱀 역시 다양한 몸짓이었다. 목을 찍어 누르는 청색의 뱀, 다리를 돌돌 감고 나서 허벅지를 물어뜯는 붉은 뱀, 허리까지 감고 나서도 부족해 다른 사람의 어깨를 다시 감아올리는 거무튀튀한 뱀들이었다.

지옥계가 그려진 그 옆에는 아귀계(餓鬼界)였다. 먹고 먹어도 채워지지 않은 뱃구레로 인해 허기에 일그러진 사람들이 배를 움켜쥐고 있었다. 뱃구레는 만삭된 여자처럼 컸지만 몸은 앙상해서 뼈와 살밖에 남아 있지 않은 사람들이었다. 먹을 것을 가지고 싸우는 사람, 먹어도 바늘구멍처럼 작은 목구멍 때문에 고통스러워하는 모습이었다.

다시 그 옆으로는 축생계(畜生界)였다. 얼굴은 인간의 모습이었지만 몸뚱어리는 돼지, 쥐, 뱀, 개 등의 모습이었다. 얼굴과 몸뚱어리가 다른 인간들이 실의에 가득찬 채 짐승의 포오즈를 취하고 있었다. 소와 말은 무거운 짐을 등에 짊어지고 걸어가고 있었고, 다른 짐승들은 먹을 것을 찾아 움직이는 모습이었다. 그들은 도망을 가면서도 또 다른 먹이를 위해 다른 짐승을 쫓고 있었다.

축생계 옆으로는 아수라계(阿修羅界)였다. 사람들이 성을 내고 손가락을 가리키며 시기와 질투를 하고 있었다. 두 눈을 부릅뜨고 성을 내는 그들의 얼굴은 험악했고 몹시 일그러져 있었다.

아수라계 옆으로는 인간계(人間界)였다. 웃는 사람, 슬픔에 젖어 있는 사람, 고통스러워하는 사람, 떠들어대고 있는 사람 등 가지각색이었다. 반고반락(半苦半樂)의 삶을 살아가는 인간의 모습이 고스란히 그려져 있었다. 어떤 사람은 수행하고자 애를 쓰는 사람도 있고, 어떤 사람은 화를 참지 못하고 욕설을 퍼붓는 사람도 있었다. 수행이 부족하면 천상계에서 인간계로 떨어지고, 수행을 잘하면 천상계로 올라갈 수 있는 윤회해온 존재가 머무는 곳이기 때문일까. 갖가지 인간의 모습이 그려져 있었다.

그 옆으로는 천상계(天上界)였다. 욕망의 찌꺼기가 없기 때문에 모든 사람들의 모습은 안정되어 있고 표정들이 밝고 투명했다.

그다음은 성문계(聲聞界)였다. 무명을 타파하고 세상의 이치에 밝은 사람들이 진실한 양심의 소리를 귀기울이는 모습이었다.

성문계 옆으로는 연각계(緣覺界)였다. 진리를 구하려는 사람들이 삼매경에 빠져 있는 모습이었다.

그다음은 보살계(菩薩界)였다. 위로는 깨달음을 구하고 아래로는 중생을 교화하는 상구보리(上求菩提) 하화중생(下化衆生)의 보살들은 하나같이 사홍서원(四弘誓願)을 세우고 육바라밀(六婆羅蜜)을 실천하였다.

마지막으로 불계(佛界)였다. 불교의 모든 도를 깨달아 부처가 된 경지였다. 날개를 단 열여섯의 천녀가 에워싸듯 떠받들고 있는 석가모니 부처님이 연꽃 위에 앉아 있는 모습이었다. 황홀하면서도 환희에 넘치는 모습에서 신비감을 안겨주고 있었다.

나는 그대로 털썩 주저앉았다. 그녀는 십계도를 통해 인간의 마음은 지옥의 마음이나 천상의 마음으로만 되어 있지 않고 축생의 마음, 아수라의 마음, 인간의 마음 등으로 뒤엉켜 있는 것을 말하고자 했던 것일까. 마음의 변화란 너무나 변화무쌍하기 때문에 구분 지을 수 없지만 굳이 그 변화를 열 가지로 나눈다면 바로 십계가 아니겠는가.

언젠가 해월 노화사는 이렇게 말했었다.

"탄허(呑虛) 스님에게 들은 얘기인데, 심(心)이란 성(性)과 정(情)

을 합친 명사라고 하셨다. 성이라는 것은 나의 한 생각이 일어나기 전, 그러니까 우주가 일어나기 미분되기 전을 말하는데, 바로 그 성이 마음의 본체라는 것이다. 마음의 본체를 성이라고 한다면 중생이나 부처님이나 성인이나 범부나 똑같다는 것은 '성'자리를 가지고 하는 말이지 무작정 똑같다는 것은 아니다고 하셨다.

따라서 성이 마음의 본체라면 정은 마음에서 일어나는 작용이라고 하셨다. 마음의 작용은 한이 없겠지만 군이 철학적으로 구별한다면 희로애락애악욕(喜怒哀樂愛惡慾)의 칠정(七情)이 된다고 하셨다. 그러나 성은 칠정이 일어나기 전의 진면목이며 본래 언어, 문자로 표현될 수 없는 것이지만 군이 말한다면 강령(綱領)의 큰 것으로 불교에서는 사덕(四德)이라고 하셨다. 부처님 마음자리를 갖춘 진상(眞常), 진악(眞樂), 진아(眞我), 진정(眞淨)이 곧 그것이라는 것이다."

해월 노화사는 말을 이었다.

"이 말은 청담(靑潭) 스님한테서 들은 얘긴데, 불교고 기독교고 간에 종교는 내 마음이며 내 마음에 있는 것이어서 부처님 형상 앞에 예불을 올리고 절을 한다고 해서 구원을 받는 것이 아니고, 그것은 하나의 형식에 지나지 않는 것이니……. 내가 부처님을 믿음으로 해서 내가 병을 고칠 수 있고 영생을 얻을 수 있다고 믿으면 되는 것이지 그렇게 어렵게 생각할 것 없다고 말씀하셔서 쉽게 이해가 되었더니라."

나는 십계를 향해 곧추선 채로 바라보았다. 이상한 일이었다. 내가 지옥계를 바라보자 징그러운 뱀들이 내 몸을 친친 감으며 목줄을 죄는 느낌이었다. 대번에 숨이 차오르면서 식은땀이 흐르는 것 같았다. 그러나 불계를 바라보는 순간, 마음이 편안해지면서 환희심이 솟구쳤다.

선업(善業)을 짓게 되면 분명 천상이나 인간으로 태어날 것이었다. 그러나 악업(惡業)을 짓게 되면 축생의 몸으로 태어나 한없는 고통 속에서 해매일 것이었다.

나는 조용히 불계에 시선을 꽂고 무릎을 꿇었다. 갑자기 해월 노화사의 목소리가 불처럼 떨어져 내렸다. 부처님의 생음이 들리는 불화를 그리기 위해서는 출가 이상 더 좋은 것이 없다는 말씀이었다.

묻노니 부처님의 생음이 들리는 불화는 무엇무엇이 있는가.

탱화를 대표하는 영산회상도는 석가모니불과 권속을 표현하는 예배화이다. 그러므로 영산회상이란 석가모니불이 만년에 영축산에서 『묘법연화경』을 설하는 모습이다. 서방정토 극락세계의 8대 보살인 아미타불회는 무엇인가. 관세음보살, 미륵보살, 허공장보살, 보현보살, 금강수보살, 문수보살, 제개장보살, 지장보살이 8대 보살이다.

세 개의 몸인 삼신불도는 무엇이고 세 곳의 세계인 삼계불도는 무엇인가. 삼신불도는 비로자나불회도와 노사나불회도와 석가모니불회도가 그것이고, 삼계불도는 사바세계에 존재하는 석가모니불을 중심으로 동방 유리방세계의 약사여래와 서방 극락세계의 아미타불을 의미한다. 불법의 수호자 신중도는 무엇인가. 부처님과 불법을 배우는 이를 수호하는 신중들로 작게는 39위 많게는 104위가 있다. 감로를 통해서 조상의 천도를 염원하는 감로도는 무엇인가. 감로는 죽음을 극복하는 불사(不死)의 음료이 므로 모든 고통을 이겨내고 행복을 일궈낸다는 의미를 지녔다. 모든 지옥의 중생을 제도하기 전에는 성불하지 않겠다는 지장보 살은 누구인가. 지옥문을 열고 죽은 사람의 선한 면을 찾아 구제 하고자 법륜(法輪)을 들고 중생들이 6도 윤회를 끊도록 하는 보살 이다.

망자를 심판하고 지옥을 표현하는 시왕도는 무엇인가. 명부 10대왕을 시왕(十王)이라고 하는데 그들이 판사라면 지장보살은 특별사면권을 가진 변호사와도 같다. 8열지옥과 함께 심판에 의 해 각각의 지옥에서 고통 받는 자들의 모습이 곧 시왕도이다. 석 가모니불의 일생을 담은 팔상도는 무엇인가. 불교의 교조이자 우 리 세계에 존재했던 역사적 실존인물인 석가모니불은 잉태와 탄 생, 출가 결심, 출가 단행, 수행, 깨달음, 첫 설법, 열반의 여덟 단계로 나누는 것을 말한다. 야단법석의 상징인 괘불도는 무엇인 가. 그것은 영산재, 수륙재, 생전예수재와 같은 대형 불교의식을 치를 때마다 가설되는 것이 괘불도이다.

이렇듯 부처님의 가족은 방대해서 그 가족사진이라고 말할 수 있는 불화는 반드시 신심이 있을 때라야만 접근이 허용되는 신성 한 세계이다.

그렇다. 내 마음을 닦아야만 진정한 부처의 모습을 그릴 수 있 을 것이었다.

문득 어머니 얼굴이 눈앞에서 떠올랐다. 아버지처럼 불화를 그 릴까봐 어렸을 때부터 강하게 만류했던 어머니였다. 그러나 자식 이긴 부모가 어디에 있겠는가. 결국 며느리가 지어주는 따뜻한 밥과 손주의 재롱은 평생 받아보지 못할지도 모를 일이었다.

어느 틈에 한 줄기 눈물이 주르륵 흘러내렸다. 어머니의 기대를 저버린 것이 불효일지 모르지만 나는 부처님이 계신 산을 향해 보리호를 몰기 시작했다. 부처님의 생음이 들리는 그림을 그리기 위해서. ✏

문학나무소설선
실격도

1쇄 발행일 | 2018년 01월 15일

지은이 | 송하훈
펴낸이 | 윤영수
펴낸곳 | 문학나무

편집 · 기획실 | 03085 서울 종로구 동숭4나길 28-1 예일하우스 301호
이메일 | mhnmoo@hanmail.net

출판등록 | 제312-2011-000064호 1991. 1. 5.
영업 마케팅부 | 전화 | 02-302-1250, 팩스 | 02-302-1251
ⓒ송하훈, 2018

값 15,000원
ISBN 979-11-5629-066-7 03810